KB173096

소설

묵자

【완역 결정본】

東周 列國志

영웅이 때를 만나니

솔

◉ **일러두기**

1. 본문의 옮긴이 주는 둥근 괄호로 묶었으며, 한시와 관련된 주는 시 하단에 달았다. 편집자 주는 원저자 풍몽룡의 오류를 바로잡은 것으로 ―로 표시하였다.
2. 관련 고사, 관직, 등장 인물, 기물, 주요 역사 사실 등은 본문에 ●로 표시하였고, 부록에서 자세히 설명하였다.
3. 인명의 경우 춘추 전국 시대 당시의 표기법을 따랐다
   예) 기부忌父→기보忌父, 임부林父→임보林父, 관지부管至父→관지보管至父.
4. '주周 왕실과 주요 제후국 계보도'는 독자의 편의를 위해 각 권마다 해당 시대 부분만을 수록하였다.
5. '등장 인물'은 각 권에서 등장하는 주요 인물을 다루었으며, 가나다순으로 정리하였다.
6. '연보'의 굵은 글자는 그 당시의 중요한 사건을 말한다.

차례

초장왕 · 진문공

초장왕楚莊王

진문공晉文公

중이(진문공)의 유랑 경로

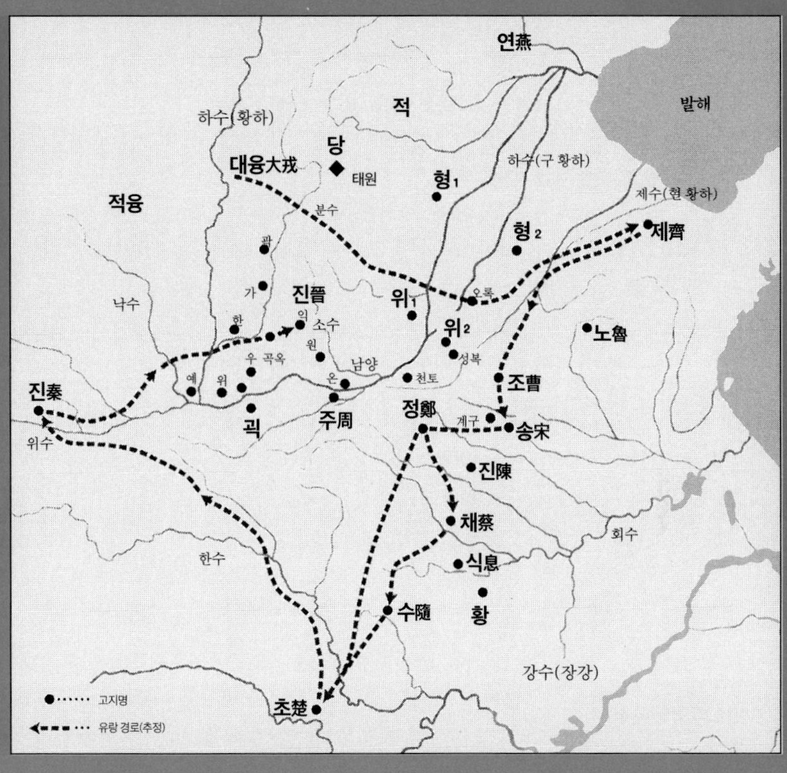
연燕
발해
적
하수(황하)
당
대융大戎
태원
형1
하수(구 황하)
제수(현 황하)
적융
분수
형2
제齊
광
가
진晉
위1
오록
낙수
한
익
소수
위2
노魯
원
성복
우 곡옥
남양
진秦
예
위
온
천토
조曹
곡
주周
정鄭
계구
송宋
위수
진陳
채蔡
회수
한수
식息
수隨
황
강수(장강)
초楚
고지명
유랑 경로(추정)

주요 제후국의 관계

기원전 636~628 : 진晉 문공의 패업 시기

천토踐土의 회맹(기원전 632 이전)

중원中原

진晉° ═ 송宋 ═ 제 ═ 진秦

↕ └↘└↘

남방

천토의 회맹 이후

주 ═ 진晉° ═ 제 ═ 송 ═ 정 ═ 노 ═ 채 ═ 주邾 ═ 거莒

└ ≒ 초 ═ 한동제국漢東諸國

(═ ‖ 회맹會盟, 부용附庸 ─ 우호 ≒ 강화 ↔ ↕ 적대 ∘ 패권 국가 ↘ 공격, 정벌)

제환공의 주검 앞에서 다투는 아들들

제환공齊桓公이 지난해에 나라 정사를 포숙아鮑叔牙에게 맡기고, 관중管仲의 유언을 지키기 위해 초貂 · 역아易牙 · 개방開方을 몰아냈다는 것은 이미 말한 바다.

그러나 그들 세 사람을 궁 밖으로 몰아낸 이후로 제환공은 모든 흥취를 잃었다. 밥을 먹어도 맛이 없고 잠을 자도 편하지가 않았다. 그래서 농弄을 하는 일이 없고 웃는 일도 없었다.

장위희長衛姬가 보다못해 딱해서 아뢴다.

"상감께선 초 등 세 사람을 내보내신 뒤로 나랏일은 돌보지 않으시고 얼굴이 매우 수척해졌습니다. 아마 좌우 신하들이 상감의 뜻을 기쁘게 못해드리는 때문인 것 같습니다. 이럴 바에야 왜 초 등 세 사람을 다시 불러들이지 않으십니까."

제환공이 힘없이 대답한다.

"과인도 그러고 싶은 생각이 없지는 않으나 한번 내쫓은 세 사람을 다시 불러들이면 포숙아가 싫어할 것이다. 그래서 주저하고 있노라.”

장위희가 다시 아뢴다.

“포숙아인들 어찌 자기 좌우에 시중드는 사람을 두지 않았겠습니까. 더구나 상감은 늙으셨습니다. 왜 이렇게 힘을 잃고 계십니까. 입맛이 없어서 음식을 맡아보게 하려고 역아를 다시 불렀다고 하십시오. 그러면 초나 개방도 차차 들어오게 될 것입니다.”

제환공은 장위희의 권고대로 역아를 불러들여 음식을 맡아보게 했다.

이를 알자, 포숙아가 곧 제환공에게 간한다.

“주공께서는 지난날 관중의 유언을 잊으셨습니까. 어찌하사 역아를 다시 궁내로 불러들였습니까?”

제환공이 희미한 눈을 치켜뜨고 대답한다.

“그 세 사람은 과인에게 도움이 되면 됐지 국가에 해를 끼칠 자들이 아니오. 관중의 유언이 좀 심했다고 생각하노라.”

제환공은 포숙아의 말을 들으려 하지 않았다.

그 뒤 제환공은 역아뿐 아니라 개방, 초까지도 다 복직시키고 좌우에서 시중을 들게 했다. 그런 지 얼마 뒤에 포숙아는 울분을 참지 못해서 병들어 세상을 떠났다. 이때부터 제나라는 기강이 무너지기 시작했다.

제환공이 관중의 유언을 저버리고 세 사람을 다시 등용한 뒤로 포숙아가 여러 번 간했으나 뜻대로 되지 않아서 울화병으로 죽고 나니, 이제야 역아 · 초 · 개방 세 사람의 눈앞엔 걸릴 것이 없었다. 그들은 늙고 힘없는 제환공을 요리조리 속이면서 마침내 모든 권력을 행사하였다.

그 세 사람에게 복종하는 자는 누구나 부자가 되지 않으면 귀하게 되었다. 그 대신 세 사람에게 거역하는 자는 죽지 않으면 내쫓겼다.

이때 정나라 사람으로 유명한 의원이 있었다. 그의 성은 진秦이요, 이름은 완緩이요, 자는 월인越人이었다. 그는 일찍이 정나라를 떠나 제나라의 노촌盧村이란 곳에 와서 살았기 때문에 사람들은 그를 노의盧醫라고 부르기도 했다.

그런데 장상군長桑君이란 이인異人이 그곳을 지나다가 우연히 노의의 집에 들르게 되었다. 진완은 첫눈에 그가 비범한 사람이란 걸 알고 정성껏 대접했다. 몹시 괴팍하게 생긴 장상군도 진완의 극진한 정성엔 감동하지 않을 수 없었다.

어느 날 장상군이 신약神藥 한 봉지를 내주며 말한다.

"이 약을 못〔池〕물에 타서 먹으라. 그러면 자연 징험하는 바가 있으리라."

진완은 시키는 대로 못물을 떠와 그 약을 타서 먹었다. 그런 뒤로 진완의 눈은 거울처럼 환해졌다. 어둠 속에서도 능히 귀신을 볼 수 있고 담장 밖에 서서도 능히 남의 집 장롱 속에 무엇이 들어 있는가를 알아맞힐 수 있었다. 환자를 대할 때는 그 환자의 오장육부를 샅샅이 볼 수 있었으므로 그는 특히 진맥을 잘하기로 유명했다.

고대古代에 편작扁鵲이란 명의名醫가 있었다. 그는 황제 헌원씨軒轅氏와 같은 시대 사람이었다. 편작은 의약醫藥에 정통한 사람으로서 역사상에 널리 알려져 있다. 사람들은 진완의 높은 의술을 드디어 편작과 비교해서 말하곤 했다. 마침내 사람들은 진완을 편작 선생이라고 부르게 되었다.

진완, 곧 편작 선생은 지난날에 괵虢나라에 간 적이 있었다. 그때 괵나라 세자가 급살병으로 죽었다. 편작 선생은 궁으로 가서 자기가 의술에 능하다는 걸 말했다. 내시內侍가 대답한다.

"세자는 이미 죽었소. 선생의 의술이 아무리 고명하기로서니 죽은 사람을 어떻게 다시 살릴 수 있습니까?"

"바라노니 시체나 한번 봅시다."

하고 편작 선생은 거듭 청했다.

내시는 궁 안으로 들어가서 괵공虢公에게 편작 선생의 말을 전했다. 괵공은 눈물을 흘리며 편작 선생을 영접했다.

편작 선생은 데리고 다니는 제자 양려陽厲를 시켜 시체 몇몇 곳에다 침을 놓게 했다. 한 식경이 지났을 때였다. 죽은 세자가 돌아누우면서 가늘게 신음 소리를 낸다. 편작 선생은 세자의 입을 벌리고 숟갈로 약을 떠넣었다. 20여 일이 지나자 세자는 완전히 회생했다. 그래서 세상 사람들은 편작 선생이 기사회생하는 술법을 아는 분이라고 했다.

이렇듯 편작 선생은 두루 천하를 유람하며 많은 사람의 병을 고쳐주었다.

어느 날 편작 선생은 제나라 도읍 임치臨淄에 가서 제환공을 뵈었다. 편작 선생이 제환공에게 아뢴다.

"상감의 병이 살 속에 있습니다. 속히 치료하지 않으시면 악화될 것입니다."

제환공이 미소하며 대답한다.

"과인은 아직 아무 병도 없소."

편작 선생은 더 말하지 않고 물러갔다. 닷새가 지난 뒤 편작 선생은 다시 궁으로 들어가서 제환공을 뵈었다.

"상감의 병은 이미 혈맥에 있습니다. 이젠 치료하지 않으면 안 됩니다."

제환공은 역시 웃으며 듣질 않았다. 또 닷새가 지났을 때 편작 선생은 다시 가서 제환공을 뵈었다.

"상감의 병이 어느새 창자와 위에 있습니다. 속히 치료하십시오."

제환공은 역시 듣질 않았다. 편작 선생이 물러간 뒤 제환공이 푸념한다.

"의원이란 우스운 것들이어서 자기만이 잘 아는 듯, 자기가 제일인 듯이 뽐낸다. 그래서 멀쩡한 사람을 보아도 병이 있다고 하는 것이다."

다시 닷새가 지났다.

편작 선생은 다시 궁에 가서 제환공을 뵙겠다고 청했다. 그런데 이번에는 편작 선생이 제환공을 보고서 아무 말도 하지 않았다. 편작 선생은 종종걸음으로 달아나듯 궁문을 나와 돌아가버렸다. 제환공은 편작이 말없이 가버리는 것이 이상했다.

"편작을 뒤쫓아가서 왜 그냥 가느냐고 그 까닭을 물어보아라."

하고 아랫사람에게 분부했다. 아랫사람이 뒤쫓아가서 시정市井 앞을 지나가는 편작 선생을 붙들고 그 까닭을 물었다.

편작 선생이 대답한다.

"귀후貴侯의 병이 피부에 있었을 땐 탕약으로 고칠 수 있었고, 혈맥에 있었을 땐 침으로 고칠 수 있었고, 창자와 위에 있었을 땐 약술〔藥酒〕로 고칠 수 있었으나, 이젠 병이 골수에 박혔으니 어찌하리오. 그러므로 말하지 않고 물러나왔소."

다시 닷새가 지났다. 제환공은 마침내 발병發病했다. 궁에서 사람이 편작 선생을 부르러 갔다. 역관驛館 주인이 나라에서 나온 사람에게 말한다.

"편작 선생은 닷새 전에 떠나셨습니다."

제환공은 크게 후회했으나 이젠 어쩔 도리가 없었다.

제환공에겐 전날 정실 부인만 세 사람이 있었다. 첫째는 왕희王姬며 둘째는 서희徐姬며 셋째는 채희蔡姬인데, 다 자식이 없었다. 그리고 왕희, 서희는 일찍 세상을 떠났고 채희는 친정인 채나라로 쫓겨가고 없었다. 제환공은 그들 세 부인 아래로 또 여섯 부인을 거느리고 있었다. 그들 여섯 부인은 다 제환공의 총애를 받고 각기 아들 하나씩을 낳았다.

첫째 장위희長衛姬는 공자 무휴無虧를 낳았고, 둘째 소위희少衛姬는 공자 원元을 낳았고, 셋째 정희鄭姬는 공자 소昭를 낳았고 넷째 갈영葛嬴은 공자 반潘을 낳았고, 다섯째 밀희密姬는 공자 상인商人을 낳았고, 여섯째 송화자宋華子는 공자 옹雍을 낳았다.

이 여섯 부인 이외에도 제환공의 잉첩媵妾으로서 아들을 둔 여자가 많았다.

그들 여섯 부인 중에서 제환공을 가장 오래 모시기는 장위희였고, 여섯 공자들 중에서 가장 나이 많은 공자는 장위희의 소생 무휴였다. 그런데 소인小人 역아와 초는 장위희의 심복이었다. 그래서 역아, 초가 제환공에게 간청해서 한때는 공자 무휴를 세자로 세우기도 했다.

그 뒤 제환공은 공자 소의 어진 심덕을 사랑하게 되어 지난날 관중과 상의하고, 규구葵邱 땅에서 모든 나라 제후와 회會를 열었을 때 송양공宋襄公•에게 공자 소를 세자로 삼을 생각이니 그의 앞날을 잘 봐달라고 부탁까지 했던 것이다.

그런데 위衛나라 공자로 제나라에 와서 사는 공자 개방開方은 공자 반과 친했기 때문에 반을 세자로 세우려고 기회를 노리고 있었다.

공자 상인은 천성이 남에게 희사喜捨하는 걸 좋아해서 자못 민심民心을 얻었고, 그의 친어머니 밀희가 제환공의 사랑을 받고 있었으므로 그도 은근히 세자 자리를 노리고 있었다.

다만 공자 옹만은 워낙 미천한 몸에서 태어났으므로 그저 자기 분수나 지킬 생각이어서 딴 뜻이 없었다.

이리하여 다섯 공자들은 각기 당黨을 세우고 서로 시기하고 미워했다. 이는 마치 다섯 마리의 큰 벌레처럼 각기 어금니와 손톱에 독을 감추고 때만 오면 서로 물고 뜯을 태세였다.

제환공은 본래 영특한 사람이었다. 그러나 칼도 오래되면 날이 무디고 사람도 늙으면 기력이 줄어드는 법이다. 더구나 그는 평생 소원이던 패업霸業을 성취하고 천하 모든 나라 제후의 장長이 되었으므로 항상 만족이 있을 뿐 불만이 없는 처지였다. 그런데다가 그는 술과 여자를 몹시 좋아했다. 그는 욕심을 버리고 마음을 맑게 하지 못한 사람이어서 늙을수록 형편없이 찌부러졌다.

뿐만 아니라 역아 · 초 · 개방 등 소인들을 등용하여 그놈들 말만 들었기 때문에 언제나 즐거운 것만 알지 걱정을 몰랐다. 어느덧 제환공은 충간忠諫하는 말을 듣지 못한 지도 오래됐다. 다만 아첨하는 소인들의 말만 들어왔던 것이다.

다섯 공자는 각기 자기 어머니를 졸라 세자 자리를 얻으려고 벌써부터 야단이었다. 그래서 다섯 부인은 제각기 제환공에게 자기 아들을 세자로 세워달라고 청을 했다. 제환공은 그저 미소를 띠고 머리만 끄덕일 뿐 도무지 무엇이고 간에 또렷한 처분을 내리지 못했다.

사람은 앞날을 근심치 않으면 가까운 근심이 없는 법이다. 제환공이 바로 그 말에 해당하는 사람이었다. 이제 제환공은 불시에 병이 나서 침실에 눕고 말았다.

역아는 편작이 제환공을 면대하고서 그냥 가버린 걸 보고 제환공의 앞날이 머지않다는 것을 알았다. 역아는 초와 함께 밀실密室에서 하룻밤 동안 상의하고 한 가지 계책을 세웠다. 이튿날, 역아는 패牌를 써서 궁문에 내다걸었다.

그 패엔 다음과 같은 제환공의 전지傳旨가 적혀 있었다.

> 과인이 이제 심한 병으로 자리에 누웠으니 일체 모든 일을 듣고자 하지 않노라. 모든 신하든 백성이든 간에 아무도 궁에 들어오지 못하도록 금하노라. 초는 궁문을 굳게 지켜 일체 출입을 금하고, 역아는 궁중 병사들을 거느리고 위반하는 자가 없도록 순시하여라. 나라 정사에 관한 것은 일체 과인의 병이 완쾌될 때를 기다려서 아뢰어라.

그 패의 글은 물론 역아와 초가 조작한 것이었다. 그들은 공자 무휴만을 장위희의 내궁에 머물게 하고, 다른 공자들은 일체 궁 안으로 들어오지 못하게 했다. 사흘이 지났다. 제환공은 죽은 듯이 누워 있을 뿐 아직 숨을 거둔 것은 아니었다.

역아와 초는 제환공 좌우에서 시위侍衛하는 사람들까지 남녀 할 것 없이 다 궁문 밖으로 내쫓았다. 궁문은 철통처럼 막히고 인적이 끊어졌다. 그리고 그들은 제환공의 침실 주위에다 높이 3장丈이나 되는 담을 둘러쌓았다. 바람 한 점 통하지 않을 만큼 담 안과 밖은 딴 세상이 됐다. 다만 담 밑에 개구멍 같은 구멍이 하나

뚫려 있었다. 어린 내시 하나가 아침저녁으로 그 구멍으로 들어가서 제환공이 죽었는지 아직 살아 있는지를 보고 나왔을 따름이다.

그러는 한편 역아와 초는 궁중의 병사들을 거느리고 다른 공자들이 변을 일으키지 못하도록 삼엄한 경계를 폈다.

침상에 누워 있는 제환공은 일어나려 해도 몸을 일으킬 수가 없었다.

"거 아무도 없느냐?"

"……"

좌우 시위侍衛들을 불러도 대답하는 놈 하나 없었다. 제환공의 눈은 얼빠진 사람처럼 빛이 없었다.

그때 바깥에서 털썩하고 무슨 소리가 났다. 무엇이 높은 데서 떨어지는 듯한 소리였다. 창문이 열리면서 누군가가 들어오는 모양이었다. 제환공은 눈을 부릅뜨고 자세히 쳐다봤다. 앞에 서 있는 것은 그의 천첩賤妾 안아아晏蛾兒였다. 제환공이 입을 다시며 말한다.

"몹시 시장하다. 죽이 먹고 싶구나. 좀 갖다다오."

안아아가 대답했다.

"어디 가서 죽을 가져오란 말씀이옵니까. 죽은 아무 데도 없습니다."

"더운물 한 모금만 다오. 목이 탄다."

"더운물도 구할 수 없습니다."

"왜 없다고만 하느냐?"

"역아와 초가 변란을 일으켜 누구에게나 일체 궁문 출입을 금하고 있습니다. 이 침실 주변엔 높이 3장이나 되는 담이 둘러처져 있습니다. 이곳과 바깥은 아무도 드나들지 못합니다. 그러니 어디 가서 음식을 가져오겠습니까."

"그럼 너는 어떻게 이곳에 들어왔느냐?"

"첩은 지난날 주공께서 한 번 사랑해주신 은혜를 입었으므로 목숨을 돌보지 않고 담을 넘어왔습니다. 주공께서 세상을 떠나시는 것이 지켜드리고자 왔습니다."

"공자 소는 어디 있느냐?"

"소인놈들이 막고 있어 궁 안으로 들어오지 못하고 있습니다."

제환공이 흐느껴 울면서,

"중부仲父는 성인聖人이었구나! 성인이 본 바가 어찌 틀리리오. 과인이 총명치 못했음이라. 이 꼴을 당하는 것이 마땅하지, 마땅해!"

다시 눈을 부릅뜨고 부르짖는다.

"하늘이여, 하늘이여! 소백小白(제환공의 이름)은 이렇게 죽어야 합니까!"

제환공은 원통해서 연거푸 부르짖더니 마침내 입으로 피를 줄줄 쏟았다.

"내가 사랑했던 계집이 여섯이며 자식이 여남은 명이나 되건만, 지금 내 눈앞에 하나도 없구나. 다만 네가 혼자 나의 죽음을 전송하니, 내 평소에 너를 후대厚待하지 못한 것이 부끄럽다."

안아아가 조용히 대답한다.

"청컨대 주공께서는 천만 자애自愛하소서. 주공께서 불행하시면 원컨대 첩도 목숨을 버리고 떠나시는 길을 따라가겠습니다."

제환공은,

"내 죽어 만일 아무것도 모른다면 그만이로되 죽어서도 아는 것이 있다면 무슨 면목으로 지하에 가서 중부를 대할까."

이렇듯 탄식하고 옷소매로 자기 얼굴을 가렸다. 제환공은 소매로 얼굴을 가리고 쓰러진 그대로 거듭 탄식하다가 마침내 운명했다.

제환공은 주장왕周莊王 12년 여름 5월에 즉위한 이래 주양왕周襄王• 9년 겨울 10월에 세상을 떠났으니, 위位에 있은 지 43년이요, 수壽는 73세였다.

잠연潛淵 선생이 제환공의 장점만을 읊은 시가 있다.

주왕周王이 도읍을 동쪽에 옮긴 후로 기강은 무너졌는데
제환공은 처음으로 모든 나라를 거느리고 천자에 대한 충성을 외쳤도다.
남쪽으론 왕으로서 행세하는 초나라를 눌러 연공年貢을 바치게 했고
북쪽으론 어리석은 오랑캐를 깨우쳐 사막 지대의 경계를 바로잡았도다.
위나라를 튼튼하게 하고 형邢나라를 도와 어진 덕을 나타냈고
혼란을 진압하고 법을 밝혀 정의를 들날렸도다.
춘추 시대에 바르고 거짓이 없었던 걸로 말하자면
제환공이 다섯 영웅 중에서 그 공로가 가장 컸도다.

姬轍東遷綱紀亡
首倡列國共尊王
南徵僭楚包茅貢
北啓頑戎朔漠疆
立衛存邢仁德著
定儲明禁義聲揚
正而不譎春秋許
五伯之中業最强

또 염옹髥翁이 일세의 영웅이었지만 그 말로가 비참했던 제환공을 시로써 탄식한 것이 있다.

40여 년 동안 모든 나라 제후의 지도자로서
남쪽을 치고 서쪽을 눌러 당적할 자 없었도다.
하루아침에 병들어 눕자 소인들이 날뛰었으니
죽은 관중도 눈을 감지는 못했으리라.
四十餘年號方伯
南摧西抑雄無敵
一朝疾臥牙勻狂
仲父原來死不得

안아아晏蛾兒는 제환공이 운명한 걸 보고 크게 통곡했다. 바깥사람들에게 알리려 해도 워낙 담이 높아서 소리가 전해지질 않았다. 담을 넘어는 왔지만 나가려니까 발판 하나 구할 수 없었다. 안아아가 이리저리 생각하다가 탄식한다.

"내 죽어서 상감을 전송하겠다고 말하지 않았는가. 상감의 시체를 염殮하는 것은 부녀자의 알 바 아니다."

안아아는 웃옷을 벗어 제환공의 시체를 덮어주고 다시 창가에 있는 두 대선大扇•을 끌어와서 시체 앞을 가렸다. 그리고 그녀는 제환공의 시체가 누워 있는 침상 아래에 머리를 조아리며 속삭인다.

"상감의 영혼은 멀리 가지 마소서. 이제 첩이 뒤따라가 상감을 모시리이다."

그녀는 일어나 기둥에다 머리를 짓찧었다. 곧 안아아의 머리는 깨지면서 피가 줄줄 흘러내렸다. 안아아는 몇 번 비틀거리다가 꼬꾸라져서 숨을 거두었다.

장하구나 이 여인이여!

그날 밤에도 어린 내시는 담 구멍을 통해 침실 안으로 들어갔다. 침실 기둥 아래로 가득히 퍼진 피 위에 죽은 사람의 머리카락이 벌겋게 늘어붙어 있었다. 어린 내시는 자세히 볼 겨를도 없이 기절초풍을 하고 벌벌 떨며 밖으로 기어나갔다. 어린 내시는 역아와 초에게 가서 제환공이 죽었다는 것을 보고했다.

"주공은 기둥에 머리를 짓찧고 자결하셨더이다."

역아와 초는 그 말이 믿어지지가 않았다. 곧 궁중 군사들을 시켜 그 담 한구석을 크게 뚫었다. 역아와 초는 새로 뚫린 담을 지나 침실로 들어갔다. 그들은 뜻밖에 머리를 산발하고 피투성이가 된 채 쓰러져 죽어 있는 한 여자의 시체를 보고서 크게 놀랐다. 뒤따라 들어온 내시들 중에서 한 사람이 그 시체를 자세히 보고 말한다.

"이는 안아아입니다."

창가에 있던 대선 두 개가 언제 옮겨졌는지 침상을 가리고 있었다. 안아아의 웃옷을 덮고 있는 제환공은 말도 아니 하고 움직이지도 않았다. 제환공은 아는 것도 없고 감각도 없었다. 한갓 변질해가는 물체에 불과했다. 슬프고 애달픈 일이다. 그가 언제 운명했는가를 아는 사람도 없었다. 초는 발상發喪할 일을 역아와 함께 상의했다.

역아가 말한다.

"서두르지 마오. 천천히 합시다. 우선 공자 무휴의 군위부터 정한 뒤에 발상합시다. 그래야만 여러 공자들 사이에 분쟁이 일어나지 않을 것이오."

초는 역아의 말에 찬성했다. 두 사람이 함께 장위희의 궁으로 가서 비밀히 아뢴다.

"주공은 세상을 떠났습니다. 형제간에도 차례가 있은즉 부인의 아드님이 맏〔長〕공자이니 군위를 이어야 마땅하십니다. 다만 지난날 선군先君이 생존시에 송후宋侯에게 공자 소를 세자로 세우고 장래 일까지 잘 봐달라고 수차 부탁한 일이 있었는데, 모든 신하들도 그걸 다 알고 있습니다. 지금 주공이 세상을 떠났다는 걸 발표하면 공자 소를 군위에 앉히고자 날뛸 놈들이 많을 것입니다. 신臣들은 궁중 군사들을 거느리고 우선 공자 소부터 죽이고서 장공자를 군위에 모시겠습니다."

장위희가 은근히 부탁한다.

"나는 부녀자라. 다만 매사를 그대들에게 맡기오."

역아와 초는 각기 궁중 군사를 거느리고 공자 소를 잡으러 동궁東宮으로 쳐들어갔다.

한편 공자 소는 궁중에 가서 부친을 문병하지 못해 늘 고민 중이었다.

그날 밤이었다. 공자 소는 등불을 밝히고 홀로 앉아 이런 생각 저런 생각 하느라고 잠을 이루지 못하고 있는데, 갑자기 정신이 황홀해졌다. 비몽사몽간이었다. 저편 바깥에서 한 부인이 들어왔다.

"세자는 속히 몸을 피하십시오. 지금 곧 불행이 닥쳐옵니다. 첩은 안아아입니다. 선공先公의 분부를 받고 이 일을 알리려고 왔습니다."

공자 소는 좀더 자세한 걸 물어보려고 했다. 그런데 부인은 팔을 뻗어 공자 소를 번쩍 들어올렸다가 내던졌다. 공자 소는 떨어지면서 봤다. 수만 길이나 되는 절벽 아래 깊은 물이 흐르고 있었다. 그 위로 그는 떨어져 내리고 있었다. 그는 외마디 소리를 지르면서 놀라 깼다.

사방이 고요하고 부인은 없었다. 등불만 환히 방 안을 비추고 있었다. 꿈이라고 하기엔 너무나 심상치 않은 꿈이었다. 암만 생각해도 예사로 지나쳐버릴 꿈이 아니었다.

그는 곧 시자에게 등불을 들려 뒷문으로 나갔다. 동궁 밖으로 나와 그는 그길로 상경上卿 벼슬에 있는 고호高虎의 집에 가서 대문을 두드렸다. 고호가 공자 소를 보고 놀란다.

"이 밤중에 공자께서 웬일이십니까?"

공자 소는 방으로 들어가서 꿈 이야기를 했다.

고호가 말한다.

"주공께서 병드신 지도 반달이 지났습니다. 간신들이 안팎을 끊어서 소식이 막혀 알 순 없지만 공자의 꿈은 좋은 징조라 할 수 없습니다. 꿈에 나타난 부인이 선공先公이라고 말했으니 주공께서 세상을 떠나신 것이 확실합니다. 꿈이란 허황하다지만 이런 경우는 믿지 않을 수 없습니다. 그러니 공자는 잠시 국경 밖으로 몸을 피하사 의외의 재앙을 피하도록 하십시오."

"어디로 가야 안심하고 살겠소?"

"주공께서 지난날 송후宋侯에게 공자를 부탁한 일이 있습니다. 우선 송나라로 가십시오. 송후가 잘 도와드릴 것입니다. 나는 나라를 지켜야 할 몸이니 함께 떠나지 못하겠습니다. 나의 문하생 중에 최요崔夭란 자가 지금 동문東門을 지키는 책임자로 있습니다. 곧 사람을 보내어 동쪽 성문을 열도록 하겠으니 공자는 이 밤 안으로 떠나십시오."

고호의 말이 끝나기도 전이었다. 아랫사람이 들어와서 고한다.

"궁중 군사들이 지금 동궁을 포위했다고 합니다."

이 말을 듣고 크게 놀란 공자 소는 얼굴이 흙빛으로 변했다. 공자 소는 즉시 백성의 옷으로 변복하고 고호의 심복 부하 한 사람을 따라 동문으로 갔다.

최요는 고호의 심복 부하한테 쪽지를 받아보고 곧 큰 자물쇠를 열어 빗장을 벗기고 성문을 양쪽으로 열어제쳤다. 공자 소가 초라한 행색으로 막 성문을 나가려는데 최요가 청한다.

"지금 주공께서 살아 계신지 돌아가셨는지 모르겠습니다만 제가 성문을 열어주고 공자를 내보냈다는 죄는 면할 수 없습니다. 공자께서 홀로 떠나시는 모양이니 만일 버리지 않으신다면 이 최요도 함께 송나라로 가고 싶습니다."

공자 소가 매우 기뻐하면서 대답한다.

"만일 네가 함께 가겠다면 이는 또한 나의 원하는 바다."

최요는 즉시 조그만 수레를 끌고 나와서 공자 소를 수레에 올려 모시고 말고삐를 잡고서 송나라를 향해 급히 떠나갔다.

한편 역아와 초는 궁중 군사를 거느리고 동궁을 철통같이 에워싸고 들어가서 샅샅이 뒤졌다. 그러나 공자 소는 그림자도 찾을 수 없었다.

한참 동궁 안을 낱낱이 뒤지며 공자를 찾는데, 벌써 사경四更을 알리는 종소리가 멀리서 들려왔다.

역아가 초에게 말한다.

"우리들이 비밀히 동궁을 에워싼 것은 세상도 모르게 쉽사리 공자를 잡기 위함이라. 점점 날이 밝으면 다른 공자들이 사세를 눈치채고 우리가 이러고 있는 동안에 조당朝堂을 점령할지 모르오. 그러면 큰일을 망치고 마오. 여기서 머뭇거릴 때가 아니오. 속히 궁으로 돌아가서 장공자 무휴를 모시고 모든 사람의 눈치를 살핍시다."

초가 대답한다.

"그 말이 내 뜻과 같소."

두 사람은 곧 군사를 거두고 급히 궁으로 돌아갔다.

그러나 역아와 초가 궁에 이르기 전에 이미 조문朝門은 활짝 열려 있었다. 문무백관들이 분분히 궁중 뜰에 모여들었다. 궁으로 들어간 사람은 고씨高氏, 국씨國氏, 관씨管氏, 포씨鮑氏, 진씨陳氏, 습씨隰氏, 남곽씨南郭氏, 북곽씨北郭氏, 여구씨閭邱氏 등의 일반 자손과 모든 신하와 백성들로서, 그 이름을 다 헤아릴 수 없을 정도였다.

모든 관원官員들은 역아와 초가 궁중 군사를 거느리고 어디론지 나갔다는 소식을 듣고 반드시 궁중에 무슨 변이 일어난 걸로 알고 각기 사람을 조방朝房으로 보냈다. 조방에선 벌써 제환공이 세상을 떠났다는 소문이 퍼져 있었다. 그래서 관원들은 일제히 궁중으로 몰려들어갔던 것이다. 다시 동궁이 포위됐다는 보고가 들어오자, 관원들은 급히 여기저기 모여앉아 상의하기 시작했다.

"이는 간신들이 기회를 이용하여 난을 일으키려는 것이오."

"그나저나 세자는 우리 선공께서 봉封하신 바니 이제 세자를 잃으면 우리는 무슨 면목으로 제나라 신하라고 할 수 있으리오."

모든 관원은 공자 소를 구출할 방도에 대해서 의논했다.

이때, 역아와 초가 군사를 거느리고 궁으로 돌아왔다. 문무백관들이 사면팔방에서 역아와 초에게 중구난방으로 묻는다.

"세자는 지금 어디에 계시오?"

역아가 두 손을 끼고 대답한다.

"공자 무휴는 지금 궁중에 계시오."

문무백관들이 벌집을 쑤신 듯이 외친다.

"무휴는 세자로 책봉된 일이 없소. 그는 우리의 주공主公이 될 수 없소. 속히 공자 소를 모셔오오!"

초가 칼을 쑥 뽑아들고 대답한다.

"우리는 공자 소를 추방했소. 이제 선군의 유언대로 장자長子 무휴를 임금으로 세우겠소. 복종하지 않는 자는 이 칼로 참할 터이니 알아서 하오."

모든 관원이 어지러이 떠들며 욕질을 한다.

"이건 너희 간신들의 수작이구나. 죽은 임금을 속이고 산 사람을 업신여기는 수작일랑 집어치워라. 너희가 마음대로 권세를 이용해서 무휴를 군위에 세운다면 우리는 맹세코 신하란 말을 쓰지 않겠다."

대부 관평管平이 모든 관원을 대표해서 앞으로 나서며,

"저 두 간신놈부터 죽여야만 모든 재앙의 뿌리를 뽑을 수 있소. 그런 연후에 우리 다시 앞일을 상의합시다."

하고 손에 든 아홀牙笏•로 초의 얼굴을 후려갈겼다.

초는 두번째 날아오는 관평의 아홀을 칼로 막았다. 노기등등한 모든 관원은 관평을 도우려고 앞으로 달려나갔다. 이를 보고서 역아가 대갈일성한다.

"너희 궁중 군사들은 왜 그러고 가만히 섰느냐. 닁큼 저놈들을 무찔러라!"

수백 명의 군사는 그제야 각기 칼을 뽑아들고 몰려드는 관원을 향해 쳐들어갔다. 맨주먹인 관원들은 군사들의 칼을 맞고 외마디 소리를 지르며 이리 쓰러지고 저리 꼬꾸라졌다. 관원들은 수효로도 군사를 당적할 수 없었다. 궁중 뜰이 바로 전장이 되고 금란전金鑾殿 앞에 염라대왕이 나타난 꼴이 됐다.

백관들 중에서 난군亂軍의 손에 죽어 쓰러진 자만 해도 열 명중 세 명이나 됐다. 그 외에 부상당한 관원도 많았다. 더 대항할 수 없게 되자, 관원들은 조문 밖으로 달아났다.

역아와 초가 문무백관들을 한편으로 죽이고 한편으로 모조리 궁 밖으로 내쫓았을 때는 이미 날이 밝았다.

역아와 초는 공자 무휴를 모시고 와 조당에서 즉위식을 거행했다. 내시들은 종을 치고 북을 둥둥 울렸다. 군사들은 둥그렇게 양쪽으로 늘어섰다. 넓으나 넓은 궁중 계하階下에서 절하고 춤추며 새 임금을 칭하稱賀하는 사람이라고는 다만 역아와 초 두 사람뿐이었다.

전상殿上에서 이 초라한 광경을 굽어보고 무휴는 창피해서 화가 났다. 역아가 무휴에게 아뢴다.

"대상大喪을 발표하지 않았으므로 모든 관원이 죽은 임금을 내보내지 않았으니 어찌 새 임금을 영접할 줄 알겠습니까. 우선 국의중國懿仲, 고호 두 노대신부터 불러들이십시오. 그러면 문무백관들도 자연 따라들어올 것입니다. 그런 연후에 사람들을 진압하고 복종하게 해야 합니다."

무휴는 역아가 시키는 대로,

"두 노대신을 궁으로 들라고 하여라."

하고 분부했다. 두 내시가 각기 두 노대신을 부르러 갔다.

우경右卿 국의중과 좌경左卿 고호는 원래 주周 천자의 명령을 받고 제나라를 감국監國•하려고 와 있는 대신이었다. 그들은 주 왕실에서도 대대로 상경 벼슬을 지내던 대신이었기 때문에 모든 관원이 공경하고 존경하는 처지였다. 그래서 역아가 무휴에게 두 대신을 부르게 한 것이었다.

국의중과 고호는 각기 궁에서 나온 내시의 전갈을 듣고 비로소 제환공이 세상을 떠났다는 것을 알았다. 두 노대신은 각기 자기 집에서 관복 대신 상복을 입고 삼띠[麻帶]를 허리에 두르고 즉시 입궐했다. 역아와 초는 궁문에 미리 나와 섰다가 들어오는 두 노대신을 황망히 영접했다.

"지금 새 임금께서 전상殿上에 나와 앉아 계십니다. 두 노대부老大夫께서는 새 임금부터 뵈옵도록 하십시오."

국의중과 고호 두 노대신이 대답한다.

"돌아가신 선공의 빈소를 뵙지 않고 새 임금을 보는 것은 예禮가 아니오. 선공의 아들이 하나 둘이 아니니 노부老夫는 어느 누구를 골라야 하겠소? 상주喪主로서 극진히 슬퍼하는 사람이 있다면 우리는 그 사람을 따르겠소."

역아는 말문이 막혔다. 국의중과 고호는 궁성 중간 문밖에서 하늘을 우러러 두 번 절하고 크게 통곡한 뒤 돌아갔다.

무휴가 말한다.

"대상大喪은 생겼고 모든 신하는 복종하지 않으니, 이 일을 어떻게 하면 좋을까."

초가 아뢴다.

"오늘 일은 마치 범을 잡는 것과 같습니다. 결국 힘센 사람이 이깁니다. 그저 주상主上은 정전正殿에 앉아 계십시오. 신들은 군사를 동무東廡, 서무西廡에 늘어세우고 공자들이 들어오기만 하면 낱낱이 잡아서 족치겠습니다."

무휴는 초의 말을 좇기로 했다. 장위희도 본궁本宮의 군사를 다 내주고 심지어 힘센 내시들에게까지 무기를 나눠주었다. 역아와 초는 각기 군사를 거느리고 반씩 나누어 거느리고 동무, 서무에 늘어섰다.

한편 위나라 공자 개방은 역아와 초가 무휴를 군위에 즉위시켰다는 소문을 듣고, 갈영의 소생인 공자 반에게 말한다.

"공자 소는 지금 어디로 달아났는지 흔적도 없습니다. 무휴가 군위에 올랐는데 공자만은 군위에 설 수 없다는 법이 어디 있습니까?"

마침내 개방은 공자 반을 내세우고 집안 장정壯丁과 친한 선비를 총궐기시켜 우전右殿 뜰에 나가서 늘어섰다.

한편 밀희의 소생인 공자 상인은 소위희의 소생인 공자 원과 함께 상의했다.

"우리도 다 같이 선공의 피를 받은 자식들이다. 그러니 이 나라 강산을 누구는 차지하고 누구는 차지 못한다면 이건 말이 안 된다. 이제 공자 반이 우전을 차지했다 하니 우리는 좌전左殿을 근거로 하고 그들과 대항하자. 공자 소가 오면 자리를 양보하고 만일 오지 않으면 제나라를 네 조각으로 똑같이 나눠갖자."

공자 원은 즉석에서 찬성했다.

그들도 각기 집안 무사武士와 평소 문하門下에 양성해뒀던 선비들을 불러모아 군대를 편성했다. 공자 원은 좌전에 웅거하고 공자 상인은 조문朝門에다 부하를 늘어세워놓고 서로 긴밀한 연락을 취했다.

역아와 초는 세 공자들의 부하가 많은 것이 두려워서 굳게 정전을 지키고, 세 공자들도 역아와 초가 만만치 않아서 각기 자기네 군영軍營을 지키며 서로 대치했다. 이야말로 한 궁성 속에서 적국敵國들이 서로 겨루는 판국이었다. 궁중엔 가고 오는 사람도 없었다.

옛사람이 시로써 이 일을 읊은 것이 있다.

봉의 전각, 용의 누각에서 범과 늑대가 울어대니

분분한 무기와 군사들이 궁궐에 가득하도다.
이건 분명히 네 마리 범이 남은 고기를 놓고 다투는 꼴이니
그 누가 상대에게 몸을 숙여 복종하려 하겠는가.

鳳閣龍樓虎豹嘶
紛紛戈甲滿丹墀
分明四虎爭殘肉
那個降心肯伏低

이때, 공자 옹雍은 형제들이 무섭게 날뛰는 꼴과 되어가는 나라 형세를 보고 그만 겁이 나서 진秦나라•로 달아났다. 진목공은 제나라에서 도망온 공자 옹을 맞이하고 대부 벼슬을 주었다.

문무백관들은 세자 소가 어디론지 달아나 주인을 잃은 셈이었다. 그들은 다 문을 닫아걸고 궁에 가지 않았다. 다만 노대신 국의중과 고호는 매우 근심하고 여러모로 해결책을 생각해봤으나 어떻게 사태를 수습해야 좋을지 알 수 없었다. 아무 방책도 없이 공자 네 사람이 서로 겨루는 동안 어느덧 두 달이 흘렀다.

고호가 국의중에게 말한다.

"모든 공자는 그저 군위만 뺏을 생각이지 대상大喪을 치르려 않는구려. 나는 죽기를 각오하고 일을 서둘러야겠소."

국의중이 대답한다.

"대부께서 먼저 들어가 그들에게 말하시오. 나도 뒤따라 들어가겠소. 설령 우리가 죽을지라도 함께 죽어 이 나라 은혜에 보답합시다."

"우리 두 사람이 말하면 일은 좀 쉬워질 것 같소. 그러나 제나

라 녹祿을 먹는 자는 다 이 나라 신하인지라. 그들을 불러모아 함께 조당에 가서 공자 무휴를 받들어 주상主喪을 삼는 것이 어떻겠소?"

"세자가 없으니 당분간 장자長子로 주상을 삼아도 괜찮을 것이오."

두 노대신은 사방으로 문무백관의 집에 사람을 보내어 관원들을 불러모았다. 문무백관들은 두 노대신을 따라 통곡하면서 궁으로 들어갔다. 일반 관원들도 두 노대신이 나서는 걸 보고는 안심하고서 각기 상복으로 차려입고서 궁으로 들어갔다. 조문朝門을 지키던 시초寺貂가 들어오는 두 노대신의 앞을 가로막고서 묻는다.

"두 노대부께서 오신 뜻은 무엇이오니까?"

고호가 대답한다.

"공자들이 서로 겨루며 양보하지 않으니 이러다간 한이 없겠다. 우리는 공자 무휴에게 청하여 주상이 되어달라고 왔을 뿐 다른 뜻은 없노라."

시초는 그제야 고호를 안내했다.

고호는 문무백관에게 자기 뒤를 따라오라고 손짓했다. 고호·국의중과 함께 모든 신하들은 조문으로 들어가 바로 조당에 있는 무휴 앞으로 갔다.

"신들이 듣건대 부모의 은혜는 하늘과 땅과 같다고 합디다. 그러므로 사람의 자식 된 자는 그 부모가 살아 계실 때엔 정성껏 공경하고 그 부모가 세상을 떠나시면 빈殯하여 장사지내는 법입니다. 신들은, 이 세상에서 아버지가 죽었건만 염도 하지 않고 부귀만 다투는 아들들은 전엔 듣지도 보지도 못했습니다. 더구나 임금은 신하의 근본입니다. 임금이 불효하거늘 신하가 어찌 충성을 다하겠습니까. 선군이 세상을 떠나신 지도 두 달이 지났습니다. 그런데 아직 입관入棺도 못하고 있는 형편입니다. 이러고도 공자는 정전에만 앉아 있으면 마음이 편안합니까?"

모든 신하는 땅바닥에 엎드려 통곡했다. 무휴가 눈물을 주르르 흘리면서 대답한다.

"나의 불효는 하늘에까지 사무쳤으리라. 나는 전부터 상례喪禮를 다스리려고 했으나 저 공자 원 등이 아직도 나를 노리고 있으니 어찌하리오."

국의중이 대답한다.

"세자 될 분은 이미 다른 나라로 가고 없습니다. 공자가 가장 나이 많은 장자長子이니 공자가 주상主喪이 되어 선군의 상사喪事를 다스리면 군위는 자연 공자에게 돌아갈 것이오. 공자 원 등이 비록 전각마다 웅거하고 있으나 만일 그들이 방해한다면 우리 노신老臣이 이치로써 그들을 꾸짖겠소. 그럼 누가 감히 공자와 다투리오."

무휴가 눈물을 닦고 군위에서 내려와 두 노대신에게 절하고 말한다.

"이는 바로 나의 원하던 바외다."

고호가 역아와 초에게 분부한다.

"당신들은 정전과 양무兩廡를 지키고 있다가 상복을 입고 들어오는 공자들만 궁중으로 들여보내오. 만일 군사를 거느리고 들어오는 공자가 있거든 즉시 사로잡아 죄로써 다스리오."

이에 시초가 먼저 제환공의 침궁寢宮에 가서 주선했다.

한편 제환공의 시체는 침상 위에 그대로 누워 있었다. 두 달이 지났건만 그동안 아무도 들어와보는 사람이 없었다.

비록 추운 겨울이지만 침상 위의 시체는 피와 살이 다 흐무러져 있었다. 썩는 시즙屍汁 냄새에 코를 들 수 없었다. 시체에서 생겨난 개미만큼씩 한 벌레들이 높은 담장 바깥까지 나와서 기어다니고 있었다. 처음에 사람들은 어디서 이런 벌레가 생겨 나왔을까 하고 의심했다. 문을 열고 침실로 들어가서야 시체의 썩어문드러진 오장육부 사이로 벌레들이 바글바글 들끓는 걸 보고서는 그 처참한 광경에 모두가 크게 놀랐다.

무휴가 방성대곡하자 모든 신하도 일제히 통곡했다. 그날로 널을 짜고 성대히 시체를 염했다. 비록 성대하게 염을 했으나 워낙 시체가 상한 터라 겨우 수의로 쌌을 정도였다.

그러나 안아아의 얼굴은 산 사람과 같았고 몸도 상한 곳이 없었다. 고호 등은 그것만으로도 그녀의 충성과 매운 절개를 짐작할 수가 있어서 차탄하여 마지않았다. 동시에 안아아의 널도 짜고 염도 했다.

고호는 모든 신하와 함께 무휴를 주상으로 받들고 각기 지위에 따라 차례로 늘어서서 애곡哀哭했다. 그날 밤에 그들은 다 함께 영구靈柩 곁에서 밤을 밝혔다.

한편 공자 원, 공자 반, 공자 상인은 각기 다른 전각에서 웅거하고 있다가 고호 · 국의중 두 노대신이 문무백관과 함께 상복으로 차려입고 입궁하는 걸 보고서 무슨 일인지를 몰라 궁금해했다. 나중에야 세 공자는 그들이 선군을 이미 수렴收殮하고 무휴를 주상으로 삼고 임금으로 추대했다는 소문을 듣고서,

"고호 · 국의중 두 노대신이 주동이 되어 일을 추진하니 우리는 능히 다투지 못하겠구나!"

하고 각기 군사를 거두었다.

모든 공자는 그제야 상복에 삼띠를 두르고 치상治喪하는 데 들어가서 형제가 서로 방성통곡했다. 이번에 고호 · 국의중 두 노대

신이 무휴를 설득하지 않았던들 어떤 사태가 일어났을지 누가 알리오.

호증胡曾 선생이 시로써 이 일을 읊은 것이 있다.

충신의 말을 듣지 않고 간신을 사랑하다가
모든 형제간에 자리 다툼하는 추태를 벌이게 했구나.
이때 두 노대신이 사태를 수습하지 않았던들
백골만 침상에 남고 장사도 지내지 못했으리라.
違背忠臣寵佞臣
致令骨肉肆紛爭
若非高國行和局
白骨堆牀葬不成

그 뒤 세자 소는 어찌 됐는가. 세자 소는 구사일생으로 고국을 떠나 송나라에 이르렀다. 그는 울면서 땅에 엎드려 절하고 송양공宋襄公에게 역아와 초가 변란을 일으킨 사실을 호소했다.

송양공이 모든 신하를 불러 묻는다.

"지난날에 제환공이 말하기를 '공자 소를 세자로 세우니 귀후貴侯는 내 자식을 잘 보호해주시오' 하고 과인에게 간곡히 부탁한 지가 꼭 10년이 지났다. 그 뒤 과인은 제후의 그 당시 부탁을 잊은 적이 없다. 이제 역아와 초가 내란을 일으키고 세자를 추방했으니 과인은 모든 나라 제후들과 대회를 열고, 함께 제나라를 쳐서 세자 소를 군위에 세울까 하오. 만일 이 일을 성취하면 우리 송나라는 모든 나라 제후들 사이에 크게 이름을 떨칠 것이며, 동시에 우리 송나라가 다시 대회를 열고 모든 제후를 불러 동맹을 맺는다면 우리는 죽은 제환공의 패업 역시 계승할 수 있을 것이오. 이러한즉 경들은 과인의 뜻을 어떻게 생각하는지?"

한 대신이 출반出班하여 아뢴다.

"우리 송은 제나라만 못한 점이 세 가지나 있습니다. 그러니 어찌 모든 나라 제후를 부릴 수 있겠습니까."

송양공은 그 대신을 굽어보았다. 그 대신은 바로 송환공宋桓公의 장자長子로서 송양공의 서형庶兄이었다. 그는 지난날 나라를 동생에게 양보하고 군위에 서지 않았다. 그래서 송양공은 형에게 상경 벼슬을 주었다. 곧 그의 이름은 목이目夷며, 자字를 자어子魚라고 했다.

송양공이 묻는다.

"목이는 어째서 우리 나라가 제나라보다 세 가지나 못하다고 하오."

공자 목이가 대답한다.

"제나라엔 태산泰山과 발해渤海라는 천연적 성벽이 있고 또 낭야瑯琊 · 즉묵卽墨 땅의 곡창 지대가 있지만, 우리는 나라가 작고 토질이 박해서 군대도 수효가 적고 곡식도 넉넉지 못하니, 이것이 제나라만 못한 그 한 가지 이유입니다. 또 제나라엔 고호 등이 있어 나라를 보살피고, 또 관중 · 영척寧戚 · 습붕隰朋 · 포숙아 등이 있어 모든 일을 상의해서 했으나, 우리는 문무文武가 갖추어져 있질 못하고, 또 어진 사람이 등용되지 않았으니, 이것이 제나라만 못한 그 두 가지 이유입니다. 또 제환공은 북으로 산융山戎을 쳤을 때 유아兪兒가 나타나 길을 지시했고, 교외에서 사냥했을 때 위사委蛇가 자태를 나타냈으나, 우리 나라에선 금년 정월에 다섯 개의 별이 하늘에서 떨어졌건만 다 돌로 화化했으며, 2월엔 큰바람이 불어 여섯 마리의 큰 백로가 달아났으니, 이는 다 진취성보다도 후퇴하는 징조입니다. 이것이 우리가 제나라만 못한 세 가지 이유입니다. 지금 우리는 나라를 보전하기에도 급급하온데 어느 여가에 다른 사람까지 돌볼 수 있겠습니까."

송양공이 의젓이 대답한다.

"과인은 늘 인의仁義를 근본으로 삼는 사람이오. 외로운 사람을 돕지 않으면 이는 인이 아니며, 사람의 부탁을 받고도 이행하지 않으면 이는 의가 아니라."

마침내 송양공은 세자 소를 위해 모든 나라로 격문檄文을 발송했다. 그 격문 내용은 내년 정월에 모여달라는 초청이었다.

그 격문은 위나라에도 전해졌다. 위나라 대부 영속寧速이 아뢴다.

"군위 계승은 적자嫡子를 세우는 법이지만 만일 적자가 없는 경우엔 장자長子가 대신 서는 것이 예법입니다. 제나라 연장자年長者 무휴로 말하면, 그는 지난날에 우리 위衛를 위해서 싸운 공로가 있습니다. 실로 그는 우리 나라의 은인입니다. 원컨대 주공께서는 이 일에 참석하지 마십시오."

위문공衛文公이 한참 생각하다가 대답한다.

"소가 제나라 세자인 것은 천하가 다 아는 바라. 지난날에 공자 무휴가 우리 나라를 도와준 것은 개인적인 은혜며, 세자를 그 나라 군위에 세워준다는 것은 천하의 공변〔公〕된 의義로다. 이제 개인적인 은혜가 있다 해서 어찌 천하의 의리를 저버릴 수 있으리오."

한편 그 격문은 노나라에도 전해졌다.

격문을 보고 노희공魯僖公이 중얼거린다.

"제후齊侯는 세자 소의 앞날을 송나라에만 부탁하고 과인에겐 아무 부탁도 한 적이 없었다. 과인은 장유유서長幼有序만을 아는 사람이다. 그러니 만일 송이 무휴를 친다면 과인은 무휴를 원조하리라."

그 격문에 대한 반향은 이렇듯 나라마다 달랐다.

주양왕 3년, 제나라 공자 무휴 원년 3월에 송나라는 드디어 군사를 일으켰다.

송양공은 친히 위衛·조曹·주邾 삼국 군대와 연합하고 세자 소를 내세우고 제나라 교외郊外로 쳐들어갔다.

이때 역아는 중대부로서 사마司馬가 되어 제齊나라 병권兵權을 장악하고 있었다. 역아는 쳐들어오는 적을 막기 위해서 군사를 거느리고 성을 나갔다. 초는 성안에 머물러 있으면서 전방의 뒤를 대기로 했다.

그리고 고호와 국의중은 성지城池를 지켰다. 고호가 국의중에게 말한다.

"우리가 무휴를 임금으로 세운 것은 우선 선군先君의 장례를 모시기 위해서였지 결코 그를 주공으로 모시기 위한 것은 아니었소. 이제 세자가 송나라 원조를 받아 쳐들어오니, 이치로 따진대도 저쪽이 옳고 형세로 따진대도 저쪽이 강하오. 더구나 역아와 초는 전날에 문무백관을 마구 죽였고 권세를 잡고서는 나라를 어지럽혔소. 지난 일은 고사하고라도 그들은 앞으로도 제나라의 큰 화근이오. 그러니 이 기회에 아주 그들을 없애버리면 어떻겠소. 세자를 맞이하여 임금을 삼으면 모든 공자들도 군위를 다투지 않을 것이며, 따라서 제나라는 태산처럼 안정될 것이오."

국의중이 대답한다.

"역아는 군대를 거느리고 교외로 나가고 없으니, 이 기회에 의논할 일이 있다 하고 초를 불러들여 없애버리겠소. 백관百官을 거느리고 세자를 맞이하여 임금 자리에 올려모시기만 하면 역아의 운명도 끝나오."

"그거 참 좋은 계책이오. 그렇게 합시다."

하고 고호는 찬성했다.

이리하여 두 노대신의 심복 장사들은 성루城樓에 매복했다.

한편 두 노대신이 보낸 심부름꾼은 초의 집으로 갔다.

"기밀에 관한 중대사를 의논하실 일이 있다고 곧 오시라 하옵디다."

이런 통지야말로 맹호猛虎를 잡는 함정이며 자라를 유인하는 좋은 미끼였다.

초왕楚王, 복병으로 맹주盟主를 빼앗다

고호高虎는 역아易牙가 군사를 거느리고 성을 나간 뒤, 그 기회를 놓치지 않고 성루에 장사를 매복시키고 초貂를 초청했다. 초는 조금도 의심하지 않고 거만스레 성루로 왔다.

고호는 술상을 차려놓고 성루에서 초를 대접했다. 술 석 잔을 서로 나눈 뒤 고호가 묻는다.

"송후宋侯가 제후들을 규합하고 세자를 데리고 쳐들어오니 어떻게 적을 막아야겠소?"

"이미 역아가 군사를 거느리고 싸우려고 교외에 나갔으니 사세를 좀 두고 봅시다."

"적은 수효가 많고 우리 군사는 적으니 걱정이오. 노부老夫는 그대의 도움을 받아 우리 제나라의 위기를 면할까 하오."

"이 초가 무슨 능력이 있겠습니까만 노대부께서 시키시면 그대로 하겠소."

고호가 머리를 끄덕이며 말한다.

"그럼 나는 그대의 목을 빌려 송군宋軍에게 사죄해야겠소."

이야말로 청천벽력 같은 소리였다. 초는 크게 놀라 후닥닥 일어섰다. 고호가 좌우를 돌아보며 큰소리로 분부한다.

"이놈을 잡아라!"

성루의 벽 뒤에 숨어 있던 장사들이 일시에 우르르 뛰어나와 초를 에워쌌다. 장사들은 초를 꿇어앉히고 한칼에 그 목을 쳐죽였다.

고호는 성문을 활짝 열어제쳤다. 고호의 분부를 받고 장사들이 저잣거리로 들어가서 외친다.

"세자께서 이미 성문 밖에 오셨다. 세자를 영접하려는 사람은 우리를 따라오라."

원래 백성들은 역아와 초를 미워했다. 그만큼 공자 무휴를 싫어했다. 백성들은 고호가 세자를 영접한다는 소리를 듣자 모두 팔을 걷어붙이고 기꺼이 뛰어나갔다.

세자 소昭를 영접하려고 나간 백성들이 성문 밖에 줄줄이 늘어섰다.

한편 국의중國懿仲이 궁으로 들어가서 무휴에게 아뢴다.

"백성들이 세자를 영접하려고 지금 성밖으로 몰려나갑니다. 노신老臣의 힘으론 그들을 막아낼 재간이 없습니다. 주공은 속히 몸을 피하십시오."

"역아와 초는 어디에 있느냐?"

"아직 역아의 승패는 알 수 없고 이미 초는 백성들에게 피살되었습니다."

무휴는 분기가 치솟아 언성을 높였다.

"백성이 초를 죽였다면 그전에 그대가 몰랐을 리 있겠느냐!"

국의중은 무휴가 좌우 사람을 불러 자기를 잡으려고 하는 눈치를 채고 즉시 조문朝門을 나왔다.

무휴가 내시 수십 명을 거느리고 조그만 수레에 올라타서 분연히 칼을 짚고 명을 내린다.

"과인이 친히 나가서 적을 맞이하여 싸우겠다. 속히 장정들을 불러모으고 무기를 내줘라."

내시들이 거리에 나가서 사방으로 돌아다니며 젊은 장정들을 모았으나 백성들은 한 사람도 응하질 않았다. 도리어 원수처럼 내시들을 미워하는 사람들뿐이었다.

다음과 같은 시가 바로 이런 경우라 하겠다.

은혜를 베풀면 보답을 받고
원수를 사면 벗어날 길이 없도다.
지난날에 저지른 잘못을 어이하리오
둘러봐야 눈앞이 캄캄하구나.
恩德終須報
寃仇撤不開
從前作過事
沒興一齊來

무휴를 원수로 삼고 있는 집들이란 고씨高氏, 국씨國氏, 관씨管氏, 포씨鮑氏, 영씨寧氏, 진씨陳氏, 안씨晏氏, 동곽씨東郭氏, 남곽씨南郭氏, 북곽씨北郭氏, 공손씨公孫氏, 여구씨呂邱氏 등이었다.

이런 대관大官 집 자제들은 애초부터 무휴를 미워했다. 역아, 초에게 살해당한 벼슬아치 집 유가족들은 모두 원한을 품고 있었던 것이다. 그들은 송양공이 세자 소를 데리고 쳐들어온다는 것과 역아가 송군宋軍과 싸우려고 갔다는 걸 알고 있었다. 그들은 역아가 싸움에 지기를 은근히 바라면서도, 한편 송군이 쳐들어오면 자기네들이 난리를 당할까 봐 내심 걱정도 했다.

그들은 희망과 불안의 틈바구니에서 괴로워하던 참에 고호 노대신이 초를 죽이고 세자 소를 영접하러 갔다는 소문을 듣고서 모두 기뻐했다.

"하늘이 이제야 눈을 떴소."

하고 그들은 손에 호신護身할 만한 무기를 들고 세자 소가 어디까지 왔는지 궁금해하면서 동문東門으로 향했다.

그들이 동문 가까이 갔을 때였다. 마침 그들은 수레를 타고 오는 무휴와 만났다. 그중 한 사람이 무휴가 타고 오는 수레 앞으로 달려가자 모든 사람도 일제히 와 소릴 지르면서 무기를 뽑아들고 달려갔다. 그들은 즉시 무휴를 에워쌌다. 수레를 에워싸고 오던 내시들이 큰소리로 꾸짖는다.

"주공께서 여기 계시니 너희들은 무례하게 굴지 마라."

뭇사람들이 무기를 번쩍 들며,

"누가 우리 주공이란 말이냐!"

하고 닥치는 대로 내시들을 쳐죽였다.

무휴는 더 이상 수레를 탄 채 죽음을 기다릴 순 없었다. 그는 급히 수레에서 뛰어내려 달아나기 시작했다. 그러나 나는 새가 아닌 바에야 그 많은 사람들 속에서 어찌 벗어날 수 있으리오. 뭇사람들은 달아나는 무휴의 앞을 막고 전후좌우로 달려들었다. 무수한 발길질과 주먹과 무기에 얻어맞고 무휴는 그 당장에 박살이 나서 죽어자빠졌다.

동문 일대는 사람들이 물 끓는 듯했다. 국의중은 군중을 위로하고 흩어지길 청했다. 그제야 사람들은 돌아갔다. 국의중은 피투성이가 되어 죽어자빠진 무휴의 시체를 별관別館으로 옮기고 염을 했다. 한 장사가 국의중의 명을 받고 이 사실을 고호에게 알리려고 말을 달려 갔다.

한편, 역아는 군대를 동관東關에다 둔屯치고 송군宋軍과 서로 대치하고 있었다. 그날 밤중이었다. 갑자기 군중軍中이 소란해지더니, 한 병사가 허둥지둥 장막 안으로 들어와서 역아에게 보고한다.

"들리는 말에 의하면 무휴와 초가 다 죽음을 당했다고 합니다. 더구나 고호가 백성을 거느리고 세자 소를 영접하러 마중 나오는 중이라고 합니다. 사세가 이러하니 우리도 세자를 영접해야겠습니다."

역아는 군사들의 마음이 이미 변한 걸 알고는 그길로 심복 부하 몇 사람을 거느리고 밤을 이용해서 노魯나라를 향하여 달아났다.

이튿날 날이 환히 밝았을 때에야 고호가 동관에 왔다. 고호는 역아가 버리고 달아난 군사들을 위로하고 안정시켰다. 그리고 고호는 즉시 교외로 가서 세자 소를 영접하는 동시 송 · 위 · 조 · 주 네 나라에 화평을 청했다. 네 나라는 목적을 달성했으므로 각기 본국으로 돌아갔다.

고호는 세자 소를 모시고 임치성臨淄城 밖으로 돌아가 잠시 공관에 들었다.

고호는 수하 사람을 불러,

"법가法駕를 정비하고 문무백관들과 함께 세자를 영접하러 나오도록 가서 전하여라."

하고 국의중에게 보냈다.

한편 공자 원元과 공자 반潘은 함께 성곽 밖에 나가서 세자를 영접하려고 공자 상인商人을 불렀다. 공자 상인이 와서 공자 원과 공자 반에게 격한 어조로 말한다.

"우리는 국내에 있으면서 아버지의 장사葬事를 모신 사람이오. 소는 곡哭도 않고 상복喪服도 입을 사이 없이 타국으로 달아났던 사람이라. 이제 그는 송나라 군력軍力을 빌려 우격다짐으로 우리 제나라를 뺏으려 하지만 이는 이치에 어긋나도다. 듣자 하니 제후諸侯들의 군대도 다 물러갔다고 하오. 우리는 각기 집안 병사들을 거느리고 무휴의 원수를 갚는다는 대의명분 아래 소를 죽여야 하오. 그리고 대신들의 공론에 맡겨서 우리 세 사람 중에서 한 사람이 임금이 되도록 합시다. 그러면 우리 나라는 앞으로 송나라의 절제를 받지 않을 것이며, 맹주盟主 하신 선공의 뜻도 이을 수 있소."

공자 원이 대답한다.

"그렇게 하려면 우리가 일단 궁중 명령을 받들어서 거사하는 것이 명분상 더욱 이로울 것이오."

이에 세 사람은 궁으로 들어가서 장위희에게 계책을 품했다.

장위희가 울면서 말한다.

"너희들이 무휴의 원수를 갚아준다면 나는 곧 죽어도 여한이 없겠노라."

세 사람은 즉시 무휴의 심복이었던 사람과 각기 자기 당黨인 사람들을 불러모아 세자 소를 물리치기로 했다.

초의 수하 심복들도 주인 원수를 갚겠다면서 세 공자 편에 가담했다. 그들은 즉시 임치의 각 성문을 점거하고 기세를 올렸다.

국의중은 그들 세 공자의 일당이 너무나 많아서 부문府門을 굳게 닫고 꼼짝을 못했다.

한편 고호가 세자 소에게 아뢴다.

"비록 무휴와 초는 죽었지만 그 일당이 아직도 남아 있어서 세 공자들이 그들을 거느리고 성문을 열어주질 않고 우리에게 거역한답니다. 만일 성안으로 들어가려면 싸워야겠는데 싸워서 이기지 못하면 오늘날까지 쌓아온 전공前功이 다 수포로 돌아갑니다. 이젠 별수 없습니다. 다시 송나라에 가서 구원을 청하는 것이 상책인가 합니다."

세자 소가 대답한다.

"만사를 국로國老가 알아서 처리해주오."

마침내 고호는 세자 소를 모시고 다시 송나라로 달아나버렸다.

송양공이 군사를 거느리고 겨우 본국 경계까지 돌아갔을 때였다. 그는 세자 소가 뒤쫓아온 걸 보고 크게 놀랐다.

"어쩐 일이오?"

고호가 세자 대신 사태가 일변한 것을 일일이 고했다. 송양공은 연방 머리를 끄떡이며,

"허…… 과인이 너무 빨리 회군回軍한 때문이었소. 세자는 염려 마오. 과인이 있는 한 어찌 임치에 못 들어가리오."

하고 대장 공손고公孫固에게,

"즉시 병거와 군마를 더 징발하여라."

하고 분부했다.

전번에는 위衛·조曹·주邾 삼국과 함께 군사를 일으켰기 때문에 병거 200승을 동원했지만 이제 송나라는 단독으로 가야 하므로 병거 400승을 출동시켰다.

공자 탕蕩이 선봉이 되고 화어사華御事가 후군後軍이 되고 송양공은 친히 중군中軍이 되어 세자 소를 호위하기 위해 다시 송나라 국경을 떠났다.

송군宋軍이 다시 제나라 교외에 당도하자, 고호가 선두를 달렸

다. 동관을 지키던 제나라 관리는 송군의 선두에서 달려오는 사람이 바로 고호임을 보자 곧 관문을 열고 맞이해들였다.

이리하여 송군은 바로 임치 앞까지 나아가서 영채를 세웠다.

송양공은 성문이 굳게 닫혀 있는 걸 보고,

"성을 공격하도록 기구를 갖추어라."

하고 분부했다.

한편 성내의 공자 상인이 공자 원과 공자 반에게 말한다.

"송군이 성을 치면 백성들이 소란할지라. 우리가 먼저 송군을 치도록 합시다. 다행히 이기면 좋고 불행히 패하면 각기 몸을 피했다가 다시 거사합시다. 형편 봐서 처신해야지 죽음을 걸고 이곳을 지키다가 만일 다른 나라 제후들까지 몰려오는 날이면 어찌하리오."

이 말에 공자 원과 공자 반은 찬성했다.

그날 밤, 그들은 성문을 열고 각기 병거를 거느리고 송채宋寨를 기습했다. 하지만 송군의 허실을 잘 알 수가 없어, 우선 송의 전영前營을 쳤다. 갑자기 공격을 받은 공자 탕은 미처 손쓸 여가도 없이 전채前寨를 버리고 달아났다.

중군 대장 공손고는 이미 전채를 잃었다는 급보를 받고 즉시 대군을 거느리고 달려갔다. 후군인 화어사도 고호와 함께 각기 군사를 거느리고 달려가 일대 접전을 벌였다. 양편의 혼전은 날이 샐 때까지 계속되었다.

공자 상인, 공자 원, 공자 반의 부하는 비록 수효는 많으나 각기 자기 주인만을 위해서 싸우기 때문에 단결이 되어 있질 않았다. 단결 못한 세 공자의 군사가 어찌 송나라 대군을 당적할 수 있으리오. 밤을 밝히며 싸운 그들은 송군의 창과 칼 아래 무수히 죽어 자빠졌다.

공자 원은 세자 소가 입국하는 날이면 화를 면하지 못할 것을 알고 양편이 싸우는 기회를 이용해서 심복 부하 몇 사람과 함께 위나라로 달아났다.

공자 반과 공자 상인은 패잔병들을 수습하고 성을 향해 달아났다. 송군은 즉시 그들의 뒤를 추격했다. 그러나 공자 상인은 미처 성문을 닫을 여가가 없었다.

그때 최요崔夭가 세자 소의 수레를 급히 몰아 나는 듯이 성문 안으로 들이닥쳤다. 그제야 국의중은 공자 상인의 군사가 패하고 세자 소가 입성했다는 소문을 듣고, 즉시 문무백관들을 거느리고 나갔다.

그날로 세자 소昭는 궁으로 들어가 즉위하고 그해로 원년元年을 삼았으니, 그가 바로 제효공齊孝公이다.

제효공은 군위에 오른 뒤 논공행상을 했다. 최요를 대부로 삼고, 황금과 비단을 내어 송군을 위로했다. 송양공은 제나라에서 닷새 동안 머문 뒤 회군했다.

이때, 노나라 노희공魯僖公은 군사를 일으켜 무휴를 원조하려고 가다가 이미 세자 소가 군위에 올랐다는 소문을 듣고 도중에서 돌아갔다.

이로부터 노나라와 제나라는 서로 사이가 좋지 못했다. 그러나 그건 다음날의 이야기다.

한편, 공자 상인과 공자 반은 서로 모여서 의논한 뒤, 이번에 세자의 입성을 거역한 것은 다 공자 원이 주모主謀한 짓이었다고 씌웠다.

국의중과 고호는 그들이 함께 공모한 짓임을 잘 알고 있었으나, 제효공에게 되도록 원수를 풀고 형제간에 우애를 맺어야 한다는 뜻을 아뢰고 공자 상인과 공자 반의 죄목을 들추지 않고 덮어두기로 했다.

그래서 제효공은 다만 역아와 초가 저질러놓고 간 죄를 들어서 그들 일당만을 모조리 죽여버렸다. 그외 사람들의 허물은 일체 불문에 부쳤다.

그해 가을 8월에 제나라는 비로소 제환공齊桓公을 우수산牛首山 위에다 장사지냈다. 그들은 산 위에다 큰 분묘를 세 개나 나란히 만들었다. 혹 후세 사람이 도굴할까 염려하고 무덤을 세 개나 만들어 제환공이 어디에 묻혔는지를 모르게 했던 것이다. 그리고 그 곁에다 안아아晏蛾兒의 무덤도 조그맣게 만들었다.

그들은 공자 무휴와 공자 원이 저지른 변란을 괘씸히 생각하고, 장위희長衛姬와 소위희少衛姬, 그 양 궁宮의 내시와 궁인들까지 모조리 잡아다가 살아 있는 그대로 묻었다. 이렇게 순장殉葬당한 자가 무려 수백 명에 달했다.

그 뒤 진晉나라• 영가永嘉 말년 때 일이었다. 그때도 천하가 크게 어지러웠다. 그 당시 촌사람들이 제환공의 무덤을 도굴했다. 파보니 무덤 안으로 들어가는 주변엔 수은水銀의 못이 둘러 있고 한기寒氣가 몹시 풍겨서 들어가질 못했다. 며칠이 지난 뒤에야 겨우 찬 기운이 가시어서 사람들은 그제야 사나운 개들을 거느리고 무덤 안으로 들어갔다.

그 무덤 속에서 나온 것만 해도 금잠金蠶이 수십 말〔斛〕이고, 주유珠襦, 옥갑玉匣, 비단〔繒綵〕, 군기軍器 등은 이루 헤아릴 수 없을 정도였다. 총중塚中은 도처에 널려 있는 무수한 해골들 때문에 잘 걸어다닐 수가 없을 정도였다. 물론 그것은 순장당한 사람들의 해골이었다.

이것만으로도 그 당시에 제효공이 부친인 제환공을 얼마나 대규모로 장사지냈던가를 알 수 있다. 그러나 그것이 무슨 소용이 있으리오.

염옹이 시로써 이 일을 읊은 것이 있다

눈을 속이려는 세 무덤의 크기가 산만했으나
결국 가지가지 보물이 다시 인간 세상에 나오고 말았다.
자고로 많은 물건을 묻으면 도굴을 당하게 마련이니
간소히 매장함이 물건을 아끼기 때문만은 아니니라.
疑塚三堆峻似山
金蠶玉匣出人間
從來厚蓄多遭發
薄葬須知不是慳

송양공은 제나라를 치고 세자 소를 군위에 올려준 것을 무슨 천하에 큰 공이라도 세운 것처럼 만족해했다. 그래서 그는 모든 나라 제후들을 소집하고 제환공이 맡아본 그 맹주의 자리를 자기가 맡아서 하기로 결심했다.

그러나 부른다고 큰 나라 제후들이 고분고분 올 것 같지가 않았다. 송양공은 우선 등滕·조曹·주邾·증鄫 등 조그만 나라에 통지하고 조나라 남쪽 고을에서 회會를 열고 그들과 동맹을 맺기로 했다.

약속한 기일이 되었다. 그러나 오기는 조·주 두 나라 군주뿐이었다. 늦게야 등나라 영제嬰齊가 회장會場에 왔다.

송양공은 회가 너무나 초라해서 화가 났다. 그래서 화풀이 겸 늦게 온 등나라 영제를 별관에 잡아가두었다.

한편 증나라 임금은 등나라 임금이 늦게 간 죄로 감금당했다는 소문을 듣고서야 송나라 위엄에 질려 하는 수 없이 회에 갔다. 그러니까 증나라 임금은 기일보다도 이틀 늦게 당도했다.

송양공이 모든 신하에게 묻는다.

"과인이 이제 처음으로 동맹을 제의했건만 증 같은 조그만 나라가 태만스레 기일을 어기고 이틀이나 늦게 왔으니, 그 죄를 엄중히 다스리지 않는다면 어찌 우리 송나라 위엄을 세울 수 있으리오."

대부 공자 탕이 나아가 아뢴다.

"지난날 제환공은 천하 모든 나라 제후의 맹주로서 남정북벌南征北伐했으나 오직 동이東夷만을 굴복시키지 못했습니다. 주공께서 중원에 위엄을 떨치시려면 먼저 동이부터 쳐서 굴복시켜야 하며, 동이를 굴복시키려면 우선 증나라 임금부터 이용해야 합니다."

송양공이 묻는다.

"증나라 임금을 이용하라니 어떻게 하란 말인가?"

공자 탕이 대답한다.

"수수睢水에 수신水神이 있어 능히 비와 바람을 일으키는 조화를 지니고 있습니다. 그래서 동이 사람들은 그곳에다 사당을 짓고 춘하추동으로 제사를 지냅니다. 진실로 주공께서 이용하시려면 수신睢神에게 증나라 임금을 희생犧牲으로 바치십시오. 그러면 수신이 주공께 복을 내릴 것입니다. 뿐만 아니라 동이 사람들은 다 주공을 칭송할 것입니다. 더구나 제후를 죽여서 제사를 지냈으니 그 누가 두려워하지 않으며 그 누가 주공의 명령에 복종하지 않겠습니까. 그런 연후에 동이의 힘을 빌려 모든 나라 제후를 정복하면 주공께서는 패업을 성취할 수 있습니다."

상경 벼슬에 있는 공자 목이目夷가 정색하고 간한다.

"당치 않은 말이오. 천하에 그럴 수가 있습니까. 자고로 조그만 일에 큰 짐승을 잡지 않는 것은 생명을 소중히 여기기 때문입니다. 더구나 사람을 잡아서 제사를 지낸다니 이는 만고에 있을 수 없는 일입니다. 대저 제사란 것은 사람이 복을 빌기 위해서 올리는 것인데, 만일 사람을 죽여서까지 복을 빈다면 우선 천지신명부터 감동하지 않을 것입니다. 또한 국가엔 정기적으로 올리는 제사가 있어 종백宗伯이 이 일을 다 맡아서 하고 있습니다. 그렇다면 수수의 수신水神은 한갓 요귀에 불과합니다. 오랑캐 동이가 숭상하는 귀신을 주공이 또한 숭상한다면 결코 주공께서는 오랑캐를 제압하지 못합니다. 또 오랑캐가 지내는 제사를 부끄러운 줄도 모르고서 제사지내는 주공께 천하의 그 누가 복종하겠습니까. 제환공이 30년 동안 맹주로서 천하 제후를 거느리고 패권을 잡은 것은 위급한 자를 도와주고 망하는 자를 구해줘서 해마다 천하에 덕을 베푼 때문입니다. 이제 주공은 겨우 처음으로 맹회盟會를 개최하고 대뜸 제후를 죽여서 요사한 귀신에게 아첨한다면 모든 나라 제후들은 주공을 두려워하고 배반하면 배반했지 결코 복종하진 않을 것입니다."

공자 탕이 반발한다.

"목이의 말은 사세를 모르고 하는 소립니다. 주공이 패업을 도모하시는 것은 제환공의 경우와 다릅니다. 제환공은 천하 모든 나라를 통제하기까지 20여 년이란 장구한 세월을 소비한 연후에야 겨우 대회大會에서 맹주가 됐습니다. 지금 주공께선 과연 20여 년이란 긴 세월을 기다릴 수 있습니까? 대저 패권을 천천히 잡으려면 덕德을 써야 하지만 급히 잡으려면 위력을 쓰는 수밖에 없습니다. 그러니 천천히 잡을 것인가 빨리 잡을 것인가를 우선 살펴야 합니다. 오랑캐 풍속을 따르지 않으면 저 오랑캐가 먼저 우리를 의심할 것이고, 모든 나라 제후에게 무섭게 굴지 않으면 모든 나라 제후가 먼저 우리를 만만히 봅니다. 안으론 놀림감이 되고 밖으론 의심거리가 된다면 무엇으로써 패업을 달성할 수 있겠습니까. 옛날에 주문왕周文王은 주왕紂王의 머리를 베어 태백기太白旗에 걺으로써 천하를 얻었습니다. 이것이 제후의 몸으로서 천자를 죽이고 큰 뜻을 이룬 그 일례입니다. 그런데 증나라 같은 그런 조그만 나라 임금 하나를 두려워한대서야 무슨 일을 할 수 있습니까. 주공께서는 두말 마시고 신이 시키는 대로만 하십시오."

원래 송양공은 하루 속히 천하의 패권을 잡아 모든 나라 제후를 거느리고 싶었다. 그래서 송양공은 마침내 공자 목이의 말을 듣지 않았다.

이리하여 송양공은 주邾나라 주문공邾文公을 시켜 증나라 임금을 펄펄 끓는 가마솥에 잡아넣고 삶게 했다.

수수의 신에게 제사지낼 희생으로 사람을 삶아놓고, 송양공은 신하 한 사람을 동이의 군장君長에게 보냈다. 동이의 군장에게 보낸 글엔 수수의 신에게 제사를 지낼 터이니 그대도 와서 우리가 준비한 사람을 희생으로 바치는 데 참석하라는 내용이 씌어 있었다.

그러나 동이는 송양공이 어떻게 백성을 다스리는 사람인지를 잘 몰랐으므로 제사에 참석하지 않았다.

한편, 송나라 별관에 갇혀 있는 등나라 임금은 이 소문을 듣고 벌벌 떨었다. 그는 사람을 시켜 많은 뇌물을 송양공에게 바치고 석방해주길 간청했다. 송양공은 많은 뇌물을 받고서야 별관에 감금해둔 등나라 임금을 풀어줬다.

조나라 대부大夫 희부기僖負羈•가 조공공曹共公 양襄에게 말한다.

"송은 급한 나머지 사람을 학살했으니 무슨 일을 성공하겠습니까. 우리는 도읍都邑으로 돌아갑시다."

그래서 조공공은 송양공에게 인사도 아니 하고 도읍으로 돌아갔다.

송양공으로 말하면 조나라 땅에 온 큰 손님 격이었다. 손님에 대한 인사도 하지 않고 도읍으로 돌아가버린 조공공에 대해서 송양공은 분을 삭이지 못했다. 송나라 신하는 즉시 조공공을 뒤쫓아가서 책망했다.

"자고로 모든 나라 제후가 서로 만날 때는 예물을 차려놓고 빈주賓主의 우호友好를 나누는 것이거늘 이번에 우리 주공이 귀후貴侯의 땅에 와서 대회를 여신 지도 불과 수일밖에 안 됐는데 인사도 없이 돌아가다니 이런 법이 어디 있소. 두 나라 신하들은 서로 누가 누군지 아직 인사도 못했소. 군후는 우리 주공께 가서 새로이 예의를 갖추고 사과하시오."

희부기가 대신 대답한다.

"대저 공관을 제공하고 예물을 차리는 것은 국가에서 초빙했을 때나 하는 것이오. 이번 송나라 군후께선 공사公事로 우리 나라 남쪽에 오셨기 때문에 우리 주공께선 급히 가서 인사를 하느라고 다른 것은 생각할 겨를이 없었소이다. 이게 귀국 군후께서 우리 나라 상감께 예의가 없다고 꾸짖으신다면 우리 상감은 그저 부끄러워하실 따름이라. 그러니 귀국은 우리를 용서하시오."

송나라 신하는 더 이상 어쩔 수 없어 그냥 돌아갔다. 송양공은 돌아온 신하로부터 이 말을 듣고 대로했다.

"이렇게 무례할 수가 있나. 곧 조나라 도읍을 치도록 준비하여라. 이래서야 우리 송나라 위신이 서지 않겠다."

공자 목이가 앞으로 나아가 간한다.

"지난날 제환공은 여러 나라 땅에 두루 가서 모든 제후들과 대회를 열었습니다. 그럴 때마다 제환공은 후하게 가지고 가서 귀국할 때는 맨손으로 돌아왔습니다. 그리고 대회가 열린 그 나라에서 비록 대접이 박해도 책망한 일이 없었습니다. 그는 사람의 목숨을 아꼈고 관대한 도량으로써 사람을 도왔습니다. 조나라가 이번에 무례하다 할지라도 주공께 손해를 끼친 것은 없습니다. 그런데 하필이면 군사를 일으킬 것까지야 있습니까."

송양공은 공자 목이의 말을 듣지 않았다. 공자 탕은 송양공의 명령을 받고 군사와 병거 300승을 거느리고 가서 조나라 도성을 포위했다.

희부기는 만단 준비를 갖추고 성을 굳게 지켰다. 공자 탕은 조나라 성을 공격한 지 3개월이 지났으나 승리하지 못했다.

이때, 정나라 정문공鄭文公은 노 · 제 · 진陳 · 채 사국 제후를 설득하고 초성왕楚成王과 함께 제나라 땅에서 동맹을 맺었다.

한편 이 소문을 듣고서 송양공은 크게 놀랐다. 그가 놀란 데엔 두 가지 이유가 있었다. 그 하나는 만일 제나라와 노나라 중에서 하나가 패권을 잡는다면 송은 그들과 싸울 만큼 힘이 없었다. 그 둘째는 공자 탕이 조를 공격해서 이기지 못할 경우엔 자기 군사의 예기가 꺾일 뿐 아니라 다른 나라 제후들로부터 비웃음거리가 되겠기 때문이었다. 그래서 송양공은 공자 탕을 소환했다.

조공공은 송나라 군사가 포위를 풀고 돌아갔으나, 혹 다시 쳐들어오지나 않을까 염려하고 사람을 보내어 송양공에게 사죄했다.

그 후로 송나라와 조나라는 다시 친밀한 사이가 되었다.

송양공이 밤낮 생각한 것은 어떻게 하면 천하 모든 제후를 맘대로 부릴 수 있는, 곧 패업을 성취하느냐에 있었다. 그런데 조그만 나라들도 도무지 자기에게 복종하질 않았다. 강대한 나라들은 도리어 멀리 떨어져 있는 초나라와 동맹을 맺는 형편이었다.

송양공은 초조감과 분노를 참지 못하고 공자 탕과 함께 앞일을 상의했다. 공자 탕이 아뢴다.

"지금 천하에 제齊·초楚보다 강한 나라는 없습니다. 제나라는 지금까지 천하의 패권을 잡았으나 제환공이 죽은 뒤로 나라가 어지러웠다가 이제 겨우 안정됐으므로 아직 제대로 힘을 펴지 못하고 있습니다. 초는 스스로 왕이라고 칭하면서 점점 중원으로 힘을 뻗고 있기 때문에 제후들이 두려워하고 있습니다. 주공께서는 많은 뇌물을 초나라에 보내는 동시 상대를 존경하는 언사로써 '제후들과 우리 송이 서로 친할 수 있도록 주선해주십소사' 하고 초왕에게 간청하십시오. 그러면 초왕이 반드시 우리 송과 모든 나라 제후 간에 친분이 두터워지도록 주선해줄 것입니다. 이리하여 우선 초나라 힘을 빌려 제후들을 모으고 다시 제후들의 힘을 빌려 초를 누르면 주공은 천하의 백주伯主가 될 수 있습니다."

곁에서 이 말을 듣고 공자 목이가 간한다.

"초가 무엇 때문에 힘들여 모든 나라 제후들을 우리에게 내주겠습니까? 이러다간 큰 전란戰亂만 벌어질까 두렵소이다."

송양공은 공자 목이의 말을 들으려고도 안 했다. 그리하여 공자 탕은 송양공의 명령을 받고 많은 뇌물을 수레에 싣고서 초나라로 갔다. 초성왕이 공자 탕을 접견하고 그 온 뜻을 묻고서 대답한다.

"그럼 가서 내년 봄에 녹상鹿上 땅에서 우리 서로 회會를 가지

자고 전하시오."

공자 탕은 곧 초나라를 떠나 본국으로 돌아갔다.

공자 탕은 귀국하는 즉시로 송양공에게 초성왕의 말을 전했다. 송양공이 머리를 끄덕이며 말한다.

"녹상이라면 바로 제나라 땅이구나. 그렇다면 이 일을 제후齊侯에게 알리지 않을 수 없다."

이에 공자 탕은 다시 제나라로 갔다. 그리고 '송 · 초의 회를 귀국 땅 녹상에서 갖게 됐으니 장차 군후께서도 참석해주시길 바랍니다' 하고 청했다. 제효공은 곧 승낙했다. 이는 송양공 11년이요, 주양왕 12년 때 일이었다.

이듬해 봄 정월에 송양공이 먼저 녹상 땅에 당도했다. 그는 맹단盟壇을 쌓고 제효공과 초성왕이 오기를 기다렸다. 2월 초순에 제효공이 녹상 땅에 왔다. 송양공은 지난날에 제효공을 제나라 군위에 올려줬다 해서 거만스런 태도를 취했다. 제효공 또한 송양공 덕분에 제나라 임금이 됐기 때문에 주인으로서의 예를 다하고 크게 잔치를 베풀었다. 다시 20여 일이 지난 뒤에야 초성왕이 왔다.

송 · 제 두 군후는 초성왕을 접견할 때 벼슬의 고하로써 순서를 정했다. 초성왕이 제 맘대로 왕호王號를 쓰고 있으나 주 왕실로부터 받은 벼슬은 자작子爵에 불과했다. 그래서 송양공이 윗자리를 차지하고 제효공은 그 다음 자리를 차지하고 초성왕에겐 맨 끝의 자리를 내줬다.

기일期日이 되었다. 그들은 함께 맹단으로 올라갔다. 송양공은 스스로 맹주盟主로 자처하고서 먼저 쇠귀를 잘라 피를 받았다. 송양공은 이미 패권을 잡은 맹주가 된 것처럼 행세할 뿐 조금도 사양하거나 겸양하는 기색이 없었다. 초성왕은 송양공의 하는 짓이 아니꼬워 견딜 수 없었다. 그러나 꾹 참고 소의 피를 입술에 바르고 맹세를 마쳤다.

송양공이 말한다.

"과인이 조상의 뒤를 이어 왕가王家의 벼슬을 받은 뒤, 비록 덕과 힘은 부족하나 크게 맹회盟會를 열고 천하에 이바지해야겠다는 생각은 늘 품고 있었소. 그러나 열국列國의 생각이 다 각기 다른지라. 앞으로 두 군후의 위세를 빌려 천하 제후들을 다 과인의 나라 우盂 땅에 모아놓고 지금까지 아무도 한 적이 없는 대규모의 대회를 한번 개최할 요량이오. 금년 가을 8월에 천하 제후들과 동맹할 수 있는 모든 주선과 준비는 과인이 다 맡아서 하겠으니 두 군후는 과인을 위해 되도록 많은 나라 제후들을 모아 와주시기 바라오."

제효공은,

"과인에게 무슨 힘이 있겠습니까."

하고 초성왕에게 사양하면서 아무 책임도 지지 않으려고 했다. 초성왕도 제효공에게 사양하면서 아무런 언질도 하지 않았다.

두 군후가 서로 겸양하는 걸 보고서 송양공은,

"두 군후께서 만일 과인을 저버리지 않으신다면 여기에다 서명을 해주시오."

하고 대회 취지를 쓴 문서를 제효공 앞엔 내놓지 않고 먼저 초성왕 앞에 내놓고 청했다. 제효공은 자기에게 먼저 서명을 청하지 않는 송양공의 태도에 비위가 거슬렸다.

초성왕은 우선 그 문서를 훑어봤다. 그 내용은 모든 나라 제후들을 다 모아 맹회를 열고 지난날 제환공이 개최했던 의상衣裳의 회會를 본받으려 하니 일체 무기와 병거를 버리고 참석해달라는 것이었고, 바로 그 옆 제일 첫 줄에 이미 송양공의 서명이 기입되어 있었다.

이를 보고 초성왕은 가소롭다는 듯이 웃으면서 송양공에게 말한다.

"송후宋侯께서 친히 모든 나라 제후들에게 오라고 분부하실 것이지 하필이면 과인에게 부탁합니까."

송양공이 대답한다.

"정鄭·허許 두 나라는 군후의 지배를 받고 있으며 진陳·채蔡는 다시 제齊 땅에서 군후와 동맹했으므로 군후의 힘을 빌려야만 그들을 통일할 수 있소이다. 그러하오니 군후는 과인을 위해 힘을 좀 써주십시오."

"그렇다면 제후齊侯께서 먼저 서명하셔야겠습니다. 과인은 그 다음 줄에다 서명하겠소."

제효공이 냉소한다.

"과인은 송나라의 지배 아래 있는 거나 다름없소이다. 그러므로 사양하겠습니다."

초성왕이 너털웃음을 웃고 문서에다 서명한다. 그리고 나서 초성왕은 붓을 제효공에게 주었다.

제효공은 붓을 받지 않으면서,

"초나라가 서명했는데 제나라까지 서명할 거야 있습니까. 과인은 몇 번 죽을 뻔한 갖은 풍파를 다 겪고 겨우 사직社稷을 보존했소이다. 오늘날 동맹에 참가한 것만 해도 영광인데 어찌 이 문서까지 더럽힐 수야 있습니까."

하고 굳이 서명을 하지 않았다. 제효공은 송양공이 먼저 초성왕에게 서명을 청하는 걸 보고서야 송이 초를 중시하고 제를 경멸한다는 걸 알았다. 그래서 제효공은 아니꼬운 생각이 들어서 끝까지 서명하지 않았던 것이다.

송양공은,

'내 덕분에 제후齊侯가 군위에 올랐으니 저렇게 겸양하는 것도 무리는 아닐 거야.'

생각하고 그냥 문서를 거두어넣었다.

삼국三國 군후들은 녹상에서 수일 머문 뒤, 서로 작별하고 각기 본국으로 돌아갔다.

염옹이 시로써 이 일을 탄식한 것이 있다.

제후들이 원래 중원 소속이거늘
어찌 모두가 남쪽 오랑캐 초에다 구걸하는가.
한 뿌리에서 자라난 한 나무로 잘못 알고서
각기 초楚를 존경하니 탄식할 일이로다.
諸侯原自屬中華
何用紛紛乞楚家
錯認同根成一樹
誰知各自有丫義

초성왕은 귀국하자 녹상 땅에 다녀온 경과를 영윤令尹(초나라 재상직) 벼슬에 있는 자문子文에게 말했다. 자초지종을 듣고 나서 자문이 말한다.

"송후宋侯는 참으로 성한 사람이 아닙니다. 왕은 어찌하사 또 회會에 참석할 것을 허락하셨습니까."

초성왕이 껄껄 웃고 대답한다.

"과인이 중원에까지 권세를 잡고자 한 지 오래다. 다만 그 기회를 얻지 못해서 한이었다. 이번에 다시 송후가 천하 제후들을 모으고 대회를 개회한다니 그런 기회에 과인이 제후들을 합친다면 이 또한 큰 성과가 아니리오."

대부 성득신成得臣•이 앞으로 나아가 아뢴다.

"송후는 위인이 명예만 좋아할 뿐 실속이 없고, 남을 잘 믿으며 꾀가 없는 사람입니다. 만일 군사를 매복해뒀다가 그를 친다면 곧 사로잡을 수 있습니다."

"과인의 뜻이 바로 경의 생각과 같다."

자문이 말한다.

"회를 위해 참석하겠다 하고 다시 송후를 사로잡는다면 세상 사람이 우리 초를 신의信義 없는 나라라고 할 것입니다. 그러고야 어떻게 천하 제후들을 복종시킬 수 있습니까."

성득신이 대답한다.

"송후는 자기가 맹주盟主의 역할을 하는 데에 신이 나서 반드시 모든 제후들을 거만스레 대할 것입니다. 그러면 제후들이 어찌 송후에 대해서 아니꼬운 생각이 없겠습니까. 이때 우리가 송후를 잡아 위엄을 보이고 연후에 그를 석방해서 인덕仁德을 나타내면 제후들도 송후가 무능하다는 걸 알게 될 것입니다. 그러면 제후들이 우리 초에 쏠리지 않고 누구를 따르겠습니까. 조그만 신의를 위해서 큰 공을 잃는다면 이는 상책上策이라고 할 수 없습니다."

자문이 머리를 끄덕이며 아뢴다.

"성득신의 계책은 신이 생각한 것보다 훨씬 뛰어납니다."

이에 초성왕은 성득신과 투발鬪勃 두 사람을 장수로 삼았다. 성득신과 투발은 각기 용사勇士 500명을 뽑아 조련을 시켰다. 장차 송양공을 잡아 족치려는 준비였다.

한편 송양공은 녹상에서 송나라로 돌아가자 희색이 만면하여 공자 목이에게 자랑했다.

"초가 과인을 위해 자기 지배 아래 있는 제후들을 동원시켜주겠다고 허락했다."

공자 목이가 간한다.

"초는 남만南蠻 오랑캐들입니다. 그들의 말을 믿을 순 없습니다. 주공께선 초의 말만 들었지 초의 속맘까지야 모르지 않습니까. 신은 주공께서 그자들에게 속지나 않을까 두렵소이다."

"목이는 너무나 세심하다. 과인이 신의로써 초를 대했는데, 초가 어찌 과인을 속일 수 있겠느냐?"

송양공은 공자 목이의 말을 듣지 않고, 대회를 열 터이니 참석하기 바란다는 격문을 각국으로 보냈다.

송나라 사람들은 우盂 땅에서 맹단을 쌓고 공관을 수리하고 제반 준비를 화려하게 꾸몄다. 그리고 우 땅 창고에다 곡식을 쌓고 가축家畜을 모으고 술을 준비했다. 곧 모든 나라에서 모여드는 제후들과 따라올 신하들에게 대접하기 위한 것이었다. 송양공은 모든 나라 제후들의 환심도 사고 자랑도 할 겸 물자를 아끼지 않았다.

7월이 되었다. 송양공은 회장會場인 우 땅으로 출발하려고 수레를 준비했다.

공자 목이가 또 간한다.

"초는 강하고 신의가 없습니다. 청컨대 병거를 거느리고 가십시오."

"과인이 천하 제후들에게 의상衣裳의 회會를 열겠다고 약속했는데, 만일 병거를 끌고 간다면 이는 과인이 약속을 스스로 어기는 것이다. 이렇게 스스로 신의를 지키지 않는다면 다음날 어떻게 제후들을 부릴 수 있겠는가?"

"그렇다면 주공께서는 병거를 타고 행차하십시오. 신은 3마장 밖에다 병거 300승을 거느리고서 매복해 있겠습니다."

"그대가 병거를 쓴다면 그것은 과인이 쓰는 것과 무엇이 다르리오. 아예 그런 짓은 하지 마라."

송양공은 혹시 공자 목이가 군사를 일으켜 제후들에 대한 신의를 잃을까 봐 염려한 나머지 직접 공자 목이와 함께 동행하기로 했다.

공자 목이가 말한다.

"신도 주공만 보내곤 마음을 놓을 수 없습니다. 함께 갈 요량입니다."

이리하여 임금과 신하는 함께 회장인 우 땅으로 갔다.

기일이 되자 초 · 진陳 · 채 · 허 · 조 · 정 여섯 나라 군후가 차례로 우 땅에 당도했다. 다만 제나라 제효공齊孝公은 지난날 불쾌한 꼴을 당했기에 오지 않았고, 노나라 노희공魯僖公은 아직 초와 거래가 없다 해서 안 왔다.

송양공은 여섯 나라 군후를 환영하고 각기 분관에 들어 편히 쉬게 했다. 여섯 나라 군후들은 다 수레를 타고 왔다.

초성왕을 모시고 온 많은 신하들도 다 수레를 타고 왔다.

송양공은 만족한 표정을 지으며 말한다.

"나는 초가 나를 속이지 않을 줄 알았도다. 병거를 타고 온 사람은 없지 않은가."

태사太史가 택일擇日하여 각국 군후에게 알렸다. 잡일을 맡아

볼 사람들은 며칠 전에 미리 회장에 가 있었다.

대회날이 되었다.

해 뜨기 전, 그러니까 한밤중에 개회를 알리는 북소리가 일어났다. 맹단盟壇 아래위에다 화톳불을 밝혀서 회장은 대낮처럼 밝고 휘황했다. 그리고 단 곁엔 휴게소가 설치되어 있었다.

송양공이 먼저 나가서 제후들을 기다렸다. 진목공陳穆公, 채장공蔡莊公, 정문공鄭文公, 허희공許僖公, 조공공曹共公 다섯 군후들이 차례로 회장에 들어왔다. 사방은 엄숙하고 조용했다. 동쪽 하늘에 먼동이 틀 무렵에야 초성왕이 회장으로 들어왔다. 각국 군후들이 다 모였으므로 송양공은 주인의 예禮로써 그들에게 한 번 읍했다.

군후들은 일제히 기립하고 좌우로 늘어서서 양쪽 계단을 밟고 올라가게 마련이었다. 오른쪽 계단은 빈객으로 참석한 군후들이 올라가는 곳이었다. 제후들은 감히 먼저 올라가질 못하고서 맨 앞을 초성왕에게 양보했다. 초성왕이 오른쪽 계단을 밟고 올라가자, 그 뒤를 성득신과 투발 두 장수가 바짝 붙어서서 따라올라갔다. 제후들도 각기 거느리고 온 신하들을 뒤따르게 하고 올라갔다.

왼쪽 계단은 회장을 제공한 그 나라 군후가 올라가는 곳이다. 송양공과 공자 목이가 단 위로 올라갔다.

단상에 희생犧牲을 벌여놓고 그 피를 찍어 각기 입술에 바르고 하늘에 맹세하고, 그리고 서명을 하고 맹주盟主를 추대하고 서로 인사를 나누면 맹회는 끝나는 법이었다.

송양공은 연방 초성왕만 바라봤다. 초성왕에게서 모든 제후에게 송양공을 맹주로 추대하자는 말이 있어야 할 차례였다. 초성왕은 송양공이 무슨 말이 있기를 초조히 기다린다는 걸 번연히 알면서도 머리를 숙이고 종시 말을 하지 않았다. 무거운 침묵이 단상에 가득했다. 각국 군후들은 서로 얼굴만 쳐다볼 뿐 아무도 먼저 발설하지 않았다.

송양공이 참다못해 헛기침을 한 번 하고서 거만스레 말한다.

"오늘날 대회를 연 것은 과인이 백주伯主 제환공이 남기고 간 그 업적을 계승하여 주왕周王을 높이고 백성을 편안케 하고 싸움을 없애어 군대를 쉬게 하고 천하와 함께 태평을 누리기 위함이오. 모든 군후께선 어떻게 생각들 하시는지요."

모든 군후들은 대답하기를 주저했다. 초성왕이 몸을 앞으로 내밀어 묻는다.

"군후는 참 좋은 말씀을 하였소. 그럼 누가 맹주가 되어야 하겠소?"

송양공이 대답한다.

"공이 있으면 공로로 따지고, 공로가 없으면 벼슬로 따지면 되오. 그렇게 하는 데야 누가 불평하겠소."

초성왕이 기다렸다는 듯이 말한다.

"과인이 왕이라고 칭한 지도 오래되었소. 송후께선 벼슬이 상공上公에 있으나 왕과 어깨를 겨룰 순 없지 않습니까. 그럼 과인이 왕으로서 모든 일을 맡겠소."

그리고선 초성왕은 유유히 제일 윗자리로 가서 섰다.

이때 공자 목이는 송양공의 소매를 살며시 잡아당겼다. 아무리 화가 날지라도 우선 좀 참으라는 뜻이었다. 송양공은 자기가 이미 맹주가 된 걸로 자부하고 있다가 가장 중요한 시기에 이르러 일이 뒤틀리고 보니 속에서 치솟는 분노를 참을 수 없었다. 얼굴빛이 변한 송양공은 목소리를 높여 초성왕에게 말한다.

"과인은 조상이 끼치신 복을 이어받아 상공의 벼슬에 있으므로 천자도 과인을 대할 때면 빈객賓客에 대한 예의로써 맞이하시오. 군후는 주 왕실에서 내린 벼슬을 맘대로 버리고 제멋대로 왕이라고 자칭한 것이오. 어찌 가짜 왕이 진짜 상공을 누를 수 있으리오."

초성왕이 대답한다.

"그대의 말처럼 과인이 가짜 왕이라면 누가 시켰기에 그대는 과인을 이곳까지 청했는가?"

"그대가 이곳에 온 것은 지난날 녹상의 회會에서 서로 의논하고 정한 것이라. 과인이 부질없이 약속한 것은 아니다."

곁에서 성득신이 큰소리로 외친다.

"오늘 일은 여기 모인 제후들에게 물어보면 알 수 있습니다. 제후들은 우리 초나라를 위해 오셨소? 아니면 송을 위해서 오셨소?"

진 · 채 각국 제후들은 초의 위세에 눌려서 복종하는 터인 만큼 일제히 대답한다.

"우리는 초나라 분부를 받고 오지 않을 수 없었소."

초성왕이 큰소리로 껄껄 웃고 말한다.

"또 무슨 할말이 있거든 송후는 말해보오."

사세는 송양공에게 불리했다. 송양공은 모든 나라 제후들이 자기편이 되어줄 줄 알았다가 실망했다. 제후들은 송양공을 위해서 사리를 밝혀줄 기색이라곤 조금도 없었다. 송양공은 어서 이곳을 벗어나는 것이 상책이라고 생각했다. 그러나 자기 신변을 보호해 줄 군사가 한 명도 없었다.

송양공이 어쩔 바를 모르고 망설이는 참이었다. 그런데 성득신과 투발이 예복을 훌훌 벗어던지는 게 아닌가. 그들의 속옷은 전부가 갑옷이었다. 그들은 각기 허리에서 조그만 붉은 기旗를 꺼내어 단 아래를 향해 휘저었다. 계획적으로 따라온 만큼 초성왕의 신하는 수천 명이나 되었다. 그들이 일제히 옷을 벗어던지자 갑옷 입은 군사로 변했다. 그들은 각기 손에 무기를 쥐고 벌 떼처럼 단壇 위로 올라왔다. 각국 군후들은 이 광경을 보고 혼비백산하여 벌벌 떨었다. 성득신은 우선 송양공의 팔을 움켜잡았다. 투발은 군사들을 지휘하여 단상에 베풀어놓은 옥백玉帛과 기명器皿을 닥치는 대로 노략질했다. 일반 집사執事들은 쥐구멍을 찾듯 어지러이 달아났다.

송양공이 자기 옆에 꼭 붙어 있는 공자 목이에게 조그만 소리로 부탁한다.

"내 그대의 말을 듣지 않다가 이 꼴을 당하는구나. 그대는 내 생각일랑 말고 속히 돌아가서 나라를 지켜라."

공자 목이는 송양공 곁에 붙어 있어야 아무 도리가 없다는 걸 알고 난장판이 된 회장會場의 소란한 사이를 빠져 달아났다.

초성왕은 점잖게 꾸민 수레를 타고서 회장에 왔지만 따라온 장정들은 다 속에 갑옷을 입고 무기를 감춰가지고 왔던 것이다. 더구나 그들은 성득신과 투발이 오늘날 이런 일이 있을 것을 알고 미리 조련시켜놓았던 용사들이었다. 뿐만 아니라 위여신蔿呂臣, 투반鬪般 두 장수가 대군을 거느리고 멀찌감치 뒤따라와 있었다.

송양공은 초나라 병사들이 회장을 난장판으로 뒤집어놓을 줄은 꿈에도 몰랐으니 고스란히 초나라 계획에 속아넘어간 셈이었다. 아무 의심도 않았던 사람이 어찌 악착같이 일을 꾸미고 온 사람을 당해낼 수 있으리오. 달아나려 해도 달아날 길마저 없었다. 송양공은 초성왕에게 꼼짝없이 붙들린 몸이 되었다.

초나라 군사들은 공관에 준비해둔 고기와 술과 창고마다 쌓인 곡식까지 하나도 남기지 않고 노략질했다. 진 · 채 · 정 · 허 · 조 다섯 나라 군후들은 그저 벌벌 떨 뿐 감히 함부로 말 한마디 못했다.

초성왕이 다섯 나라 군후를 공관으로 안내하고 그 군후들 앞에서 송양공을 톡톡히 꾸짖는다.

"네게 여섯 가지 죄가 있으니 들어보아라. 네 상중喪中인 제나라를 쳐서 맘대로 그 나라 임금을 폐하고 새로 임금을 세웠으니 그 죄 하나며, 등나라 임금이 회會에 좀 늦게 왔대서 잡아놓고 갖은 곤욕을 줬으니 그 죄 둘이며, 증나라 임금을 죽여서 음탕한 귀신에게 제사를 지냈으니 그 죄 셋이며, 조나라가 주인으로서의 예禮를 좀 궐闕했기로서니 그게 무슨 큰일이라고 즉시 약한 조나라 도읍을 포위했으니 그 죄 넷이며, 망해가는 나라를 거느리고 덕도 역량도 없는 주제에 분수를 모르고 천하 패권을 잡으려고 날뛰었으니 그 죄 다섯이며, 과인에게 제후들을 모이게 해달라고 뻔뻔스레 청하고 스스로 제일 잘난 체 뽐내면서 조금도 겸양할 줄을 몰랐으니 그 죄 여섯이라. 하늘이 과인을 도와 너로 하여금 수레만 타고서 이 회장에 오게 했구나. 과인은 이제 병거 1,000승과 장수 1,000명을 거느리고 너희 나라 수양성睢陽城을 짓밟아 제나라와 증나라의 원수를 갚아줄 작정이다. 모든 나라 군후들은 이곳에 잠시 머무르면서 과인이 송을 무찌르고 돌아올 때까지 편히 쉬시라."

초성왕은 그날부터 10여 일 동안 각국 군후들과 함께 날마다 잔치를 베풀고 통쾌하게 마셨다. 다섯 나라 군후들은 초성왕이 시키는 대로 굽실거리면서 일일이 복종했다. 송양공은 입이 있으나 말을 못했다. 그는 마치 나무로 깎아세운 것 같고 진흙으로 빚어놓은 사람 같았다. 송양공은 하염없이 눈물만 흘렸다.

초군楚軍은 날마다 모여들었다. 그들은 병거 1,000승이 집결했다고 떠들었으나 실은 500승 정도였다. 초성왕은 송양공이 미리 준비해뒀던 고기와 음식으로 군대를 크게 먹이고 위로했다.

초나라 군대는 일제히 영채營寨를 걷고 송양공을 결박지어 수레에 싣고 송나라 도읍 수양성을 향해 물밀듯 쳐들어갔다.

다섯 나라 군후들은 감히 본국에 돌아가지 못하고 초성왕의 분부대로 그냥 회장인 우 땅에 머물렀다.

사관史官이 시로써 송양공의 어리석음을 비난한 것이 있다.

무단히 초나라에 아첨하다가 도리어 재앙을 당했으니
이제 수양성도 쑥대밭이 되겠구나.
그러기에 지난날 제환공은 아홉 번이나 제후들을 모아 회會를 했지만
한번도 오랑캐 초나라를 초청한 일이 없었도다.
無端媚楚反遭殃
引得睢陽做戰場
昔日齊桓會九合
何嘗容楚近封疆

송양공의 인仁

우盂 땅 맹단盟壇에서 도망친 공자 목이目夷는 무사히 도읍으로 돌아갔다. 그는 사마司馬 벼슬에 있는 공손고公孫固에게 주공이 초성왕에게 붙들렸다는 사실을 말하고, 언제 초군楚軍이 쳐들어 올지 모르니 속히 군사를 정돈하고 산마다 파수把守를 세우도록 지시했다.

공손고가 대답한다.

"나라에 하루라도 없어서 안 되는 것은 임금입니다. 공자께서 잠시 군위를 맡아보십시오. 그런 뒤에 호령하고 상벌賞罰을 분명히 해야만 인심이 단결됩니다."

공자 목이가 공손고의 귀에다 입을 대고 속삭인다.

"초가 우리 임금을 사로잡고서 우리를 치니 이는 우리를 꼼짝 못하게 어새 중간에다 끼워놓고서 항복을 독촉하려는 수작이오. 그러니 우리는……"

공자 목이는 더욱 목소리를 낮추어 공손고만이 알아들을 수 있도록 속삭였다.

이윽고 공손고가 머리를 끄덕인다.

"참 공자의 말씀대로 하면 초는 반드시 우리 주공을 돌려보내 줄 것입니다. 그렇게 합시다."

그리고 나서 공손고가 다시 모든 신하에게 큰소리로 말한다.

"우리 임금은 필시 돌아오지 못할 것입니다. 우리는 공자 목이를 군위에 모시고 이 어려운 시국을 타개해나가야겠소."

문무백관들은 원래 공자 목이가 어진 사람임을 잘 알고 있기 때문에 모두 흔연히 찬성했다. 그날로 공자 목이는 태묘太廟에 들어가서 고告하고 군위에 앉아 섭정했다. 그는 삼군三軍에게 명령을 내리고 제반사를 처리하는 데 매우 엄격하고 분명히 했다.

수양성 모든 도로와 모든 성문엔 군사들이 배치되어 빈틈없는 방비를 했다.

이윽고 초나라 군사는 물밀듯 쳐들어와 수양성 근방에 진을 쳤다. 초나라 장수 투발鬪勃이 성문 앞에 와서 외친다.

"너희의 임금은 우리에게 사로잡혀 이곳에 왔다. 너희 임금을 죽이고 살리는 것은 우리 손에 달려 있다. 속히 나라를 우리에게 바치고 항복하면 너희의 임금은 목숨을 유지할 것이다."

성 위로 공손고가 나타나 밑을 굽어보고 대답한다.

"우리는 사직社稷 신령神靈의 도움을 입어 이미 새로운 임금을 모셨다. 전 임금을 죽이든 살리든 너희들 맘대로 하여라. 우리는 결코 항복하지 않을 작정이다."

"너희들은 임금이 살아 있는데 또 임금을 세웠단 말이냐?"

"새로이 임금을 세운 것은 사직을 보전하기 위함이라. 임금이 없는데 어째서 새로이 임금을 못 세우리오."

"우리가 너희들의 임금을 돌려보낸다면 무엇으로써 우리에게 보답하겠느냐?"

"전 임금은 너희에게 사로잡혀 이미 사직을 욕되게 했으므로 설사 돌아온대도 다시 군위에 모실 수 없다. 돌려주고 안 돌려주는 것은 너희의 맘대로 할 바라. 너희가 굳이 싸우겠다면 우리 성안에 한 번도 쓰지 아니한 병거와 군마가 얼마든지 있으니 사생死生을 결정하리라."

투발은 공손고의 대답이 천만 뜻밖이어서 당황했다. 그는 초성왕에게 돌아가서 보고했다. 이 보고를 들은 초성왕은 분기충천하여 즉시 총공격을 명령했다.

초나라 군대는 일제히 수양성을 공격했다. 성 위에선 화살과 돌덩어리가 빗발치듯 쏟아져 내려왔다. 초병楚兵의 상당수가 쓰러졌다.

초군은 연 사흘 간 성을 공격했으나 아무 성과도 얻지 못했다.

화가 날 대로 난 초성왕이 씹어뱉듯 말한다.

"송나라가 자기네 임금을 원하지 않는다면 차라리 죽여버리는 것이 어떨꼬?"

성득신이 대답한다.

"왕은 증鄫나라 임금을 죽인 송후宋侯를 꾸짖었습니다. 그런데 이제 송후를 죽이면 그 허물을 어찌 벗으시렵니까. 또 죽인다고 한들 송후는 한갓 필부에 지나지 않습니다. 송나라도 얻지 못하고 송나라 백성들의 원망만 사게 될 것이니 차라리 석방해주는 것만 못합니다."

"송을 쳐서 이기지도 못하고 더구나 그 임금까지 놓아준다면 면목이 서지 않는다."

"신에게 한 가지 계책이 있습니다. 이번 대회에 참석하지 아니한 나라는 노·제 두 나라뿐입니다. 제나라는 우리와 두 번이나 통호通好한 일이 있으니 고사하고라도 노나라는 예의를 지키는 나라로서 한결같이 제나라를 도와 제환공을 백주伯主로 섬긴 만큼 우리 초나라 같은 것은 안중에 두지 않고 있습니다. 이제 우리가 송나라에서 노략질한 물건을 노나라에 보내고 우리 박도亳都에서 서로 회견會見하자고 청하십시오. 노후魯侯는 우리가 송나라에서 노략질한 것이 많은 걸 보고 두려워서 반드시 올 것입니다. 전날 노와 송은 규구葵邱에서 동맹한 사이입니다. 더구나 노후는 어진 사람입니다. 노후는 왕과 만나면 반드시 우리와 송을 화해시키려고 애쓸 것입니다. 그때 우리가 노후에게 큰 인심을 쓰는 체하고 송후를 놓아주면 한꺼번에 송과 노를 우리 편 나라로 삼을 수 있습니다."

초성왕이 손뼉을 치며 크게 웃고 말한다.

"그대는 참으로 귀신 같은 사람이로다!"

이에 초군은 영채를 뽑고 일제히 자기 나라 박도로 돌아갔다.

이에 초나라 신하 의신宜申은 송에서 노략질한 물품을 여러 수레에 가득 싣고 노나라로 갔다. 초성왕이 노후魯侯에게 보낸 글에 하였으되,

송후가 오만무례하기로 과인이 그를 사로잡아 지금 박도에 수금하고 있습니다. 이번 공로를 과인이 차지할 수 없어 상국上國에 성의를 바치나이다. 바라건대 군후께서는 누추한 곳이나마 이곳에 왕림하셔서 송후에 대한 옥사獄事를 판결해주십시오.

노희공魯僖公은 초성왕의 서신을 읽고 크게 놀랐다. 그럴 수밖에 없는 것이 토끼가 죽으면 여우가 슬퍼한다는 격으로 동류同類의 비극에 놀라지 않을 수 없었다.

초나라가 보낸 물건으로나 편지 뜻으로나 다 과장이 심하고 위협하려는 속셈인 것이 빤하지만 노는 약하고 초는 강하니 별 도리가 없었다. 만일 오라는데 가지 않았다가 초가 군사라도 거느리고 쳐들어오는 날이면 후회한들 무슨 소용이 있으리오.

노희공은 초나라 사자 의신을 후하게 대접하고 답장을 써서 주고 먼저 돌아가게 했다. 초성왕에게 보낸 노희공의 답장 내용은 곧 귀국을 방문하겠다는 것이었다.

노희공은 의신이 떠난 뒤 그 뒤를 따라 수레를 타고 초나라로 출발했다. 이때, 대부 중수仲遂가 노희공을 모시고 동행했다.

노희공 일행은 박도에 당도하자 먼저 중수가 의신과 회견하고 또 다음엔 비공식적으로 성득신과 만나 서로 사전 타협을 했다. 그리고 나서 성득신이 예의를 갖추어 노희공을 정식으로 영접한 뒤 궁으로 안내했다.

노희공과 초성왕은 서로 만나,

"오랫동안 경모하던 나머지 이제야 뵙게 됐소이다."

하고 서로 정중한 인사를 나누었다.

이때 우盂 땅에 가위 붙들려 있다시피 한 진陳·채·정·허·조 다섯 나라 군후도 초성왕의 부름을 받고 초나라로 왔다. 이리하여 그들 다섯 군후와 노희공까지 합해서 여섯 제후는 한곳에 모여 서로 상의했다.

정문공鄭文公이 먼저 말한다.

"초성왕을 우리의 맹주로 모시는 것이 어떻겠소?"

모든 제후는 서로 숙덕숙덕 속삭일 뿐 냉큼 대답하는 사람이 없었다. 노희공이 분연히 말한다.

"모든 제후의 맹주가 되어 천하 패업霸業을 성취하려면 첫째 인덕과 신의를 펴야만 모든 나라가 복종하오. 이제 초성왕은 많은 병거와 무기만 믿고서 상공 벼슬에 있는 송후를 함부로 사로잡아 감금했으니 그 위세는 대단하나 인덕이 없소. 우리는 초를 두려워하고 의심하지 않을 수 없구려. 더구나 우리는 지난날 송과 함께 동맹한 사이오. 우리가 송후를 구출하지 않고 앉아서 구경만 한다면 이는 초나라를 섬기려는 것밖에 안 되오. 과인은 천하 호걸들이 우리를 비웃을까 봐 두렵소이다. 그러나 초가 만일 송양공을 석방해준다면 다시 초와 동맹을 맺어도 좋소. 그렇게만 되면 과인도 굳이 반대하진 않겠소."

모든 제후가 일제히 대답한다.

"노후魯侯의 말씀이 옳소."

중수는 제후들의 회담 결과를 성득신에게 알렸다. 성득신은 다시 초성왕에게 알렸다.

초성왕이 머리를 끄덕이며,

"제후들이 과인에게 맹주로서의 의무를 다하라는데야 내 어찌 그들의 말을 어길 수 있으리오."

하고 다시,

"교외에다 맹단盟壇을 쌓아라."

하고 분부했다. 이리하여 초와 제후들 사이엔 다음 두 가지 조약이 성립되었다.

곧, 12월 계축癸丑일에 맹회盟會를 열고 다 함께 입술에 피를 바르고 하늘에 맹세할 것과, 또 하나는 그렇게 함으로써 초는 즉시 송양공을 석방해야 한다는 것이었다.

초는 맹회를 하루 앞두고 송양공을 석방했다. 송양공은 부끄럽기도 하고 분하기도 해서 우울했다. 그러나 모든 제후에게 자기를 석방시켜준 은혜를 일일이 감사드리지 않을 수 없었다.

그 이튿날, 맹회는 예정대로 열렸다. 정문공이 모든 군후를 거느리다시피 앞장을 서서 초성왕에게 간청한다.

"왕은 단에 오르사 오늘날의 동맹을 주장主掌하십시오."

그제야 초성왕은 유유히 단 위로 올라가서 쇠귀를 잡았다. 송양공 이하 모든 군후는 차례로 소의 피를 입술에 발랐다. 송양공은 피를 바르고 맹세는 했지만 속으론 아니꼽고 창피해서 견딜 수 없었다.

대회가 끝나는 즉시로 모든 나라 제후는 각기 본국으로 돌아갔다. 송양공은 자기가 갇혀 있는 동안에 공자 목이가 송나라 임금이 되었다는 소문을 들었기 때문에 갈 곳이 없었다. 그는 우선 위나라에 가서 몸을 피했다.

어느 날, 공자 목이의 사자가 위나라에 왔다. 사자가 송양공께 재배하고 공자 목이의 말을 전한다.

"신이 그동안 섭정한 것은 주공을 위해 나라를 지킨 데 불과합니다. 송은 주공의 나라이온데 어찌하사 돌아오시지 않습니까. 곧 법가法駕를 보내오니 속히 환국하소서."

송양공이 환국한 날 공자 목이는 군위에서 물러나와 신하의 열에서서 임금을 영접했다.

호증胡曾 선생이 이 일을 논평한 것이 있다.

송양공이 석방된 것은 오로지 공자 목이의 계책에 힘입은 바다. 정신이 맑으면 매사에 건실한 법이다. 그가 만일 그때 정신을 차리지 못하고 허둥대면서 초나라에 송양공을 돌려달라고 애걸했더라면 어찌 됐을까. 초는 송이 당황해하는 것을 기화로 무슨 짓을 했을지 모른다. 그리고 송양공 또한 그렇게 쉽게 풀려나오지 못했을 것이다.

또 호증 선생이 시로써 공자 목이를 찬한 것이 있다.

보기만 좋은 것이 어찌 튼튼한 것만 같으리오
새 임금이 능히 옛 임금을 구출했도다.
임금을 위해서 앉았던 군위를 내놓았으니
공자 목이의 어진 이름이 천고에 빛났도다.
金注何如瓦注奇
新君能解舊君圍
爲君守位仍推位
千古賢名誦目夷

또 여섯 군후들이 치사스레 초에 아첨하고 중국의 주도권을 초나라에 내줬으니, 초가 얼마나 중국을 깔봤겠느냐는 것을 시로써 읊은 것이 있다.

토끼가 죽으면 여우도 슬퍼하거늘
사로잡힌 사람은 누구며 이를 사로잡은 사람은 누구인가.
오랑캐에게 아첨하고도 부끄러운 줄을 모르고서

도리어 송후를 구출했다고 자랑하는구나.

從來兎死自狐悲
被劫何人劫是誰
用夏媚夷全不恥
還誇釋宋得便宜

송양공은 천하 패권을 잡으려다가 도리어 초나라에 붙들려가서 갖은 곤욕을 다 당하고 원한이 골수까지 박혔다. 그러나 힘이 없어 원수를 갚지 못해 한이었다. 더구나 그는 정문공이 선동하여 초성왕을 맹주로 세운 데 대해서 분노했다. 송양공은 정나라를 벼르고 별렀다.

주양왕 14년 봄 3월이었다. 정문공은 초나라까지 가서 초성왕에게 조례朝禮했다. 이 소문을 듣자, 송양공은 부아통을 터뜨렸다.

"이 간악한 놈을 그냥 둘 수 없다!"

마침내 송양공은 친히 정나라를 치려고 대군大軍을 일으켰다. 송양공은 공자 목이에게 세자 왕신王臣을 보좌하고 나라를 지키도록 부탁했다.

그러나 공자 목이가 간한다.

"초와 정은 친한 사입니다. 우리가 정나라를 치면 초는 반드시 정나라를 구원하러 올 것입니다. 그러므로 이번에 대군을 거느리고 가셔도 정나라와 싸워서 이기긴 어렵습니다. 그저 덕을 닦으시고 때를 기다리는 것이 상책일까 합니다."

대사마大司馬 공손고公孫固도 간했다. 송양공이 화를 내며 말한다.

"사마가 싸우러 가기 싫다면 과인은 혼자라도 가겠노라!"

공손고는 감히 더 간하질 못했다.

마침내 송군宋軍은 정나라를 치러 가기 위해 출발했다. 송양공은 중군이 되고, 공손고는 부장副將이 되고, 대부 약복이藥僕伊·화수로華秀老·공자 탕蕩·상자수向訾守 등도 출정했다.

한편 정나라 세작細作은 정문공에게 가서 송군이 쳐들어온다는 걸 보고했다. 정문공은 크게 놀랐다. 즉시 정나라 사자는 초나라에 가서 구원을 청했다.

초성왕이 말한다.

"정후鄭侯는 항상 나를 친아비처럼 섬기니 속히 가서 구원해줘야 한다."

성득신이 나아가 아뢴다.

"정鄭을 구원하려면 먼저 송을 치는 것이 지름길입니다."

"어째서 그런고?"

"지난날에 우리가 송후를 사로잡아뒀던 일이 있으므로 송나라 사람들은 이미 혼이 났을 것입니다. 그런데 송후가 자중自重할 줄 모르고 또 대군을 일으켜 정나라를 치러 갔으니 지금쯤 송나라는 텅 비었을 것입니다. 텅 빈 기회를 이용해서 무찌르면 송나라는 겁부터 먹게 됩니다. 이만하면 싸움을 벌일 것 없이 이미 승부는 결정난 것이나 다름없습니다. 만일 송후가 급보를 받고 정나라에서 송나라로 돌아온대도 그땐 지칠 대로 지쳐버린 후입니다. 편안히 쉬면서 적을 피로하게만 할 수 있다면 언제든지 이깁니다."

초성왕이 거듭 머리를 끄떡인다. 이에 성득신은 대장이 되고 투발은 부장이 되어 군사를 일으키고 송나라로 쳐들어갔다.

한편 송양공은 정나라를 치는 중인데 초군楚軍이 송나라로 쳐들어간다는 급보를 받자, 싸움을 중단하고 돌아가지 않을 수 없었다. 회군하는 송군은 홍수泓水 남쪽에 이르러 길게 진을 치고 초군과 대치했다.

이어 초나라 사신이 성득신의 전서戰書를 가지고 송군 진영에 왔다.

공손고가 송양공에게 아뢴다.

"초나라 군사는 정나라를 돕기 위해서 온 것입니다. 다시 정나라를 치지 않기로 하고 초에 사과하면 초군은 반드시 돌아갈 것입니다. 우리는 싸움을 피해야 합니다."

송양공이 대답한다.

"지난날 제환공은 군사를 일으켜 초나라를 쳤는데 이제 초가 쳐들어오는데도 싸우지 않는다면 내 어찌 제환공의 패업을 계승하리오."

공손고가 다시 간한다.

"신이 듣건대 옛 글에 '일성一姓은 재흥再興치 못하나니 하늘이 상商나라를 버리신 지 오래라' 하더이다. 주공은 망하는 나라를 다시 일으키고 싶다 하여 다시 일으킬 수 있겠습니까. 더구나 우리는 무기가 초군만 못하고, 군사의 수효가 초군만 못하고, 사람들이 초군만큼 영악하지 못합니다. 그래서 우리 송나라 사람들은 초를 독사처럼 두려워하고 있습니다. 주공은 무엇을 믿고서 초군에게 이긴다고 우기십니까?"

"초군은 무기와 군사 수효는 우리보다 많을지 모르나 인의仁義가 부족하다. 과인은 군사와 무기는 부족하지만 인의가 있음이라. 옛날에 주 무왕武王은 호분虎賁(관명官名이니 용력지사勇力之士란 뜻) 3,000명으로 은殷나라 억만 대중을 이겼으니 오직 인의가 있었기 때문이라. 도덕 있는 임금으로서 무도한 신하를 피한다는 것은, 다른 사람은 어떤지 몰라도 과인만은 죽으면 죽었지 살아 있는 한 그냥 보고 있을 순 없다."

마침내 송양공은 붓을 들어 초가 보내온 전서 끝에다 11월 초하룻날 홍양泓陽 땅에서 교전하자고 써서 내주었다.

송양공이 타는 수레 끝엔 큰 기旗가 섰다. 그 기엔 인仁 · 의義 두 글자가 바람에 힘차게 나부꼈다.

송양공이 말을 듣지 않자 공손고는 약복이를 보고 탄식한다.

"싸움은 주로 죽이는 것이 목적인데 주공은 늘 인의仁義만 내세우니, 이젠 군자君子의 인의란 것이 무엇인지 알 듯 모를 듯 하오. 암만 봐도 하늘이 우리 주공의 맑은 정신을 뽑아간 것만 같소. 우리는 참 위험한 고비에 놓였구려. 우리는 어떻게 해서라도 나라를 망치는 일만은 없도록 해야겠소."

11월 초하룻날이 되었다. 공손고는 새벽닭이 울기도 전에 미리 일어나 송양공을 나와서 앉게 하고 전군全軍에게 대기 명령을 내렸다.

한편 초나라 장수 성득신은 군사를 거느리고 홍수泓水 북쪽에다 진을 쳤다.

투발이 성득신에게 청한다.

"송군이 먼저 준비를 완료하기 전에 우리는 오고五鼓 때에 군사를 거느리고 강을 건넙시다."

성득신이 웃으며 대답한다.

"송후는 싸움도 모르려니와 군사를 쓰는 법도 모르는 사람이오. 우리가 일찍 건너가면 일찍 싸울 것이며 늦게 건너가면 늦게 싸울 것이니 무엇을 미리 서두를 것 있소."

날이 밝았다.

초군은 배를 타고 계속 강을 건너가기 시작했다.

공손고가 송양공에게 말한다.

"초군이 날이 밝은 후 건너오는 것은 우리를 몹시 깔보기 때문입니다. 그들이 반쯤 건너올 때 우리가 공격하면 우리는 전군全軍으로써 초군 반을 꺾을 수 있습니다. 만일 초군이 다 강을 건너와 상륙한 후면 적은 많고 우리의 수효는 적어서 당적하기 어렵습니다."

송양공이 손가락을 들어 큰 기旗를 가리키며 대답한다.

"너는 저 인·의 두 글자가 보이지 않느냐! 과인은 당당히 진을 펴고 정정당당히 싸울 뿐이라. 어찌 적이 반쯤 건너오는 걸 칠 수 있으리오."

공손고는 하도 기가 막혀서 연방 탄식만 했다.

삽시간에 초군은 강을 건너와 다 상륙했다. 초나라 장수 성득신은 머리에 경변瓊弁을 쓰고 턱에 옥영玉纓을 매고 수놓은 전포戰袍에 갑옷을 걸쳐입고 허리에는 조궁彫弓을 차고 손에 긴 채찍을 들고서 군사를 지휘하여 동서東西로 진을 펴는데, 그 기상이 앙앙昻昻하여 방약무인 격이었다.

공손고가 또 송양공에게 청한다.

"초군이 아직 진陳을 다 치지 못했으니 속히 북을 울리고 적을 무찌르면 반드시 적은 정신을 못 차릴 것입니다."

송양공이 그렇게 말하는 공손고의 얼굴에다 침을 탁 뱉고 꾸짖는다.

"시끄럽다! 너는 적을 치는 일시적 이익만 탐하고 만세萬世의 인의는 모르느냐! 과인이 당당한 진으로써 어찌 진도 치지 못한 적을 무찌를 수 있으리오."

공손고는 얼굴에 흘러내리는 송양공의 침을 훔치고 돌아서서 또 길게 탄식했다.

초군은 완전히 진세陣勢를 이루었다. 초군은 강하고 말도 많았다. 그들은 산과 들에 까맣게 깔렸다. 이를 바라보고 송군은 다 불안에 떨었다.

그제야 송양공은 북을 치게 했다. 초군 쪽에서도 요란스레 북소리가 일어났다. 송양공은 친히 긴 창을 들고 공자 탕, 상자수 두 장수와 군사를 거느리고 일제히 병거를 달려 정면으로 초군을 뚫고 들어갔다.

성득신은 송군이 쳐들어오는 형세가 영악한 걸 보고 즉시 명령을 내려 진문陣門을 좌우로 활짝 열었다. 송양공의 1대는 병거, 기마 할 것 없이 무인지경처럼 초군의 진문을 지나 들어갔다. 공손고는 뒤쫓아가며 송양공의 병거를 호위했다.

송양공이 진 안으로 무찌르고 들어가는데 한 장수가 딱 버티고 서서 외친다.

"이제 본격적으로 싸움을 하려고 쾌히 왔구나!"

그 장수는 바로 투발이었다. 공손고는 분을 내며 높이 극戟을 쳐들고 바로 투발을 내리찍었다. 순간 투발은 칼을 번쩍 들어 머리 위로 떨어지는 극을 막았다.

투발과 공손고가 서로 어우러져 20여 합을 싸웠을 때였다. 송나라 장수 약복이가 군사를 거느리고 왔다. 투발에게 약간 당황한 기색이 나타났다.

이때, 진陣 속에서 한 대장이 달려나왔다. 그는 초나라 장수 위여신蔿呂臣이었다. 위여신과 약복이는 서로 맞닥뜨려 치열한 싸움을 벌였다.

공손고는 서로가 혼전混戰하는 기회를 놓치지 않고 다시 손에 칼을 뽑아들고 초군 안으로 달려들어갔다. 투발은 즉시 공손고의 뒤를 쫓았다. 이에 송나라 장수 화수로華秀老가 달려와서 투발의 앞을 가로막고 진 앞에서 싸웠다.

그 틈을 타서 공손고는 적진 속으로 들어가서 한참 좌충우돌하다가 바라보니 동북쪽 저편에서 초군들이 무언가를 에워싸고 있었다. 혹 자기네 군대가 포위당한 게 아닐까 하고 공손고는 조급한 생각이 들어서 그 동북쪽을 향하여 병거를 달려갔다. 앞에서 상자수가 온 얼굴이 피투성이가 되어 부르짖는다.

"사마司馬는 속히 가서 주공을 구출하오."

공손고는 즉시 상자수를 병거에 태우고 적의 포위를 뚫고 쳐들어갔다. 문관門官들이 낱낱이 중상을 입었건만 그들은 죽기를 결심하고 초군과 끝까지 싸우며 물러서지 않고 있었다.

원래 송양공은 아랫사람들에게 인자했다. 그래서 문관들은 죽음을 각오하고 싸웠던 것이다.

초군은 공손고의 용맹에 기가 질려 점점 물러서기 시작했다.

공손고가 적을 무찌르며 적의 포위 속으로 들어갔을 때 공자 탕이 치명상을 입고 병거 밑에 쓰러져 있었다. 인 · 의 두 글자가 씌어 있는 큰 기는 이미 초군에게 뺏기고 없었다. 송양공은 이미 몇 군데 부상을 입은데다 더구나 오른쪽 넓적다리에 화살을 맞고 힘줄이 끊어져서 일어서지 못하고 있었다.

공자 탕은 공손고가 달려오는 걸 보자 눈을 부릅뜨고,

"사마는 어서 주공을 구출하오. 나는 이곳에서 죽소."

한마디 말을 남기곤 숨이 끊어졌다. 공손고는 눈물이 핑 돌았다. 그는 즉시 송양공을 부축하여 자기 병거 위에 태웠다. 그는 자기 몸으로 송양공을 가리고 용기를 분발하여 닥치는 대로 적군을 쳐죽이면서 포위를 뚫고 나갔다. 상자수는 뒤에서 몰려오는 적과 싸우고 문관들은 병거 좌우에서 적을 막았다. 그들은 일변 초군과 싸우며 일변 달아났다.

드디어 공손고는 송양공을 모시고 간신히 초진楚陣에서 벗어났다.

그 많은 문관들은 다 죽고 뒤따르는 자도 없었다. 송의 병거도 십중팔구는 다 잃었다.

약복이 · 화수로는 송양공이 무서운 적군 속에서 탈출한 걸 보고서야 각기 전속력으로 달아났다.

싸움에 이긴 성득신은 기회를 놓치지 않고 달아나는 송군을 추격했다.

이리하여 송군은 형편없이 대패했다. 그 많은 치중輜重과 기계器械는 제대로 써보지도 못하고 버리고 달아났기 때문에 고스란히 초군 손에 넘어갔다.

한편 공손고와 송양공은 밤낮없이 병거를 달려 송나라로 돌아갔다.

이번 싸움에 죽은 송병 수효는 대단히 많았다. 그 전사한 병사들의 부모 처자 들이 궁 밖에 모여들어 통곡한다.

"사마 공손고의 말을 듣지 않아서 패했단다!"

하고 백성들은 송양공을 원망했다.

통곡 소리와 원망 소리를 듣고 송양공이 높이 전상殿上에 앉아 탄식한다.

"군자는 상처를 다시 다치면 참지 못하며, 머리털이 반백이 넘으면 뽑지 않는다는 옛말이 있다. 과인은 항상 인과 의로써 군사를 쓰려 하거늘 어찌 수단을 가리지 않고 적을 괴롭힐 수야 있으리오."

이 소문을 듣고 백성들은 하도 기가 막혀서 원망하다 말고 송양공을 비웃었다. 후세 사람들이,

"송양공이 인의를 지키려다가 인심만 잃고 망했다."
한 것은 바로 홍수泓水에서 초나라 군대와 싸운 일을 두고 말한 것이다.

염옹이 시로써 이 일을 탄식한 것이 있다.

등 · 증 두 나라 임금에겐 가혹하게 하고 초군에게만 너그러이 대하다가
마침내 넓적다리를 부상당하고 웃음거리가 되었도다.
송양공처럼 인의를 찾다가는
도적놈과 성인聖人도 분별할 수 없으리라.
不恤滕鄫恤楚兵
寧甘傷股博虛名
宋襄若可稱仁義
盜跖文王兩不明

크게 승리한 초군은 다시 홍수를 건너 개가凱歌를 부르면서 돌아갔다.

초군이 송나라 경계를 떠났을 때, 이미 초마군哨馬軍은 먼저 초성왕에게 가서 승리를 보고했다. 초성왕은 친히 후군을 거느리고 돌아오는 대군大軍과 접응하려고 가택柯澤 땅까지 가서 주둔했다. 성득신은 가택 땅에 이르러 초성왕을 뵈옵고 정식으로 승리를 고했다.

초성왕이 의기양양하여 말한다.

"내일 정나라 임금이 그 부인과 함께 이곳에 와서 우리 군사를 위로하겠다는 기별이 왔다. 이번에 획득한 많은 전리품을 크게 진

열하고 그들에게 자랑하도록 하여라."

원래 정문공의 부인 문미文芈는 바로 초성왕의 누이동생이었다. 문미는 오라버니를 만나려고 사면에 장막을 드리운 수레를 타고 남편 정문공을 따라 가택으로 갔다.

초성왕은 정문공 부부를 맞이하고 많은 전리품을 보여주었다. 정문공 부부는 크게 찬탄하고 금과 비단을 풀어 초나라 삼군을 후히 위로했다.

정문공 부부는 초성왕에게,

"내일은 우리 나라에서 큰 잔치를 베풀고자 하니 꼭 왕림해주십시오."

하고 청했다. 그리고 정문공 부부는 당일로 돌아갔다.

이튿날 정문공은 친히 성곽 바깥까지 나가서 초성왕 일행을 영접했다. 정문공은 태묘에다 잔치를 크게 벌이고 초성왕에게 구헌례九獻禮를 드렸다. 천자를 대하는 예법 그대로 수백 가지 음식과 변두籩豆, 육기六器까지 늘어놓았다. 이렇듯 사치한 잔치와 대접은 일찍이 어느 나라에서도 보지 못한 바였다.

문미의 소생으로 두 딸이 있었다. 하나는 이름이 백미伯芈며, 또 하나는 이름이 숙미叔芈였다. 그들은 출가 전 처녀로서 아직 궁에 있었다. 문미는 백미 · 숙미 두 딸을 데리고 나와 친정 오라버니인 초성왕에게 인사를 시켰다. 두 처녀의 절을 받고 초성왕은 매우 기뻐했다. 정문공과 부인과 두 딸은 거듭 번갈아가면서 초성왕에게 술을 따라 바쳤다. 오시午時에 시작한 잔치는 밤 술시戌時에야 끝났다.

대취한 초성왕이 문미에게 청한다.

"과인은 그대들의 후한 정성을 받아 과취했다. 현매賢妹와 두 생질녀는 수고스럽겠지만 나를 좀 전송해주기 바라노라."

"분부대로 하오리다."

하고 문미는 대답했다. 정문공은 성밖까지 초성왕을 전송하고 돌아갔다. 문미와 두 딸은 초성왕과 나란히 수레를 타고 바로 군영軍營까지 갔다.

원래 초성왕은 두 생질녀의 아름다운 자색을 본 뒤로 짐승 같은 생각이 일어났다. 그날 밤, 초성왕은 군사를 시켜 두 생질녀를 자기 침실로 끌어들였다. 그리고 마침내 두 생질녀를 데리고 침석지환枕席之歡을 누렸다. 그날 밤, 문미는 장막 속을 왔다갔다하며 잠 한숨 자지 못했다. 문미는 초성왕의 위세에 질려 감히 말 한마디도 못했던 것이다.

이튿날, 초성왕은 문미에게 전리품만을 주어 돌려보냈다. 그리고 두 생질녀를 수레에 싣고 초나라로 돌아가서 후궁後宮으로 삼았다.

정나라 대부 숙첨叔詹은 이 일에 대해서,

"초왕은 그 일생을 깨끗이 마치지 못하리라. 우리 정鄭은 그를 극진한 예의로써 대접했건만 그는 짐승 같은 짓을 했으니 어찌 그 일생을 곱게 마칠 수 있으리오."

하고 초성왕을 저주했다.

그 뒤 진晉나라 공자 중이重耳는 어찌 됐는가. 공자 중이는 주양왕周襄王 8년에 제나라로 가서 주양왕 14년까지 전후 7년 간이나 제나라에서 망명 생활을 했다. 그동안에 그는 제환공의 참혹한 죽음도 봤고, 모든 공자들이 자리 다툼을 해서 국내가 크게 소란한 것도 봤다.

급기야 제효공齊孝公이 군위를 계승했으나 죽은 아버지가 이루어놓은 패업과는 딴판으로 초나라에 아첨하고 송나라를 원수로 대했기 때문에 일마다 말썽이었다. 모든 나라 제후도 점점 제나라에 대한 태도가 전과 달라졌다.

마침내 조쇠趙衰 등은 모여앉아 상의했다.

"우리가 제나라에 온 것은 패업을 성취한 제환공의 힘을 빌려 고국으로 돌아갈 기회를 만들기 위해서였소. 이제 새로 군위에 오른 임금이 선군의 업적을 잃고 제후들의 인심마저 잃었으니 우리 공자에게 아무 도움이 될 수 없는 것은 뻔한 일이오. 그러니 다시 다른 나라에 가서 고국으로 돌아갈 기회를 만듭시다."

이에 그들은 공자 중이에게 이 일을 아뢰려고 했다. 그러나 뜻을 이룰 수 없었다. 왜냐하면 이때 공자 중이는 제강齊姜•에게 혹해서 헤어나질 못했던 것이다. 중이는 날마다 술상을 차려놓고 제강과 환락에 빠져 있었다.

호걸豪傑들은 공자 중이를 만나뵈려고 열흘 간이나 찾아갔다. 그러나 공자 중이는 그들과 만나주지 않았다.

위주魏犨가 분이 솟아 투덜거린다.

"우리는 공자의 앞날을 기대하기 때문에 고국산천도 버리고 모든 고생을 무릅쓰고 지금까지 수레를 이끌며 따라다녔소. 이제 제나라에 온 지도 벌써 7년이 지났구려. 그런데 공자는 편안한 것만 즐기고 여자에 빠져 있소. 세월은 흐르는 물과 같은데 장차 어찌하리오. 우리가 열흘 간이나 찾아갔건만 한번도 만나주지 않으니 이러고야 어찌 큰일을 도모할 수 있으리오."

호언狐偃•이 대답한다.

"여기서 아무 효과도 없는 푸념만 늘어놓을 때가 아니오. 여러 분은 나를 따라오시오. 조용한 곳이 있소."

호언은 그들을 데리고 동문東門 밖으로 나갔다. 동문 밖에서 다시 좀 나가면 상음桑陰이란 곳이 있었다. 그곳은 뽕나무가 많아서 그 무성한 잎 때문에 대낮에도 햇빛을 보기 어려웠다. 조쇠 등 아홉 호걸은 뽕나무 밑에 빙 둘러앉았다.

먼저 조쇠가 말을 꺼낸다.

"장차 우리가 어떻게 했으면 좋겠는지, 좋은 계책이 있거든 호언은 먼저 말하오."

호언이 대답한다.

"공자가 이곳 제나라에 있을 것인가 아니면 다른 나라로 갈 것인가 하는 것은 우리들 태도 여하로써 결정되는 것이오. 우리는 서로 상의하고 미리 계책부터 세우고 언제든지 떠날 수 있도록 준비를 해두는 것이 시급하오. 일단 떠날 행장만 다 준비되면 우리는 '사냥을 가는데 함께 가십시다' 하고 공자를 유인해내면 되오. 우리가 단결만 하면 공자를 끌어내어 다른 나라로 가는 것은 문제가 안 되지만, 글쎄 간다면 어느 나라로 가야 할지, 이것이 가장 중대한 문제인 줄 아오."

조쇠가 대답한다.

"지금 송나라가 패업을 도모하고 있고, 송양공으로 말하면 명예욕이 대단한 사람이라 하니 송나라로 가봅시다. 가봐서 우리의 뜻과 같지 않거든 다시 초나라로 갑시다. 초나라가 우리를 괄시하지야 않겠지요."

호언이 말한다.

"나와 송나라의 사마 공손고는 전부터 서로 아는 터입니다. 우선 송나라로 가봅시다."

그들은 서로 상의한 뒤에 돌아갔다.

옛말에 낮말은 새가 듣고 밤말은 쥐가 듣는다고 한다. 은밀한 곳이라 해서 듣는 사람이 없느냐 하면 반드시 그렇지도 않다. 비밀이거든 말하지 말고, 듣고 싶지 않거든 말하지 말라는 옛말이 있다.

그때, 제강齊姜의 몸종 10여 명이 뽕나무 위에서 뽕잎을 따고 있을 줄이야 누가 알았으리오. 여종 10여 명은 그들 진晉나라 신하들이 둘러앉아 상의하는 것을 보고는 일제히 뽕잎 따던 손을 멈추고 귀를 기울였다. 여종들은 조쇠 등이 모여앉아 의논하는 말을 빠짐없이 다 들었다. 그날 여종들은 돌아가서 제강에게 들은 바를 다 고했다.

제강이 여종들의 말을 모두 듣고 나서 꾸짖는다.

"세상에 그럴 리가 있나! 너희들이 함부로 그런 소릴 지껄이다간 큰일나겠다."

제강은 즉시 10여 명의 몸종을 깊숙한 방 안에 감금했다. 그리고 그날 한밤중에 그 10여 명의 몸종은 일제히 독살당했다. 몸종들의 입을 틀어막기 위해서 제강이 음식에다 독을 넣어 그녀들에게 먹였던 것이다.

몸종들을 죽이고 나서 제강은 누워자는 공자 중이를 깨웠다.

"공자를 따라온 사람들이 장차 공자를 모시고 다른 나라로 떠날 생각이라 합디다. 오늘 뽕잎 따러 갔던 종년들이 마침 그들이 비밀 회의 하는 걸 듣고 와서 첩에게 고하기에 혹 그 비밀이 누설될까 염려되어 그년들을 다 없애버렸습니다. 공자는 속히 제나라를 떠나십시오."

공자 중이가 일변 놀라며 처량히 대답한다.

"인생의 즐거움이란 과연 무엇인가. 나도 이젠 늙었다. 내 맹세코 말하지만 이제 그대를 버리고 다른 곳으로 갈 순 없다."

제강이 옷깃을 여미며 말한다.

"공자가 고국을 떠나 망명한 이래 진晉나라는 한시도 편한 날이 없다고 합니다. 이오夷吾는 원래 무도한 사람이어서 싸움에 지고 갖은 망신을 다 당했기 때문에 백성들이 그를 싫어하며, 이웃나라들도 그를 좋아하지 않는다고 합니다. 이것은 다 하늘이 공자에게 기회를 주기 위한 것입니다. 공자가 이번에 떠나시면 진나라 군위에 오르시고야 말 것입니다. 그러니 조금도 주저 마시고 이곳을 떠나십시오."

고생만 한 공자 중이는 워낙 제강에 대한 애정이 짙어서 결심을 하지 못했다.

이튿날 이른 새벽이었다. 조쇠 · 호언 · 구계臼季 · 위주 네 사람은 공자 중이가 사는 집으로 갔다.

"우리는 공자를 모시고 교외에 나가서 사냥이나 할까 하고 왔습니다."

이때, 중이는 침대 위에 높이 누워서 아직 일어나지 않고 있다가 그 소리를 들었다.

중이가 시자侍者에게 분부한다.

"공자는 몸이 불편하셔서 자리에 누워 계시며 아직 세수도, 빗질도 하지 않아 가실 수 없다고 하여라."

창 밖에서 제강이 이 말을 듣고 물러나오는 시자를 손짓하여 구석으로 데리고 갔다.

"나가서 공자의 말씀은 전하지 말고 호언 한 사람만 후원 별당으로 데리고 오너라."

제강은 호언이 들어오자 좌우 사람들을 다 내보내고서 묻는다.

"무슨 일로 오셨소?"

호언이 대답한다.

"지난날 공자께서 책翟나라에 계셨을 때는 날마다 수레를 타고 말을 몰아 여우와 토끼 사냥을 하셨소. 그런데 제나라에 오신 뒤론 오랫동안 사냥을 안 하셨으므로 혹 팔다리의 뼈가 굳지 않을까 염려되어 사냥이나 갈까 하고 모시러 왔을 뿐 별다른 뜻은 없소이다."

제강이 빙그레 웃으며 말한다.

"이번 사냥하러 가는 곳은 송나라가 아니면 진秦나라나 초나라겠구려."

이 말에 호언은 깜짝 놀랐다.

"한나절 사냥할 것인데 어찌 그렇게 멀리 갈 수 있겠소."

"당신들이 공자를 납치해서 먼 나라로 달아날 생각이란 걸 내가 이미 다 알고 있소. 굳이 속이려 하지 마오. 내 지난밤에 공자에게 '나라를 떠나십시오' 하고 굳이 권했으나, 별로 효과가 없었소. 내 오늘밤에 잔칫상을 차려놓고 공자를 크게 취하게 할 작정이오. 여러분은 수레를 준비하고 기다렸다가 취한 공자를 싣고서 성문을 나가면 만사가 어렵지 않게 이루어지리이다."

호언이 머리를 조아리며,

"부인께서 부부의 정을 사양하면서까지 공자의 성공을 돕겠다 하시니 이는 천고千古에 드문 어지심인가 하오."

하고 물러나갔다. 밖으로 나온 호언은 조쇠 등 모든 동지에게 이 일을 말했다. 그들은 수레와 말과 인부와 양식과 의복까지 일일이 수습하고 모든 준비를 서둘렀다. 조쇠 · 호모狐毛• 등은 먼저 성을 나가 교외 주막에 머물면서 기다렸다.

호언 · 위주 · 전힐顚頡 세 사람은 조그만 수레 2승을 가지고 공자 중이의 집 근처에 숨었다. 그들은 집 안에서 제강의 소식이 있기를 기다렸다. 이야말로 천하기남자天下奇男子가 세상 만리 길을 떠난다는 격이었다.

이날 밤, 제강은 술상을 차리고 술잔을 들어 공자에게 권했다. 중이가 묻는다.

"무슨 일로 술상을 차렸소?"

"공자가 천하에 뜻을 두고 계심을 첩이 잘 알기 때문에 특별히 한잔 술로써 전송하려고 술상을 차렸습니다."

"인생이란 과연 무엇인가. 사람 한평생이란 일장춘몽이오. 진실로 뜻을 이루려면 하필 다른 곳에 가서 구할 것 있으리오."

"편안하고 게으른 것이 대장부의 일은 아닙니다. 고국을 버리고 함께 따라온 신하들은 다 충성이 지극한 사람들입니다. 공자는 그들을 저버리지 마십시오."

공자 중이는 그 말이 매우 마땅찮아서 들었던 술잔을 놓았다. 제강이 부드러운 목소리로 묻는다.

"공자는 참으로 떠나기 싫습니까? 아니면 첩의 속맘을 떠보려고 그러십니까?"

"누가 떠난다는가? 나는 결코 가지 않으리라. 내 어찌 그대를 의심하리오."

제강이 곱게 웃으며 말한다.

"가야 한다는 것은 공자의 뜻이며, 가기 싫다는 것은 공자의 정情입니다. 이 술은 공자를 전송하려고 차린 것이지만 이젠 공자를 못 떠나게 하기 위한 술이 되겠습니다. 그러시다면 첩은 공자와 함께 마시고 이 밤을 즐길까 합니다."

공자 중이는 곧 만면에 웃음을 머금고 기뻐했다. 두 부부는 서로 잔을 나누며 술을 마셨다. 시녀들이 들어와서 춤을 추고 노래하면서 계속해서 공자에게 술잔을 바쳤다. 공자 중이는 아주 취했다. 곁에서 제강이 바짝 붙어앉아 부드러운 음성으로 자꾸 잔을 권한다.

크게 취한 공자 중이는 자기도 모르는 중에 자리 위에 쓰러졌다. 제강은 살며시 일어나 공자 중이를 이불로 덮었다. 그리고 사람을 시켜 호언을 집 안으로 불러들였다. 이때 호언은 위주와 전힐을 데리고 집으로 들어갔다. 그들은 대취해서 쓰러져 자는 공자를 이불에 싸서 떠메고 밖으로 나왔다. 그들은 요를 펴고 공자를 수레 위에 눕혔다.

호언은 제강에게 정중히 절하고 이별을 고했다. 그제야 제강의 두 눈에선 눈물이 주르르 흘렀다.

옛사람이 시로써 이 일을 증명한 것이 있다.

공자는 환락을 탐하건만
아름다운 여자는 멀리 떠나는 임을 울어 보내는도다.
임의 큰 뜻을 이뤄주기 위하여
끊기 어려운 사랑을 떠나보냈도다.
公子貪歡樂
佳人慕遠行
要成鴻鵠志
生割鳳鸞情

호언 등은 조그만 수레 두 대를 몰아 어둠 속에 잠긴 제나라 성을 벗어났다. 그들은 교외 주막에서 기다리는 조쇠 등과 만나 별을 이고 수레를 달렸다.

밤길을 달린 지 5, 60리쯤 갔을 때였다. 사방에서 닭 우는 소리가 들리고 먼동이 트기 시작했다. 그제야 공자 중이는 몸을 뒤척이며,

"아무도 없느냐. 목이 마르다. 물을 다오."

하고 시녀를 불렀다.

호언이 말고삐를 잡고 곁에 있다가 대답한다.

"물은 없소이다. 날이 밝을 때까지 기다리십시오."

공자 중이는 몸이 흔들려서 잠자리가 편치 않았다.

"나를 침상 밑으로 내려다오."

"침상이 아닙니다. 수레에 누워 계십니다."

그제야 공자 중이는 눈을 떴다.

"너는 누구냐?"

"호언입니다."

공자 중이는 정신이 얼떨떨했다. 그는 비로소 호언 들에게 끌려나온 걸 알았다. 이불을 박차고 일어나 소리를 지른다.

"네놈들은 어째서 미리 알리지 않고 이렇듯 성밖으로 나를 끌어냈느냐. 장차 나를 어쩌겠다는 거냐!"

호언이 대답한다.

"장차 진晉나라를 공자께 바치겠습니다."

"진나라를 얻기도 전에 제나라를 잃었구나. 나는 못 가겠다."

호언이 거짓말을 한다.

"제나라를 떠나온 지 100리가 넘었습니다. 공자가 달아난 줄 알면 제후齊侯는 반드시 군사를 풀어 잡으러 올 것입니다. 그러니

돌아갈 수 없습니다."

공자 중이는 얼굴빛이 변하도록 노기를 주체하지 못하고 위주가 짚고 서 있는 창을 빼어 호언을 찔렀다.

열국列國을 주유周遊하는 중이

공자 중이重耳는 신하들의 계책으로 제나라를 떠나게 되자, 분김에 위주魏犨의 창을 빼어 호언狐偃을 찔렀다.

호언이 황급히 수레에서 뛰어내려 달아난다. 중이 또한 수레에서 뛰어내려 창을 들고 호언을 뒤쫓았다. 조쇠趙衰 · 구계臼季 · 호사고狐射姑 · 개자추介子推• 등도 일제히 수레에서 내려 둘 사이를 말렸다.

공자 중이는 땅바닥에 창을 던져버리고 분을 삭이지 못해 씩씩거린다. 호언이 공자 앞에 와서 머리를 조아리며 청죄한다.

"신을 죽여야 공자께서 성공할 수 있다면 이 언偃은 사는 것보다는 죽는 것이 낫습니다."

중이가 호언을 굽어보며 대답한다.

"앞으로 성공하면 그만이지만 만일 아무런 성공도 못하는 날엔 내 반드시 너의 살을 먹으리라."

호언이 껄껄 웃으며 대답한다.

"만일 앞으로 일이 뜻대로 이루어지지 않는다면 이 언은 어느 곳에서 죽을지 모르는데, 어찌 공자에게 잡아먹힐 여가나마 있겠습니까. 후일에 성공하면 공자는 상감이 되셔서 갖은 진수성찬만 잡수실 것인데 고생만 해서 비린내만 날 이 언의 질긴 살을 어찌 먹을 수 있겠습니까."

조쇠 들이 중이 앞에 나아가 아뢴다.

"저희들이 공자의 큰 뜻을 받들고자 부모 형제 처자까지 버리고 고국을 떠나 만리 타국으로 돌아다니면서도 서로 버리지 않고 붙어다니는 것은 공명功名을 죽백竹帛에 길이 남기기 위해서입니다. 이제 진후晉侯가 무도하니 진晉나라 백성이면 그 누가 공자를 군위에 모시고자 아니 하겠습니까. 공자께서 친히 본국에 돌아가 대업을 계승하고자 노력하지 않으신다면, 그 누가 제나라에까지 공자를 모시러 오겠습니까. 오늘날 일은 다 저희들이 공론하고 한 짓입니다. 호언 한 사람만 꾸짖지 마십시오."

위주가 또한 큰소리로 투덜거린다.

"대장부라면 마땅히 노력하여 공功을 이루고 천추만세에 이름을 남길 것이지, 어찌 한 여자에게 푹 빠져 당장 즐길 줄만 알고 앞날을 생각지 않는단 말이오."

중이가 정색하고 대답한다.

"일이 이쯤 되었으니 다만 제군의 명령에 따르려 하오."

호모는 건량乾糧을 내놓고 개자추는 물을 길어왔다. 중이는 모든 사람과 함께 아침 식사를 했다. 호숙壺叔은 풀을 베어와 말을 먹이고 다시 재갈을 물리고 수레를 손질했다.

이윽고 중이 일행은 수레에 올라타고 아득한 앞길을 향해 출발했다.

옛 시로써 이 일을 증명할 수 있다.

봉새는 닭의 무리에서 벗어나 만 길 절벽을 날고
범은 승냥이의 굴을 떠나 1,000산을 달리는도다.
중이가 천하 패권을 잡은 이유를 알고자 할진대
그가 천하 열국列國을 두루 돌아다녔을 때 얻은 힘일진저.
鳳脫鷄群翔萬仞
虎離豹穴奔千山
要知重耳能成伯
只在周遊列國間

수일 뒤, 공자 중이 일행은 조曹나라에 당도했다. 원래 조나라 조공공曹共公은 위인이 노는 것만 좋아했다. 그는 나랏일은 다스리지 않고 소인놈과 친하고 군자를 멀리하고 아첨 잘하는 간신배만 총애했다. 또 자기 맘에 드는 자면 누구에게나 함부로 벼슬을 주었다. 그래서 적불赤芾을 입고 초헌軺軒과 수레를 타고 조문朝門을 드나드는 자만 해도 300여 명이었다. 그 300여 명이란 다 거리의 시정배들로 어깨를 거들먹거리며 아첨하는 데 유별난 재주를 가진 자들이었다.

이 같은 나라에 공자 중이가 호걸들을 거느리고서 나타났던 것이다.

원래 대인大人과 소인小人은 함께 못 사는 법이다. 조나라 간신배들은 공자 중이가 자기 나라에 오래 머물까 봐 두려웠다. 그들은 조공공이 공자 중이를 영접하지 못하게 방해했다.

대부 희부기僖負羈가 간한다.

“원래 진晉과 조曹 두 나라는 동성同姓 간입니다. 이제 진나라 공자가 곤궁한 처지로서 우리 나라를 지나게 되었으니 주공께선 마땅히 그를 후대하십시오.”

조공공이 대답한다.

“우리 조는 조그만 나라다. 더구나 열국들 사이에 있으므로 우리나라를 지나다니는 모든 나라 자제들만 해도 부지기수다. 만일 그들을 일일이 예의로써 대접하다간 나라는 미약하고 비용은 과중할 것이니 무엇으로 지탱해나갈 수 있으리오.”

희부기가 다시 권한다.

“진나라 공자 중이가 어질고 덕이 있다는 것은 천하에 널리 알려진 사실입니다. 더구나 그는 중동重瞳, 변협駢脇이어서 크게 귀한 상相이라고 하더이다. 그러니 보통 사람처럼 대해서는 안 됩니다.”

조공공과 간신배들에게 매우 어질다느니 큰 덕이 있다느니 하는 말이 먹힐 리 없었다. 그러나 중동, 변협이란 말을 듣고선 머리를 갸웃거렸다. 조공공이 묻는다.

“중동은 눈 하나에 눈동자가 두 개씩 있다는 건 과인도 들어서 알지만, 변협이란 무엇인고?”

“변협이란 늑골肋骨이 여러 개로 되어 있지 않고 단 한 개의 넓은 뼈로 이루어져 있는 이상한 상相입니다.”

“과인은 그 가슴뼈가 얼마나 넓은진 모르겠으나 단 하나로 되어 있다는 것은 믿을 수 없다. 어떻든 그를 공관에 머물게 하고 그가 목욕하는 거나 한번 보리라.”

조나라 관원 한 사람이 공자 중이 일행을 공관으로 안내했다.

조나라는 중이에게 수반水飯만 대접하고 음식은 보내지 않고 잔치도 베풀지 않은 채 빈주賓主의 예를 펴지 않았다. 공자 중이는 괘씸한 생각을 참을 수 없었다. 그래서 그는 식사를 들지 않았다.

관인館人이 들어와서 아뢴다.

"물을 데웠으니 목욕하십시오."

공자 중이는 오랜 여행 중 땀과 먼지에 몸이 더러워졌다. 그래서 목욕하고 싶은 생각이 났다. 공자 중이는 욕당浴堂에 가서 옷을 벗고 물에 들어갔다.

이때, 조공공은 간신들 몇 사람과 함께 변장하고 공관에 왔다. 그들은 다짜고짜 욕당으로 들어가서 무례하게도 목욕하는 공자를 빤히 들여다보며 뭐라고 서로 숙덕거리더니 신나게 떠들면서 나가버렸다.

호언 등은 공자가 목욕하는 욕당에서 이상한 사람들의 떠들썩한 소리가 나는 걸 듣고 무슨 변이 일어난 줄 알고 황급히 달려갔다. 사람들이 모여서서 목욕하는 공자를 보고 시시덕거리다가 돌아가는 것이었다. 호언은 관인에게 저 사람들이 누구냐고 물었다. 관인이 대답한다.

"조나라 임금과 그 신하들입니다."

이 말을 듣고 나서 그날 밤에 공자 중이와 그 일행은 몹시 분노했다.

이튿날, 희부기는 공자 중이를 잘 대접하도록 재차 간했으나 조공공이 듣질 않아서 그냥 집으로 돌아갔다. 그의 아내 여씨呂氏가 남편의 얼굴에 수심이 가득한 걸 보고서 묻는다.

"오늘 궁에서 무슨 일이라도 있었습니까?"

희부기는 진나라 공자가 왔는데 임금이 예의로써 대접하지 않는다고 대답했다.

여씨가 말한다.

"첩이 교외에 나가서 뽕잎을 따는데 마침 진나라 공자 일행을 태운 수레가 지나갔습니다. 진나라 공자는 똑똑히 못 봤으나 시종하는 사람들이 다 영걸英傑입디다. 첩이 듣건대 임금이 훌륭하면 그 신하가 훌륭한 법이고, 그 신하가 훌륭하면 그 임금도 훌륭하다고 합디다. 그 시종하는 일행을 보건대 진나라 공자는 다음날에 반드시 진나라를 광복光復할 것입니다. 그때 그들이 군사를 일으켜 우리 조나라를 치면 옥석玉石이 구분俱焚하리니, 그때 후회한들 무슨 소용이 있습니까. 당신이 충성으로써 간해도 임금이 듣지 않는 바에야 당신 혼자만이라도 그들과 우호友好를 두터이 해두십시오. 첩이 이미 음식을 여러 상床 장만했으니 그 속에 백옥을 감춰가지고 가서 그들과 친분을 맺으십시오."

희부기는 그날 밤에 공관으로 갔다.

공자 중이는 배는 고프나 괄시받는 분노를 참고 앉아 있었다. 아랫사람이 들어와서 고한다.

"조나라 대부 희부기가 음식을 가지고 와서 뵙기를 청합니다."

공자 중이는 그를 방으로 안내하게 했다. 희부기는 들어와 공자 중이에게 재배하고는, 조후曹侯를 대신해서 사죄하고 자기가 온 것은 공자를 존경하기 때문이라고 말했다.

공자 중이가 크게 기뻐하며 탄식한다.

"조나라에 이런 어진 신하가 있는 줄은 몰랐소. 이 보잘것없는 망명객은 하늘의 도우심을 받아 진나라에 돌아가게 되는 날이면 오늘날 이렇듯 나를 찾아준 그 고마운 뜻을 잊지 않겠소."

중이는 희부기가 가지고 온 음식상을 받았다.

주발 뚜껑을 열었을 때였다. 그릇 속에 하얀 구슬이 들어 있었다. 중이가 묻는다.

"쫓겨다니는 이 사람에게 이 땅에서 배고픔을 면하게 해준 것만으로도 족하거늘 대부는 어찌 이런 귀중한 것까지 내게 주시오?"

희부기가 대답한다.

"이는 오로지 제가 공자를 존경하기 때문입니다. 공자께서 버리지 마시고 받아주시면 감사하겠습니다."

그러나 공자 중이는 굳이 사양할 뿐 흰 구슬을 받지 않았다.

그날 밤 희부기는 공관에서 집으로 돌아가며 탄식한다.

"진나라 공자는 그렇듯 곤궁하면서도 구슬을 받으려 않으니 그 넓은 뜻을 측량할 수 없구나!"

이튿날 중이 일행은 조나라를 떠났다. 이날 희부기는 성밖 10리까지 공자 중이 일행을 전송했다.

사관史官이 시로써 이 일을 읊은 것이 있다.

> 용과 범을 너구리 등속으로 잘못 봤으니
> 조나라 임금은 눈이 있어도 없는 거나 다름없도다.
> 초헌 타고 거들먹거리는 조나라 신하 300명아
> 다 희부기의 아내 여씨만도 못하구나.
> 錯看龍虎作狉貍
> 盲眼曹共識見微
> 堪嘆乘軒三百輩
> 無人及得負羈妻

공자 중이 일행은 조나라를 떠나 송나라로 향했다. 호언이 먼저 말을 달려 송나라에 가서 전부터 친분이 있는 공손고公孫固와 만났다. 호언의 말을 듣고 공손고가 대답한다.

"우리 주공은 자기 힘을 알지 못하고 초나라와 싸우다가 넓적다리를 다쳐 지금 병으로 누워 계시오. 그러나 공자의 어진 이름을 들은 지 오래며 늘 존경하고 계셨습니다. 우리 주공께선 반드시 관사館舍를 소제하게 하고 공자를 환영하실 것이오."

공손고는 궁으로 들어가서 송양공에게 진晉나라 공자 중이가 온다는 걸 고했다.

이때 송양공宋襄公은 늘 초나라를 생각하곤 이를 갈았다. 어떻든 훌륭한 인물을 구해서 그 도움을 받아 초나라에 대한 원수를 갚겠다는 생각뿐이었다.

송양공은 진나라 공자 중이가 온다는 말을 듣고 몹시 기뻐했다. 진나라는 큰 나라며 더구나 공자 중이는 어질기로 유명한 사람이다. 그러나 송양공은 다리 상처 때문에 친히 공자 중이를 영접할 수 없어서,

"공관으로 모시고 국군國君을 대하는 예의로써 칠뢰七牢로 대접하여라."

하고 공손고에게 분부했다.

그러나 송나라에 당도한 공자 중이는 하루를 쉬고 그 이튿날 떠나려고 했다. 공손고는 송양공의 분부를 받고 어떻든 공자 중이를 송나라에 있게 하려고 호언에게 묻는다.

"지난날 제환공齊桓公은 공자에게 어떻게 대접했습니까?"

호언은 제환공이 공자에게 가정을 이루게 하고 많은 말[馬]과 풍족한 생활을 마련해줬던 사실을 공손고에게 말했다. 공손고는 궁에 들어가서 송양공에게 호언에게서 들은 바를 고했다.

송양공이 말한다.

"공자는 일찍이 우리 송나라와 혼인한 사이니 다시 여자를 천거할 순 없다. 그러나 생활비와 말은 아끼지 않겠노라."

송양공은 공자 중이에게 말 20승을 보냈다.

공자 중이는 송나라가 자기를 후대하는 데 감격하여 며칠을 더 머물렀다. 그동안 끊임없이 음식이 나오고 송양공의 분부로 신하들이 공관에 와서 문안했다.

호언은 송양공의 상처가 언제 완쾌될지 짐작할 수 없었다. 그래서 공손고를 찾아가서 상의했다.

"공자와 우리 일행의 소원은 그저 고국에 돌아가겠다는 일념뿐입니다. 귀국의 도움을 빌릴 수 있겠습니까?"

공손고가 대답한다.

"만일 공자께서 열국列國을 돌아다니는 것이 고생이시라면 비록 우리 송나라가 크진 못하나 이곳에서 얼마든지 계실 수 있도록 편의를 봐드리겠습니다. 그러나 공자께서 큰 뜻을 품으셨다면 우리로선 그 이상 도와드릴 수 없는 것이 아시다시피 우리 나라는 초나라와 싸워서 진 이후로 힘을 펴지 못하고 있습니다. 정 그러시다면 다른 큰 나라에 가셔서 대원大願을 성취하도록 하십시오."

"그대의 말씀이 진정인가 하오. 우리는 그 진정에서 하시는 말씀에 감사합니다."

하고 호언은 말했다.

그날로 공자 중이 일행은 떠날 준비를 했다. 송양공은 공자 중이 일행이 떠난다는 소식을 듣고, 많은 양식과 의복과 여행에 필요한 물품을 보냈다. 공자 중이 일행은 송나라에 대해 깊이 감사했다.

공자 중이가 떠난 뒤, 송양공은 넓적다리의 전창箭瘡이 날로 악

화됐다. 그 뒤 얼마 지나지 않아 송양공은 회생하지 못할 것을 알고 세자 왕신王臣에게 유언했다.

"나는 공손고의 말을 듣지 않다가 이 지경에 이르렀다. 나의 뒤를 이어 네가 군위에 오르거든 매사 공손고에게 물어서 하여라. 초나라와 우리 송나라는 불구대천의 원수니 내 말을 잊지 말고 자자손손에 이르도록 초나라와는 우호를 맺지 말아라. 진晉나라 공자 중이가 만일 자기 나라로 돌아가게 되면 그는 반드시 군위에 오를 것이며, 그가 군위에 오르면 필시 모든 나라 제후를 규합할 것이니 우리 자손들은 그와 친분을 두터이 하고 이 나라를 안전하게 하여라."

세자 왕신은 송양공에게 재배하고 그 유언을 받았다. 송양공은 군위에 오른 지 14년 만에 죽었다.

세자 왕신이 주상主喪이 되고 즉위했으니, 그가 바로 송성공宋成公이다.

염옹은 송양공이 덕도 힘도 없었으니 춘추 시대 오패五霸의 한 사람으로 간주할 수 없다는 것을 시로써 읊은 것이 있다.

> 그는 한 가지도 이루어놓은 것 없이 상처 때문에 죽었고
> 세정 모르는 말을 하며 어진 체했도다.
> 썩은 선비들은 이런 사실을 전혀 살피지 않고서
> 오히려 춘추 오패의 한 사람으로 송양공을 넣었도다.
> 一事無成身死傷
> 但將迂語自稱揚
> 腐儒全不稽名實
> 五伯猶然列宋襄

한편 공자 중이는 송나라를 떠나 정나라 근방에 당도했다. 공자 중이 일행이 정나라로 온다는 것이 벌써 정문공鄭文公에게 보고되었다.

정문공이 여러 신하에게 말한다.

"중이는 자기 아버지를 배반하고 달아났기 때문에 천하 열국이 그를 용납하지 않았다. 그는 거지처럼 얻어먹으며 굶으며 돌아다니는 사람이니 불초不肖한 자로다. 우리 나라에 올지라도 예로써 대접할 필요가 없다."

상경 벼슬에 있는 숙첨叔詹이 간한다.

"하늘이 진晉나라 공자를 세 가지로 돕고 있습니다. 주공은 그런 사람을 괄시하지 마십시오."

정문공이 묻는다.

"하늘이 세 가지로 돕는다니 무엇무엇인고?"

"동성同姓끼리 혼인하면 자손에게 해로운 점이 많습니다. 그런데 중이의 생모生母는 호씨狐氏니, 호씨와 희씨姬氏는 같은 종파宗派입니다. 이렇듯 중이는 동성끼리 혼인한 그 사이에서 났건만 그의 성격은 어질고도 매우 건강하니 이는 하늘이 그를 돕는 그 한 가지라고 하겠습니다. 중이가 본국에서 달아난 뒤로 진나라는 늘 난이 일어나고 있으니 이 어찌 하늘이 진나라를 바로잡을 인물을 기르는 것이 아니겠습니까. 이것이 바로 하늘이 그를 돕는 그 두 가지라고 하겠습니다. 조쇠 · 호언 등은 다 당세 영걸들입니다. 중이가 이런 인물들을 얻었으니 이것이 하늘이 그를 돕는 그 세 가지라고 하겠습니다. 주공께서는 그를 예의로써 극진히 대접하십시오. 그러는 것이 곧 동성同姓에 대한 예의며, 곤궁한 사람을 돕는 어진 마음이며, 훌륭한 인재를 존경하는 것이며, 천명天

命에 순종하는 것이 됩니다. 예의와 동정과 존경과 순종, 이 네 가지는 다 아름다운 일입니다."

정문공이 대답한다.

"중이는 이제 늙었다. 앞으로 무슨 능력이 있으리오."

숙첨이 정색하고 권한다.

"주공께서 그를 극진히 대접하기 싫거든 청컨대 그를 죽여버리십시오. 공연히 원수를 삼으면 다음날에 큰 후환이 있을까 두렵습니다."

정문공이 깔깔 웃으며 대답한다.

"지금까지 과인에게 예의로써 그를 대접하라 하고 어째서 또 갑자기 과인에게 그를 죽이라고 권하느냐. 과인은 예의로써 대접해야 할 만큼 그에게 은혜를 진 일도 없고 그를 죽여야 할 만큼 원한도 없다."

정나라는 공자 중이 일행이 당도할 무렵쯤 해서 성문을 닫아버렸다. 공자 중이는 정나라 성문이 굳게 닫힌 걸 보고서 자기를 거절하는 뜻이란 걸 알았다. 공자 중이 일행은 말없이 수레를 몰아 정나라를 그냥 지나갔다.

수일 뒤, 공자 중이 일행은 초楚나라에 당도했다. 초나라는 외국 임금을 대접하는 예의로써 삼배三杯씩 세 번 올리는 구헌九獻의 술잔을 공자 중이에게 올렸다.

중이는 겸양했으나 받지 않을 수 없었다. 곁에 시립侍立한 조쇠가 중이에게 속삭인다.

"공자께서 타국에 망명하신 지 10여 년이 지났습니다. 조그만 나라들은 공자를 업신여기고 모욕했지만 이런 대국大國이야 어찌 예의를 모르겠습니까. 초왕이 공자에게 한 나라 임금을 대하는 예의로써 대접하는 것도 천명인 것입니다. 공자는 사양 마시고 저들이 대접하는 대로 받으십시오."

마침내 공자 중이는 한 나라 임금이 받는 대접을 받았다. 잔치자리가 끝날 때까지 공자를 존경하는 초성왕楚成王의 태도엔 종시 변함이 없었다. 그래서 공자 중이의 언사도 매우 겸손했다.

초성왕과 공자 중이는 서로 친숙해졌다. 마침내 공자 중이 일행은 초나라에 머물기로 했다.

어느 날이었다. 초성왕은 공자 중이와 함께 운몽雲夢 땅 못〔澤〕가에서 사냥을 했다. 이날 초성왕의 무예武藝 솜씨는 대단했다. 그는 잇달아 두 대의 화살을 쏘아 사슴 한 마리와 토끼 한 마리를 다 맞혔다. 초나라 모든 장수들은 다 땅에 엎드려 초성왕의 무예를 칭하했다.

바로 이때였다. 난데없이 곰 한 마리가 나타나 수레를 치받을 듯이 달려왔다. 공자 중이는 날쌔게 수레를 몰아 곰을 피했다. 초성왕이 공자 중이에게 소릴 지른다.

"공자는 어이하여 그 곰을 쏘지 않소."

공자 중이는 전통에서 화살 한 대를 뽑아 곰을 노리면서 가만히 속으로 축원했다.

'이 몸이 앞으로 진나라에 돌아가서 임금이 될 수 있다면 이 화살이 저 곰의 오른편 발바닥을 맞히게 하십시오.'

시위에서 벗어난 화살은 번쩍하고 빛났다. 화살은 정통으로 곰의 오른편 발바닥을 뚫었다. 군사들이 그 곰을 초성왕 앞으로 끌어왔다. 초성왕은 공자 중이를 쳐다보며,

"공자의 솜씨는 참으로 신궁神弓이오!"

하고 경탄했다.

잠시 뒤, 몰이터에서 와 하고 함성이 일어났다. 말을 탄 한 장수가 저편에서 달려와 초성왕에게 고한다.

"산골짜기에 괴상한 짐승이 나타났습니다. 생김새는 곰 같으나 곰은 아니었습니다. 그 코는 코끼리 같고, 그 머리는 사자 같고, 그 발은 범 같고, 그 털은 승냥이 같고, 그 갈기는 멧돼지 같고, 그 꼬리는 소 같고, 그 몸은 말보다 컸습니다. 온몸엔 검고 흰 반점이 서로 엇갈려 있는데 칼도 창도 화살도 들어가질 않습니다. 뿐만 아니라 수레에 붙어 있는 쇠를 마치 지푸라기 씹듯 씹고 있습니다. 어떻게 사나운지 사람 힘으론 어찌할 도리가 없습니다. 그래서 저렇게들 에워싸고 고함만 지르는 중입니다."

이 말을 듣고 초성왕이 공자 중이를 돌아보며 묻는다.

"공자는 중국 본토에서 생장했으므로 널리 들어서 아는 것이 많을 터이니 혹 그 짐승 이름을 아시겠소?"

공자 중이가 조쇠를 돌아보며 혹 알겠느냐고 묻는다. 조쇠가 앞으로 나아가 아뢴다.

"신은 그것이 무슨 짐승인지를 알겠습니다. 그것은 맥貘이라는 짐승입니다. 맥은 천지간의 금기金氣를 받고 생겨난 짐승이기 때문에 머리는 작고 발은 짧으며 구리와 쇠를 잘 먹습니다. 맥이 똥과 오줌을 누면 그것이 오금五金(금 · 은 · 동 · 철 · 주석)으로 변합니다. 그 어떤 쇠도 그 짐승의 배에만 들어가면 물이 되기 때문입니다. 또 맥의 뼈엔 골수骨髓가 없으므로 그걸로 기물器物의 손잡이를 만들어서 쓰기도 하며 그 가죽으로 요〔褥〕를 만들면 질병이 범접하지 못하고 습기가 스며들지 않습니다."

초성왕이 묻는다.

"그러면 어떻게 해야 그 짐승을 잡겠소?"

"가죽과 살이 다 쇠로 굳어져 있어 보통 짐승을 잡듯이 잡을 순 없습니다. 다만 그 콧구멍 속에 허虛한 곳이 있어 강철로 된 무기를 찔러넣으면 들어갑니다. 그러나 가장 쉬운 방법은 불로 구우면 즉시 죽습니다. 곧 금성金性은 불을 두려워하기 때문입니다."

조쇠의 설명을 듣고 있던 위주가 목청을 돋우어,

"신이 무기를 쓰지 않고 그 짐승을 사로잡아 어전에 바치겠습니다."

하고 수레에서 뛰어내려 나는 듯이 달려갔다.

초성왕이 중이에게 말했다.

"우리도 함께 가서 구경합시다."

그들은 나란히 수레를 달려 몰이터로 향했다.

한편 위주는 나는 듯이 서북쪽 몰이터 안으로 뛰어들어갔다. 그는 맥을 보자 정면으로 달려들어 주먹으로 연거푸 쳤다. 그러나 맥은 조금도 두려워하는 기색이 없이 크게 한 번 소리를 지를 뿐이었다. 그 소리는 마치 소가 우는 것과 흡사했다. 한 번 소리를 지르고서 그제야 맥은 앞발을 들고 꼿꼿이 일어나 위주 앞으로 다가와 혓바닥을 한 번 휘둘렀다.

순간 위주가 허리에 차고 있던 유금정대鎏金鋥帶가 맥의 혓바닥에 말려들어 입 속으로 들어가버렸다.

위주가 대로한다.

"이 흉악한 짐승이 어찌 이렇듯 무례하냐!"

그는 몸을 날려 땅바닥에서 한 5척 가량 공간에 솟았다가 내려오면서 주먹으로 맥의 정수리를 힘껏 쳤다. 꼿꼿이 섰던 맥은 한 대 얻어맞고 유유히 나무 밑으로 가서 의젓이 쭈그리고 앉았다.

위주는 더욱 분이 솟아 달려가면서 몸을 솟구쳐 맥의 등 위에 올라탔다. 그는 젖 먹던 힘까지 다 내어 맥의 목을 끌어안고 졸랐다.

위주의 힘은 과연 무서웠다.

짐승은 미친 듯이 몸을 뒤흔들며 날뛰었다. 위주는 짐승이 몸을 뒤척거릴 때마다 아래위로 흔들리면서도 손을 놓지 않고 더욱 두 팔에 힘을 주었다.

비명도 지르지 못하고 미친 듯이 이리 닫고 저리 뛰면서 맥은 차차 비틀거리다가 쓰러졌다. 짐승 등에 타고 있던 위주는 몸을 뒤로 젖히며 맥의 몸을 더욱 잔뜩 졸랐다. 맥은 숨통이 막혔다.

얼마 뒤, 위주가 손을 놓았을 때엔 맥은 꼼짝 안 하고 쓰러진 그대로였다. 위주는 짐승 등에서 뛰어내려 짐승의 네 다리를 쇠사슬로 꽁꽁 묶었다. 그리고 그는 코끼리처럼 생긴 맥의 코를 움켜쥐고 마치 개 끌듯이 끌고서 공자 중이와 초성왕 앞에 가져다놓았다.

위주는 참으로 무서운 장수였다.

조쇠가 군사들에게 명한다.

"속히 불을 피워라."

군사들은 꺾어온 싸리에 불을 붙여 맥의 코에 불을 질렀다. 불기운이 속으로 들어가자 짐승은 해삼처럼 물렁물렁해졌다. 위주는 허리에 차고 있던 보검을 뽑아 짐승을 쳤다. 칼끝에서 빛이 번쩍 일어날 뿐 털끝 하나 상하지 않았다. 조쇠가 말한다.

"칼로 쳐도 소용없소. 가죽을 벗기려면 주위에 불을 놓고 이 짐승을 구워야 하오."

군사들은 조쇠가 지시하는 대로 맥의 주위에 불을 놓았다. 불기운을 받고 지금까지 쇠처럼 딱딱하던 가죽과 살이 점점 부드러워졌다. 그제야 군사들은 그 짐승의 가죽을 쉽사리 벗겨낼 수 있었다.

초성왕이 공자 중이에게 말한다.

"공자를 모시는 모든 호걸들이 다 문무文武를 겸비하고 있구려. 과인의 나라에도 그런 인물이 한 사람쯤 있었으면 좋겠소."

곁에서 이 말을 듣고 초나라 장수 성득신成得臣이 마땅찮은 기색을 지으면서 초성왕에게 아뢴다.

"왕께서는 진나라 신하의 무예를 과도히 칭찬하십니다. 원컨대 신이 그들과 한번 겨루어보고 싶소이다."

초성왕은 머리를 흔들며,

"진나라 임금과 신하는 우리 나라에 오신 손님이다. 네 마땅히 공경하는 예법을 배워라."

하고 허락하지 않았다.

이날, 사냥을 마치고 모두가 모여앉아 술을 마시며 매우 즐겼다. 초성왕이 공자 중이에게 술을 권하며 묻는다.

"공자가 진나라에 돌아가서 군위에 오르면 그때에 무엇으로써 과인에게 보답하시겠소?"

"여자와 구슬과 비단은 넉넉히 가지고 계실 것이며 새털과 뿔과 가죽은 원래 초나라 소산所産이니 군왕은 무엇을 원하시나이까?"

초성왕이 웃으며 말한다.

"그건 그렇다 하고, 그래도 반드시 과인에게 보답하고 싶은 것이 없지 않을 테니 한번 말해보시오."

중이가 정색하며,

"만일 군왕의 도움을 받아 이 몸이 진나라 군위에 오른다면 원컨대 초나라와 함께 우호를 두터이 하고 백성들이 태평을 누리도록 힘쓰겠습니다. 그러나 그것이 뜻대로 되지 않고 만일 평원平原

이나 광택廣澤에서 병거를 거느리고 대왕의 군사와 서로 대하게 된다면 우리는 삼사三舍를 물러서겠습니다. 자고로 행군行軍하는 법에 30리마다 한 번씩 쉬게 되어 있고, 그것을 일사一舍라고 하니, 삼사라면 곧 90리 거리입니다. 만일 다음날 우리 진나라와 대왕의 초나라가 서로 싸운다면 이 몸은 싸우지 않고 초군으로부터 90리를 후퇴함으로써 오늘날 대왕께서 이 몸에게 베풀어주신 은혜에 보답하겠습니다."
하고 대답했다.

초성왕은 중이와 함께 거나하게 취해서 그날의 사냥을 무사히 마쳤다.

초나라 장수 성득신이 분노하여 초성왕에게 말한다.

"왕께서는 진나라 공자를 너무 후대하십니다. 오늘 사냥터에서 왕께서 물으셨을 때 중이의 대답은 무례했습니다. 후일 그가 진나라에 돌아가 군위에 오르기만 하면 반드시 그는 우리의 은공을 저버릴 것입니다. 그러니 왕께서는 일찌감치 중이를 죽여버리십시오."

초성왕이 대답한다.

"진나라 공자는 그 천성이 어진 사람이며, 그를 시종하는 사람들도 다 당대의 뛰어난 인물들이다. 이는 하늘이 그를 돕는 것인데 어찌 우리 초가 하늘의 뜻을 어길 수 있겠느냐."

"왕께서 꼭 중이를 죽일 수 없으시다면 호언 · 조쇠 등 그의 신하 몇 사람만이라도 우리 나라에 감금해두십시오. 그렇게 하지 않으면 범에게 날개를 달아주는 것과 같습니다."

"그 신하들을 잡아둘지라도 내가 그들을 부릴 수 없으면 무슨 소용 있겠는가. 공연히 원망만 살 따름이다. 중이에게 덕을 베풀고 원망 대신 어진 것을 보이는 것이 현명한 계책이다."

이리하여 초성왕은 더욱 후하게 중이를 대접했다.

주양왕周襄王 15년은 바로 진혜공晉惠公 14년이었다. 이해에 진혜공은 병으로 자리에 눕게 되었다. 또 그는 병으로 오랫동안 조회朝會에 나가질 못했다.

세자 어御는 인질로 진秦나라에 가 있었는데 세자 어의 외가外家는 양梁나라였다. 양나라 임금은 무도해서 날마다 전각殿閣만 짓고 연못을 팠다. 백성을 사랑할 줄은 모르고 잡아다가 부역만 시켰다. 그리하여 양나라 백성들은 임금을 저주했다. 그 엄청난 부역을 견디다 못해 백성들 중엔 간혹 진秦나라로 달아나는 자가 있었다.

진목공秦穆公은 양나라 민심이 변한 걸 알고 백리해百里奚로 하여금 군사를 일으켜 양나라를 치게 했다. 백리해가 거느린 진나라 군사는 단숨에 양나라를 무찔렀다. 양나라 임금은 전란 중에 맞아 죽었다.

진秦나라에 볼모로 와 있는 진晉나라 세자 어는 자기 어머니 친정인 양나라가 멸망했다는 소문을 듣고 길이 탄식했다.

"진秦나라가 나의 외가인 양나라를 쳐서 멸망케 한 것은 결국 우리 진晉나라를 업신여김이로다."

그는 속으로 이렇듯 진秦나라를 원망하고 있는 참에 아버지 진혜공이 병환으로 누워 있다는 본국 소식을 들었다. 그는 또 탄식했다.

"가히 잡혀와 있듯이 타국에 볼모로 있으니, 밖으로 나를 동정해주는 사람이 없고 안으론 심복한 부하 한 사람도 없구나. 만일 임금인 아버지께서 세상을 떠나시면 본국의 모든 대부들은 다른 공자를 군위에 올려세울지도 모른다. 그러면 나의 앞날은 어떻게 될 것인가. 이 지긋지긋한 진秦나라에서 늙어 죽는 수밖에 없다. 그렇다면 이내 신세가 초목과 다를 것이 무엇이리오. 이참에 달아나 본국에 가서 병든 아버지를 치료하고 백성을 안정시키는 것만 못하리라."

그날 밤에 진晉나라 세자 어는 아내 회영懷嬴과 함께 나란히 자리에 누워서 말한다.

"내 이제 달아나 본국으로 돌아가지 않으면 진晉나라는 다른 공자의 소유가 되고 말 것이오. 그러나 부부의 정을 끊고 혼자 가기란 쉬운 일이 아니구려. 그러니 우리 둘이 함께 도망쳐 진나라로 돌아가면 어떻겠소."

회영이 울면서 대답한다.

"당신은 한 나라의 세자로되 이곳에 볼모로 와 있으면서 갖은 곤욕을 당하니 본국으로 돌아가고 싶다는 것도 무리는 아닙니다. 그러나 첩의 아버지께서 이 몸으로 하여금 그대를 모시게 한 뜻은 그대를 진秦나라에 꼭 비끄러매어두실 생각에서였습니다. 이제 첩이 그대를 따라 진晉나라로 달아난다면 이는 이 나라 임금인 아버지의 뜻을 배반한 것이 되니 어찌 그 죄가 가볍겠습니까. 그대는 스스로 편리할 도리를 택하십시오. 그리고 첩에겐 아무 말도 말아주세요. 이 몸은 그대를 따라갈 수 없습니다. 그러나 첩은 그대가 하신 말씀을 결코 아버지나 어머니에게 말하지 않겠습니다."

마침내 세자 어는 변장하고 무사히 진秦나라 성을 벗어나 그리운 고국산천을 향해 달아났다.

진晉나라 세자 어가 아무 말도 없이 본국으로 달아났다는 보고를 받고 진목공은 몹시 노하여,

"그놈은 배은망덕한 도적이다. 하늘이 결코 그놈을 돕지 않으

리라.”
저주하고 모든 대부에게 묻는다.
“이오夷吾 부자父子가 다 과인에게서 하해 같은 신세를 졌건만 아비와 자식이 다 같이 과인을 배반했다. 내 어떻든 배은망덕한 그놈들을 그냥 두지 않으리라. 허허! 애당초에 과인이 중이를 진晉나라 임금으로 세우지 못한 것이 불찰이었구나. 경들은 지금 중이가 어디 있는지 그의 종적을 알아보아라.”
이윽고 진秦나라는 진晉나라 공자 중이가 어느 곳에 있는지를 수소문했다.
진秦나라는 공자 중이가 지금 초나라에 있다는 사실과 초나라에 간 지도 불과 몇 달 안 된다는 것까지 알게 됐다. 이에 진목공이 공손지公孫枝에게 분부한다.
“경은 초나라에 가서 초성왕에게 중이를 모시러 왔다고 정중히 말하여라. 과인은 중이를 우리 나라로 데리고 와서 그를 진晉나라 임금으로 세울 작정이다.”
공손지는 즉시 길을 떠나 초나라에 가서 초성왕에게 온 뜻을 말했다.
한편 공자 중이는 자기를 데려가려고 진秦나라에서 사람이 왔다는 말을 듣고 초성왕의 속맘을 떠봤다.
“이 망명객은 모든 걸 군왕께 맡겼습니다. 어쩐지 진나라엔 가기 싫습니다.”
초성왕이 대답한다.
“우리 초나라에서 진晉나라까지는 거리가 너무도 머오. 공자가 만일 진晉나라로 돌아가고 싶은 생각이라면 앞으로 여러 나라를 지나가야 하오. 그러나 진秦나라와 진晉나라는 서로 경계를 접하고 있어서 아침에 떠나면 저녁에 도착할 수 있소. 더구나 진목공은 본디 어진 사람이며 지금 진晉나라 이오와 사이가 서로 좋지 못한 터이니 이야말로 이번 기회는 하늘이 공자를 도우심인가 하오. 공자는 두말 말고 진秦나라로 가시오."

떠나는 날 중이는 초성왕에게 가서 절했다. 초성왕은 떠나가는 중이에게 많은 황금과 비단과 수레와 말을 주어 그들의 행색을 군색하지 않게 해주었다.

그로부터 수개월 뒤 공자 중이 일행은 공손지와 함께 진秦나라에 당도했다.

물론 진나라에 당도하기까지 여러 나라를 경과했으나 그 모든 나라가 다 진나라 아니면 초나라 소속이었고, 더구나 공손지와 동행했기 때문에 도중에서 공자 중이 일행은 정중한 대접을 받으면서 편안히 여행할 수 있었다.

진목공은 공자 중이가 온다는 보고를 받고 매우 기뻐했다. 진목공은 교외까지 나가서 공자 중이를 영접하고 큰 공관을 내주었다. 그리고 진秦나라가 공자 중이를 대하는 예의는 극히 성대했다.

또 진목공의 부인 목희穆姬도 친정 동생인 중이를 극진히 대접했다. 목희는 말없이 도망쳐 돌아간 세자 어를 더욱 괘씸하게 생각했다. 그리하여 목희는 진혜공의 아들 세자 어가 버리고 간 자기 딸 회영과 중이를 혼인시키자고 진목공에게 말했다. 진목공은 부인으로 하여금 우선 회영의 뜻을 알아보게 했다.

어머니의 권유를 듣고 회영이 대답한다.

"첩은 이미 진晉나라 세자 어에게 몸을 맡겼던 사람입니다. 그런데 어찌 또 다른 사람에게 몸을 의탁할 수 있겠습니까."

목희가 말한다.

"어는 결코 돌아오지 않을 것이다. 중이는 어진 사람이니 하늘의 도움을 받아 반드시 진晉나라 임금이 될 것이며, 그때엔 너를 정실 부인으로 삼을 것이다. 그러면 우리 진秦과 진晉은 대대로 인척간이 되지 않겠느냐."

회영이 한참 생각하다가 대답한다.

"진실로 그러하시다면 어찌 첩이 이 한 몸을 아껴 두 나라 우호를 방해할 수야 있겠습니까."

마침내 공손지가 중이에게 가서 혼사를 말했다. 중이와 달아난 어는 큰아버지와 조카 사이다. 그러니 중이에겐 회영이 질부뻘이었다. 중이는 암만 생각해도 조카며느리를 아내로 맞이할 순 없었다. 중이는 이러한 자기의 고충을 말하고 완곡히 거절했다. 그러나 공손지는 다시 한번 생각해보라면서 권유하고 돌아갔다.

조쇠가 중이에게 아뢴다.

"듣건대 회영은 아름답고 재능이 대단하다고 하옵디다. 진목공과 그 부인께서 특히 사랑하시는 딸입니다. 진秦나라 여자를 아내로 맞이하지 않고서 어떻게 진나라의 환심을 사려고 하십니까. 진나라의 힘을 빌리려면 회영에게 장가를 드셔야 합니다. 공자는 사양하지 마십시오."

"동성同姓 간에 혼인하는 것도 피하거늘 하물며 조카며느리를 어떻게 데리고 살 수 있소."

호언이 말한다.

"공자는 이제 본국에 돌아가셔서 이오를 섬길 생각이십니까? 아니면 그를 대신해서 군위에 오를 생각이십니까?"

"……"

"이오가 죽으면 진晉나라는 그 아들 어의 소유가 됩니다. 공자가 어를 임금으로 모실 생각이라면 회영은 바로 공자의 국모國母뻘이 되며, 공자가 그를 대신해서 군위에 오를 생각이라면 회영은 바로 원수놈의 아내가 되는데 무엇을 주저하십니까?"
하고 호언은 딱 잘라 말했다. 중이는 더 말을 못하고 얼굴만 붉혔다. 조쇠가 말한다.

"앞으로 그 나라를 뺏어야 하는데, 그 아내쯤이 무슨 대단할 것 있습니까. 큰일을 하려는 사람이 조그만 절개에 얽매여 꼼짝못하다간 다음날 후회해도 아무 소용이 없습니다."

중이는 마침내 마음을 정하고 공손지를 불러 결혼하기로 승낙했다. 공손지는 즉시 진목공에게 가서 중이가 혼사를 하기로 했음을 고했다.

공자 중이는 길일吉日을 택하고 폐백을 펴고 공관에서 결혼했다. 회영의 얼굴과 자태는 제齊나라에 두고 온 제강齊姜보다 아름다웠다.

또 진목공은 종녀宗女들 중에서 네 명을 뽑아 공자 중이에게 잉첩媵妾으로 내주었다.

애초에 주저하던 것과는 딴판으로 공자 중이는 기쁨을 감추지 못했다. 오랜만에 다시 가정 재미를 보자, 그는 그간 겪은 가지가지 고생마저 잊은 듯했다.

사관史官이 시로써 그 혼사를 논한 것이 있다.

한 여자가 어찌 두 남자를 섬길 수 있느냐
더구나 숙질叔姪 사이라는 걸 생각해보라.
다만 진秦나라 환심을 사려고
목적을 위해서 수단을 가리지 않았구나.

一女如何有二夫
況於叔姪分相懸
只因要結秦歡好
不恤人言禮義愆

진목공은 원래 진晉나라 공자 중이의 기품을 사랑했지만 다시 장인 사위의 관계를 맺고부터는 더욱 그를 사랑했다.

진秦나라에선 중이를 위해 사흘마다 잔치를 베풀고 닷새마다 그를 궁으로 불러들여 진수성찬으로 대접했다.

진나라 세자 앵罃도 중이를 끔찍이 위했다. 그는 때때로 공관에 가서 공자 중이에게 안부를 드렸다. 동시에 조쇠 · 호언 등도 진나라 신하 건숙蹇叔 · 백리해 · 공손지 들과 깊이 사귀었다. 하지만 그들은 다 함께 공자 중이가 진晉나라로 돌아가는 것이 늦어질까 염려했다.

그 이유로 한 가지는 공자 중이가 새로 결혼했기 때문이고, 또 한 가지는 진晉나라에 대해서 트집을 잡을 만한 사건이 일어나지 않았기 때문이었다. 그래서 그들은 경솔히 거사擧事하지 않았다.

자고로 내려오는 옛말에 '운運이 오면 쇠〔鐵〕나무에도 꽃이 핀다'고 했다. 하늘이 공자 중이를 무심히 세상에 내놓았을 리 없다. 그가 장차 진晉나라 임금이 되어 천하 패권을 잡을 패후覇侯의 운기까지 타고난 사람이라면 어찌 그런 시기가 오지 않으리오.

영웅이 때를 만나니

진秦나라에서 도망쳐 본국으로 돌아간 진晉나라 세자 어御는 병상에 누워 있는 부친을 위로했다. 아들을 보자 진혜공晉惠公은 크게 기뻐했다.

"내 병이 든 지 오래라. 만사를 부탁할 사람이 없어 늘 근심해왔다. 네가 새장에서 벗어나듯 돌아왔으니 이제야 내 마음이 놓이는구나."

이해 가을 9월, 진혜공의 병세는 위독했다. 진혜공은 여이생呂飴甥과 극예郤芮 두 신하를 불렀다.

"세자 어를 잘 모셔주길 부탁한다. 다른 공자들은 족히 염려할 것 없다. 무서운 것은 중이뿐이다. 무슨 일이 있어도 중이만은 이 나라에 발을 들여놓지 못하게 해야 하니 이 점을 명심하여라."

여이생과 극예 두 신하는 머리를 조아리며 진혜공의 마지막 유명遺命을 받았다. 이날 밤에 진혜공은 세상을 떠났다.

이에 세자 어가 주상主喪이 되어 즉위하니 그가 바로 진회공晉

懷公이다.

군위에 오른 진회공은 국외에 있는 중이가 가장 무서웠다. 어느 날 진회공은 조회 때 다음과 같은 명령을 내렸다.

"진晉나라 신하로서 중이를 따라 국외로 망명 간 자들의 부모 친척 들에게 다음과 같이 알리어라. 앞으로 3개월 동안 말미를 줄 테니 중이를 따라 타국으로 망명 간 자를 본국으로 소환하되, 기한 내에 망명 간 자가 돌아오면 그 부모 친척은 그냥 지금 벼슬 자리에 있을 수 있으며 과거는 불문에 부치겠다. 그러나 만일 기한이 지나도 망명 간 자를 불러들이지 못하면 삭탈관직削奪官職할 뿐 아니라 죽음을 면치 못하리라."

이때 국구國舅 호돌狐突•은 백발이 성성하나 기품은 대단했다. 그의 두 아들 호모狐毛·호언狐偃은 다 중이를 따라가서 갖은 풍상을 다 겪고 지금 진秦나라에 와 있었다. 극예는 두 번이나 호돌에게 서신을 써서 보냈다. 그 내용은 물론 호모·호언을 속히 국내로 불러들이라는 권유였다.

호돌은 그 권유를 강력히 거절했다.

극예가 진회공에게 아뢴다.

"호모·호언 두 형제는 출장입상出將入相할 만한 인물입니다. 그들은 지금도 중이를 따라다니고 있으니, 이는 범에게 날개를 붙여준 격입니다. 그런데 그들의 아비 호돌은 두 아들을 소환하려고 하지 않으니 그 뜻을 알 수 없습니다. 주공께서 직접 호돌에게 명령을 내리십시오."

진회공은 즉시 사람을 보내어 호돌을 불렀다. 임금의 부름을 받고 호돌은 집안 사람에게 뒷일을 부탁하고 궁으로 갔다.

호돌이 진회공 앞에 가서 아뢴다.

"노신老臣은 병으로 두문불출하고 집 안에 틀어박혀 있었습니다. 무슨 일로 갑자기 노신을 부르셨습니까?"

진회공이 대답한다.

"경의 아들 호모 · 호언 두 형제가 국외에 있다는 말을 들었소. 국구는 간혹 그들과 서신 왕래나 있는지?"

"일체 서신 왕래가 없습니다."

"국외에 있는 자로서 기한 내에 귀국하지 않으면 그 부모 친척에게까지도 죄가 미친다는 과인의 명령을 그래 국구는 듣지 못했는가?"

"신이 두 자식을 공자 중이에게 맡긴 지도 오래되었습니다. 충신은 임금을 섬기되 죽을지언정 어찌 두 마음을 갖겠습니까. 신의 두 자식이 중이에게 충성하는 것은 지금 궁중宮中의 만조 백관들이 주공에게 충성을 다하는 것과 조금도 다름이 없습니다. 만일 두 자식이 도망해온다면 신은 그들의 불충함을 꾸짖고 가묘家廟로 끌고 가서 죽여버릴 작정입니다. 그러니 더 더욱 그들을 부를 순 없습니다."

진회공이 대로하여 소리를 지른다.

"저 늙은 놈의 목에 칼을 들이대어라!"

두 역사가 칼을 뽑아 호돌의 목에 갖다댔다.

진회공이 호돌을 굽어보고 외친다.

"네 두 자식을 소환하여라! 그러면 너를 살려주리라"

극예는 필묵筆墨을 갖다놓고,

"어서 두 아들에게 속히 돌아오라는 편지를 쓰시오."

하고 호돌의 손을 잡고 강요했다. 호돌이 손을 뿌리치며 말한다.

"나의 손을 잡지 마라. 내 스스로 쓰리라."

호돌은 붓을 들어 크게 여덟 자를 썼다.

자식에게 두 아버지가 없듯이 신에게도 두 임금이 있을 수 없다.
子無二父 臣無二君

진회공이 분기충천하여 외친다.
"너는 죽음이 무섭지 않느냐!"
호돌은 유유히 머리를 들어,
"자식 된 사람이 부모에게 효도하지 못하고 신하 된 사람이 임금에게 충성하지 않는 것을 노신老臣은 무서워합니다. 이러한 죽음은 훌륭한 자식이나 훌륭한 신하에겐 늘 있는 법이니 내 무엇을 두려워하겠습니까."
하고 목을 내밀었다.
진회공이 추상같이 호령한다.
"놈을 시정에 끌고 나가서 참하여라!"
국구 호돌은 장바닥에 끌려나가서 참형을 당했다. 태복太卜 곽언郭偃이 장바닥에 뒹굴고 있는 백발이 성성한 노대신老大臣 호돌의 목을 보고 탄식한다.
"임금이 겨우 군위에 오르자마자 필부에게 덕德을 끼치지는 못하고 도리어 노대신을 저 모양으로 죽였으니 그의 앞날이 머지않으리라."
그날로 태복 곽언은 병들었다 핑계하고 집 안에 틀어박혀 일체 바깥출입을 하지 않았다.
호돌의 심복 부하는 즉시 진秦나라로 달아났다. 이 슬픈 사실을 호모 · 호언 형제에게 알리기 위해서 그는 걷고 걸었다.

호모 · 호언 형제는 공자 중이를 모시고 진秦나라에 있으면서도 늘 늙은 아버지를 생각했다. 부친이 어御에게 죽음을 당했다는 이야기는 그들에게 마치 하늘이 무너지는 것 같은 소식이었다. 그들 형제는 가슴을 치며 방성통곡했다. 조쇠趙衰 · 구계臼季 등이 다 몰려가서 그들을 위로했다.

조쇠가 말한다.

"세상을 떠난 어른은 다시 살아날 수 없소. 슬퍼한들 무슨 소용이 있겠소. 우리 함께 공자에게 가서 앞으로 할 일이나 상의합시다."

그제야 호모 형제는 겨우 눈물을 거두고 조쇠 등과 함께 중이에게 갔다.

호모가 중이에게 아뢴다.

"이오는 죽고 어가 즉위하여, 진晉나라 신하로서 망명한 자를 모조리 기한을 두고 불러들이되 만일 소환하지 못하면 일가 친척이 그 죄를 받아야 한다는 영을 내렸답니다. 신의 늙은 부친은 우리 형제를 본국으로 불러들이는 걸 거절하시다가 참형을 당하셨다고 합니다."

호모 형제는 가슴이 억색臆塞해서 다시 방성통곡했다. 중이가 결연히 말한다.

"그대들은 과도히 상심하지 마오. 내 본국에 돌아가는 날이면 그대들의 원수를 꼭 갚겠소."

공자 중이는 즉시 수레를 타고 궁으로 들어가서 진목공에게 진晉나라의 어지러운 내정內政을 호소했다.

진목공이 대답한다.

"이는 하늘이 진晉나라를 공자에게 주심이오. 이제 때는 점점 다가오는도다. 과인이 공자를 위해 직접 앞날의 모든 일을 맡겠소."

조쇠가 아뢴다.

"군후께서 우리 공자를 도우실 생각이시면 속히 일을 도모하소서. 어御가 개원改元하고 태묘太廟에 고하면 임금과 신하의 한계가 정해집니다. 그러면 더욱 일이 어려워질 것 같습니다."

"과인은 결코 그 말을 잊지 않겠소."

하고 진목공은 굳은 결의를 표명했다.

공자 중이는 궁에서 나와 사처私處로 돌아갔다. 그리고 의관을 벗고 자리에 앉았을 때였다. 문을 지키던 자가 들어와서 아뢴다.

"지금 문밖에 진晋나라에서 왔다는 어떤 사람이 공자께 비밀히 드릴 말씀이 있다면서 뵈옵기를 청합니다."

공자 중이가 분부한다.

"즉시 이곳으로 안내하여라."

어떤 사람이 안내를 받고 들어와 공자 중이에게 절한다. 공자가 묻는다.

"그대의 성명은 무엇인가?"

"신은 진晋나라 대부 난지欒枝의 아들 난돈欒盾입니다. 새로 군위에 오른 어는 시기심이 대단해서 주로 사람을 죽이는 걸로 위엄을 세우고 있습니다. 진나라 실정을 말씀드리면, 백성은 백성대로 원망이 자자하고, 신하들은 신하들대로 그에게 복종하지 않고 있습니다. 그래서 신의 아비가 신을 공자께 보낸 것입니다. 지금 새로 군위에 오른 어의 심복이란 여이생과 극예 두 놈밖에 없습니다. 지난날의 신하 극보양郤步揚 · 한간韓簡 등 일반 노신들도 어에게 대접을 못 받고 있습니다. 그러니 나머지 대신들에 대해선 아무 염려 하실 것이 없습니다. 지금 신의 아비 난지는 극진郤溱 · 주지교舟之僑 등과 서로 짜고 비밀히 무사들을 모아두고 그저 공자께서 본국으로 들어오시기만 하면 즉시 내응內應하려고 만단 준비를 갖추고 있습니다."

공자 중이는 매우 기뻐했다.

"내년 봄에는 내 결단코 강을 건너 고국산천에 발을 들여놓을 작정이다."

하고 약속했다. 난돈은 타국에서 지체할 몸이 못 된다면서 그날로 돌아갔다.

중이는 하늘을 향해 축원하고 시초蓍草를 뽑아 점을 쳤다. 나온 점괘는 태괘泰卦 육효六爻 안정安靜이었다. 중이는 자기가 뽑은 점괘를 의심하고 호언을 불렀다.

"이 괘의 길흉을 풀어보오."

호언이 괘를 보더니 일어나 중이에게 너부시 절하고 아뢴다.

"이는 하늘과 땅이 서로 합침에 작은 것은 가고 큰 것이 온다는 뜻입니다. 공자께서 이번에 가시면 나라를 얻을 뿐만 아니라, 천하 모든 나라의 맹주가 되실 괘입니다."

중이는 본국으로부터 난돈이 왔다가 간 이야기를 했다. 이 말을 듣고 호언이 권한다.

"공자께선 내일 다시 한 번 진후秦侯를 찾아보고 군사를 빌려달라고 청하십시오. 일이란 늦으면 탈이 납니다."

이튿날 공자 중이는 다시 궁으로 들어가서 진목공을 뵈었다. 진목공이 중이가 청하기도 전에 먼저 말한다.

"과인은 공자가 한시 바삐 귀국하고 싶어하는 심정을 잘 아오. 그러나 이런 일이란 신하들에게만 맡길 수 없소. 과인은 마땅히 공자를 황하黃河까지 전송할 생각이오."

중이는 진목공에게 배사拜謝하고 궁에서 물러나왔다.

비표丕豹는 주공이 공자 중이를 진晉나라로 들여보내겠다는 말을 듣고 자기가 선봉이 되어 돕겠노라고 자청했다. 진목공이 비표의 청을 허락했다.

태사太史는 출발할 날짜를 간택했다. 겨울 12월 초사흘에 출발하기로 날짜도 정해졌다. 진목공은 구룡산九龍山에다 크게 잔치를 베풀고 공자 중이의 출발을 미리 축복해줬다. 잔치 자리에서 진목공은 공자에게 하얀 구슬〔白璧〕 열 쌍과 말 400필과 심지어 수레에 칠 장막〔帷〕과 자리와 모든 기물器物까지 내주었다. 그러니 양식과 마초馬草는 더 말할 것도 없었다.

또 조쇠 등 아홉 사람에게도 각기 하얀 구슬 한 쌍과 말 네 필씩을 하사했다. 중이 일행은 융숭한 대접과 물건을 받고 두 번 절하고 사처私處로 돌아갔다.

마침내 태사가 택일한 12월 초사흗날이 됐다. 진목공은 친히 모신謀臣인 백리해白里奚와 요여繇余와 대장大將인 공자 칩縶과 공손지와 선봉先鋒인 비표 등을 거느리고, 병거 400승의 호위를 받으며 공자 중이와 함께 옹주성雍州城을 떠났다. 그들은 당당한 위세를 들날리며 동쪽을 바라보고 나아갔다.

진나라 세자 앵罃은 그간 중이와 절친한 사이가 됐다. 그래서 세자 앵은 좀체로 돌아서질 못하고 드디어 위양渭陽 땅까지 중이를 따라갔다. 위양 땅에서 그들은 서로 눈물을 흘리며 작별했다.

후인이 시로써 이 일을 읊은 것이 있다.

용맹한 장수와 군사가 다 범 같은데
그들은 함께 공자를 부축하고 국경선에 이르렀도다.
진晉나라 회공懷公은 공연히 호돌을 죽였지만
한쪽 손으로 어찌 태양을 가릴 수 있으리오.

猛將精兵似虎狼

共扶公子立邊疆
懷公空自誅狐突
隻手安能掩太陽

그러니까 그때가 바로 주양왕 16년, 진회공 원년元年 봄 정월이었다.

진목공과 진晉나라 공자 중이는 황하 언덕에 도달했다. 유유히 흐르는 황하 백사장엔 이미 진晉나라로 건너갈 배들이 일렬로 대기하고 있었다. 진목공은 다시 잔치를 베풀었다. 진목공이 잔치 자리에서 황하를 굽어보고 공자 중이와 대작하며 은근히 부탁한다.

"공자는 고국에 돌아갈지라도 우리 부부를 잊지 마오."

공자가 대답한다.

"오매에도 잊지 못하던 고국에 이제야 돌아가게 된 것도 다 군후의 은덕이온데 어찌 잊으리이까."

드디어 진秦나라 장수 공자 칩과 비표가 군사 반을 나누어 거느리고 공자 중이를 호위하고서 황하를 건너간다.

진목공은 돌아가지 않고 대군大軍과 함께 하서河西 땅에 주둔하면서 공자 중이가 무사히 고국에 돌아가 군위에 오르기를 축원했다.

진목공은 만일 일이 순조롭게 진행되지 않을 경우엔 친히 대군을 거느리고 황하를 건너가서 공자 중이를 도우려고 하서 땅을 떠나지 않았던 것이다.

과연 좋은 소식이 올 것인지?

호숙壺叔은 공자 중이가 고국에서 도망쳐나올 때부터 공자의 행리行李를 맡아 따라다니던 사람이다. 망명의 길에 오른 이래 조나라와 위나라로 두루 돌아다녔을 때 배고프고 굶주린 것이 몇 번이었던가. 그땐 모두가 갈아입을 옷도 없었다. 아무리 배가 고파도 밥 한술 제대로 얻어먹지 못하던 신세들이었다. 그런데 오늘날에야 고국산천을 바라보고 황하를 건너게 되었다.

호숙은 모든 행장行裝을 수습했다. 그는 전날 고생할 때 쓰던 구멍 난 옹기솥이며 깨진 질그릇들이며 심지어 구멍 난 돗자리와 찢어진 수레의 휘장〔帷〕까지, 하나도 버리지 않고 일일이 배 안으로 옮겨 실었다. 그는 먹다 남은 술찌꺼기까지 단지에 가득 넣어 마치 무슨 보물 단지처럼 배 안으로 가지고 들어갔다.

이를 보고 공자 중이가 한바탕 웃으면서 호숙에게 말한다.

"내 이제 고국에 돌아가면 임금이 될 것이며 진수성찬만 해도 다 먹질 못할 터인데 저런 구질구질하고 쓸데없는 것들을 가지고 가서 무엇에 쓰리오. 호숙아, 그것들을 백사장에 내다버려라."

호숙은 울상이 되어서 내버릴 생각은 아니 하고 공자를 바라만 본다.

공자 중이가 군사들을 돌아보며 다시 분부한다.

"저 너절한 물건일랑 다 내버려라."

진秦나라 군사들은 공자의 분부를 받고 호숙이 갖다놓은 물건들을 다시 황하 언덕에 내려놓았다.

이를 보고 호언이 혼잣말로 탄식한다.

"공자가 아직 부귀를 얻기도 전에 빈천했던 지난날을 잊었구나. 다음날엔 새것을 사랑하고 옛것을 버릴 것이다. 그때엔 지금까지 함께 고생해온 우리를 저 옹기솥이나 질그릇처럼 대하겠지. 그렇지만 19년 동안이나 고생한 지난 일을 헛되이 버릴 수는 없다. 이제 황하를 건너기 전에 공자와 모든 인연을 끊으리라. 그렇게라도 해야 다음날에 서로 잊지 않고 생각날 때가 있겠지."

호언은 공자 중이 앞에 가서 무릎을 꿇고 진목공으로부터 받은 흰 구슬 한 쌍을 두 손으로 공손히 바쳤다.

"공자는 이 황하만 건너시면 바로 진晉나라 경계에 들어서십니다. 지금 국내에선 공자를 기다리는 신하가 많고 밖으론 진秦나라 장수와 군대가 공자를 돕고 있으니 이젠 공자께서 진晉나라를 얻지 못하실까 염려할 필요는 없습니다. 이제 신은 이 이상 공자를 모신대야 공자에게 아무 도움도 될 수 없는 존재입니다. 바라건대 신은 이곳 진秦나라에 머물러 있으면서 국외의 신하가 되겠습니다. 신이 가지고 있는 이 구슬 한 쌍을 바치고 공자와 작별하는 뜻을 표합니다."

공자 중이가 크게 놀라 외친다.

"나와 그대는 고생 끝에 이제야 함께 부귀를 누리게 됐는데 이게 무슨 말이오."

호언이 조용한 목소리로 대답한다.

"신은 지금까지 공자에게 세 가지 죄를 지었습니다. 그것만으로도 신은 공자를 더 모실 수 없습니다."

"세 가지 죄라니 그게 다 무슨 소리요?"

"신이 듣건대 성聖스러운 신하는 능히 그 임금을 높이며〔尊〕, 어진 신하는 능히 그 임금을 편안하게 한다 하옵니다. 지난날 불초 신은 공자로 하여금 오록五鹿 땅에서 갖은 곤란을 겪게 했으니 그 죄 하나며, 또 조나라와 위나라 두 임금으로부터 갖은 천대를 받게 했으니 그 죄 둘이며, 취한 공자를 수레에 싣고 제나라를 빠져나와 공자를 진노케 했으니 그 죄 셋입니다. 오늘날까지는 공자께서 두루 열국을 방황하시며 망명 중이셨기 때문에 신이 감히 곁을 떠날 수 없어 모시고 다녔습니다만 이젠 고국산천으로 돌아가시게 되었습니다. 신은 장구한 세월 동안 분주히 돌아다닌 때문에 그간 여러 번 놀란 넋이 이젠 거의 꺼질 것만 같고 몸도 마음도 다 소모되어서 마치 저 구멍 난 옹기솥과 다를 것이 없습니다. 부서진 그릇은 다시 상 위에 놓을 수 없으며, 찢어진 돗자리는 다시 펼 수 없습니다. 신이 있대서 이익 될 것도 없으며 신이 떠난대서 손해 될 것도 없습니다. 그러므로 신은 이제 공자 곁을 떠날 때가 되었다고 생각합니다."

이 말을 듣고 공자 중이는 하염없이 눈물을 흘렸다.

"그대가 나를 이렇게 심히 꾸짖는 것이 마땅하고 마땅하다. 이는 나의 잘못이었소. 호숙아, 저 백사장에 내버린 물건들을 도로 일일이 들여놓아라."

공자의 분부를 받고 모든 사람들은 일제히 백사장에 내다버린 그 폐물들을 다시 배 안으로 옮겨놨다.

공자 중이는 넓은 황하를 굽어보며,

"내 고국에 돌아가서 그대의 그간 고생을 잊는다든지 그대가 나와 함께 한마음으로 나랏일을 돌보지 않는다면, 어느 쪽이든 그 자손들이여 불행하라! 그 자손들이여 불행하라!"

맹세하고 다시 흰 구슬을 들어,

"황하의 신이여! 나의 맹세를 증명하라!"

하고 흐르는 강물에 던졌다.

이때 개자추介子推도 그 배 안에 있었다. 개자추는 공자와 호언이 서로 맹세하는 걸 보고 웃으면서 혼잣말로 중얼거린다.

"공자가 이제 고국에 돌아가게 된 것은 누구의 공인가. 다만 하늘의 뜻이거늘 호언은 자기의 공이라고 생각하는가. 저렇듯 부귀를 탐하고 도모하는 자들과 함께 벼슬을 산다는 것은 나의 수치로다."

이때부터 개자추는 은퇴할 생각이 있었다.

이윽고 배들은 열을 지어 일제히 황하를 건너갔다. 황하를 건너 19년 만에 고국 땅에 내린 공자 중이는 동쪽 길로 들어서서 영호令狐 땅에 당도했다.

영호 유수留守인 등혼鄧惛은 공자 중이 일행이 진秦나라 군사를 거느리고서 오는 걸 보고 깜짝 놀라 성문을 굳게 닫은 채 성 위에다 군사를 배치하고 항거했다. 진나라 군사는 곧 물샐틈없이 영호성令狐城을 포위했다. 시각을 지체치 않고 진나라 군사는 성을 공격했다. 비표는 용맹을 분발하여 맨 먼저 성 위로 올라가서 눈부신 활약을 했다.

불과 하루를 넘기지 못하고 영호성은 함락됐다. 진秦나라 군사는 영호 유수 등혼을 사로잡아 한칼에 그 목을 쳐죽였다. 그 다음은 죽일 필요가 없었다. 상천桑泉, 백쇠白衰 두 고을은 공자 중이 일행을 보기가 무섭게 성문을 열고 항복해왔다.

세작細作은 재빨리 강주絳州로 가서 이 사실을 진회공에게 보고했다. 크게 놀란 진회공은 즉시 국내 병거와 무장병을 다 일으켰다. 여이생은 대장이 되고 극예는 부장이 되어 여류廬柳 땅에다 군사를 둔치고 진秦나라 군사에 대항하기로 했다. 그러나 진秦나라 군사는 참으로 무서운 강병强兵들이었다. 진晉나라 군사는 감히 싸우기도 전에 벌벌 떨기 시작했다.

한편 공자 칩은 진목공의 명의로 글을 써서 여이생과 극예의 군중으로 사람을 보냈다. 그 글에 하였으되,

과인은 지금까지 진晉나라에 대해서 극진한 덕德을 베풀었다. 그런데 은혜를 입은 그 아비도 그 자식도 우리 진秦나라를 원수처럼 여기는구나. 과인은 그 아비만은 참았지만 이제 그 자식까지 참을 순 없다. 이제 공자 중이로 말할 것 같으면 그의 어진 덕이 천하에 널리 알려진 바라. 하늘과 사람이 서로 공자 중이를 돕고 국내국외의 모든 인심이 그에게로 모였도다. 이에 과인이 친히 대군을 거느리고 하상河上에 둔치고 칩縶에게 명하여 공자 중이를 모시고 진晉나라로 들어가서 그 사직을 맡게 하기까지 돕도록 명하였다. 그대들 대부는 듣거라. 그대들이 만일 어질고 어리석은 사람을 능히 분별할 줄 안다면 즉시 창을 버리고 나와서 공자 중이를 영접하여라. 대부가 전화위복할 수 있는 기회는 이번뿐인가 하노라.

여이생과 극예 두 사람은 서신을 다 읽고 한동안 서로 말이 없었다. 싸울 것인가. 그러나 진秦나라 군사는 너무나 강하다. 지난날 용문산 싸움에서 경험한 일이 있지 않은가. 아무리 생각해도 자신이 없었다.

그럼 항서降書를 올리고 나아가 공자 중이를 영접할 것인가.

공자 중이가 자기네들에 대해서 좋은 인상을 가졌을 리 만무하다. 아니 원수처럼 생각하고 있을 것이다. 정말 그럴 수밖에 없다. 왜냐하면 중이는 이극里克과 비정보丕鄭父의 원수부터 갚아주려고 할 것이다. 그럼 우리는 어떻게 될 것인가.

여이생 · 극예 두 사람은 한동안 결정을 못 짓고 주저만 하다가 서로 상의하고 공자 칩에게 답장을 썼다. 그 글에 하였으되,

우리는 공자 중이께 누구보다도 많은 죄를 지었다는 걸 잘 압니다. 암만 생각해도 군대를 헤쳐버릴 수 없습니다. 그러나 맘속으론 공자 중이를 임금 자리에 모시고 싶은 것이 저희들의 소원입니다. 만일 지금까지 공자를 모시고 함께 망명했던 모든 분들과 어깨를 나란히 하여 우리도 궁중에 설 수 있고 서로 해치지 않겠다는 걸 대부께서 책임질 수만 있다면 우리는 분부하신 대로 좇겠습니다.

공자 칩은 답장을 읽고 그들이 자기네 신변을 염려하고 있다는 것을 알았다. 그 즉시 공자 칩은 혼자 수레를 타고서 여류 땅으로 갔다.

여이생과 극예는 공자 칩이 혼자 수레를 타고 오는 걸 보고 흔연히 나가서 영접했다.

그들은 공자 칩에게 솔직히 그들의 심정을 말한다.

"우리가 항복하고 공자 중이를 영접할 생각이 없는 것은 아니오. 다만 공자 중이께서 우리를 용납하지 않으실까 두려울 뿐이오. 서로 해치지 않겠다는 맹세를 하고 신信을 보여주시기 바라오."

공자 칩이 대답한다.

"대부들이 군사를 서북쪽으로 후퇴시키면 내가 책임지고 대부들의 성의를 공자 중이께 고하고 서로 맹세를 짓도록 하겠소."

여이생과 극예는,

"그렇게 하겠소."

하고 응낙했다.

공자 칩은 그들과 작별하고 곧 여류 땅을 떠나 돌아갔다. 여이생과 극예는 즉시 군사들에게 영을 내렸다. 이에 진晉나라 군사는 여류 땅을 떠나 순성郇城 땅으로 후퇴했다.

공자 칩은 돌아가 중이의 허락을 받고 이번엔 호언과 함께 순성으로 갔다. 그들은 여이생 · 극예와 함께 서로 회견하고 그날로 짐승을 잡아 피를 입술에 바른 후,

"함께 중이를 받들어 임금으로 모시고 각기 두 마음을 품지 말지라."

하고 맹세했다. 맹세를 마친 그들은 다 함께 백쇠白衰 땅으로 가서 공자 중이를 영접했다. 이리하여 공자 중이는 출영出迎을 받으면서 곧장 순성으로 나아갔다.

한편 진회공은 여이생과 극예에게서 행여나 싸움에 이겼다는 소식이 있을까 하고 초조히 기다렸다. 그런데 그들로부터 아무 소식이 없었다. 진회공이 시인寺人 발제勃鞮에게 분부한다.

"여이생에게 가서 속히 중이를 무찌르도록 싸움을 독촉하고 오너라."

발제는 그날로 출발하여 싸움터로 가다가 도중에서,

"여이생과 극예는 군사를 순성으로 후퇴시키고 호언과 공자 칩과 강화를 맺어서 진회공에게 반역하는 동시 공자 중이를 영접했다네."

하고 백성들 간에 떠도는 소문을 들었다. 그는 이 소문을 듣고 황망히 말고삐를 돌려 오던 길을 다시 달려 돌아갔다. 황급히 돌아간 발제는 즉시 궁으로 들어가서 이 사실을 진회공에게 아뢰었다.

진회공이 대경실색하여 분부한다.

"속히 극보양郤步襄 · 한간韓簡 · 난지欒枝 · 사회士會 등 일반一班 조신朝臣들에게 가서 급한 일이 생겼으니 속히 궁으로 들라고 일러라."

그러나 이러한 일반 조신들은 다 공자 중이가 입성하기를 기다리는 사람들이었다. 그들은 모두 지난날에 진회공이 여이생 · 극

예만 신임하는 데에 불평과 분노를 품어왔다.

"여이생과 극예가 배반했다지. 일이 제대로 되어가는구나. 이제 우리를 불러 어쩔 셈인고."

그들은 병으로 누워 있다고 핑계하거나 부득이한 일이 있다 하고 궁으로 가지 않았다.

대신들을 데리러 갔던 사람들은 모두 허탕만 치고 궁으로 돌아왔다. 진회공이 기가 막혀 길이 탄식한다.

"내 지난날 고국으로 몰래 도망왔기 때문에 진秦나라 미움을 받아 오늘날 이 지경이 되었구나!"

시인 발제가 아뢴다.

"모든 신하가 공자 중이를 영접해서 임금으로 모실 생각인 것 같으니 주공께서는 지금 이러고 계실 때가 아닙니다. 청컨대 신이 말고삐를 잡고 호위하겠습니다. 주공께서는 잠시 궁을 떠나 고량高梁 땅으로 몸을 피하십시오. 그러고서 다시 앞일을 계책하셔야 합니다."

그날로 진회공은 발제와 함께 고량 땅으로 달아났다.

한편 공자 중이는 여이생 · 극예의 영접을 받고 드디어 진晉나라 군중軍中으로 들어갔다. 여이생과 극예는 공자 중이 앞에 나아가 무릎을 꿇고 머리를 조아리며 사죄했다. 공자 중이는 사죄하는 그들을 좋은 말로 위로했다. 타국을 망명하다가 돌아온 조쇠 · 구계 들도,

"조금도 앞날을 걱정하지 마오. 우리가 함께 한마음으로 새 임금을 모십시다."

하고 여이생과 극예를 위로했다. 여이생과 극예는 머리를 조아리며 기뻐했다.

다시 공자 중이는 이들의 호위를 받으며 곡옥성曲沃城으로 향

했다. 곡옥성에 당도한 공자 중이는 무공武公의 사당에 나아가서 절하고 고국에 돌아온 것을 고했다.

이때 진나라 도읍 강성絳城에서 난지와 극진郤溱을 선두로, 사회 · 주지교 · 양설직羊舌職 · 순림보荀林父 · 선멸先蔑 · 기정箕鄭 · 선도先都 등 30여 명의 옛 신하들이 공자 중이를 영접하려고 곡옥 땅으로 달려왔다.

그후 극보양 · 양유미梁繇靡 · 한간 · 가복도家僕徒 등은 강성 교외에 나와서 공자 중이를 영접해 모시고 궁성으로 들어갔다. 그날로 공자 중이는 진나라 임금 자리에 올랐으니 그가 바로 저 유명한 진문공晉文公•이다.

돌이켜보건대 공자 중이는 43세 때 고국을 떠나 책翟나라로 도망쳤고, 55세 때 제齊나라로 갔고, 61세 때 진秦나라로 갔고, 고국에 돌아와 진晉나라 임금이 됐을 때에는 이미 그의 나이 62세였다.

군위에 오른 진문공은 그후 사람을 보내어 고량 땅에 숨어 있는 진회공을 암살했다. 진회공은 주양왕 15년 9월에 군위에 올라 이듬해 2월에 피살되기까지 6개월도 채 못 되는 동안 임금 노릇을 한 셈이다.

애달프구나!

시인 발제는 몰래 진회공의 시체를 수습해서 햇볕 잘 드는 산기슭에 묻었다. 그리고 어디론지 달아나버렸다.

한편 진문공은 잔치를 베풀고 진秦나라 장수 공자 칩과 진나라 군사를 크게 대접했다.

이때 비표가 땅에 엎드려 진문공에게 절하고 흐느껴 울면서 청한다.

"청컨대 억울하게 죽은 저의 부친 비정보의 무덤을 다른 좋은 곳으로 천장遷葬하게 해주십시오."

진문공이 추연한 안색으로 비표의 소원을 허락하고 청한다.

"그대의 고국은 진晉이니 앞으로 과인을 돕고 이 나라에서 벼슬을 살기 바란다."

비표가 사양한다.

"신은 이미 진秦나라 궁정에 몸을 맡겼습니다. 감히 어찌 두 임금을 섬기겠습니까."

비표는 부친의 산소를 옮기고 공자 칩을 따라 하서로 돌아갔다. 하서에 당도한 그는 공자 칩과 함께 진목공에게 그간 일을 보고했다.

진목공은 공자 중이가 무사히 진晉나라 군위에 올랐다는 보고를 듣고서야 그들과 함께 회군했다.

사신史臣이 시로써 진목공을 찬한 것이 있다.

요란한 수레와 말굽 소리가 하동 땅을 지나가니
영웅은 때를 얻어 그 기상이 웅장하도다.
의義를 위해 진秦나라 군사가 출동하지 않았으면
비록 많은 도움을 받았을지라도 공자 중이가 어찌 성공하였으리오.

轔轔車騎過河東
龍虎乘時氣象雄
假使雍州無義旅
縱然多助怎成功

여이생 · 극예는 진秦나라 군사의 위세에 눌려 비록 공자 중이를 영접했지만 마음은 늘 불안했다. 더구나 타국에서 오랫동안 갖은 풍상을 다 겪고 돌아온 조쇠 · 구계 등을 대할 때마다 기를 펴지 못했다. 또 진문공은 즉위한 후로 그들의 벼슬을 올려주지도 내려깎지도 않았다. 여이생과 극예는 아무리 살펴봐야 진문공의 속을 측량할 수 없어 더욱 의심을 품게 되었다. 그래서 그들은 서로 모여 의논한 결과 그들의 문하門下에 드나드는 무사들을 거느리고 반란을 일으켜 궁에 불을 지르고 중이를 죽이고 다른 공자를 군위에 세우기로 작정했다.

이렇게 결정은 했으나 그들은 서로 일할 만한 동지를 얻지 못했다. 그들은 시인 발제를 생각했다. 지난날에 발제는 중이를 죽이러 갔다가 실수해서 옷소매만 끊어가지고 왔던 사람이다. 그러므로 발제는 진문공에게 붙들리는 날에는 죽을 사람이었다. 더구나 발제는 힘이 천하장사다. 동지로선 이만한 사람을 구할 수 없었다. 여이생과 극예는 사람을 각방으로 놓아 발제를 찾아오도록 했다.

어느 날 밤, 발제가 그들을 찾아왔다. 여이생은 반가이 그를 맞이하고 장차 궁에 불을 지를 것과 중이를 죽일 계책을 말했다. 발제는 흔연히 그들의 동지가 될 것을 승낙했다. 그날 밤 세 사람은 입술에 피를 바르고 굳은 맹세를 나눴다. 마침내 그들은 2월 그믐날 한밤중에 일제히 거사하기로 합의했다.

그런 후로 여이생 · 극예 두 사람은 각기 자기 고을〔封邑〕에 가서 비밀히 뜻 맞는 사람들을 모았다.

한편 시인 발제는 역모에 가담하겠다고 겉으로 승낙한 것과는 속생각이 딴판이었다. 그가 속으로 중얼거린다.

'애초에 내가 진헌공晉獻公의 명령을 받고 포성蒲城에 가서 담을 넘는 중이를 죽인다는 것이 잘못해서 소매만 끊어왔고, 그 다음엔 진혜공晉惠公의 명령을 받고 자객이 되어 중이를 죽이러 책翟나라에 갔다가 다시 실패하고 왔으니 나와 중이는 전생부터 무슨 인연일꼬. 그러나 그것도 다 그 당시의 주공을 위해서 한 짓이지 별것은 아니었다. 이제 진회공晉懷公은 죽었고 중이는 임금이 되었고 진나라도 겨우 안정된 셈이다. 그런데 내가 또 대역무도한 일에 끼다니 참으로 웃지 못할 일이구나. 내가 지금까지 중이를 두 번이나 죽이려다가 실패한 걸 보면 그는 하늘의 운기運氣를 타고난 사람이라 해도 과언이 아니다. 하늘이 돕는 사람이라면 이번 일도 성공할 리 없다. 아니다! 비록 중이를 죽인댔자 무슨 뾰족한 수가 생긴단 말인가. 그와 함께 타국에서 갖은 풍상을 다 겪고 돌아온 그의 신하들은 다 출중한 호걸들이다. 그 호걸들이 나를 내버려둘 리 없다. 그렇다! 내 차라리 중이에게 가서 모든 실정을 고해바치고 그 공로로 다시 부귀를 누리는 것이 어떠할꼬. 이야말로 묘한 계책이로구나!'

그러나 발제는 바로 궁으로 갈 순 없었다. 그는 붙들리면 죽음을 면하지 못할 만큼 많은 죄를 지은 사람이다. 캄캄한 한밤중이었다. 발제는 호언의 집을 찾아갔다.

호언은 찾아온 발제를 보고 크게 놀랐다.

"네가 웬일이냐. 너는 이번 임금께 많은 죄를 지은 사람이다. 먼 곳으로 달아나 깊숙이 숨어서 화를 피할 생각은 아니 하고 한밤중에 나를 찾아오다니 이 어쩐 일이냐?"

발제가 공손히 대답한다.

"제가 이곳에 온 것은 새 임금을 뵈옵기 위해서입니다. 국구國舅께서는 궁으로 저를 데리고 가주십시오."

"네가 주공을 뵈옵겠다니? 그건 죽음 속으로 몸을 던지는 것이나 다름없다."

"저는 지극히 중대한 비밀을 아뢰려고 왔습니다. 곧 이 나라를 비운에서 구출하려는 것입니다. 저는 꼭 주공을 뵈어야만 말하겠습니다."

이에 호언은 발제를 데리고 가서 궁 밖에 잠시 기다리게 하고 먼저 진문공에게 들어가 온 뜻을 말했다.

진문공이 말한다.

"그런 놈에게 무슨 나라를 구할 만한 말을 들을 수 있겠소. 공연히 그런 핑계를 대고서 과인과 만나려는 수작이오. 경이 그놈과 얘기해도 충분히 처리할 수 있을 것이오."

"성인聖人은 아무리 보잘것없는 자의 말도 가려서 쓴다고 합니다. 주공께서 새로 군위에 오른 지 얼마 되지 않았으니 지난날의 조그만 분노를 버리시고 널리 의견을 받아들이셔야 합니다. 그러니 한번 직접 만나보십시오."

진문공은 그래도 마음이 풀리지 않았다. 그래서 근시近侍하는 사람을 불러 분부한다.

"밖에 나가서 발제에게 과인의 말을 전하여라. '네가 과인을 죽이려다가 소매만 끊은 옷이 지금도 있다. 과인은 그 옷을 볼 때마다 너를 잊을 수 없다. 어디 그뿐인가. 그후 너는 또 과인을 죽이려고 책나라까지 온 일이 있었지! 그때 혜공은 너에게 사흘 안에 떠나라고 했는데 나는 천행으로 너의 독한 칼을 면하고 살아난 것이다. 이제야 과인이 고국에 돌아왔는데 그러한 네가 무슨 면목으로 과인을 보자는 것이냐! 속히 먼 곳으로 종적을 감춰라. 곧 사라지지 않으면 너를 붙들어 형벌로 다스리겠다'."

근시하던 자가 나와서 전갈하는 말을 듣고 발제는 소리 높이 웃으며 대답한다.

“주공은 19년 동안이나 타국을 방황했으면서도 아직도 세상 물정을 모르시나이까! 선군先君 헌공獻公은 주공의 아버지시며, 혜공은 주공의 동생입니다. 아버지가 그 자식을 원수로 삼고, 동생이 그 형을 원수로 생각한 것은 꾸짖지 않으시고 이 보잘것없는 신하 발제만을 책망하십니까. 소신小臣 발제는 그 당시에 헌공·혜공만을 임금인 줄 알았지 어찌 또 임금이 있으리라고 생각인들 했겠습니까. 옛날에 관중管仲은 공자 규糾를 위해 활로 제환공齊桓公을 쏴서 그 혁대의 고리〔鉤〕를 맞혔건만 그후 제환공은 관중을 등용해서 마침내 천하 패권을 잡았습니다. 만일 주공께서 그런 꼴을 당하셨다면 화살에 맞은 원한이야 갚겠지만 천하 맹주盟主의 대업大業만은 성취하지 못했을 것입니다. 신을 만나주지 않아도 신에겐 아무 손해가 없습니다. 다만 신이 떠나고 나면 머지않아 주공에게 불행이 닥쳐올 것이니 참으로 걱정입니다.”

호언이 아뢴다.

“발제는 필시 아는 것이 있어 온 모양이니 주공께서는 꼭 그와 만나십시오.”

이에 진문공은 발제를 궁으로 불러들였다. 발제는 진문공 앞에 가서 한마디의 사죄도 않고 다만 재배하고 군위에 오른 것을 축하했다.

진문공은 괘씸한 생각이 들었다.

“과인이 군위에 오른 지도 오래되었다. 네 이제야 와서 축하한다고 말을 하니 너무 늦지 않았느냐!”

발제가 눈썹 하나 까딱 아니 하고 대답한다.

“주공께서 비록 즉위하셨다지만 축하할 만한 것이 못 됩니다. 발제의 말을 들으셔야만 그 군위가 비로소 튼튼해집니다. 그러므로 이제 축하해도 늦지 않습니다."

진문공은 그 말을 괴상히 생각하고 좌우 사람들을 밖으로 물러가게 했다.

"이제 아무도 없다. 할말이 있다 하니 말해보아라."

발제는 여이생과 극예가 역적 모의를 하고 있다는 걸 자세히 아뢰었다. 그리고 발제가 말을 계속한다.

"그 일당이 성안에 가득히 퍼져 있습니다. 지금 그 두 놈은 각기 자기 고을에 가서 병사를 모으는 중입니다. 주공께서는 이 틈을 타서 호언과 함께 미복微服으로 변장하고 성을 빠져나가 다시 진秦나라에 가셔서 군사를 일으키십시오. 그래야만 그들을 평정할 수 있습니다. 신은 이곳에 머물러 있다가 두 역적을 죽이는 데 내응하겠습니다."

호언이 말한다.

"일이 급합니다. 신이 주공을 모시고 떠나겠습니다. 국내의 일은 발제가 잘 처리할 것입니다."

진문공이 정중히 부탁한다.

"모든 일을 조심해서 하여라. 다음날 내 마땅히 중상重賞으로써 너에게 보답하겠다."

발제는 머리를 조아리고 궁에서 물러나갔다.

진문공과 호언은 서로 상의했다. 그리고 호언은 수레를 궁성 뒷문에다 등대시켰다. 다시 수행隨行할 사람들을 뽑았다.

진문공은 심복들을 불러 비밀히 지시를 내리고,

"이 말이 바깥에 누설되지 않도록 각별 조심하여라."

하고 분부했다.

그날 밤도 진문공은 평소와 다름없이 취침했다. 밤은 점점 깊어

오고五鼓쯤 되었을 때였다. 진문공은 일어나 갑자기 한기寒氣가 들고 배가 아프다면서 어린 내시에게 등불을 들려가지고 측간厠間으로 가는 체하다가 궁성 뒷문으로 나갔다. 진문공은 미리 준비를 마치고 기다리는 호언과 함께 수레에 올라 무사히 성을 빠져나갔다.

이튿날 아침 궁중에는 주공이 병으로 누워 계신다는 말이 퍼졌다. 궁중 사람들은 각기 병문안을 드리러 침실로 갔다. 내시가 나와서 말한다.

"주공께선 아무도 만나지 않겠다고 하십니다."

궁중 사람들도 다 진문공이 병으로 누워 있는 줄로만 알았다.

날이 밝자 문무백관들은 평소와 다름없이 조문朝門에 모여들었다.

그들은 진문공이 조회朝會에 나오지 않은 걸 알고 문안을 드리러 공궁公宮으로 갔다. 그러나 공궁의 붉은[朱]빛 문은 꼭 닫히고 면조패免朝牌가 내걸려 있었다.

수문관守門官이 말한다.

"주공께선 지난밤에 한질寒疾이 나셔서 능히 침상에서 내려오실 수 없습니다. 3월 초하룻날 조회 때에나 대신들을 접견하겠다고 하십니다."

조쇠가 백관들에게 말한다.

"주공께선 군위에 오르신 지 오래지 않았으므로 아직도 할 일이 많은데 갑자기 병환을 앓으시니 이야말로 하늘에 측량할 수 없는 풍운이 있듯이 사람에게도 측량할 수 없는 아침저녁의 화복이 있구려!"

모든 신하는 각기 진문공의 병을 염려하면서 돌아갔다.

한편 여이생·극예 두 사람은 진문공이 병으로 누워 있다는 것과 3월 초하루나 되어야 조회에 나타날 것 같다는 말을 듣고서 속으로 여간 기뻐하지 않았다.

'하늘이 우리를 도와 중이를 죽일 생각이시구나!'

이렇게 생각하고 그들은 서로 쳐다보며 의미심장한 미소를 지었다.

한편 진문공은 호언과 함께 미복으로 행색을 감추고 진晉나라 경계를 빠져나가 즉시 진秦나라로 들어갔다. 진문공은 곧 사람을 시켜 먼저 진목공에게 밀서密書를 보냈다. 그 내용은 왕성王城 땅에서 서로 만나기를 청한 것이었다.

진목공은 밀서를 통해 진문공이 미복으로 왔다는 것을 알고 혼잣말로 중얼거린다.

"흠, 진晉나라에 무슨 변이 있었나 보구나!"

진목공은 사냥 간다고 핑계하고 그날로 어가御駕를 타고서 왕성을 향해 떠났다. 왕성 땅에 당도한 진목공은 비로소 진문공으로부터 자세한 내용을 들었다.

진목공이 웃으면서 위로한다.

"천명天命은 이미 정해진 바라. 여이생·극예의 무리가 한대야 무엇을 하겠소. 내 생각건대 진晉나라 신하들이 반드시 도적들을 무찌를 것이니 과도히 근심 마오."

진秦나라 대장 공손지公孫枝는 황하 입구에 군사를 둔치고 각방으로 진晉나라 강성絳城 소식을 수소문했다.

이리하여 진문공은 당분간 왕성 땅에 머물렀다.

한편 발제는 여이생과 극예에게 혹 의심을 받지나 않을까 해서 두려웠다. 그래서 그는 숫제 극예 집에 기식寄食하면서 그들과 앞일을 상의했다.

2월 그믐날이었다. 발제가 극예에게 말한다.

"중이가 조회에 나오겠다는 날이 내일로 박두했구려. 그러니 지금쯤은 그의 병이 상당히 나았을 것이오. 궁중에서 불이 일어나면 반드시 그는 궁 밖으로 나갈 것이니 여대부呂大夫는 앞문을 지키시오. 그리고 극대부郤大夫는 궁 뒷문을 지키십시오. 나는 심복 부하들을 거느리고 조문을 점거하고 불 끄러 몰려들어오는 사람들을 막겠소이다. 그러면 중이가 제아무리 날개가 돋쳤다 할지라도 그 속에서 벗어나진 못할 것이오."

극예는 연방 머리를 끄덕인다. 극예는 여이생에게 가서 이 계책을 알렸다.

그날 밤, 두 역적의 심복들은 각기 무기와 불씨〔火種〕를 가지고 미리 예정한 곳에 흩어져 매복했다. 밤은 점점 깊어 약속한 삼경三更이 되었다. 동시에 궁 사방에서 난데없는 불이 일어나기 시작했다. 불기운은 맹렬하고 흉악했다. 궁중 사람들은 다 깊이 자다가 깜짝 놀라 깼다. 그들은 황급히 일어나 어지러이 밖으로 뛰어나갔다. 시뻘건 불빛 사이로 무장하고 흉기를 든 괴상한 놈들이 이곳저곳 닥치는 대로 뛰어다니며,

"중이는 달아나지 마라!"

하고 큰소리로 외치는 것이었다.

궁중 사람들은 갑작스레 불에 이마를 데고 머리를 그슬리고 무기 가진 놈들에게 팔다리를 끊기는 등 중상을 입었다. 이곳저곳에서 일어나는 비명과 울부짖는 소리는 차마 귀로 들을 수 없을 정도였다.

여이생은 칼을 뽑아들고 바로 침궁寢宮으로 뛰어들어갔다. 그러나 어디에도 진문공은 보이지 않았다.

이때 궁 후문으로 들어온 극예가 역시 침궁 문을 박차고 들어갔

다. 그는 여이생이 먼저 와 있는 걸 보고 묻는다.

"놈을 없애버렸소?"

여이생은 대답 대신 머리를 저으며 아직 일을 끝마치지 못했다는 뜻을 표했다. 그들은 타오르는 불길을 피하면서 궁중을 낱낱이 뒤졌다.

이때 바깥에서 함성이 크게 일어났다. 동시에 발제가 황망히 뛰어들어오면서 보고한다.

"지금 호모 · 조쇠 · 난지 · 위주 등이 각기 부하를 거느리고 불을 끄려고 몰려오오. 이러다간 날이 새기 전에 백성들까지 궁 안으로 다 몰려올 판이오. 이 이상 머뭇거리다간 우리도 이곳에서 벗어나지 못할 것이오. 이 혼란한 틈을 타서 우선 성밖으로 몸을 피합시다. 그리고 날이 샌 후에 진후晉侯가 죽었는지 살았는지를 똑똑히 알아보고서 다시 앞일을 상의합시다."

그러나 여이생과 극예는 중이를 죽이지 못한 터라 이미 안정을 잃고 초조했다. 그들은 일당을 불러모아 조문朝門 밖으로 달아났다.

사관이 시로써 이 일을 읊은 일이 있다.

독한 불은 무정해서 궁성을 태웠으나
그 누가 알랴, 임금이 이미 진秦나라에 가 있음을.
진후晉侯가 발제에 대한 지난날의 원한을 버리지 않았던들
어찌 몰래 진나라에 가서 장인과 만났으리오.
毒火無情殺械城
誰知車駕在王城
晉侯若泥留袪恨
安得潛行會舅甥

호모 · 조쇠 · 난지 · 위주 등 대부들은 각기 궁에 불이 일어난 걸 보고 급히 병사와 부하들을 불러모아 궁으로 달려가서 갈고리와 물통으로 불을 끄기에 여념이 없었다. 날이 밝은 연후에야 그들은 겨우 불을 껐다.

그제야 그들은 여이생과 극예가 반역한 것을 알았다. 그러나 그들은 진문공이 없어졌음을 알고 크게 놀랐다. 이때 불속에서 겨우 살아난 지밀至密 내시가 대부들 앞에 가서 고한다.

"수일 전에 주공께선 미복으로 변장하시고 궁을 나가셨습니다. 어디로 가셨는지는 아무도 모릅니다."

조쇠가 말한다.

"이 일은 호언 대부에게 물어보면 알 수 있을 것이오."

호모가 말한다.

"나의 동생 언은 수일 전에 궁으로 들어갔는데 그날 밤부터 돌아오질 않았소. 내 생각엔 주공을 모시고 어디로 간 모양이오. 그럼 주공께선 두 놈이 역적 모의한다는 것까지 미리 알고 계셨던 것 같소. 우리는 굳게 도성을 지키는 동시 궁이나 수리하면서 주공이 돌아오실 때를 기다리기로 합시다."

위주가 분을 삭이지 못해서 말한다.

"역적놈들이 궁에 불을 지르고 주공을 죽이려 했으니 제놈들이 달아나면 얼마나 달아나겠소. 나에게 1려旅의 군대만 내주시오. 곧 쫓아가서 그놈들을 죽여버리겠소."

조쇠가 위주를 타이른다.

"원래 군사軍事란 것은 국가의 대권大權이오. 주공이 계시지 않는데 누가 맘대로 동원시킬 수 있겠소. 두 역적이 비록 달아나긴 했지만 머지않아 생명을 잃을 것이오."

한편 여이생과 극예는 교외에다 병사를 둔치고 각방으로 수소문을 했다. 그들은 진문공이 죽지 않았다는 것과 모든 대부들이 성문을 굳게 닫고 지킨다는 정보를 들었다.

여이생과 극예는 군대가 자기네를 잡으러 올까 봐 두려웠다. 어디고 다른 나라로 달아나야만 했다. 그러나 어디로 달아나야 할지 선뜻 결정을 짓지 못했다.

발제가 먼저 말을 꺼낸다.

"우리 진晉나라 임금 자리는 다 진秦나라 뜻에 의해서 정해지오. 더구나 두 분은 전부터 진후秦侯와 서로 잘 아는 터가 아닙니까. 우리 함께 진나라에 갑시다. 그리고 궁에 불이 일어나서 중이는 타죽었다고 말합시다. 그리고 공자 옹雍을 모셔다가 임금으로 세우면 중이가 비록 타죽지 않았을지라도 다시 군위에 설 수는 없을 것이오."

여이생이 대답한다.

"지난날 진목공과 우리는 왕성에서 맹약盟約한 일도 있으니 오늘날 우리 형편으론 그리로 가는 것이 가장 마땅하겠으나 진목공이 과연 우리를 용납할지 그것이 미심스럽구려."

발제가 다시 그들을 유인한다.

"그렇다면 내가 먼저 진나라에 가서 저편 의사를 떠보리이다. 그들이 우리를 용납한다면 함께 가고 그렇지 못하면 그때에 다시 의논합시다."

발제는 가벼운 걸음으로 진나라를 향해 갔다. 그는 하구河口에 당도하자 진秦나라 장수 공손지가 군사를 하서河西에 둔치고 있다는 소문을 듣고서 즉시 황하를 건너갔다. 그는 공손지와 서로 만나 그간의 경과와 앞으로의 계책을 의논했다.

공손지公孫枝가 거듭 머리를 끄덕이면서,

"역적놈들이 자진해서 이곳으로 오겠다면 잘 유인해서 잡아죽입시다. 어떻든 국법國法을 바로잡아야 하지 않겠소."

하고 여이생과 극예에게 보내는 편지를 한 통씩 써서 주었다.

중이가 귀국으로 들어갈 때 자기가 임금 자리에 앉게 되면 진晉나라 땅을 베어주겠다고 우리 임금께 약속한 일이 있습니다. 그래서 우리 임금이 이 지枝로 하여금 군사를 거느리고 하서에 머물러 있으면서 새로이 설정될 경계境界를 밝히게 한 것은, 중이가 지난날 혜공처럼 또 약속을 어기지나 않을까 하고 염려하신 때문입니다. 이제 들으니 귀국의 새 임금이 불 속에서 나오지 못했고 또 두 대부께서 다음 임금으로 공자 옹에게 뜻을 두고 있다 하니 이는 우리 임금께서 일찍이 원하시던 바라. 두 대부는 이 서신을 보는 즉시로 오셔서 서로 앞일을 의논하십시오.

발제는 공손지의 편지를 받아서 떠났다. 그는 돌아가는 길로 즉시 여이생과 극예에게 공손지의 서신을 전했다. 그들은 서신을 읽고 무척 기뻐했다.

마침내 발제는 두 사람을 데리고 진군秦軍이 주둔해 있는 하서로 다시 갔다. 공손지는 언덕까지 나가서 그들을 영접했다. 그들은 서로 자리를 정하고 친근히 인사를 나눴다. 여이생과 극예는 그들을 눈곱만큼도 의심하지 않았다. 그러나 진목공이 이미 공손지의 보고를 받고 다시 왕성에 와 있을 줄이야 누가 알았으리오.

여이생 · 극예 두 사람이 하서에서 사흘 동안 융숭한 대접을 받고서 말한다.

"원컨대 귀국 군후를 뵙고 싶소."

공손지가 대답한다.

"우리 주공께선 지금 왕성 땅에 계십니다. 우리 함께 가십시다. 그러나 진晉나라에서 거느리고 온 수레와 수하 사람들은 이곳에 그냥 머물러 있게 하시오. 두 대부께서 다녀올 때까지 기다리게 했다가 함께 황하를 건너가도록 하는 것이 어떨지요?"

여이생과 극예는 멋도 모르고 좋다고 동의했다. 그들은 하서를 떠나 함께 왕성에 당도했다. 발제는 공손지와 함께 먼저 말을 달려 성안으로 들어가서 진목공을 뵈었다.

이에 비표가 진목공의 분부를 받아 여이생과 극예를 영접하러 나갔다. 그동안에 진목공은 병풍 뒤에다 진문공을 숨겼다. 이윽고 비표의 안내를 받아 여이생과 극예가 들어와 진목공께 절하고 아뢴다.

"공자 옹을 진晉나라 군위에 모시고자 왔습니다."

진목공이 대답한다.

"공자 옹은 이미 이곳에 와 있네."

여이생과 극예가 일제히 다시 아뢴다.

"그럼 즉시 저희들과 만나보게 해주십시오."

진목공이 머리를 끄덕이며,

"그야 어려울 것 없지. 자, 새 임금은 이리로 나오시오."

하고 병풍 쪽을 향해서 불렀다. 동시에 병풍 너머에서 한 귀인貴人이 일어섰다. 그 귀인이 조용히 병풍을 젖히고 걸어나온다. 그 순간 여이생과 극예는 찢어질 듯 눈을 부릅떴다. 그 귀인은 바로 진문공이었다. 여이생과 극예는 정신이 아찔했다.

여이생과 극예는 앞으로 푹 고꾸라지면서 머리를 조아리고 외쳤다.

"이젠 죽었구나. 아하! 살려주십시오."

진목공이 진문공을 맞이하여 나란히 함께 앉았다. 진문공이 큰 소리로 꾸짖는다.

"두 역적놈아! 과인이 너희들을 저버린 일 없거늘 너희들은 어째서 배반했느냐. 발제가 미리 알려줘서 궁문을 몰래 빠져나왔기 망정이지 그렇지 않았던들 이미 재[灰]가 되었을 것이다."

여이생과 극예는 그제야 발제가 밀고한 것을 알았다. 여이생과 극예가 머리를 들고 발제를 노려보며 발악한다.

"함께 입술에 피를 바르고서…… 이놈! 죽으면 함께 죽자고 맹세하지 않았느냐!"

진문공이 웃으면서 말한다.

"발제가 만일 피를 바르고서 맹세하지 않았다면 어찌 너희들의 흉측한 계책을 알아낼 수 있었으리오. 저 두 놈을 잡아내어라. 그리고 발제는 저 두 놈을 참하는 것을 감시하여라."

무사들은 벌 떼처럼 달려들어 여이생과 극예를 끌어내갔다. 잠시 후 무사들은 선지피가 뚝뚝 흐르는 여이생과 극예의 목을 계단 아래에 바쳤다.

가련하구나! 여이생과 극예가 지난날 진혜공을 섬겼을 땐 그래도 호걸들이었다. 그후 군사를 거느리고 여류 땅에 둔쳤을 때 귀국해 오는 중이와 맞서서 싸우다가 죽었을지라도 충신은 되었을 것이다. 그런데 그들은 중이에게 항복하여 중이를 영접하고 다시 중이를 배반했다. 결국 공손지에게 유인되어 그들은 왕성 땅에서 죽음을 당하고 말았다. 몸과 이름이 동시에 패했으니 어찌 애달프다 하지 않으리오.

발제는 진문공의 분부를 받고 여이생과 극예의 목을 가지고 하서 땅에 가서 이번에 따라온 그들 일당에게 보이고 좋은 말로 훈계했다.

한편 진문공은 역적을 잡아죽인 것을 본국에 통지했다. 곧 진秦나라 장수가 이 소식을 진晉나라에 가서 전했던 것이다. 진晉나라 모든 대부들이 이 기쁜 소식을 듣고 희색이 만면하여 말한다.

"과연 호모의 짐작에서 벗어나지 않았구나!"

조쇠 등은 황망히 법가法駕를 준비하고 하동에 가서 진문공을 영접했다.

뜻을 지켜 불타 죽은 개자추

진문공晉文公은 왕성王城 땅에서 여이생呂飴甥과 극예郤芮를 죽인 후 진목공秦穆公에게 재배하고 감사했다.

"친영親迎하는 예의를 갖추고 이번에 회영懷嬴과 함께 본국으로 돌아갈까 합니다."

진목공은 사위가 딸을 데려가겠다는 청을 듣고 기쁘긴 했지만 겸사한다.

"내 여식이 이미 자어子御에게 몸을 맡긴 일이 있었던 만큼 귀국 종묘에 혹 욕이나 되지 않을까 염려되오. 데리고 가서 빈嬪이나 장嬙으로 두어주면 고맙겠소."

"우린 진晉과 진秦은 대대로 인척간이니 종사宗祀에 폐가 될 리 없습니다. 장인은 염려 마십시오. 더구나 이번에 중이重耳가 나라를 떠나올 때 아는 사람이 없었습니다. 이제 대혼大婚을 명목으로 내세우고 귀국하면 이 또한 아름답지 않겠습니까."

이 말을 듣고 진목공은 매우 기뻐했다. 진목공은 진문공을 데리고 옹도雍都로 돌아갔다.

진秦나라 궁에선 값진 물품을 수레에 싣고, 회영이 타고 갈 아름다운 수레〔輧〕를 새로 꾸몄다. 회영은 수레를 타고서 몸종 다섯을 데리고 떠났다. 진목공도 딸을 전송하려고 황하까지 따라갔다.

진나라 정병 3,000명이 호화찬란한 행렬로 앞뒤를 호위했다. 그 군사들을 기강지복紀綱之僕•이라고 했다.

오늘날 사람들은 집안이나 나라 다스리는 것을 기강紀綱이라고 하는데, 이 기강이란 말은 그때부터 시작된 것이라고 한다.

진문공은 회영과 함께 황하를 건넜다. 진晉나라 언덕엔 이미 조쇠趙衰 등이 법가를 준비하고 기다리고 있었다. 그들은 주공 부부를 영접하여 수레에 모셨다.

진문공과 회영이 탄 수레 앞뒤엔 문무백관이 따랐다. 정기旌旗는 해를 가리고 취타吹打하는 풍악 소리는 구름에까지 사무쳤다. 지난날 진문공이 밤중에 궁을 빠져 달아났을 땐 마치 땅속으로 기어들어가는 거북처럼 목과 꼬리를 오므렸다. 그런데 이번에 돌아가는 그 영화로운 기상은 마치 산 위에 나타난 봉鳳이 쌍쌍이 머물며 쌍쌍이 나는 듯했다. 이야말로 피일시차일시彼一時此一時란 것이 아닌가.

진문공 부부가 강성에 이르기까지 도중에서 백성들은 다 손으로 이마를 가리고 행차를 바라보면서 기뻐하지 않는 자가 없었다. 백관들의 조하朝賀는 또 얼마나 성대했던가. 이런 건 새삼 말할 필요도 없다. 귀국하자 진문공은 즉시 회영을 부인으로 봉했다.

그 옛날 진헌공晉獻公이 여식 백희伯姬를 진秦나라로 출가시켰을 때 곽언郭偃을 시켜 점을 친 일이 있었다. 그때 점괘에 이런 말이 있었다.

대대로 혼인할 사이며
세 번이나 우리 임금을 정해주리라.
世作甥舅
三定我君

그때 출가한 백희가 바로 진목공의 부인이며, 이젠 진목공의 딸 회영이 진문공의 부인이 된 것이다. 이 어찌 대대로 혼인한 사이가 아니겠는가.

또 지난날 진목공이 처음엔 이오夷吾를 귀국시켜 진晉나라 임금으로 세웠고 두번째는 중이를 귀국시켜 군위에 앉혔고 이번엔 진문공이 피란해왔다가 다시 진목공의 힘을 빌려 여이생과 극예를 죽이고 거듭 국토를 안정되게 했으니 이 어찌 진晉나라 임금을 세 번 정해준 것이 아니리오.

또 그 옛날 진목공이 꿈에 보부인寶夫人의 안내를 받아 천상天上 구중九重을 구경하고 상제上帝를 뵈었을 때 저 멀리 높은 전상殿上에서 진목공의 이름을 부르는 소리가 나면서,

"임호任好(진목공의 이름)야, 성지聖旨를 듣거라! 네 마땅히 진晉나라의 소란을 평정할지로다!"
하는 소리를 두 번이나 들었다. 그후 진목공은 먼저 진나라 이극里克의 난을 평정했던 것이다. 이러고 보면 그 점과 그 꿈이 하나도 맞지 않은 것이 없었다.

후인後人이 시로써 이 일을 읊은 것이 있다.

모든 흥망성쇠가 다 정해져 있거늘
인생은 쓸데없이 분주하도다.

우습구나, 저 어리석은 사람은 분수를 모르고
굳이 겨울날에 번개와 여름에 서리를 구하는구나.
萬物榮枯皆有定
浮生碌碌空奔忙
笑彼愚人不安命
强覓冬雷和夏霜

진문공은 여이생과 극예를 죽이긴 했으나 아직도 분한 생각을 떨치지 못했다. 그래서 이 역적놈들의 일당까지도 다 죽여버릴 작정이었다.

조쇠가 극진히 간한다.

“은혜를 베풀어야지 너무 엄격하게 다루면 인심을 잃습니다. 이번 일은 너그러이 수습하십시오.”

드디어 신문공은 조쇠의 말을 좇기로 하고 널리 대사령大赦令을 폈다. 그러나 여이생 · 극예 일당은 너무나 많았다. 그들은 대사大赦한다는 글을 봤으나 역시 불안했다. 그래서 날마다 별의별 유언비어가 생겨났다.

진문공은 걱정이 됐다.

어느 날 새벽이었다. 소리小吏인 두수頭須가 궁문 앞에 나타나,

“주공을 뵈오러 왔습니다.”

하고 수문장에게 말했다.

이때 진문공은 마침 머리를 풀고 목욕 중이었다. 한참 목욕을 하는 중인데 수문장이 밖에 와서 아뢰는 말을 듣고 진문공은 분노가 솟았다.

“두수란 놈은 내가 책翟나라에 있었을 때 고장庫藏을 맡아보던

놈이다. 그놈이 행리行李를 가지고 달아나는 바람에 그때 노자가 없어 과인이 조曹나라, 위衛나라에서 걸식을 했다. 그런데 그놈이 무슨 면목으로 나를 찾아왔다는 거냐? 천하에 뻔뻔스런 놈이다. 죽지 않으려거든 당장 물러가라고 일러라."

문지기는 진문공의 분부대로 궁문에 나가서 두수에게 말을 전했다.

거절을 당한 두수가 문지기에게 말한다.

"주공께서는 지금 목욕을 하시는 중이 아닌지요?"

문지기가 깜짝 놀라 묻는다.

"그걸 네가 어찌 아느냐?"

두수는 거만스레 헛기침을 한 번 하고 말한다.

"대저 목욕을 하려면 머리와 몸을 굽혀야 하오. 그러기에 마음도 자연 엎어지게 마련이지요. 마음이 엎어지면 그 말하는 것도 두서가 없소. 그렇다면 주공께서 이놈을 만나지 않겠다는 것도 무리가 아니오. 우리 주공께선 능히 발제도 용납하사 극악무도한 여이생과 극예의 난을 벗어나셨는데, 어찌 이 두수만을 용납하지 않으실 리 있으리오. 오늘날 두수는 우리 진晉나라를 안정시킬 수 있는 계책이 있어 온 것이오. 그러나 임금께서 끝까지 이 두수놈을 만나지 않으시겠다면 두수는 이제부터 달아나는 수밖에 없소."

두수의 중얼대는 말을 듣고 문지기는 다시 궁 안으로 들어가서 들은 바를 진문공에게 고했다.

진문공이 몸을 씻던 손을 멈추고 탄식한다.

"내가 잘못했구나."

진문공은 급히 옷을 입고 관冠과 띠를 가져오게 했다.

"두수를 데리고 오너라."

이윽고 두수는 들어와 진문공에게 엎드려 머리를 조아리고 지난날의 잘못을 사죄했다.

그리고서 두수가 아뢴다.

"주공께선 여이생과 극예의 일당이 얼마나 많은지 아십니까?"

진문공이 양미간을 찌푸리며 대답한다.

"참 많다더구나."

두수가 아뢴다.

"그들은 자기들의 죄가 무겁다는 것을 누구보다도 잘 알고 있습니다. 그들은 비록 용서를 받았건만 속으론 여러모로 의심하고 있습니다. 주공께선 마땅히 그들을 안심시킬 수 있는 방도를 생각하십시오."

"어떻게 해야만 그들을 안심시킬 수 있겠느냐."

"지난날 신이 주공의 재물을 훔쳐 달아났기 때문에 주공께선 많이 고생하셨습니다. 이 나라 백성으로서 신이 저지른 죄를 모르는 사람은 없습니다. 그러니 만일 주공께서 외출하실 때에 신으로 하여금 수레를 몰게 하시면 어떻겠습니까. 그러면 백성들은 신이 주공의 수레를 모는 것을 보기도 하고 소문으로도 들을 것입니다. 그들은 주공께서 결코 지난날의 잘못에 대해선 감정을 품지 않는 어른이란 걸 확실히 알게 될 것입니다. 그러면 모든 사람이 누구나 다 의심을 풀어버릴 것 아니겠습니까?"

진문공은 즉시,

"네 말이 옳다! 곧 순성巡城할 터이니 채비를 하여라."

하고 분부했다.

이날 진문공은 수레를 타고 성을 한바퀴 돌았다. 진문공이 탄 법가를 모는 어자御者가 두수이었음은 두말할 것도 없다. 여이생과 극예의 잔당들이 법가를 몰고 가는 두수를 보고 서로 귀엣말로 속삭인다.

"저게 지난날에 주공의 재물을 훔쳐 달아났다던 바로 그 두수가 아닌가? 주공은 저런 놈도 다시 불러 쓰는구나."

그후부터 여러 가지 유언비어는 씻은 듯 사라졌다. 진문공은 다시 두수에게 궁중 고장庫藏을 맡아보게 했다.

진문공은 이렇듯 모든 사람을 용납했다. 진나라는 나날이 안정됐다.

진문공晉文公은 지난날 공자였을 때 이미 두 번이나 아내를 들인 사람이었다. 첫번째 아내는 서영徐嬴이란 여자였는데 일찍 죽었다. 두번째 아내는 핍길偪姞이었다. 그녀는 아들 하나와 딸 하나를 낳았다. 아들 이름은 환驩이고, 딸을 백희伯姬라고 불렀다.

그런데 핍길 또한 진문공이 전날 망명 중이던 포성蒲城 땅에서 죽었다.

진문공이 그 당시 포성을 버리고 타국으로 떠났을 때 아들과 딸도 버리고 달아났다. 그때 두수가 어린 남매를 거두어 포성 땅 백성인 수씨遂氏네 집에 맡기고 곡식과 음식을 넉넉히 대줬다. 어느 날 두수는 진문공에게 그 사실을 말하고 지금 그 남매가 장성했음을 아뢰었다. 이 말을 듣고 진문공은 깜짝 놀랐다.

"과인은 그 어린것들이 그후 난리에 죽은 줄로만 알았다. 그래 지금 살아 있단 말이냐? 어째서 지금까지 말하지 않았느냐?"

"신이 듣건대 어미만큼 자식을 귀여워하는 사람이 없고 자식도 어미를 따른다고 하옵디다. 그런데 주공께선 그후로 두루 열국을 방랑하셨고, 이르는 곳마다 여자를 들이셔서 이미 많은 자손을 두셨습니다. 비록 공자가 살아 있지만 주공의 뜻이 과연 어떠한지를 몰라 감히 아뢰지 못했습니다."

진문공이 대답한다.

"네가 만일 이 사실을 말해주지 않았더라면 과인이 몹쓸 아비란 말을 면하지 못할 뻔했구나. 속히 가서 그 남매를 데리고 오너라."

이에 두수는 포성으로 갔다. 그는 수씨 집을 찾아가서 많은 황금을 주어 보답하고 남매를 데리고 돌아왔다. 진문공은 회영에게 그 남매의 어머니가 되게 하고 드디어 공자 환을 세자로 삼았다. 그리고 딸 백희를 조쇠趙衰의 아내로 하가下嫁시켰다. 이리하여 진문공의 딸 백희는 조희趙姬가 되었다.

그 뒤 책나라 임금은 진문공이 군위에 올랐다는 소식을 듣고 전날 같이 살다가 두고 간 계외季隗를 진나라로 보냈다. 계외를 모시고 온 책나라 사자는 진문공이 군위에 오른 것을 극진히 축하했다.

그날 밤 진문공이 계외에게 묻는다.

"많이 변했구려. 금년 나이 몇이나 됐소?"

계외가 대답한다.

"상감께서 그때 책나라를 떠나신 지가 이미 8년이 지났습니다. 이제 서른두 살이 됐습니다."

진문공은 감개무량했다.

"25년만 기다리다가 안 오거든 딴 데로 살러 가라고 그때 내가 말하고 떠났는데, 아직 25년이 지나지 않은 것이 천만다행이구려."

그후 제효공齊孝公 또한 지난날 진문공이 데리고 살다가 두고 간 제강齊姜을 진나라로 보냈다. 진문공은 제강을 모시고 온 제나라 사자 편에 제효공에게 감사하다는 뜻을 써서 보냈다.

그날 밤 제강이 진문공에게 말한다.

"지난날 첩인들 부부간의 즐거움을 싫어했을 리 있겠습니까. 그때 술을 권하고 주무시는 상감을 떠나보낸 것은 바로 오늘날이 있기를 원한 때문이었습니다."

진문공은 제나라와 책나라에서 온 두 아내가 전부터 현숙했다는 것을 회영에게 설명했다.

이 말을 듣고 회영은 계외와 제강이 지난날 내조한 공로를 매우 칭찬했다. 그리고 회영은 부인의 지위를 계외나 제강에게 양도하겠다고 말했다. 이에 궁중의 지위를 다시 정하게 됐다. 이리하여 제나라 강씨가 부인이 되고, 계외가 그 다음이 되고 회영이 그 다음 순서가 되었다.

진문공의 딸 조희는 책나라에서 계외가 왔다는 말을 듣고 남편인 조쇠에게 전날 책나라에서 데리고 살다가 두고 온 숙외叔隗와 그 아들을 왜 불러오지 않느냐고 물었다. 조쇠가 간곡히 거절한다.

"주공께서 당신을 나에게 출가시켰는데 감히 그 옛날 함께 살던 여자를 어찌 데려올 수 있겠소."

조희가 정색하고 말한다.

"그건 참으로 박덕한 말씀이오. 첩은 그런 박덕한 말을 듣고 싶지 않나이다. 첩이 비록 귀한 몸이라 할지라도 숙외는 첩보다 먼저 들어온 사람이며, 더구나 아들까지 둔 분이오. 어찌 새사람을 아끼는 뜻에서 옛사람을 버릴 수 있습니까."

조쇠는 입으론 그렇기도 하다고 했으나 좀처럼 결정을 내리지 못했다. 그러자 조희가 궁으로 들어가서 아버지인 진문공에게 아뢴다.

"첩의 남편이 숙외를 불러오지 않고, 첩에게 어질지 못하다는 누명을 씌우려 합니다. 바라건대 아버지께서 이 일을 잘 처리해주십시오."

진문공은 즉시 사자를 책나라로 보내어 숙외 모자를 데려오게 했다. 진나라 사자는 책나라에 가서 숙외와 그 아들을 데리고 왔다. 이에 조희는 부인의 지위를 숙외에게 사양하려 했으나 조쇠는 찬성하지 않았다.

조희가 말한다.

"숙외는 첩보다 나이가 많습니다. 그러니 장유長幼의 순서를 어지럽힐 수 없습니다. 또 숙외의 소생 돈盾은 장성했고 재주도 월등하다 하니 적자로 세워야 합니다. 그러니 첩이 곁방에서 거처하는 것이 마땅합니다. 만일 끝까지 첩의 청을 들어주지 않으신다면 첩은 궁으로 돌아가겠습니다."

그제야 조쇠는 더 이상 어쩔 수 없어 진문공에게 그 사정을 아뢰었다.

진문공이 대답한다.

"내 딸이 그처럼 사양한다니 이는 옛 태임太任처럼 어질기 때문이다. 곧 숙외 모자를 궁으로 들라고 하오."

숙외 모자가 궁으로 들어가자 진문공은 숙외를 조쇠의 정실 부인이 되게 하고 그 아들 조돈趙盾을 적자로 세우려 했다. 그러나 숙외도 굳이 사양했다.

진문공은 자기 딸 조희의 간곡한 뜻임을 말하고 친히 거듭 권했다. 숙외는 거듭 권하는 걸 어길 수 없어 사은재배謝恩再拜하고 물러나갔다.

이때 조돈의 나이가 열일곱 살이었다. 그는 나면서부터 기상이 씩씩하고, 행동이 예절에 맞고, 시서詩書에 능통하고 활을 잘 쐈다. 조쇠는 큰아들 돈을 매우 사랑했다.

그후 조희도 아들 셋을 낳았다. 큰아들의 이름은 동同이며, 둘째는 괄括이며, 셋째는 영嬰이었다. 그러나 조희의 아들들은 다 돈만 못했다. 그러나 이건 다 다음날의 이야기다.

사관이 시로써 조희의 어진 덕을 읊은 것이 있다.

여자는 독차지하려는 버릇이 있어
시기하지 않으면 질투하는도다.
남편의 사랑을 얻으면 교만하고
자기 아들이 적자가 못 되면 분을 삭이지 못하는도다.
옛날에 포사褒姒는 신생申生을 내쫓았고
갖은 영화를 누리면서도 무섭다고 하였도다.
바른 것이 나타나고 형세가 궁해지면
결국 남의 신세도 망치고 자기 신세도 망치는도다.
그런데 귀한 몸으로 정실 부인 자리를 사양하고
높은 지위건만 스스로를 낮추었도다.
자기 아들 동과 괄을 다 돈의 밑에 있게 하고
숙외보다 낮은 지위를 차지했도다.
어질고 겸사하는 아름다운 덕성이여
이 군자의 거울 삼을 바로다.
아아, 진문공의 딸이여
바로 조쇠의 아내인저!
陰性好閉
不嫉則妬
惑夫逞驕
篡嫡敢怒

褒進申紲
服懽曰怖
理顯勢窮
誤人自誤
貴而自賤
高而自卑
同括下盾
隗壓於姬
謙謙令德
君子所師
文公之女
成季之妻

진문공은 나라를 다시 찾게 된 데 대하여 논공행상을 하려고 모든 신하들을 궁으로 불렀다. 그리고 신하들의 공로를 1 · 2 · 3등급으로 나눴다. 그 규정에 의하면 함께 망명하여 열국을 방랑했던 신하들이 1등 공신이었다. 그 다음은 국내에 있으면서 공자 중이를 귀국할 수 있도록 힘써준 신하들이 2등 공신이었다. 그 다음은 그가 귀국했을 때 즉시 항복하고 영접한 신하들이 3등 공신이었다.

이러한 1 · 2 · 3등 중에서도 그 공로의 경중을 따져 다시 상을 상하로 나눴다. 함께 망명 생활을 해온 1등 공신들 중에서도 조쇠 · 호언을 일급으로 치고, 그 나머지 호모 · 서신胥臣 · 위주魏犨 · 호사고 · 선진先軫• · 전힐顚頡 등을 차급次級으로 간주했다. 국내에서 내응한 2등 공신들 중에서도 난지欒枝 · 극진郤溱 등을 일급으로 치고, 그 나머지 주지교舟枝僑 · 손백규孫伯糾 · 기만祁

滿 등을 차급으로 간주했다. 귀국했을 때 영접하고 항복한 3등 공신들 중에서도 극보양郤步揚 · 한간韓簡을 일급으로 치고, 그 나머지 양유미梁繇靡 · 가복도家僕徒 · 극걸郤乞 · 선멸先蔑 · 도격屠擊 등을 차급으로 간주했다.

이리하여 나라에서 땅을 받지 못한 자에겐 땅을 하사하고, 이미 땅을 받은 적이 있는 자에겐 더 많은 땅을 봉했다.

그리고 진문공이 따로 하얀 구슬 다섯 쌍을 호언에게 하사하며 말한다.

"지난날 황하를 건너 고국으로 돌아올 때 그대의 구슬을 물에 던졌기로 이걸로써 대신 보답하노라."

진문공은 호돌狐突이 원통히 죽은 걸 잊을 수 없었다. 그래서 진양晉陽 땅 마안산馬鞍山에다 호돌의 사당을 세웠다. 후세 사람들은 그 마안산을 호돌산狐突山이라고 고쳐 불렀다.

그리고 진문공은 성에다 조서詔書를 내걸게 했다.

> 만일 공로 있는 자로서 이번에 상을 받지 못한 자가 있거든 자진해서 신고하라.

성에 내다붙인 조서를 보고 호숙壺叔이 진문공에게 가서 호소한다.

"신은 주공께서 포성으로 떠날 때부터 따라다니며 모셨습니다. 사방으로 열국을 따라다니느라고 발가락은 찢어지고 발뒤꿈치는 다 닳아 터졌습니다. 주공께서 침식하실 때엔 곁에서 모셨고 방랑하실 때엔 수레와 말을 몰며 잠시도 주공 곁을 떠난 일이 없었습니다. 이제 주공께서 함께 망명했던 신하들에게 상을 내리시면서도 신만은 제쳐놓으시니 혹 신에게 무슨 죄라도 있나이까?"

진문공이 손으로 호숙을 가까이 불러 말한다.

"앞으로 가까이 오너라. 과인이 너를 위해 그 이유를 밝혀주마. 인仁과 의義로써 나를 지도하여 잘못을 깨닫게 해준 사람에겐 상상上賞을 내렸고, 묘한 계책으로써 나를 도와 모든 제후로부터 욕보게 하지 아니한 사람에겐 그 다음 상을 내렸고, 적의 시석矢石과 칼날을 무릅쓰고 자기 몸으로써 나를 보호해준 사람에겐 그 다음 상을 내렸다. 그러므로 자세히 듣거라. 가장 으뜸가는 상은 그 덕德에 대해서 준 것이고, 그 다음은 그 재주에 대해서 준 것이고, 그 다음은 그 공로에 대해서 준 것이다. 나를 위해서 사방으로 분주히 돌아다닌 수고로움은, 그것은 필부의 힘이기 때문에 위에서 말한 것보다 그 다음가는 공로이다. 잘 알겠느냐? 1등 · 2등 · 3등 공신의 행상이 끝난 후에 그 다음 상이 너에게 갈 것이다."

호숙은 부끄러움과 복종하는 마음으로 물러나갔다.

마침내 진문공은 크게 황금과 비단을 내어 하천배下賤輩인 여대輿儓, 복례僕隷까지도 두루 후한 상을 내렸다. 이리하여 상을 받은 자로 기뻐하지 않는 자가 없었다. 다만 위주 · 전힐 두 사람은 스스로 재주와 용기를 자부하는 터이므로, 늘 입으로 말만 주로 하고 아무 행동력도 없는 조쇠 · 호언 두 문신이 자기들보다 높은 상을 타는 걸 보고서 속으로 불평했다. 그러나 진문공은 어디까지나 그 공로만을 위주로 삼고 전혀 사람을 차별하진 않았다.

이때 논공행상에서 빠진 사람으론 개자추介子推가 있었다.

개자추는 진문공과 함께 모든 나라를 돌아다니며 망명한 신하들 중의 한 사람이다. 그는 원래 청렴결백하기로 유명한 사람이다.

지난날 모두가 고국을 향하여 황하를 건너던 때에, 개자추는 호언이 큰 공이라도 세운 체하며 공자 중이를 간하는 말을 듣고서 웃었던 사람이다. 그는 그러한 그들과 어깨를 나란히 하고 궁정에 서는 것을 부끄럽게 생각했다. 그리하여 개자추는 귀국한 뒤 반열班列에 끼여 서서, 한 번 진문공에게 조하朝賀를 드린 뒤로 병들었다 핑계하고 집 안에만 틀어박혀 있었다.

그는 맑고 가난한 것을 즐겁게 지켰다.

그는 손수 신을 짜서 단 한 분인 늙은 어머니를 봉양하며 생계를 꾸렸다.

진문공은 모든 신하들을 불러들여 대회를 열고 논공행상을 하던 날, 개자추가 참석하지 않았건만 총망 중에 그를 생각지 못했다. 그래서 진문공은 우연히 그를 잊어버린 채 물어보지도 않고 버려뒀던 것이다.

이때, 개자추의 집 바로 이웃에 해장解張이란 사람이 살고 있었다. 그는 개자추가 아무 상도 못 타는 것을 보고 분격했다. 그러다가 성벽에 내걸려 있는 조서를 보았다.

만일 공로 있는 사람으로 이번 행상에 빠진 사람이 있거든 자진해서 신고할 것을 허락한다는 것이었다. 해장은 즉시 개자추 집으로 달려가서 이 사실을 알렸다. 그러나 개자추는 웃기만 할 뿐 대답이 없었다. 이때 늙은 어머니가 부엌에서 설거지를 하다가 이 이야기를 듣고서 아들 개자추에게 말한다.

"한번 가보아라. 너는 19년 동안이나 주공을 모시고 방랑하지 않았느냐? 더구나 지난날에 너는 넓적다리 살점까지 도려내어서 임금께 잡숫게 하지 않았는가. 너의 고생도 적지 않았는데, 왜 가서 말하지 않으려고만 하느냐? 그래도 다소나마 곡식을 받게 되면 우리 모자의 조석 끼니에 도움이 될 것이다. 그래도 짚신을 삼아서 파는 것보다야 낫지 않겠느냐?"

개자추가 대답한다.

"돌아가신 전 임금 진헌공은 아들 아홉 분을 두셨습니다. 그 아들 아홉 사람 중에서 오직 우리 주공께서 가장 어지셨습니다. 진혜공晉惠公과 진회공晉懷公은 덕이 없어 하늘이 그 자리를 뺏어 우리 주공께 주신 것입니다. 그런데 모든 신하들은 하늘의 뜻을 모르고서 각기 자기의 공인 줄만 알고 서로 벼슬을 다투고 있습니다. 나는 그들과 함께 다투는 것을 부끄럽게 생각합니다. 저는 오히려 일생 동안 짚신을 삼을지언정 하늘의 공을 자기의 공인 것처럼 탐하기는 싫습니다."

늙은 어머니가 말한다.

"네 뜻은 잘 알겠다. 비록 국록을 바랄 건 없다만, 그래도 한번 궁에 들어가서 네가 살을 베어 주공께 잡숫게 했던 일을 잊지나 않게 하려무나."

개자추가 대답한다.

"제가 이젠 임금께 요구할 것이 없는데, 무슨 일로 궁에 가겠습니까?"

"너는 참으로 청렴결백한 선비다. 네가 그럴 바에야 난들 어찌 청렴결백한 선비의 어미가 못 되란 법이 있느냐. 우리 모자는 마땅히 깊은 산속으로 들어가 이 혼잡한 시정市井에서 더러워짐이 없게 하자."

개자추는 매우 기뻤다.

"저는 원래 면산綿山을 좋아합니다. 산은 높고 골은 깊어 참으로 좋은 곳입니다. 이제 어머니를 모시고 면산으로 가서 살겠습니다."

개자추는 그날로 어머니를 등에 업고 면산으로 갔다. 면산에 당도한 개자추는 깊은 산골에다 초려草廬를 지었다. 그는 풀로 옷을 해입고 나무 열매를 따먹으면서 일생을 마칠 작정이었다.

한편 이웃 사람들 중엔 개자추와 그 어머니가 어디로 가버렸는지 아는 사람이 없었다. 다만 해장만이 그들 모자의 행방을 알고 있었다. 해장은 글을 지어 한밤중에 조문朝門 위에다 걸었다.

이튿날 아침 진문공은 조회에 나갔다. 입궁하던 신하들이 조문 위에 붙어 있던 그 글을 떼어 진문공에게 바쳤다.

그 사詞에 하였으되,

용맹한 용이 있었는데
그 있던 곳을 쫓겨나 슬퍼했도다.
그래서 여러 마리 뱀이 그를 따라
두루 천하를 돌아다녔도다.
그 용이 먹을 것이 없어 굶주리매
한 뱀이 제 살을 베어 먹였도다.
그 뒤 용은 못으로 돌아가
그의 국토를 안정시켰도다.
몇 마리의 뱀도 구멍으로 들어가
다 거처할 집을 가졌도다.
그런데 한 뱀만이 들어갈 구멍이 없어
저 벌판에서 울부짖는도다.
有龍矯矯
悲失其所
數蛇從之
周流天下

龍飢乏食
一蛇割股
龍返於淵
安其壤土
數蛇入穴
皆有寧宇
一蛇無穴
號於中野

진문공은 다 읽고서 크게 놀랐다.

"이는 개자추가 과인을 원망한 글이다. 지난날 과인이 위나라를 지나갈 때 몹시 시장했는데, 개자추는 자기 넓적다리 살점을 베어 과인에게 먹였다. 이번에 과인이 공신들에게 크게 상을 내렸는데 개자추만 홀로 빠졌으니 과인의 잘못을 어찌할꼬?"

진문공은 즉시 사람을 개자추에게 보냈다. 그러나 개자추는 없고 빈집뿐이었다. 진문공이 개자추의 집 이웃 사람들을 불러들여 묻는다.

"개자추는 어디로 갔느냐? 간 곳을 아는 사람에겐 즉시 벼슬을 주리라."

해장이 앞으로 나아가 아뢴다.

"그 글은 자추가 지은 것이 아니라 소인이 지은 것입니다. 개자추는 상을 구하는 것이 부끄럽다 하고 그 어머니를 등에 업고 면산 깊이 들어가서 숨었습니다. 소인은 그의 공로가 세상에 알려지지 않을까 염려하고 그런 글을 지어서 조문에 붙였습니다."

"만일 네가 그런 글이라도 지어서 걸지 않았다면 과인은 개자추의 공로를 깜박 잊을 뻔했구나."

진문공은 즉시 해장에게 하대부下大夫의 벼슬을 주었다. 그리고 그날로 수레를 타고 해장의 안내를 받아 친히 면산으로 갔다. 면산에 이르러 보니 산봉우리는 첩첩하고 풀과 나무는 가득 들어찼고 흐르는 물은 잔잔하고 구름은 조각조각 흘러가고 숲 속에서 새들만 재재거렸다. 사방으로 사람을 펴서 불러보아도 산울림만 대답할 뿐, 개자추의 종적은 찾을 길이 없었다. 이야말로 다만 이 산 속에 있되 구름이 깊어서 있는 곳을 알지 못하겠더라는 격이었다.

이때 아랫사람들이 진문공 앞에 농부 몇 사람을 데리고 왔다. 진문공이 친히 농부들에게 묻는다.

"수일 전에 늙은 어머니와 함께 이 산속으로 들어오는 사람을 보지 못했느냐?"

"예, 며칠 전에 본 일이 있습니다. 어떤 사람이 늙은 노파를 업고 이 산 아래서 쉬며 물을 마시고, 다시 노파를 업고 산으로 올라갔습니다. 하오나 며칠 전 일이어서 지금은 어디 있는지 모르겠습니다."

진문공은 산 아래에다 수레를 멈추게 한 뒤,

"이 산을 두루 찾아보아라."

하고 따라온 사람들에게 분부했다. 따라온 군사들은 흩어져 산을 뒤지기 시작했다. 그런 지 며칠이 지났다. 군사들은 결국 개자추를 찾아내지 못했다.

진문공이 노기를 띠고 해장에게 말한다.

"개자추는 어찌하여 이렇듯 과인을 원망하는가! 내 듣건대 개자추는 효성이 지극한 사람이라 하니, 만일 불을 놓아 숲을 태우면 그는 필시 그 어머니를 업고 숨어 있는 곳에서 나올 것이다."

위주가 진문공 앞으로 나아가 투덜거린다.

“함께 망명하던 많은 사람이 다 공로가 있는데 어찌 개자추만 이렇듯 끔찍이 생각하십니까? 개자추는 숨어서 임금을 괴롭히고 있습니다. 그래서 우리는 모든 수레와 법가를 이곳에 머물게 하고 쓸데없이 시일만 허비하고 있습니다. 불을 피해 산속에서 나오기만 하면 신은 개자추에게 창피를 톡톡히 주겠습니다.”

이윽고 군사들은 면산 전후좌우에서 불을 질렀다. 불은 맹렬히 타오르고 바람은 강하게 불었다. 불길은 수마장을 태웠다. 사흘 후에야 불은 꺼졌다.

그러나 개자추는 나오지 않았다. 아들과 어머니는 서로 안고 버드나무 밑에 타죽어 있었다. 군사들은 그 해골만을 찾아서 산에서 내려왔다. 그 해골을 보고 진문공은 하염없이 울었다.

진문공은 면산 아래에다 개자추와 그 어미의 뼈를 묻게 했다. 그리고 개자추의 사당을 지어 해마다 제사를 지내게 했다. 이리하여 면산 주위에 있는 밭은 다 개자추의 사당을 위한 사전祀田이 되었다. 그곳 농부들은 진문공의 명을 받고 해마다 개자추의 사당에 제사를 지냈다.

진문공은 그 면산이란 산 이름을 개산介山이라고 고쳤다. 그것은 자기의 잘못을 숨기지 않으려는 심정이었다.

후세 사람들은 그 지방을 고을〔縣〕로 승격시키고 이름 또한 개휴介休라고 고쳐 불렀다. 곧 개자추의 영혼이 이곳에 쉬고 있다는 뜻이다.

그때 산에다 불을 지른 것이 바로 3월 초닷새날이며 절기로는 청명淸明이었다. 그래서 진나라 사람들은 개자추를 사모하는 뜻에서, 또 그가 불에 타죽은 것을 잊지 않기 위해서 해마다 3월이 되면 일체 불을 피우지 않고 한 달 동안 찬 음식을 먹었다. 그 뒤 점점 줄어들어서 한 달 동안 찬 음식을 먹던 것이 사흘로 단축됐다. 지금도 태원太原과 상당上黨 · 서하西河 · 안문雁門 등 각처에서는 매년 동지 후 105일째인 그날이 되면, 미리 마른 음식을 준비해뒀다가 냉수로 먹는다. 이 풍속을 금화禁火 또는 금연禁煙이라고 한다. 그래서 청명 하루 전날이 바로 한식날〔寒食節〕•인 것이다.

한식날엔 집집마다 문에다 버들을 꽂는다. 그것은 버드나무 밑에서 타죽은 개자추의 영혼을 초혼招魂한다는 뜻이다. 또 들에서 제사를 지내기도 하고 지전紙錢을 태우기도 한다. 이것 또한 개자추를 사모하는 뜻이었다.

호증胡曾 선생의 시에 다음과 같은 것이 있다.

초라한 행색으로 열국列國을 방랑한 지 19년
하늘 끝까지 돌아다니면서 임금을 모셨도다.
살을 베어 임금을 먹였으니 그 마음 참으로 지극하며
벼슬을 사양하고 불 속에서 타죽었으니 그 뜻 심히 견고했도다.
면산 높이 오르는 저 연기는 그의 기상과 절개를 보여주는 듯
개산의 장엄한 사당은 그의 충성과 어짊을 나타냈도다.
오늘날도 불을 금하고 찬 음식을 먹으며 슬퍼하나니
해마다 지전을 태워 복을 비는 것보다는 훌륭한 일이다.
羈紲從遊十九年
天涯奔走備顚連
食君刲股心何赤
辭祿焚軀志甚堅
綿上煙高標氣節

介山祠壯表忠賢
只今禁火悲寒食
勝却年年掛紙錢

진문공은 신하들에게 상을 내린 후로 나라를 다스리는 데 더욱 힘썼다. 우선 어진 사람이 있으면 천거하게 하고, 능력 있는 자에겐 일을 맡기고, 형벌을 가볍게 하고, 부세賦稅를 줄이고 통상을 권하고, 외빈外賓을 예의로써 대접하고, 외로운 사람에겐 배필을 구해주고, 가난한 사람을 구제했다. 이리하여 진나라는 크게 다스려졌다.

주양왕周襄王은 태재太宰 주공周公 공孔과 내사內使 숙흥叔興을 진나라로 보내어 진문공에게 후백侯伯의 벼슬을 내렸다.

진문공은 천자가 보낸 사신들에게 더욱 예로써 대접했다. 사명을 마치고 주로 돌아간 숙흥이 주양왕에게 아뢴다.

"진후晋侯는 반드시 천하 제후를 통솔하는 백주伯主가 될 것입니다. 그러니 왕께선 그를 잘 대우하셔야 할 줄로 압니다."

그 뒤부터 주양왕은 지금까지 제나라에 대해서 베푼 친선을 진나라에 베풀었다.

한편 정나라 정문공鄭文公은 초楚나라를 섬기고 중국과 거래하지 않았다.

정문공은 강대국인 초만 믿고서 자기보다 약한 나라들을 업신여겼다. 그래서 정문공은 활滑나라 활백滑伯이 위나라만 섬기고 정나라를 잘 섬기지 않는다 해서 마침내 군사를 일으켜 활나라로 쳐들어갔다. 정나라 군사가 쳐들어가자 활백은 겁이 나서 즉시 화평을 청했다.

이에 정나라 군사는 항장降狀을 받고 본국으로 돌아갔다.

그러나 활나라는 지금까지 위나라를 섬겨왔던 만큼 정나라 명령에 잘 복종하질 않았다.

정문공은 다시 분기충천했다. 그는 공자 사예士洩로 장수를 삼고, 도유미堵兪彌로 부장을 삼고서 대군을 일으켜 또다시 활나라를 쳤다.

한편 위나라 위문공衛文公은 원래부터 주 왕실에 대해 충성이 대단했다. 그래서 위나라와 주나라는 자별한 사이였다. 위나라는 정나라가 또 활나라를 치는 걸 보고 의분을 참을 수 없어 주양왕에게 정나라를 걸어 소송訴訟했다. 이에 주양왕은 대부 백복伯服을 정나라로 파견했다.

정과 활 두 나라 사이에 화해를 성립시키라는 왕명을 받고 백복이 출발은 했으나 아직 정나라에 도착하기 전이었다.

정문공은 주양왕이 이 일에 간섭한다는 소문을 듣고 분을 참지 못했다.

"우리 나라와 위나라가 다를 것이 무엇이냐. 왕은 어째서 위나라에겐 후하고 우리에겐 이다지도 박한가? 어디 두고 보자. 왕의 사신이 지금쯤 우리 나라로 오는 중일 것이다. 경계에서 기다리고 있다가 사신이 오거든 사로잡아두어라. 내 활나라를 쳐서 무찌르고 개선해서 돌아온 뒤에 석방하리라."

백복은 정나라 경계에 들어가자 즉시 붙들려 수금당했다. 백복을 따라온 시종배들은 즉시 도망쳐 주나라로 돌아가서 이 사실을 왕에게 보고했다.

주양왕이 발연 노기등등하여 묻는다.

"정鄭이 짐을 이다지도 업신여기는가. 짐은 반드시 그놈을 그냥 두지 않으리로다. 누가 능히 짐을 위해서 정의 죄를 응징할꼬?"

대부 퇴숙頹叔과 도자桃子 두 사람이 주양왕에게 아뢴다.

"지난날 선왕이 한 번 패한 이후로 정나라는 더욱 방자해졌습니다. 이제 정문공은 오랑캐 초나라의 힘만 믿고서 왕의 사신까지 잡아가뒀습니다. 그러니 마땅히 군사를 일으켜 정나라를 쳐야 하지만, 싸워서 반드시 이길 자신은 없습니다. 그렇다고 내버려둘 수는 더더구나 없습니다. 신들의 어리석은 소견을 아뢴다면 왕께선 책翟나라 병력을 빌려 정나라를 무찌르십시오."

대부 부신富辰이 황급히 반대한다.

"당찮은 말이오. 옛사람 말에 먼 곳에 있는 사람을 끌어와서 가까운 사이를 이간하지 말라는 얘기가 있습니다. 지금 정나라가 비록 무도하긴 하지만 그 조상은 왕과 한 계열입니다. 그 옛날 정무공鄭武公은 주 왕실이 동쪽 낙양으로 천도할 때 많은 수고를 했으며, 그 뒤 정여공鄭厲公은 공자 퇴頹를 죽이고 주혜왕周惠王을 복위시킨 일도 있습니다. 왕께선 지난날의 정나라 공로를 잊어서는 안 됩니다. 그런데 책나라는 이리 같은 오랑캐들로 우리와 동류同類가 아닙니다. 어찌 이류異類를 불러들여 동성同姓을 짓밟을 수야 있습니까. 결국 서로 해만 입을 뿐 아무 이익도 없습니다."

퇴숙과 도자가 다시 주장한다.

"옛날에 무왕이 상商나라를 쳤을 땐 사면팔방의 오랑캐들도 와서 원조했습니다. 그러하거늘 하필 동성이라야만 원조를 청할 수 있다는 건 말이 안 됩니다. 오늘날 정나라 태도는 그 옛날 어느 누구보다도 못하지 않을 만큼 방자합니다. 책나라는 지금까지 우리 주 왕실을 섬기되 한번도 실례한 일이 없습니다. 순종하는 자를 시켜 거역하는 자를 치는 것이 어째서 마땅하지 않다는 것입니까."

주양왕이 잘라 말한다.

"퇴숙과 도자의 말이 옳다."

이에 퇴숙과 도자는 왕명을 받고 책나라로 갔다. 그들은 정나라를 치라는 왕의 하교를 전하고 권유했다. 책나라 임금은 흔연히 왕명을 수락했다.

책군翟君은 사냥 간다는 명목으로 군사를 거느리고 떠나 바로 정나라 땅으로 쳐들어갔다. 그들은 단숨에 정나라 역성櫟城을 쳐서 함몰했다. 책나라 임금은 즉시 주나라로 사자를 보내어 승리를 고했다.

주양왕이 크게 기뻐하면서 말한다.

"책이 짐을 위해 공을 세웠구나. 짐은 지금 중궁中宮이 세상을 떠나고 상배喪配 중이니 책나라 여자와 혼인하면 어떨까?"

퇴숙과 도자가 국궁鞠躬하고 아뢴다.

"신들이 듣건대 책나라 백성들의 노래에 다음과 같은 것이 있다고 합니다.

> 전숙외 후숙외여
> 서로 구슬과 옥과 같아서 빛나고 빛나는도다.
> 前叔隗後叔隗
> 如珠比玉生光輝

이것은 책나라 임금의 두 딸을 두고 노래한 것입니다. 두 딸의 이름이 다 숙외叔隗인데, 둘 다 천하절색입니다. 전숙외前叔隗는 구여咎如 나라 여자로 그 나라가 망했을 때 책군이 데리고 와서 자기 딸처럼 기른 여자인데, 지금은 진晉나라 조쇠趙衰의 아내로 있습니다. 후숙외後叔隗는 바로 책나라 임금의 친딸로 아직 출가하지 않고 있으니 왕께선 그녀를 구하십시오."

이 말을 듣고 주양왕은 무척 기뻐했다. 왕은 즉시 퇴숙과 도자를 책나라로 보내어 구혼했다. 책나라는 분수에 넘치는 왕명을 받고 즉시 숙외를 주 왕실로 호송했다. 주양왕은 즉시 숙외를 왕후로 세우려 했다.

부신이 또 앞으로 나아가 주양왕께 간한다.

"왕께서 책나라 공로를 위로하시는 것은 옳을지 모릅니다만 지존하신 천자께서 오랑캐 여자를 들이시는 건 옳지 못합니다. 왜 그런고 하면 책나라는 자기 공로를 믿고 있는데다가 인척간까지 되고 보면 반드시 중원을 넘어다보려고 흉측한 생각을 일으킬까 두렵습니다."

그러나 주양왕은 부신의 말을 듣지 않고 마침내 숙외를 중궁으로 삼았다.

숙외는 자색은 아름다웠으나 본디부터 부덕婦德이 없었다. 그녀는 본국에서 자라날 때 오로지 말을 달리고 활 쏘는 걸 좋아했다. 아버지인 책나라 임금이 사냥 갈 때마다 그녀는 함께 따라가서 날마다 장수와 사졸들과 함께 광야를 달리며 맘대로 자라났던 것이다. 그런데 오늘날 왕후가 되어 궁성 깊이 들어앉고 보니 마치 새장 속에 갇힌 새나 우리 안의 짐승과 같아서 도무지 자유가 없었다.

어느 날 그녀가 주양왕에게 청한다.

"첩은 어렸을 때부터 활 쏘아 사냥하는 걸 배웠습니다. 첩의 아비도 그걸 금하지 않았습니다. 이제 깊은 궁중에서 아무 하는 일 없이 우울하게 틀어박혀 있는 동안에 머지않아 팔다리는 시들어버릴 것만 같습니다. 왕께선 왜 크게 사냥하지 않으시나이까. 첩도 한번 구경하고 싶습니다."

주양왕은 새로운 정이 한참 무르녹아가던 참이어서 그녀의 말이면 들어주지 않는 것이 없었다.

주양왕은 즉시 태사에게 사냥할 날짜를 택일하도록 분부했다.

태사가 택일한 그날이 되자, 수레와 몰이꾼들이 많이 모여들었다. 그들은 왕을 모시고 사냥하기 위해서 일제히 북망산北邙山으로 달려갔다. 이미 유사有司는 산 중턱에다 막을 치고 준비를 마쳤다. 주양왕은 외후隗后와 함께 나란히 앉아서 사냥꾼들과 수레들을 굽어보았다.

왕이 외후를 기쁘게 해주려고 영을 내린다.

"정오까지 짐승 30마리를 잡은 자에겐 돈거軘車 3승을 상으로 줄 것이고, 20마리를 잡은 자에겐 충거衝車 2승을 상으로 줄 것이고, 10마리를 잡은 자에겐 소거轈車 1승을 상으로 줄 것이고, 잡은 것이 10마리가 못 되는 경우엔 상을 주지 않겠다. 그러니 각자 분발하여 많이 잡도록 힘써라."

주양왕이 영을 내리자 왕자 · 왕손 · 장수 · 군사 할 것 없이 일제히 내달아갔다. 그들은 각기 여우를 쫓고 토끼를 쫓느라고 야단이었다. 그들은 서로 후한 상을 타려고 각기 그 재주를 다했다.

태사가 주양왕에게 아뢴다.

"이제 정오가 됐습니다."

주양왕은 그들을 불러들이라는 영을 내렸다. 이윽고 모든 장수들이 모여들어 각기 잡은 짐승을 주양왕 앞에 바쳤다. 잡아온 것이라곤 거개가 한 사람이 10마리, 많았자 20마리 정도였다. 오직 한 귀인만이 30마리 이상을 잡아왔다. 그 귀인은 풍채가 준걸하고 늠름했다.

그는 주양왕의 서庶동생으로 이름은 대帶•였다. 백성들은 그를 태숙太叔이라고 불렀고, 그의 작호爵號는 감공甘公이었다. 지난날 그는 적자의 자리를 뺏으려다가 성공하지 못하고 그 뒤 다시 오랑캐 견융犬戎을 불러들여 왕성을 치게 했고, 그것마저 실패하자 제나라로 달아났던 사람이다.

그 뒤 혜후惠后가 주양왕에게 재삼 간청하고 대부 부신이 '형제간은 우애가 있어야 합니다' 하고 누차 권해서 주양왕은 부득이 그를 다시 불러들여 지난날의 지위에 앉혔던 것이다.

그날, 감공 대는 정신을 바짝 차리고 힘껏 짐승을 몰아 뛰어난 성적을 올렸다. 주양왕은 매우 기뻐하고 감공 대에게 돈거 3승을 상으로 하사했다. 그외 사람들에게도 잡아온 짐승의 마리 수에 따라 각기 상을 내렸다.

이때 외후는 왕 곁에 앉아서 시선을 한곳으로만 보냈다. 그녀는 감공 대의 씩씩하고 잘생긴 얼굴과 그 뛰어난 활솜씨를 속으로 칭찬하여 마지않았다.

외후가 왕에게 묻는다.

"저 사람은 누구시온지요?"

"짐의 서동생이오."

그녀는 감공 대가 금지옥엽의 신분이란 걸 알자 마음속으로 더욱 흠모했다.

외후가 주양왕에게 청한다.

"아직 해가 많이 남았으니 첩도 한번 사냥하여 게을러진 몸을 단속할까 합니다. 왕께선 첩을 위하여 영을 내리소서."

주양왕이 사냥 나온 것도 실은 외후를 기쁘게 해주기 위한 것이

었다. 주양왕은 즉시 응낙하고서,

"왕후가 친히 사냥을 하시겠다 하니 경들도 다시 몰이할 준비를 하여라."

하고 명령했다.

외후는 일어나 수포繡袍를 벗었다. 이미 속엔 소매 좁고 짧은 옷을 입었고, 그 위에 이상한 황금 쇠사슬로 얽은 경쾌하고 정세精細한 갑옷을 입고, 오채순사五綵純絲 수대繡帶로 허리를 질끈 매고, 현색경초玄色輕綃를 이마에 두르고, 용폐龍蔽를 쓰고, 봉비녀[鳳笄]를 꽂고, 허리에 전복箭箙(화살을 넣은 전통)을 걸고, 손에 주홍빛 활을 잡고 선뜻 아래로 내려갔다.

옛사람이 시로써 그 모습을 읊은 것이 있다.

꽃 같은 아름다움과 옥 같은 살결로써
오랑캐 옷으로 차리고 나오니 그 태도 더욱 기이하도다.
궁녀들 속에서 무예를 뽐내며
장군의 대열 속에서 맘껏 교태를 부리는도다.
花般綽約玉般肌
幻出戎裝態更奇
仕女班中誇武藝
將軍隊裏擅嬌姿

외후의 그러한 옷차림은 한층 더 그 아름다운 풍채를 눈부시게 했다.

주양왕은 만족한 미소를 머금고 기뻐했다. 좌우 신하들이 외후를 모시려고 융로戎輅를 끌고 왔다.

외후가 왕에게 아뢴다.

"수레는 직접 말을 타고 달리는 것보다 빠르지 못합니다. 오늘 첩을 따라온 궁녀들 중에 책나라에서 온 시녀들은 다 말을 타는 데 익숙합니다. 청컨대 대왕은 그들을 한번 시험해보소서."

"그럼 좋은 말을 골라서 시녀들에게 내주어라."

사졸들은 좋은 말에 좋은 재갈을 물리고 좋은 안장을 얹어 끌고 나왔다. 외후는 시비侍婢들 중에서 말을 타고 자기를 따를 자를 몇 사람 골랐다.

외후가 말을 타려는데 주양왕이 좌우를 돌아보며 묻는다.

"잠깐 기다려라. 짐과 동성인 경들 중에 말 잘 타는 사람으로 누가 왕후를 보호하고 사냥터에 나가겠는가?"

감공 대가 앞으로 나오며 아뢴다.

"신이 마땅히 수고를 아끼지 않겠습니다."

이야말로 은근히 외후의 뜻과 바로 들어맞은 격이었다.

시비 등은 일제히 외후를 모시고 각기 말 위에 올랐다. 시비들은 대를 지어 외후를 앞세우고 말을 달려 출발했다. 그 뒤를 이어 감공 대는 준마 위에 선뜻 올라타고 그녀들의 뒤를 따라 힘차게 달려갔다. 외후는 시비들을 뒤에 남기면서 전속력으로 앞을 달리기 시작했다. 감공 대도 나는 듯이 시비들을 앞질러 무서운 속력으로 말을 달리면서 외후를 좌우로 호위했다.

외후는 감공 대가 곁에서 따르고 있으므로 그 눈동자가 더욱 샛별처럼 빛났다. 감공 대는 외후보다 앞서거니 뒤서거니 호위하면서 갖은 솜씨를 다 부렸다. 그들은 활 쏘는 걸 시험하기 전에 먼저 말 달리는 걸 겨루는 듯했다. 마침내 외후는 산호 채찍을 높이 들어 연거푸 말에 채찍질을 했다. 외후가 탄 말은 순간 공중을 나는 것과 같았다. 감공 대도 채찍질을 하여 속력을 더 냈다. 그들은 어느덧 산허리를 지났다. 무섭게 달리는 그들은 말머리를 나란히 하고서 서로 어깨가 닿을 듯 말 듯이 달린다.

숲 사이를 지나 깊숙한 계곡에 이르러서야 외후는 갑자기 말고삐를 잡아당겼다. 말은 갑자기 두 다리를 하늘로 높이 쳐들며 딱 멈춰섰다. 감공 대도 따라서 급히 말을 세웠다.

외후가 곱게 웃으면서 칭찬한다.

“오래 전부터 왕자의 큰 재주를 사모했는데 이제야 비로소 그 솜씨를 보았소이다.”

감공 대가 말 위에서 허리를 굽히며 대답한다.

“신은 오늘날에야 참으로 말 타는 법을 배웠습니다. 왕후의 만분지일인들 따를 수 있겠습니까.”

외후가 약간 볼을 붉히면서 말한다.

“태숙은 내일 일찍 태후궁太后宮으로 문안을 드시오. 첩이 긴히 할말이 있소이다.”

서로 이야기가 끝나기 전에 시녀 몇 사람이 말굽 소리도 요란히 뒤따라왔다.

외후가 두 눈에 정을 담뿍 실어 감공 대를 바라본다. 감공 대는 가볍게 머리를 끄덕이었다. 그들은 시녀들을 거느리고 각기 말고삐를 돌렸다.

그들이 산 언덕을 내려올 때 고라니와 사슴 한 떼가 나타났다. 이제부터는 백성들이 그러하듯이, 감공 대를 태숙이라고 부르겠다. 태숙은 화살을 뽑아 왼편의 고라니를 쏘고 잇달아 오른쪽 사슴을 쐈다. 두 마리 짐승은 다 화살을 맞고 아름다운 피를 흘리면서 쓰러졌다. 외후도 사슴 한 마리를 쏘아 맞혔다. 뒤따라오던 군사들은 이를 보고 일제히 환호성을 올렸다.

외후는 다시 말을 달려 산허리에 이르렀다. 주양왕이 막에서 나와 외후를 영접하며 말한다.

"왕후는 수고하였소."

외후는 자기가 쏘아 잡은 사슴을 주양왕에게 바치고 너부시 절했다. 뒤따라온 태숙도 고라니와 사슴을 주양왕에게 바쳤다. 주양왕은 기뻐했다. 이에 모든 장수들과 군사들도 다시 한바탕 사냥을 했다.

그들이 겨우 사냥을 마쳤을 때 포인庖人(궁중 요리사)들은 잡아온 짐승을 요리해서 왕께 바쳤다. 주양왕은 모든 신하에게 요리를 나눠주게 하고 함께 먹고 마신 후에 궁성으로 돌아갔다.

그 이튿날이었다.

태숙은 입궁하여, 주양왕에게 전날 받은 상에 대해서 다시 사은하고 태후궁으로 가서 문안을 드렸다. 그때 외후는 태후궁에 미리 와 있었다. 더구나 외후는 이미 많은 뇌물을 써서 자기를 모시고 다니는 궁녀들을 매수한 후였다. 태후궁에서 외후와 태숙의 시선은 서로 여러 번 마주쳤다. 그럴 때마다 그들은 서로 암시하고 면면한 뜻을 주고받았다.

이윽고 그들은 혜후惠后에게 문안을 마치고 물러나와 그 곁의 방으로 단둘이서 들어갔다. 남자는 미친 듯이 여자의 몸에 욕심을 부렸고 여자는 극진히 남자를 애무했다. 그들은 정을 통한 후 서로 한동안 놓질 못하고 작별을 아꼈다.

외후가 태숙의 귀에다 입을 대고 속삭인다.

"언제든지 이 태후궁으로 들어오면 만나드리겠소."

태숙이 대답한다.

"왕에게 의심을 받을까 두렵소이다."

"첩이 다 미리 주선해둘 터이니 염려 마오."

이날 혜후와 궁녀들도 두 사람이 정을 통한 사실을 알고 있었다. 그러나 태숙은 태후의 사랑하는 아들이며, 일이 예삿일과는 비교도 안 될 만큼 큰일이어서 아무도 함부로 말을 내지 않았다.

더구나 혜후는 궁녀들에게,

"너희들은 아는 일이 있을지라도 함부로 입을 놀리지 말아라. 목숨을 부지하기 어려울 것이다."

하고 주의를 시켰다.

또 외후의 궁녀들은 이미 많은 뇌물을 받았기 때문에 그들의 밀회하는 편리까지 적극 돌봐줬다. 이리하여 태숙은 밤마다 들어가서 새벽에 이르기까지 궁중에서 잤다.

다만 속는 것은 주양왕 한 사람뿐이었다.

사관이 시로써 이 일을 탄식한 것이 있다.

> 태숙은 그 형도 없애려 했거니 어찌 그 형수를 섬길 줄 알랴
> 주양왕은 동생을 사랑한 나머지 아내도 다스리지 못했도다.
> 한번 사냥터에서 그들이 만나 서로 약속한 뒤로
> 비로소 왕은 오랑캐 여자를 왕후로 삼은 것을 후회했도다.
> 太叔無兄何有嫂
> 襄王愛弟不防妻
> 一朝射獵成私約
> 始悔中宮女是夷

또 주양왕이 태숙을 처벌하지 않고 다시 불러들였으니 이는 스스

로 재앙을 청한 거나 다름없었다는 것을 시로써 비난한 것이 있다.

역적한 자는 그 천성을 고치지 못하나니
그를 죽여서 왜 형제의 의를 끊지 않았던가.
범을 문 안으로 끌어들였으니 어찌 물지 않으리오
주양왕은 참으로 얼빠진 사람이었도다.

明知簒逆性難悛
便不行誅也絶親
引虎入門誰不噬
襄王眞是夢中人

대저 세상만사란 것은 일단 시작만 하면 걷잡지 못하는 법이다. 태숙과 외후의 교정交情은 점점 이골이 나서 하면 할수록 익숙해졌다. 그러다가 그들은 마침내 남의 이목도 피하지 않게 됐다. 그들은 앞날에 어떤 이해利害가 닥쳐올 것인지도 생각하지 않고 서로에게 열중했다.

꼬리가 길면 자연 탄로나게 마련이다. 젊은 외후의 정욕은 불붙듯 했다. 주양왕이 아무리 사랑한다곤 하지만 오십 노인으로선 도저히 외후를 만족시킬 수 없었다. 그래서 주양왕은 외후와 잠자리를 함께하는 것도 은근히 피하고 있었다. 태숙은 약간의 뇌물을 썼지만 워낙 귀한 몸이어서 그런 짓을 맘대로 할 수 있었다. 궁문을 파수보는 자들이라든지, 내시들이란 원래 눈치 빠르고 아첨 잘하는 무리인 것이다. 그들은 태숙이 태후의 가장 사랑하는 아들이란 것과 늙은 주양왕이 세상을 떠나기만 하면 태숙이 왕이 된다는 것을 계산하고 있었다. 그래서 태숙이 쓰는 약간의 뇌물을 받고도 굽실거렸다. 태숙은 점차 아침저녁 가릴 것 없이 맘대로 궁성을 드나들었다.

어느 날이었다. 궁중에 소동小東이란 시비가 있었다. 소동은 얼굴도 잘생겼고 음률音律도 잘했다. 어느 날 저녁때, 태숙은 궁중 밀실에서 술을 마시며 즐겼다. 태숙은 소동에게 옥퉁소를 불게 하고 그 소리에 맞추어 노래를 불렀다. 그는 의관을 벗어던지고 앞가슴을 풀어헤친 채 맘껏 마셨다. 술이 몹시 취하자 그는 엉겁결에 또 광증狂症이 일어났다. 태숙은 벌떡 일어나 소동을 쓰러뜨리고 덮어 누르면서 옷을 벗기기 시작했다. 시비 소동은 결사적으로 항거했다.

소동에게 가장 무서운 것은 미친 듯이 달려드는 태숙이 아니었다. 그녀는 외후가 이 일을 알게 되는 그때가 무서웠다. 소동은 태숙이 옷을 벗기려고 씨근덕거리는 그 틈을 타서 자진해서 옷을 홀딱 벗고 밖으로 뛰어나갔다. 태숙은 분을 내며 소동을 죽이려고 칼을 뽑아들고 뒤쫓았다. 소동은 피할 곳이 없었다. 그녀는 엉겁결에 주양왕의 침실로 뛰어들어갔다.

소동은 주양왕 앞에 쓰러져 울면서 태숙이 지금까지 저지른 모든 비밀을 다 고해바쳤다.

"지금 쇤네를 죽이려고 쫓아오기에 피할 길이 없어서 들어왔습니다. 살려주소서."

주양왕은 대로했다. 그는 상두牀頭에 놓여 있는 보검寶劍을 선뜻 잡고 일어섰다. 그리고 태숙을 죽이려고 중궁으로 달려갔다.

형을 쫓고 형수를 훔치다

주양왕周襄王은 궁녀 소동小東의 말을 듣고, 급히 칼을 들고 태숙太叔을 죽이려고 중궁으로 뛰어갔다. 그러나 그는 뛰어가다 말고 문득 생각이 달라졌다.

'태숙은 태후가 사랑하는 아들이다. 내가 그를 죽여버리면 세상 사람은 그의 죄를 모르기 때문에 나를 불효한 왕이라고 할 것이다. 또 태숙은 무예에 뛰어난 사람이다. 그가 불손하게도 칼을 뽑아들고 짐에게 덤벼든다면 도리어 아름답지 못한 결과가 되고 만다. 그러니 잠시 은인자중했다가 내일 그의 죄상을 따지고 외후를 궁 밖으로 내쫓으면 태숙도 얼굴을 들 수 없어 다른 나라로 달아날 것이다. 만사를 온당하게 처리하는 것이 현명하지 않을까.'

이렇게 생각하고 주양왕은 칼을 던져버렸다. 그리고 다시 침궁寢宮으로 돌아갔다.

왕은 늘 곁에 따라다니는 내시를 시켜 태숙이 어쩌고 있나 가서 보고 오도록 분부했다. 얼마 후에 내시가 돌아와서 아뢴다.

"태숙은 소동이 왕께 고한 걸 알고 이미 궁 밖으로 빠져나갔습니다."

주양왕이 우울한 표정으로 탄식한다.

"궁문 출입을 어찌 제 맘대로 한다더냐. 짐이 궁중을 엄격히 다스리지 못한 것이 실수였구나."

이튿날 아침에 주양왕은 궁녀와 시첩侍妾 등을 잡아내어 친히 국문했다. 그러나 처음엔 궁녀나 시첩 등이 자기들은 모른다면서 딱 잡아떼었다. 드디어 소동을 불러내어 대질을 시켰다. 그제야 궁녀들은 더 감출 수 없었다. 외후의 음탕한 전후 추태가 낱낱이 드러났다.

주양왕이 몹시 노하여 호령한다.

"외후를 냉궁冷宮에 가두어라."

그리하여 외후는 냉궁에 갇혔다. 시녀들은 담장에 구멍을 뚫고 그리로 음식을 넣어주었다.

그날 새벽에 태숙은 자기 죄가 보통 죄와 다른지라 책나라로 달아났다.

이런 소동이 일어났으므로 혜태후惠太后는 크게 놀랐다. 그래서 병이 나 자리에 눕고 말았다.

한편 퇴숙頹叔과 도자桃子는 외후가 냉궁에 감금됐다는 사실을 듣고 크게 놀랐다.

"당초에 책나라 군사로 하여금 정나라를 치게 한 것도 우리 두 사람의 계책이었으며, 왕과 외후의 대혼大婚을 성취시킨 것도 결국 우리 두 사람이었소. 그런데 그 결과가 이 야단이 났구려. 책나라 임금도 이 사실을 알게 되는 날엔 울화통이 터질 것이오. 더구나 태숙이 책나라로 달아났으니 그는 그럴싸한 거짓말로 책나라 임금을 격동시킬 것이 분명하오. 어떻든 머지않아 책나라 군사가 와서 우리를 문죄하면 그때 우린 무어라고 해명해야 좋겠소? 그러니 우리……"

그들은 귀엣말로 무엇인지 한참 속삭이다가 서로 연방 머리를 끄덕였다. 그날로 그들은 가벼운 수레를 타고 새벽에 떠난 태숙을 뒤쫓아 달려갔다. 그들은 앞서간 태숙을 뒤쫓아가서 서로 뭐라고 한참 동안 의논들을 하고서 책나라로 들어갔다. 태숙은 교외에 수레를 멈추고, 퇴숙과 도자가 성안으로 들어가서 책나라 임금을 뵈었다.

퇴숙과 도자가 고한다.

"우리 두 사람은 실은 지난날 태숙을 위해서 귀국에 청혼을 왔던 것입니다. 그런데 주양왕은 새로 올 사람이 대단한 미인이란 말을 듣고 자기가 중간에서 가로채어 정궁正宮으로 삼았습니다. 어느 날 정궁正宮께선 대후에게 문안을 갔다가 우연히 그곳에서 마침 입궁한 태숙과 서로 만나게 되었습니다. 그때 태숙은 정궁에게 자기가 장가를 들려다가 왕인 형에게 신부를 빼앗겼다고 말했더랍니다. 이 말을 곁에서 들은 궁녀들이 왕에게 가서 해괴망측한 참소를 했습니다. 경박한 왕은 궁녀들의 말을 곧이듣고서 일대 소동을 일으켰습니다. 급기야 왕은 왕후를 냉궁에 감금하고 태숙을 국외로 추방했습니다. 참으로 형제간에 우애도 모르는 무의무은無義無恩한 왕입니다. 1려一旅의 군대만 빌려주시면 왕성으로 쳐들어가서 태숙을 왕으로 삼고 왕후를 구출해서 국모로 모시겠습니다. 귀국은 이 의거義擧를 도와주십시오."

책나라 임금이 그 말을 곧이듣고 묻는다.

"태숙은 지금 어디에 있소?"

퇴숙과 도자가 대답한다.

"지금 교외까지 와서 귀후貴侯의 분부가 있기를 기다리고 있습니다."

드디어 책나라 임금은 교외까지 나가서 태숙을 영접하여 성내로 돌아왔다. 태숙은 사위로서 장인을 뵈옵는 예를 했다. 이에 책나라 임금은 태숙을 크게 환대했다.

마침내 책나라 대장 적정赤丁은 군사 5,000을 거느리고 퇴숙·도자와 함께 태숙을 받들고서 주나라로 쳐들어갔다.

주양왕은 책군翟軍이 경계로 쳐들어온다는 보고를 받고 즉시 대부 담백譚伯을 경계로 보냈다. 담백은 쳐들어오는 책군에게 가서 태숙의 죄를 사실대로 알렸으나, 적정은 한칼에 담백을 쳐죽이고 군사를 휘몰아 왕성으로 나아갔다.

이에 주양왕은 분기충천했다. 드디어 경사卿士 원백관原伯貫이 장수가 되고 모위毛衛가 부장副將이 되어 병거 300승을 거느리고 적을 막으려고 왕성을 나갔다.

원래 원백관은 책군이 강하다는 걸 잘 알고 있었다. 그는 돈거를 서로 얽어매어 성처럼 병영을 만들었다.

적정은 누차 왕진王陣을 돌격했으나 능히 쳐부수질 못했다. 적정은 날마다 나와서 싸움을 걸었다. 그러나 왕군은 일체 응하질 않았다.

적정은 마침내 한 가지 계책을 생각해냈다. 책군은 취운산翠雲山에다 높은 대를 세웠다. 그리고 그 대 위에다 천자의 정기旌旗를 꽂고 태숙으로 가장한 군사 한 사람을 가운데 앉히고 그 좌우로 여러 사람이 늘어앉아 잔치를 하면서 노래와 춤을 즐기게 했다.

적정은 다시 퇴숙과 도자에게 각각 기병騎兵 1,000명을 내주고 취운산 좌우에 매복해 있다가 주군周軍이 내달아오면 대 위에서 포砲를 쏘아 신호할 터이니, 그때 일제히 나가서 주군을 무찌르도록 지시했다. 그리고 적정이 자기 친아들 적풍赤風에게 분부한다.

"너는 기병 500을 거느리고 곧 주군 영채 앞에 가서 갖은 욕설을 퍼부어 적을 격분시켜라. 만일 주군이 싸우려고 쏟아져 나오거든 거짓 패한 체하고 달아나면서 취운산 쪽으로 끌어들여라."

적정과 태숙은 대대大隊를 거느리고 언제든지 접응할 수 있도록 만반의 준비를 갖추었다. 적풍은 500기병을 거느리고 주군 앞에 가서 싸움을 걸었다. 원백관은 누壘에 올라가 적을 굽어보았다. 적군은 많지 않았다. 그가 나가서 싸우려고 했다.

부장 모위毛衛가 말린다.

"책나라 사람은 원래 속임수가 많습니다. 우리는 그저 자중해 있다가 저들이 지치거든 그때에 나가서 칩시다."

오시午時가 되었다. 책군은 말에서 내려 땅바닥에 앉아 욕설을 퍼붓기 시작했다.

"주왕아, 무도한 임금아, 저런 무능한 장수를 뭣에 쓰려느냐! 항복하려면 항복하고 싸우려면 싸우지 이건 항복도 안 하고 싸우지도 않으니 뭣들 하자는 수작이냐!"

어떤 놈은 버릇없이 땅바닥에 드러누워 차마 들을 수 없는 욕까지 퍼부었다.

원백관은 더 참을 수 없었다.

"속히 영문營門을 열어라!"

영문이 열리면서 100여 승의 병거가 달려나갔다. 달리는 병거위엔 금회金盔를 쓰고 수오繡襖를 입고 큰 칼을 든 대장 한 사람이 우뚝 서 있었다. 바로 원백관이었다. 이를 본 적풍은 급히 뭐라고 외마디 소릴 지르더니 쾌히 말을 잡아타고 철삭鐵槊을 번쩍 들고서 내달아가 싸웠다.

적풍은 싸운 지 10합도 못 되어 말고삐를 젖혀 서쪽을 향하고 달아났다. 책나라 군사들 중엔 미처 말에 올라타지 못한 자도 많았다. 그들은 주군周軍의 어지러운 창 아래 쓰러지며 갈팡질팡했다.

적풍은 다시 말고삐를 돌리고 달려와 수합을 싸우면서 점점 주군을 취운산 쪽으로 유인해갔다. 적풍은 죽어자빠지는 자기 병사들은 돌아보지도 않고 다만 몇몇 기병만 거느리고서 걸음아 날 살려라는 듯이 허둥지둥 산 뒤로 사라졌다.

원백관은 허둥대며 달아나는 적풍을 잡으려고 뒤쫓다가 머리를 들어 문득 산 위를 쳐다보았다. 산 위엔 나는 용龍을 수놓은 천자의 빨간 기가 바람에 펄펄 나부끼고 있었다. 그리고 역시 수놓은 일산日傘 아래서 태숙이 술을 마시며 즐기고 있지 않은가. 원백관은 머리 끝까지 분노가 치밀었다.

"저 역적놈의 목숨이 내 손에서 끝나리라!"

그가 평탄한 곳을 골라 병거를 몰고 산으로 올라가는데, 이때 산 위에서 나무토막과 포석砲石이 빗발치듯 내려왔다. 원백관은 도저히 더 올라갈 수가 없었다.

바로 그때였다. 산 위에서 크게 연주포連珠砲 소리가 일어났다. 그것을 신호로 왼편에서 퇴숙이, 오른편에서 도자가 동시에 철기鐵騎를 거느리고 미친 바람에 소낙비 몰려오듯 내달아와 원백관을 에워싸기 시작했다.

그제야 원백관은 적의 계책에 빠진 걸 알았다.

원백관은 급히 병거를 돌려 올라온 길을 다시 내려가려 했다. 그러나 책군은 함부로 나무를 찍고 베어서 길바닥에 굴렸다. 도저히 병거를 달릴 수가 없었다. 원백관은 보졸步卒들에게,

"속히 나무를 치우고 길을 터라!"

하고 명령했다. 보졸들은 간이 떨어지고 정신이 날아가버려서 싸울 생각은 안 하고 달아나기만 했다. 원백관은 어쩔 도리가 없었다. 그는 급히 수포를 벗어버리고 보졸들 사이에 섞여서 달아났다.

이때 달아나던 보졸 한 놈이 원백관을 돌아보며,

"장군은 어서 이리로 오소서."

하고 불렀다. 마침 퇴숙이 그 보졸놈의 소리를 듣고 혹 그 장군이란 자가 바로 원백관이 아닐까 의심하고 책나라 기병들을 지휘하여 추격했다. 이리하여 퇴숙은 왕군 20여 명을 사로잡았다. 과연 그 보졸들 속에 원백관이 끼여 있었다.

적정의 대군이 이르렀을 때엔 이미 책군은 크게 이겨 수레와 말과 무기와 포로들을 거둔 뒤였다.

싸움터에서 겨우 무사히 도망쳐나온 왕군이 영채로 돌아가 패전한 경과를 모위에게 보고했다. 부장 모위는 다만 영채를 굳게 지키도록 명을 내리고 한편으로 주양왕에게 사람을 보내어 구원병을 청했다.

한편 퇴숙은 원백관을 단단히 결박지어 태숙에게 바치고 자기의 공로를 자랑했다. 태숙은 즉시 원백관을 영내에 수금했다.

퇴숙이 말한다.

"이제 원백관이 사로잡혔으니 모위도 간담이 서늘해졌을 것입니다. 오늘 밤에 병영을 불로써 공격하면 가히 모위까지 사로잡을 수 있습니다."

태숙은 그 말을 그럴싸하니 듣고 적정에게 그 계책을 말했다.

그날 밤이었다. 삼경三更이 지난 뒤 적정은 보군步軍 1,000여 명을 거느리고 각기 손에 날카로운 도끼를 든 채 나아가 왕군이 수레와 수레 사이를 연결해놓은 그 쇠사슬을 끊고 그 수레 위에다 갈대를 쌓고서 불을 질렀다. 경각간에 불은 병영을 에워쌌다. 불덩어리가 물 끓듯 쏟아져내린다. 왕군은 불을 만나 정신을 차리지 못하고 갈팡질팡했다. 퇴숙과 도자는 각기 정병精兵들을 거느리고 왕군 속으로 쳐들어갔다. 모위는 오랑캐들을 당해낼 수 없어 급히 조그만 수레를 타고 병영 뒤로 빠져나가 달아나기 시작했다. 보졸 1대가 달아나는 모위 앞으로 달려왔다. 보졸들 맨 앞에서 오는 자가 바로 태숙이었다. 태숙이 큰소리로 꾸짖는다.

"이놈! 모위야! 네 어디로 가느냐?"

모위는 당황하여 어쩔 줄을 몰랐다. 태숙의 창이 어둠을 뚫고 번개처럼 번쩍이었다. 순간 모위는 수레 위에서 창을 맞고 땅바닥으로 굴러떨어졌다. 크게 이긴 책군은 물밀듯 쳐들어가서 왕성을 포위했다.

주양왕은 대장과 부장이 다 적에게 사로잡혔다는 보고를 듣고 부신富辰에게 말한다.

"짐이 경의 말을 듣지 않다가 이런 화를 당했구나."

부신이 아뢴다.

"오랑캐의 형세가 몹시 날카롭습니다. 왕께서는 잠시 왕성을 떠나십시오. 그러면 모든 나라 제후들이 창의倡義하고 일어나 반드시 적을 무찌를 것입니다."

주공周公 공孔이 아뢴다.

"왕군은 비록 패했으나 문무백관들이 거느리는 집안 가병들만 다 동원시켜도 대세를 판가름할 싸움을 한번 벌일 수 있는데, 어찌 경솔히 사직社稷을 버리고 모든 나라 제후들이 일어날 때만 기다릴 수 있습니까?"

소공召公 과過가 아뢴다.

"싸움이란 위태로운 계책입니다. 이런 사태가 일어난 모든 원인이 외후隗后에게 있습니다. 왕께선 먼저 외후를 죽이십시오. 그리고 성을 굳게 지키고 각국 제후들이 구원 오기를 기다리는 것이 만전지책일까 합니다."

주양왕은 크게 탄식하며,

"짐이 밝지 못해 스스로 재앙을 불러들였구나. 지금 외후는 병환이 대단하다. 짐이 잠시 다른 곳에 몸을 피함으로써 병든 사람을 진정시켜줄까 하노라. 천하 백성들이 짐을 잊지 않는다면 모든 나라 제후들이 잘 알아서 이 일을 처리하리라."

하고 주공과 소공에게,

"태숙이 이번에 쳐들어온 것은 외후를 위해서 온 것이다. 태숙이 외후와 만나더라도 백성들의 비난이 무서워서 감히 왕성에 살진 못할 것이다. 그대들은 이 어려운 시국에 처했을지라도, 심복들을 많이 기르는 동시에 짐이 돌아올 때를 기다려라."

하고 분부했다. 주공과 소공은 머리를 조아리며 왕명을 받았다. 다시 주양왕이 부신에게 묻는다.

"우리 주와 접경한 땅은 오직 정과 위와 진陳 세 나라뿐이다. 짐은 장차 어디로 가야 할꼬?"

부신이 아뢴다.

"진나라와 위나라는 약합니다. 정나라로 가시는 것이 가장 합당합니다."

"짐이 지난날 책나라로 하여금 정나라를 치게 한 일이 있는데, 정나라인들 어찌 짐에게 원한이 없겠는가?"

부신이 대답한다.

"신이 왕께 정나라에 가시도록 권하는 것이 바로 그 때문입니다. 정나라는 그 조상 때부터 우리 주 왕실에 대한 공로가 많았습니다. 그러한 자손들이니 어찌 왕을 잊을 리 있겠습니까. 왕께서 책나라로 하여금 정나라를 치게 한 데 대해서 물론 정나라는 왕께 많은 불평을 품고 있습니다. 그래서 정나라는 그 뒤 날마다 책나라가 우리 주 왕실을 배반할 때만 기다리고 있었습니다. 그래야만 정나라는 자기 나라의 본심이 스스로 해명되기 때문입니다. 이제 왕께서 정나라로 가시면 그들은 반드시 왕을 환영할 것입니다. 어찌 왕을 원망할 리 있겠습니까?"

마침내 주양왕은 정나라에 가기로 결심했다.

부신이 또 아뢴다.

"왕께서 오랑캐의 칼 사이를 빠져나가시기란 결코 용이한 일이 아닙니다. 신이 거느리고 있는 무리들을 인솔하고 나가서 목숨을 걸고 책군과 싸우겠습니다. 왕께서는 그 기회를 놓치지 마시고 정나라로 떠나십시오."

이에 부신은 자기 문하 사람뿐만 아니라 친척과 아들들까지 모았다. 그리고 그들에게 충의를 위해서 힘쓰라는 일장 연설을 했다. 수백 명이나 되는 그들은 부신의 뒤를 따라 즉시 성문을 열고 나가서 책군의 병영을 엄습했다. 책군은 부신의 군사와 싸우기에 여념이 없었다.

이때 왕은 간사보簡師父와 좌언보左鄢父 등 10여 명을 거느리고 성을 빠져나가 정나라로 달아났다.

한편 부신은 적정과 크게 싸워 적병을 닥치는 대로 죽였다. 동시에 부신도 몸에 많은 상처를 입었다.

이때 퇴숙과 도자가 외로이 혼신을 다해 싸우는 부신 앞에 나타나 말을 건다.

"왕에 대한 그대의 충성스런 간언諫言은 이미 천하가 다 아는 바라. 그대는 스스로 물러가 생명을 보존하시라."

부신이 그들에게 대답한다.

"지난날 내 여러 번 왕에게 간했으나 왕이 말을 듣지 않아서 오늘날 이 지경에 이르렀다. 내 이곳에서 싸우다가 죽지 않으면 다음날 왕은 나를 대하실 때 부끄러워하실 것이다."

부신의 결심은 아무도 막을 수 없었다. 부신은 다시 힘을 분발해서 싸우고 싸우다가 힘이 다하자 전사했다.

그날 300여 명 중에서 살아 돌아간 사람은 한 명도 없었다. 부신의 아들들과 친척, 문하 사람 들도 다 전사했다.

사관이 시로써 이 일을 찬한 것이 있다.

> 오랑캐에게 명하여 정나라를 치게 했으니 애달프다
> 음탕한 여자를 끌어들여 스스로 재앙을 만들었구나.
> 암만 간해도 왕이 듣지 않아서 마침내 싸우다가 죽었으니
> 부신의 충성은 춘추 시대를 장식했도다.
> 用夷凌夏豈良謀
> 納女宣淫禍自求
> 驟諫不從仍死戰
> 富辰忠義播春秋

부신이 죽은 뒤에 오랑캐들은 비로소 주양왕이 달아났다는 것을 알았다. 그때는 성문이 다시 닫힌 뒤였다.

태숙은 잡아온 원백관을 끌어냈다. 원백관은 태숙이 시키는 대로 성문에 가서,

"태숙께서 하실 말씀이 있다 하니 성문을 열어주오."
하고 외쳤다. 이윽고 성루 위로 두 사람이 나타났다. 주공과 소공이 성 밑을 굽어보고 대답한다.

"우리는 성문을 열고 태숙을 영접하고 싶으나 책나라 군사가 들어와 노략질을 할까 봐 두려워서 감히 열지 못하오."

이 말을 듣고 태숙이 적정에게 청한다.

"모든 군사를 입성시키지 마오. 내가 들어가서 부고府庫를 열어 크게 군사들을 대접하겠소."

적정은 쾌히 그러기로 승낙했다.

이리하여 마침내 태숙만이 왕성으로 들어갔다.

태숙은 즉시 냉궁에 들어가서 외후를 구출해냈다. 그리고 태후께 가서 인사를 드렸다. 태후는 태숙을 보자 너무나 기뻐서 한 번 웃다 말고 그 충격으로 이내 숨졌다. 그러나 태숙은 치상治喪할 생각은 아니 하고 외후와 함께 궁중에서 즐기었다.

그는 소동小東을 잡아오도록 분부했다. 그러나 소동은 사세가 절박한 걸 알고 이미 우물에 몸을 던져 자살한 뒤였다. 애달픈 일이었다.

이튿날 태숙은 태후의 유명을 받았노라 거짓말을 하고 스스로 왕위에 올랐다. 그리고 숙외를 왕후로 세우고 함께 신하들의 하례를 받았다.

그러는 한편 태숙은 부고를 열어 책군에게 크게 대접하고 상을 주고 위로했다. 그런 연후에야 태후의 상을 치렀다.

이때 백성들 간에선 다음과 같은 노래가 유행했다.

어미가 죽어도 발상 안 하고

계집을 얻었도다.

아내는 지난날의 형수였으니

신하가 왕후를 아내로 삼았도다.

그래도 부끄러워하지 않으니

입추리에 올리기도 치사스럽도다.

누가 저를 내쫓을까?

장차 우리들이 해야 할 일이로다.

莫喪母

且娶婦

婦得嫂

臣娶后

爲不慚

言可醜

誰其逐之

我與爾左右

태숙은 백성들이 부르는 노래를 듣고 민심이 자기에게 복종하지 않는 걸 알았다. 그는 혹 다른 변이 일어날까 봐 무서웠다. 그래서 외후와 함께 온溫(지명)으로 행차했다. 그리고 그곳에다 크게 궁실을 짓고 외후와 함께 밤낮없이 즐겼다.

왕성과 나랏일은 주공과 소공이 도맡아 처리했다. 태숙은 비록 왕이라 하지만 한번도 신하와 백성들과 접촉하지 않았다.

그후 원백관은 왕성을 떠나 원성原城으로 달아났다. 그러나 그건 다 다음날의 이야기다.

한편 주양왕은 왕성을 버리고 비록 정나라로 가면서도 정나라가 참으로 자기를 좋아할지 싫어할지 몰라 꺼림칙했다.

주양왕 일행은 범성氾城 땅에 당도했다. 그곳은 대나무가 많고 공관公館이 없었다. 그래서 일명 죽천竹川이라고도 했다.

주양왕은 그곳에 멈춰서서 백성들에게 정나라 경계로 들어가는 길을 물었다. 백성들은 이곳이 바로 정나라 땅이라고 대답했다. 이미 해가 저물어서 주양왕은 수레를 멈추고 어느 농민의 집 초당草堂을 빌려 들어갔다. 그 농민의 성은 봉씨封氏였다.

봉씨가 묻는다.

"귀인은 왕성에서 무슨 벼슬에 계셨습니까?"

주양왕이 대답한다.

"나는 주 천자다. 국란이 있어 잠시 몸을 피하고자 이곳에 이르렀노라."

봉씨가 크게 놀라 거듭 머리를 조아리며 사죄한다.

"소인의 집 이랑二郎이 지난밤 꿈에 붉은 해가 초당을 비추는 걸 봤다더니 과연 지존께서 하림하셨습니다."

봉씨가 바깥을 내다보며 말한다.

"이랑아, 속히 닭을 잡고 저녁 준비를 하여라."

주양왕이 묻는다.

"이랑이란 누구냐?"

"계모繼母님이 데리고 온 소인의 동생입니다. 우리는 비록 아버지는 다르나 그는 소인과 함께 이 집에 살면서 함께 농사를 짓고, 소인은 그와 함께 계모님을 봉양하고 있습니다."

이 말을 듣자 주양왕은,

"농가의 형제도 이처럼 화목한데 짐은 천자의 몸으로서 도리어 어머니와 동생으로부터 피해를 입었구나! 참으로 짐은 이 농부만도 못하다."

탄식하고 처량히 눈물을 흘렸다.

대부 좌언보左鄢父가 아뢴다.

"옛날에 주공周公 같은 대성大聖도 형제간으로부터 피해를 입었습니다. 왕께선 지나치게 상심 마시고 속히 이 실정을 모든 나라 제후에게 알리도록 하십시오. 제후들은 반드시 그냥 있지 않을 것입니다."

이에 주양왕은 친히 모든 나라 제후에게 보내는 글을 썼다. 그리고 사람을 시켜 제齊 · 송宋 · 위衛 · 진陳 · 정鄭 등 모든 나라로 친서를 보냈다.

그 친서에 하였으되,

짐이 덕이 없어 태후의 사랑하시는 아들 태숙에게 낭패를 당하고 이제 정나라 범氾 땅에 와 있음을 알리노라.

이번에는 간사보가 아뢴다.

"오늘날 천하 제후들 중에서 패업을 성취하려고 뜻하는 자는 진秦과 진晉 두 나라 제후뿐입니다. 진秦나라엔 건숙蹇叔 · 백리해白里奚 · 공손지公孫枝 등 여러 어진 신하들이 정사를 돌보고 있으며, 진晉나라엔 조쇠趙衰 · 호언狐偃 · 서신胥臣 등 어진 신하들이 있어 정사를 돕고 있습니다. 그들은 반드시 자기네 주공主公에게 근왕勤王하도록 권할 것입니다."

주양왕이 머리를 끄덕이며 분부한다.

"간사보는 진晉나라에 가서 원조를 청하고, 좌언보는 진秦나라에 가서 원조를 청하여라."

한편 정문공은 주양왕이 자기 나라 범 땅에 도망와 있다는 친서를 받고서 크게 웃었다.

"천자는 이제야 책나라가 우리 정나라만 못하다는 사실을 확실히 알았겠구나!"

그날로 정문공은 공사工師를 범 땅으로 보내어 천자가 기거할 집부터 짓게 했다. 그리고 자기도 친히 가서 주양왕께 문안을 드리고 모든 기구器具를 갖추어 바치고 일체 비용을 공급하는 데에 조금도 아끼지 않았다. 주양왕은 정문공을 대할 때마다 부끄러웠다.

이윽고 노魯 · 송 등 모든 나라에서도 사신이 와서 주양왕께 문안을 드리고 각기 많은 필수품을 바쳤다. 열국列國 중에서 오직 위나라 위문공衛文公만이 사신을 보내지 않았다. 이 사실을 알고 노나라 대부 장손신臧孫辰이 탄식한다.

"위후는 오래 살지 못할 것이다. 자고로 천하 제후들에게 천자란 비유컨대 나무에 뿌리가 있는 것과 같고 물에 근원이 있는 것과 같다. 그런데 위후는 마치 나무에 뿌리가 없고 물에 근원이 없는 것과 같은 그런 태도를 취했으니 마르면 죽는 법이라. 그가 어찌 오래 살 수 있으리오."

이때가 바로 주양왕 16년(원문에는 주양왕 18년으로 되어 있으나 이는 원저자의 오류다. — 편집자 주) 겨울 10월이었다. 과연 그 이듬해 봄에 위문공은 세상을 떠났다. 그리고 그의 아들 정鄭이 군위를 계승했으니, 그가 바로 위성공衛成公이다. 과연 노나라 장손신의 예언이 들어맞은 셈이다. 그러나 이것은 물론 다음날의 이야기다.

진晉나라에 간 간사보는 진문공에게 주양왕의 처지를 설명했다. 진문공은 즉시 호언狐偃과 함께 이 일을 상의했다.

호언이 말한다.

"옛날에 제환공齊桓公이 능히 천하 제후를 통합한 것은 바로 그가 왕에게 충성을 다했기 때문입니다. 더구나 우리 진나라는 그동안에 임금이 수차례 바뀌었습니다. 그래서 백성은 임금이 자주 바뀌는 걸 예사로 알 만큼 대의를 모르고 있습니다. 주공께서는 즉시 왕을 천자의 자리에 돌아가시도록 해드리고 태숙의 죄를 쳐서 백성에게 두 임금이 있을 수 없다는 걸 철저히 인식시키십시오. 우리 진이 이 대의를 수행하지 못하면 반드시 진秦이 우리를 대신해서 왕을 주 왕실로 돌아가시게 할 것입니다. 그러면 어떻게 됩니까? 진秦나라가 천하 패업을 성취하고 맙니다. 주공께서는 속히 군사를 일으키십시오."

진문공은 태사 곽언郭偃에게 점을 쳐보게 했다. 태사 곽언이 점을 쳐보고 아뢴다.

"점괘가 크게 길합니다. 이는 옛날에 황제가 판천阪泉에서 싸워 이긴 그때의 징조입니다."

진문공이 묻는다.

"과인이 어찌 이런 벅찬 일을 담당할 수 있을꼬?"

곽언이 대답한다.

"주 왕실이 비록 쇠퇴했지만 아직 천명이 바뀐 것은 아닙니다. 오늘날의 왕은 고대의 제帝와 다름없습니다. 주공께서 이번에 군사를 일으키신다면 반드시 태숙을 무찌르실 것입니다."

"그럼 과인을 위해서 다시 한 번 점을 쳐보오."

곽언이 점을 친 결과, 건하리상대유괘乾下離上大有卦 제3효第三爻가 나왔다. 그것이 다시 동動하고 변變하여 태하리상규괘兌下離

上睽卦가 되었다.

곽언이 이를 풀이해서 아뢴다.

"대유大有 구삼九三에 이르되, 공이 써서 천자를 향하고(公用享於天子), 싸워 이겨서 왕을 향한다(戰克而王享)고 했으니, 이보다 길한 괘는 없습니다. 건乾은 하늘이며, 이離는 태양입니다. 해가 하늘에 솟아 일체 만물을 밝게 비춘다는 뜻입니다. 건이 변해서 태兌가 되었으니 태는 혜택惠澤이라. 혜택이 아래에 있다는 것은 이, 곧 해가 비침에 천자의 은택恩澤이 우리 진나라에 조림照臨한다는 뜻입니다. 괘가 이러하거늘 이 이상 무엇을 의심하십니까?"

진문공은 매우 기뻤다. 이에 진문공은 모든 군대와 병거를 사열하고 다시 군대를 좌우로 나누어 조쇠를 좌군 대장으로 삼고 위주를 부장副將으로 삼고, 극진을 우군 대장으로 삼고 전힐을 부장으로 삼았다. 그리고 진문공 자신은 호언, 난지 등을 거느리고 좌우군과 호응하기로 했다.

진晉나라 대군이 출발하려는 참이었다. 이때 하동河東 지방을 지키고 있던 신하가 와서 보고한다.

"지금 진秦나라 진목공이 대군을 거느리고 근왕하려고 하상河上에 나왔습니다. 아마 수일 내에 황하를 건널 것 같습니다."

이 말을 듣자 호언이 진문공에게 아뢴다.

"진후秦侯도 근왕하려고 군사를 일으킨 모양입니다. 그러나 그들이 대군을 하상에 둔치고 있는 것은 동쪽 길을 통과할 수 없기 때문입니다. 초중草中의 오랑캐〔戎〕와 여토麗土의 오랑캐〔狄〕 땅을 수레와 말이 통과해야 할 터인데, 진나라는 그 두 오랑캐의 족속과 지금까지 아무 거래가 없었기 때문에, 혹 그들이 순종하지 않을까 의심하고 냉큼 나아가지 못하는 것입니다. 주공께서는 두 오랑캐에게 사람을 보내어 많은 뇌물을 주고 근왕하려는 뜻을 알리고 길을 빌리십시오. 오랑캐들은 반드시 허락할 것입니다. 그리고 다시 사람을 진秦나라로 보내어 우리 진晉나라 군대가 이미 근왕하려고 출발했다는 것을 알리십시오. 그러면 진秦나라 군대는 물러갈 것입니다."

진문공은 호언의 의견을 좇기로 했다.

이리하여 호언의 아들 호사고狐射姑는 많은 황금과 비단을 가지고 가서 융戎과 적狄 두 오랑캐들에게 뇌물을 썼다. 동시에 서신胥臣은 진목공을 뵈려고 하상으로 갔다. 서신이 진목공을 뵙고 아뢴다.

"신은 우리 주공의 분부를 받잡고 왔습니다. 지금 천자께서 왕성을 떠나 몽진蒙塵 중이시니 귀후의 근심이 바로 우리 주공의 근심이십니다. 이미 우리 주공께선 국력을 기울여 크게 군사를 일으키시어 귀후의 수고로움을 대신하셨고 이미 승산도 섰습니다. 그러니 귀국에서 대군을 동원하실 필요는 없습니다."

진목공은 사위인 진문공을 무던히 사랑하고 있었다.

"과인은 진후晉侯가 군위에 선 지 오래되지 않았기 때문에 군사를 소집하기 어려울까 하고 이곳까지 분주히 서둘러 왔소. 그러나 진후가 천자를 위해 이미 대의를 일으켰다 하니 반갑소. 그렇다면 과인은 조용히 앉아서 승리했다는 소식이나 기다리도록 하겠소."

곁에서 건숙과 백리해가 아뢴다.

"진후晉侯는 이번에 혼자 대의를 성취함으로써 모든 나라 제후를 자기 앞에 복종시키려는 것입니다. 그래서 우리 나라가 이번에 공로를 나누어 차지할까 봐 염려하고 사람을 보내어 우리가 진격하려는 것을 막는 것입니다. 주공께서는 이 기회를 놓치지 마시고 나아가 진晉과 함께 천자를 돕는다면 어찌 아름다운 일이 아니겠습니까?"

진목공이 대답한다.

"과인도 근왕하는 것이 아름다운 일인 줄은 아오. 그러나 융과 적 두 오랑캐가 우리에게 동쪽 길을 빌려주지 않을까 두렵소. 또 진후는 군위에 선 지 오래지 않으니 큰 공이라도 세우지 않으면 어찌 나라를 안정시킬 수 있으리오. 차라리 이번 일은 그들에게 양보하는 것이 좋겠소"

하고 다시 공자 칩縶에게,

"경은 좌언보와 함께 정나라 범 땅에 가서 주양왕께 문안을 드리고 오너라."

하고 분부했다. 그리고 진목공은 군사를 거느리고 돌아갔다.

서신은 본국으로 돌아가서 진秦나라 군사가 회군한 걸 보고했다. 이에 진晉나라 대군은 출발하여 양번陽樊 땅에 가서 주둔했다. 양번 땅을 다스리는 관리 창갈蒼葛은 교외까지 나와서 대군을 영접하고 위로했다.

진문공은 즉시 우군 장군 극진 등을 시켜 태숙이 있는 온溫 땅을 치게 했다. 동시에 좌군 장군 조쇠 등은 주양왕을 모셔오려고 정나라 범 땅으로 갔다.

주양왕은 모시러 온 진군晉軍의 호위를 받아 그해 여름 4월 정사일丁巳日에 다시 왕성으로 돌아갔다. 빈 왕궁을 맡아온 주공과 소공 등은 즉시 성문 밖에 나가서 주양왕을 영접해 모시고 들어왔다.

한편 온 땅의 백성들은 주양왕이 환궁하고 복위했다는 소문을 들었다. 백성들은 몰려가서 성문을 지키는 퇴숙과 도자를 죽이고 크게 성문을 열고 진나라 군사를 영접했다.

이 급한 소식을 듣고 태숙은 황만히 외후와 함께 수레를 타고 책나라로 달아나려고 뒷문 쪽으로 달려갔다. 그러나 뒷문을 지키는 군사들은 문을 열어주지 않았다. 격분한 태숙은 칼을 뽑아 닥치는 대로 문 지키는 군사 몇 사람을 쳐죽였다.

바로 그때였다.

"역적놈은 달아나지 말고 게 섰거라!"

하는 벽력같은 소리가 뒤에서 들려왔다. 뒤돌아보니 바로 진나라 장수 위주가 말을 타고 달려오는 것이었다. 태숙은 황급했다.

"나를 무사히 도망시켜주면 내 반드시 다음날에 그대의 은공을 갚겠소."

"천자께서 너를 놓아주라 하시면 그때에 인정을 쓰마!"

태숙은 분이 솟아 칼을 높이 들어 달려오는 위주를 힘껏 쳤다. 그러나 위주는 태숙의 손을 후려갈기면서 나는 듯이 수레 위로 뛰어내려가 한칼에 태숙을 베었다. 태숙은 이마부터 두 조각이 되어 죽었다. 군사들은 수레 위에서 벌벌 떠는 외후를 땅바닥으로 끌어내렸다. 위주가 분부한다.

"이런 음탕한 계집을 둬서 무엇에 쓰리오. 일제히 활을 쏴서 죽여라."

군사들은 쓰러진 외후를 향해 일제히 활을 쐈다. 외후는 빗발치는 화살을 맞고 밤송이 모양이 되어 죽었다.

불쌍하다. 꽃 같았던 오랑캐 땅 여자여. 태숙과 함께 재미를 본 지 반년 만에 무수한 화살에 꽂혀 죽었구나.

호증胡曾 선생이 시로써 이 일을 읊은 것이 있다.

형을 내쫓고 형수와 함께 온 땅에 살면서

기뻐한 지 반년 만에 목숨을 잃었구나.
음탕한 여자와 역적을 속히 없애버리지 않는다면
어찌 천하에 삼강오륜이 있다 하리오.
逐兄盜嫂據南陽
半載歡娛竝罹殃
淫逆倘然無速報
世間不復有綱常

위주는 두 시체를 가지고 가서 극진에게 경과를 보고했다.

극진이 이마를 찌푸리며 반문한다.

"두 연놈을 사로잡아 왜 천자께 보내지 않았소? 아무리 역적일지라도 죄를 밝힌 뒤에 죽여야 하는 법이오."

"천자는 동생을 죽였다는 불미한 말을 듣지 않으려고 우리 진나라 손을 빌린 것이오. 그러니 속히 죽여버린 것이 통쾌하오."

극진은 연방 탄식할 따름이었다.

극진은 두 시체를 신농神農(온溫 땅에 있는 지명이니 상고上古 때 신농씨가 와서 오곡五穀을 심은 곳)에다 묻고, 한편으로 백성들을 안정시키고 다른 한편 사람을 양번 땅으로 보내어 진문공에게 승리를 고했다.

진문공은 태숙과 외후가 다 죽음을 당했다는 보고를 받고 곧 거가車駕에 올라타 친히 왕성으로 갔다. 그는 주양왕에게 역적 토벌이 끝난 것을 아뢰었다. 주양왕은 예주醴酒를 차려서 진문공을 위해 잔치를 벌이고 다시 많은 황금과 비단을 하사했다.

진문공이 재배하고 아뢴다.

"신 중이重耳는 감히 그런 하사품을 받을 수 없습니다. 다만 훗

날 신이 죽은 뒤에 수장隧葬(지하에다 길을 내고 관棺을 안치하는 것으로 왕의 무덤에만 할 수 있는 예다. 따라서 제후의 무덤 속엔 길을 내지 못한다)할 수 있도록 허락해주시면 신은 지하에서나마 무궁한 성은聖恩을 입겠습니다."

주양왕은 잠시 당황했다.

"선왕先王이 예를 제정하사 천자와 신하의 한계를 두셨소. 그것은 아무도 함부로 어길 수 없는 법이오. 짐은 한 개인의 수고에 보답하기 위해서 국가 대전大典을 어지럽힐 순 없소. 그러나 경의 큰 공로를 어찌 짐이 잊으리오."

하고 기내畿內에 있는 온 · 원原 · 양번 · 찬모攢茅 네 고을을 베어 진문공에게 주었다. 진문공은 사은하고 물러갔다. 백성들은 늙은 이를 부축하고 어린것을 업고서 거리에 몰려나와 다투어 진문공을 바라보며,

"제환공이 오늘날 다시 나왔도다."

하고 찬탄했다.

진문공은 백성들의 환송을 받으면서 회군했다.

진문공은 돌아가는 길에 대군을 거느리고 태행산太行山 남쪽에서 잠시 주둔했다. 그리고 천자에게서 받은 땅을 접수하기 위해서 각각 사람을 보냈다. 이에 위주는 양번 땅을 접수하러 가고, 전힐은 찬모 땅을 접수하러 가고, 난지는 온 땅을 접수하러 가고, 진문공은 친히 조쇠와 함께 원 땅을 접수하러 갔다.

그런데 왜 진문공은 원 땅을 접수하려고 친히 갔을까?

원래 원 땅은 주나라 경사 원백관이 천자로부터 받아 그간 다스려온 봉읍封邑이었다. 이번 싸움에 원백관은 지기만 하고 아무 공로를 세우지 못했다. 그래서 주양왕은 그 땅을 뺏어 진나라에 주

었던 것이다.

원백관은 이때 원성에 있었다. 진문공은 혹 그가 복종하지 않을까 염려하고 친히 원 땅으로 갔던 것이다.

한편 전힐은 찬모 땅에 당도했고, 난지는 온 땅에 당도했다.

이 두 곳의 수신守臣들은 술과 음식을 가지고 성밖까지 나와서 진군을 영접했다. 이리하여 찬모와 온 땅 두 곳은 쉽사리 접수되었다.

한편 위주도 양번 땅에 당도했다. 그러나 양번 땅의 수신 창갈은 진군에게 성문을 열어주지 않고 부하들에게 훈시했다.

"우리 주周가 기岐 · 풍豊을 버린 뒤로 남은 땅이라곤 얼마 되지 않는다. 그런데 진은 염치없이 또 네 고을을 받았다. 우리와 진은 무엇이 다른가! 다를 것은 조금도 없다. 우리와 진은 다 똑같은 왕의 신하인 것이다. 그러하거늘 우리가 어찌 그들에게 복종할 수 있으리오."

창갈은 드디어 백성들까지 거느리고 각기 무기를 손에 잡고 성 위에 올라가서 싸울 준비를 했다.

이를 본 위주는 크게 노하여 군사를 이끌고 성을 포위했다. 위주가 성 위를 쳐다보며 큰소리로 외친다.

"속히 항복하고 복종하지 않으면 후회한들 늦으리라. 만일 우리가 성을 부수고 들어가게 된다면 성안 사람을 모두 도륙해버릴 테다."

성 위에서 창갈이 대답한다.

"내 듣건대 덕으로써 중국을 다스리고 형벌로써 사방 오랑캐에게 위엄을 세운다고 하더라. 이곳은 바로 왕께서 다스리는 곳이다. 기내의 백성은 다 왕의 종친 아니면 친척들이다. 너희 진도 왕의 신자臣子가 아니냐. 그런데도 너는 군사와 위협을 써서 동포를 못살게 굴 테냐!"

위주는 이 말을 듣고서 대답을 못했다.

그래서 위주는 사람을 보내어 이 실정을 진문공에게 보고했다. 수일 후 사자가 진문공의 서신을 가지고 와서 창갈에게 전했다.

그 서신에 하였으되,

> 네 고을 땅은 바로 천자께서 하사하신 것이다. 그래서 과인은 감히 천자의 분부를 어기지 못하였을 따름이다. 장군이 만일 천자의 친척을 생각한다면 그들을 다 데리고서 귀국하라. 그래야만 장군이 천자의 명을 복종하는 도리가 아니겠는가.

사자가 또 위주에게 진문공의 말을 전한다.

"성에 대한 공격을 늦추고 백성들이 떠나거든 길을 열어주라고 하십니다."

한편 성안의 창갈은 진문공의 서신을 읽고서 백성들에게 다음과 같은 명령을 내렸다.

"주周로 돌아가고 싶은 자는 이곳을 떠나고 진을 따르려는 자는 이곳에 머물러라."

주로 돌아가고 싶다는 백성의 수가 태반이 넘었다. 창갈은 그 백성들만을 거느리고 성을 떠나 지촌軹村으로 옮겨갔다. 이에 위주는 양번 땅을 접수하고 경계를 정한 후에 돌아갔다.

한편 원 땅으로 간 진문공과 조쇠는 그후 어찌 됐는가.

원성 안에선 원백관이 백성을 모아놓고 연설했다.

"진나라 군대는 양번 땅을 포위하고 그 백성들을 하나도 남기지 않고 모조리 죽여버렸다."

이 말을 듣자 원 땅의 백성들은 공포에 휩싸였다. 백성들은 죽음을 맹세하고 진晉나라 군대에게 항거하기로 맹세했다. 마침내 진나라 군대는 원성을 포위했다.

조쇠가 진문공에게 아뢴다.

"원성 백성들이 항복하지 않는 것은 우리 진나라를 믿지 않기 때문입니다. 그러니 주공께서는 그들에게 믿음을 보이셔야 합니다. 그러면 공격하지 않아도 성문은 저절로 열릴 것입니다."

진문공이 묻는다.

"어떻게 하면 저들에게 신의信義를 보일 수 있을꼬?"

"군사들에게 다음과 같이 명령을 내리십시오. 곧, 각기 사흘 동안 먹을 양식만 가지고서 앞으로 사흘 동안 원성을 공격하되 그러고도 함몰하지 못할 때엔 본국으로 회군한다고 하십시오."

진문공은 조쇠가 시키는 대로 했다. 어느덧 이틀이 지나고 사흘째가 되었다. 군리軍吏가 진문공에게 와서 고한다.

"군중엔 오늘 먹을 양식밖에 없습니다."

"……"

진문공은 아무 대답이 없었다.

그날 밤 삼경三更 때였다. 성 위에서 줄을 타고 내려오는 원성 땅 백성이 있었다. 그 백성이 진문공에게 가서 아뢴다.

"성안 백성들은 양번 땅 백성들이 진나라 군대에게 한 사람도 피해를 입지 않았다는 걸 수소문해서 알았습니다. 그래서 성안 백성들은 내일 저녁에 성문을 열고 진군을 영접하기로 했습니다."

진문공이 대답한다.

"과인은 사흘 간 원성을 공격해서 그러고도 함락하지 못할 때엔 군대를 거느리고 돌아가기로 했다. 그런데 오늘이 만 사흘이라. 과인은 내일 아침에 바로 회군할 것이다. 너희 백성들은 성이나 잘 지키고 있을 뿐 아예 두 가지 생각일랑 품지 마라."

곁에서 군리가 고한다.

"원 땅 백성들이 내일 저녁때면 성을 주공께 바치겠다는데 주공께서는 어찌하사 하루만 더 머물러 완전히 성을 접수하지 않고 돌아가시겠다고 합니까? 만일 군량이 없어서 그러시다면 이곳에서 양번이 과히 멀지 않으니 곧 사람을 보내어 양식을 꾸어올 수도 있습니다."

진문공이 엄숙한 기색으로 군리를 돌아보며 꾸짖는다.

"신信은 국가의 보배라. 신이 없다면 백성이 무엇을 의지하리오. 과인이 사흘 간 기한을 준 것을 그 누구도 듣지 아니한 사람이 있으리오. 이렇듯 누구나 다 들어서 알고 있는데 만일 하루를 더 연기한다면 이는 신을 잃는 것이다. 비록 원 땅을 얻는다 할지라도 신을 잃는다면 과연 백성들이 무엇을 보고서 과인을 믿겠느냐."

이튿날 새벽이었다. 진군은 원성에 대한 포위를 풀었다. 원 땅 백성들이 서로 돌아보며 말한다.

"진후晉侯는 오히려 성을 잃을지언정 신信만은 잃지 않는구나! 천하에 저런 훌륭한 임금이 어디에 있으리오!"

성안의 백성들이 다투어 항복하는 기旗를 성루에 꽂았다. 줄을 타고 성 밑으로 내려와서 돌아가는 진문공의 군대 뒤를 쫓아가는 자가 끊임없이 분분했다.

사세가 이쯤 되고 보니 원백관도 그 이상 백성들을 막을 순 없었다. 드디어 원성의 성문은 열리고 원백관이 나와서 항복했다.

염선髥仙이 시로써 이 일을 평한 것이 있다.

한사코 버티면 싸우지 않을 수 없는데
누가 몇 마디 말로써 산하山河를 정했는가.
원 땅을 떠남으로써 필경 원 땅을 얻었으니
속임수가 어찌 신의만 할 수 있으리오.

口血猶含起戰戈
誰將片語作山河
去原畢竟原來服
譎詐何如信義多

진군晉軍이 한 30리쯤 떠났을 때였다. 원성의 백성들이 뒤쫓아 와서 진군을 만류했다. 이윽고 원백관이 보낸 항서降書가 당도했다. 이에 진문공은 병거와 군마들을 그냥 머물러 있게 하고 혼자서 수레를 돌려 원성으로 들어갔다. 백성들은 북을 치고 춤을 추면서 진문공을 환영했다.

원백관도 나가서 진문공을 영접했다. 진문공도 왕조王朝의 경사卿士를 대하는 예로써 원백관을 대했다. 이에 원백관은 식구를 거느리고 하북河北 땅으로 옮겨갔다.

이리하여 진문공은 네 고을을 지킬 수신守臣들을 정했다.

"지난날에 우리가 위나라 땅을 지날 때였다. 조쇠는 음식을 가지고 좀 늦게 과인을 뒤따라왔다. 그때 그도 몹시 시장했건만 그 음식을 먹지 않고 뒤따라왔던 것이다. 조쇠야말로 신의 있는 선비다. 오늘날 과인이 신의로써 원 땅을 얻었으니 신의 있는 사람에게 이 땅을 맡기겠다."

하고 조쇠로 하여금 원대부原大夫를 삼고 겸하여 양번 땅도 다스리게 했다.

진문공은 다시 극진을 보며,

"그대는 지난날 국내에 있으면서 자신과 가족들의 위험을 돌보지 않고 그 당시 국외에 있던 과인과 내통해주었다. 과인은 그 공로를 잊을 수 없다."

하고 극진으로 하여금 온대부溫大夫를 삼고 겸하여 찬모 땅까지 다스리게 했다.

진문공은 그들에게 각기 병사 2,000씩을 주어 네 고을들을 지키게 하고 진나라로 돌아갔다.

후인後人이 이 일을 논한 것이 있다.

진문공이 왕을 복위시켜 의義를 보이고 원 땅을 쳐서 신信을 보였으니 이것이 바로 패업을 성취하게 된 그 첫 사업이었다.

그러나 진문공은 과연 어느 때나 되어서 패후霸侯라 일컫게 될 것인지.

진문공은 온 · 원 · 양번 · 찬모 네 고을을 지키도록 신하들을 배치하고서 태행산 남쪽으로 직통하는 그 지역 일대를 남양南陽이라고 부르게 했다.

이때가 바로 주양왕 17년 겨울이었다.

위衛 · 조曹를 치는 진문공

이때 제나라 제효공齊孝公은 제환공齊桓公의 패업을 계승해서 역시 패후가 되려고 노력했다. 그래서 그는 군사를 일으켜 중원을 치고 선대의 업적을 계승하려고 어느 날 모든 신하를 불렀다.

"선군 환공께서 살아 계셨을 땐 정벌하지 아니한 해가 없고 싸우지 아니한 날이 없었다. 그런데 과인은 지금 편안히 조당朝堂에 앉아 마치 달팽이 껍데기 속에 들어 있는 것처럼 도무지 바깥일을 모르니 부끄럽기 한량없다. 지난날에 노후魯侯가 무휴無虧를 도우려 했기 때문에 과인과 서로 의가 상하였음이라. 과인은 아직도 그때의 원수를 갚지 못하였는데 지금 노는 무슨 짓을 하고 있는가! 이제 노나라는 북으로 위나라와 손을 잡고 남으론 초나라와 손을 잡고 있다. 만일 그들이 서로 연합하여 우리 제나라를 친다면 우리는 어떻게 당적할 것인가. 요즘 듣자 하니 노나라는 크게 흉년이 들었다고 한다. 과인은 이 기회를 놓치지 않고 군사를 일으켜 노나라를 쳐서 앞날의 위기를 미연에 방지할 생각인데 경들의 뜻은 어떠한가?"

상경上卿 벼슬에 있는 고호高虎가 아뢴다.

"노나라는 친하게 지내는 나라들이 많기 때문에 우리가 노나라를 친대도 별 효과가 없을 줄 압니다."

"비록 별 성과가 없을지라도 시험 삼아 한번 노나라를 치는 것이 좋지 않을까? 모든 나라 제후가 어떤 태도를 취하는지 보고 싶다."

이에 제효공은 친히 병거 200승을 거느리고 노나라 경계로 쳐들어갔다. 노나라 변장邊將(국경을 지키는 장수)은 제나라 군대가 쳐들어오는 것을 보고 급히 노희공魯僖公에게 사람을 보냈다. 그러나 흉년이 든 노나라는 기근이 심해서 싸움을 감당할 도리가 없었다.

대부 장손신臧孫辰이 노희공에게 아뢴다.

"제나라는 우리 나라에 대한 원한이 골수에 사무쳐 있습니다. 청컨대 사람을 보내어 사죄하고 싸움을 피하십시오."

노희공이 묻는다.

"누가 가서 좋은 말로 그들을 무마하고 싸움을 면하게 할꼬?"

장손신이 대답한다.

"신이 한 사람을 천거하겠습니다. 선조 때 사공司空 벼슬에 있던 무해無駭의 아들이온데, 그의 성은 전展이며 이름은 획獲이고 자字를 자금子禽이라고 합니다. 그는 지금 사사士師 벼슬로서 유하柳下 땅에서 식읍食邑을 받고 있습니다. 만일 그 전획展獲을 보낼 수만 있다면 결코 주공의 체면을 손상하지 않고도 제군齊軍을 물러가게 하리이다."

노희공이 머리를 끄덕이며 묻는다.

"과인도 전부터 그 사람을 알고 있소. 그는 지금 어디에 있소?"

"지금 유하 땅에 있습니다. 사람을 보내어 부르십시오."

그러나 전획은 나라의 부름을 받았건만 병들어 갈 수 없다며 응하질 않았다. 이에 장손신이 다시 노희공에게 아뢴다.

"전획의 종제從弟로 희喜라는 사람이 있습니다. 비록 벼슬은 낮으나 구변이 대단한 사람입니다. 그 희를 유하로 보내어 전획의 지시라도 받아오게 하면 큰 도움이 될 줄 믿습니다."

노희공은 거듭 머리를 끄덕였다. 이에 전희展喜는 즉시 유하로 갔다. 그는 종형인 전획의 집에 가서 군명君命을 받고 왔음을 알리고 대책을 물었다.

전획이 대답한다.

"이번에 제나라가 우리 노를 치려는 것은 제환공의 패업을 계승하려는 뜻에서다. 대저 패업을 도모하려면 왕실에 충성을 다하는 것이 지름길이라. 그러니 제군齊軍에게 가서 선왕의 말씀을 예거例擧하고 그들을 책망하면 어찌 제후齊侯인들 물러가지 않을 수 있으리오."

워낙 총명하고 영리한 전희는 이 한마디 말을 듣고서 크게 깨달은 바가 있었다.

그는 곧 유하를 떠나 다시 도읍으로 돌아와 노희공에게 아뢰었다.

"이제야 신은 어떻게 하면 제나라 군사를 물리칠 수 있는가를 알았습니다."

이미 노희공은 제나라 군사에게 보낼 물건을 다 준비해놓고 있었다. 육식용 짐승과 술, 곡식과 비단을 가득 실은 수레들이 출발 준비를 갖추고 있었다. 노희공은 그 선물을 실은 수레들을 전희에게 내주며 부디 성공해서 돌아오라고 신신당부했다. 전희는 수레들을 거느리고 경계로 갔다.

아직 제나라 군사는 노나라 경계 안에 당도하지 않았다. 전희는 경계를 넘어 제군을 영접하려고 나아갔다. 그는 문남汶南 지방에 당도해서야 제나라 군사의 전대前隊와 만났다. 제나라 전대의 선봉은 최요崔夭였다. 전희는 거느리고 온 수레들을 최요에게 바쳤다. 최요는 뇌물을 실은 수레와 전희를 데리고 뒤에 오는 대군 진영으로 가서 제효공에게 알현시켰다.

전희가 제효공에게 예물을 바치고 아뢴다.

"우리 주공께서는 군후께서 친히 왕림하신다는 소문을 들으시고 하신下臣 전희로 하여금 대군을 영접하고 위로하게 하셨습니다."

제효공이 오만스레 말한다.

"노나라 사람들은 과인이 군사를 일으킨 걸 알고 역시 무서웠던 모양이구나."

전희가 맑게 웃으면서 대답한다.

"소인小人들 중엔 무서워하는 자도 있습니다. 그러나 군자들은 조금도 무서워하지 않습니다."

"너희 나라 문신文臣에겐 시백施伯만한 지혜가 없으며 무신武臣에겐 조귀曹劌만한 용기가 없다. 어디 그뿐인가. 흉년이 들어 들에는 푸른 풀 한 포기 볼 수 없고 백성들은 배가 고파서 신음하고 있다. 그러하거늘 무엇을 믿고서 두려워하지 않는단 말이냐?"

"우리 나라는 믿을 만한 것이 없습니다. 믿는다면 선왕의 분부를 의지할 따름입니다. 옛날에 선왕께선 비로소 강태공姜太公에게 제나라 땅을 봉하셨고 우리의 선군이신 백금伯禽에게 노나라 땅을 봉하셨습니다. 그때 선왕께선 백금과 태공 두 분에게 짐승을 잡아 피를 뿌려 맹세하게 하시고 다시 명하시기를 '제와 노는 자자손손에 이르기까지 함께 주 왕실을 돕고 서로 싸우지 말라'고 하셨습니다. 이 기록은 지금도 맹부盟府에 있으며, 태사太史가 관리하고 있습니다. 그러므로 지난날 제환공께서 아홉 번이나 천하의 모든 나라 제후들을 합치셨지만 맨 먼저 우리 노나라 장공莊公과 동맹을 맺으심으로써 예로부터 전해 내려오는 선왕의 분부부터 지켰던 것입니다. 그 뒤 귀후께서 제나라 군위에 오른 지도 9년이 되었습니다. 그동안 우리 노나라 임금과 신하들은 항상 제나라에 대해 말하기를 '제나라는 환공의 패업을 계승해서 반드시 천하 모든 나라와 친목을 도모할 것이다. 만일 제나라가 선왕의 분부를 저버리거나 태공의 맹세를 어긴다면 이는 제환공의 패업을 망치고 친한 나라들과 원수를 사려는 것이니 지금 제후께서도 분명 우리 노나라를 치지 않을 것이다' 하고 믿고들 있습니다. 그래서 우리 나라는 제나라를 두려워하지 않습니다."

이 말을 듣자 제효공은 한동안 생각하다가 말한다.

"그대는 돌아가서 노후에게, 과인은 서로의 친목을 원할 뿐 다시는 군사를 쓰지 않겠다더라고 전하여라."

그날로 제나라 군대는 본국으로 돌아갔다.

잠연潛淵 선생이 시로써 장손신을 비난한 것이 있다. 유하혜柳下惠(전획의 별명別名)가 그렇듯 훌륭한 인물이란 걸 잘 알았으면서도 어찌하여 노희공에게 추천하지 않고 자기 혼자만 부귀영화를 누렸느냐는 것이었다.

북쪽에서 제나라 대군이 내려오자 노나라는 위급했으나
한마디 말로써 제군을 물리쳤으니 그 공로 기이하도다.
장손신이 어진 사람이 등용될 수 있는 길을 터주지 않아서
위대한 전획은 유하 땅에서 겨우 사사로 있다가 그 일생을 마쳤도다.

北望烽煙魯勢危
片言退敵秦功奇
臧孫不肯開賢路
柳下仍淹展士師

전희는 노희공에게 제나라 군사가 물러갔다고 보고했다.

이에 장손신이 아뢴다.

"제나라 군사가 비록 물러갔다고는 하나 역시 우리 노나라를 업신여긴 것만은 사실입니다. 청컨대 신은 공자 수遂와 함께 초나라에 가서 군사를 빌려 제나라를 치겠습니다. 그래야만 제후가 앞으로도 우리 노나라를 만만히 보지 못할 것입니다. 그렇지 않고는 앞으로 단 몇 해 동안이라도 마음을 놓을 수 없습니다."

노희공은 그 말에 귀가 솔깃했다. 이에 공자 수가 정사正使가 되고 장손신은 부사副使가 되어 많은 예물을 갖추어 초나라로 갔다.

원래 장손신과 초나라 장수 성득신成得臣은 서로 잘 아는 사이였다. 공자 수와 장손신은 먼저 성득신에게 가서 이번에 자기들이 맘먹고 온 일이 잘되도록 힘써달라고 미리 부탁했다. 그리고 난 뒤에 그들은 초성왕楚成王에게 갔다.

"지난날에 제나라는 녹상鹿上에서 맹회하기로 한 약속을 어기고 오지 않았으며, 송나라는 홍수泓水의 싸움을 일으켰으니 그 두 나라는 다 초나라의 원수입니다. 만일 왕께서 지금이라도 두 나라를 문책하시겠다면 우리 노나라는 국력을 기울여서라도 왕의 앞잡이가 되어 싸우겠습니다."

이 말을 듣고 초성왕은 크게 기뻐했다. 초성왕은 즉시 성득신을 대장으로 삼고, 신공申公 숙후叔侯로 부장을 삼았다. 성득신은 군사를 거느리고 제나라를 치러 갔다.

그후 초군은 제나라 양곡陽穀 땅을 점령했다. 그리고 지난날 제나라에서 초나라로 도망와 있는 제환공의 아들 공자 옹雍으로 하여금 양곡 땅을 다스리게 하고, 군사 1,000명과 신공 숙후를 두어 노나라를 성원하게 했다. 연후에 성득신은 군사를 돌려 개가를 부르면서 초나라로 돌아왔다.

이때 초나라 영윤令尹 자문子文은 이미 늙어서 성득신에게 벼슬을 양도할 생각이었다.

그러나 초성왕이 자문에게 부탁한다.

"과인은 제나라보다도 송나라에 대한 원한이 더 골수에 사무쳤소. 이번에 성득신은 과인을 위해 제나라에 보복을 해주었소. 그러니 경은 나를 위해서 송나라를 쳐주오. 경이 송나라를 치고 개선해오면 그때 경의 청을 들어주겠소."

자문이 벼슬길에서 물러서려고 굳이 사양한다.

"신의 재주는 성득신을 따를 수 없습니다. 성득신이 나랏일을 맡는다면 반드시 왕께서 생각하시는 바를 성취할 것입니다."

초성왕도 굳이 만류한다.

"지금 송나라는 진晉나라를 섬기고 있소. 우리 초나라가 송나라를 치기만 하면 진은 송에게 원병을 보낼 것이오. 우리 나라에서는 경이 가야만 진과 송을 한꺼번에 당적할 수 있소. 경은 과인을 위해서 한 번만 나랏일에 힘써주기를 바라노라."

자문은 왕의 간곡한 권유를 물리칠 수 없었다. 그래서 규睽 땅에 가서 군대와 거마車馬를 사열하고 군법을 밝혔다. 그러나 자문은 어떻게든 성득신에게 벼슬을 내주고 자기는 은퇴할 생각뿐이었다. 그래서 그날 자문은 군대를 간단히 열병하고 사람 하나 처벌하지 않고 정오도 되기 전에 일을 끝마쳤다.

초성왕이 묻는다.

"경은 군대를 사열하면서 잘못하는 자를 잡아내어 단 한 사람도 처벌하지 않았으니 그러고서야 어떻게 위엄을 세우겠는가?"

자문이 대답한다.

"사실 신의 재주와 힘은 마치 무딘 칼과 같습니다. 군법을 바로 잡고 위엄을 세우려면 성득신이 나서야 합니다."

초성왕은 하는 수 없이 성득신에게 명하여 위蔿 땅에서 군대를 사열하도록 했다. 그날 성득신은 군사를 사열하는 데 세밀했다. 그리고 군법으로 다루는 것이 매우 엄격했다. 조금이라도 명령을 어기거나 잘못 거행하는 자가 있으면 추호도 용서하지 않았다. 그는 아침부터 군대를 사열하여 늦은 저녁때에야 끝마쳤다. 이날 그는 군사 일곱 명을 웃옷을 벗겨서 나무에 매달아놓고 가죽 매로 피가 터지도록 쳤다. 그리고 화살로 세 사람의 귀를 꿰었다. 그의 호령에 따라서 종과 북소리는 천지에 진동했고, 정기旌旗는 흐트러지지 않고 힘차게 펄럭였다.

이를 보고서 초성왕이 찬탄한다.

"득신은 과연 장수가 될 인재로구나!"

자문이 초성왕에게 간청한다.

"성득신에게 이 나라 정사를 맡겨야 합니다."

드디어 초성왕은 자문의 청을 허락했다. 이리하여 성득신은 영윤이 되고 중군中軍 원수元帥까지 겸했다. 모든 대부들은 자문의 집으로 몰려가서, 자문이 올바른 사람을 천거하고 영윤 자리에서 물러앉은 것을 치하하느라 서로 술과 음식을 들면서 기뻐했다.

그래서 자문의 집엔 문무백관이 다 모여 있었다. 그런데 오직 대부 위여신蔿呂臣만이 몸이 아파서 참석하질 않았다. 모두 술이 얼근히 취했을 때였다.

문지기가 들어와서 고한다.

"조그만 아이 하나가 와서 주인 대감을 뵙겠다고 청합니다."

자문은 그 아이를 데리고 들어오도록 분부했다. 이윽고 조그만 아이 하나가 들어와서 두 손을 들고 허리를 굽혀 좌중에 경의를 표하더니 말석末席에 가서 천연스레 앉았다. 그 아이는 잔을 들어 연방 술을 마시며 고기를 씹었다. 그 태도가 문자 그대로 방약무인傍若無人 격이었다.

대관들 중엔 그 아이를 알아보는 사람도 있었다. 그 아이는 위여신의 아들 위가蔿賈였다.

그때 위가의 나이는 겨우 열세 살이었다. 자문은 그 아이의 하는 짓이 하도 기이해서 물었다.

"나는 이번에 나라를 위해 대장 한 사람을 천거했다. 그래서 모든 대신이 다 나를 치하하거늘 하물며 너 같은 어린아이가 어찌 한마디도 하지 않느냐?"

위가가 술잔을 놓고 대답한다.

"어른들께서는 다 치하할지 모르나 저의 소견으로 말하면 도리어 조상弔喪할 일입니다."

자문은 뜻밖의 말에 크게 기분이 상했다.

"네 지금 조상할 일이라고 했것다. 그래, 어디 할말이 있거든 다 해보아라!"

"저의 어린 안목으로 성득신을 보건댄, 그는 사람됨이 맡은바 일에 대해서는 용감할지 모르나 어떤 기회를 당해서 일을 결정하는 데엔 대단히 어둡습니다. 그는 능히 나아갈 줄만 알지 물러설

줄은 모릅니다. 그러므로 싸움을 돕는 정도는 하겠지만 나랏일을 맡을 만한 인물은 못 됩니다. 만일 그에게 병권兵權과 국정國政을 다 맡기면 반드시 낭패가 있을 것입니다. 속담에 '너무 강하면 부러진다'는 말이 있습니다. 바로 성득신 같은 사람을 두고 하는 말입니다. 한 사람을 천거했다가 국가에 손실이 생긴다면 그런 걸 어찌 치하할 수 있겠습니까? 만일 그가 실수하지 않는다면 그때에 치하해도 늦지 않으리이다."

좌우 대신들이 노기를 품은 자문에게 말한다.

"어린놈이 떠벌리는 미친 소리를 귀담아들으실 것 없습니다."

이 말을 듣자 어린 위가는 크게 웃으면서 밖으로 나갔다. 얼마 뒤 모든 관원도 돌아갔다. 이튿날 성득신은 초성왕 앞에 절하고 대장이 됐다. 그후 성득신은 진陳·채蔡·정鄭·허許 네 나라 제후를 규합하고 함께 송나라를 쳤다. 다섯 나라 연합군은 일제히 송나라 민읍緡邑 땅을 포위했다.

송성공宋成公은 다섯 나라의 침공을 받자 즉시 사마司馬 공손고公孫固를 진晉나라로 보내어 원조를 청했다. 송나라로부터 급한 기별을 받은 진문공晉文公은 모든 신하를 불러 이에 대응할 계책을 상의했다.

선진先軫이 나아가 아뢴다.

"이제 초나라는 힘만 믿고서 천하를 어지럽히고 있습니다. 옛날에 주공께선 초나라로부터 많은 은혜를 입었습니다. 하지만 이 이상 그들을 내버려두어서는 안 됩니다. 초나라는 그동안에 제나라를 쳐서 양곡 땅을 점령했고 그곳에 군사를 주둔시켰으며, 이젠 송나라까지 쳐서 장차 중원으로 손을 뻗칠 작정입니다. 이는 하늘이 우리에게 천하의 재앙과 불행을 건져주라는 명목을 내려주신

거나 다름없습니다. 우리가 위엄을 세우고 천하 패권을 잡아야 할 때는 바로 지금입니다."

진문공이 묻는다.

"과인이 장차 제 · 송 두 나라의 근심을 풀어줄 작정인데 어찌 하면 좋겠소?"

호언狐偃이 나아가 아뢴다.

"초나라는 처음에 조曹나라와 친교를 맺고, 새로이 위衛나라와 손을 잡았습니다. 조 · 위 두 나라는 다 주공의 원수입니다. 만일 우리가 군사를 일으켜 조와 위를 치면 초나라 군사는 반드시 그 두 나라를 구원하려고 이동해 올 것입니다. 따라서 제와 송은 위기를 모면할 수 있습니다."

진문공이 대답한다.

"그 계책이 좋소."

이에 진문공은 송나라에서 온 공손고를 불러들여 이 계책을 알려줬다. 공손고는 즉시 송나라로 돌아가 송성공에게 진나라에서 듣고 온 계책을 보고했다. 송성공은 즉시 명령을 내린 후 성을 더욱 굳게 지켰다.

한편 진문공은 조 · 위 두 나라를 치긴 쳐야겠는데 혹 군사가 적지 않을까 염려했다.

조쇠趙衰가 진문공에게 아뢴다.

"옛날에 큰 나라는 삼군三軍을 두었고 그 다음 나라는 이군二軍을 두었으며 조그만 나라는 일군一軍을 두었습니다. 우리 나라는 곡옥曲沃에서 무공武公 때에 왕명을 받고 비로소 일군을 두었으며, 헌공獻公 때에 비로소 이군을 두어 곽霍 · 위魏 · 우虞 · 괵虢 여러 나라를 쳐서 천리千里를 개척했습니다. 그러니 이제 우리 진나라는 대국으로서 마땅히 삼군을 두어야 합니다."

"삼군을 두면 과연 잘 싸울 수 있을까?"

"그렇겐 안 됩니다. 백성들은 아직 예법을 모릅니다. 예법을 모르면 비록 모였다가도 쉽사리 흩어집니다. 주공께선 크게 사냥을 벌이시어 그들에게 예법을 가르치십시오. 곧, 백성들로 하여금 계급엔 높고 낮은 것이 있다는 것과, 사람에겐 어른과 아이라는 질서가 있어서 윗사람을 위해선 충성을 다하고 어른을 위해선 신명身命을 아끼지 않아야 한다는 정신부터 넣어줘야 합니다. 그러면 가히 그들로 삼군을 편성하여 싸울 수 있습니다."

진문공이 다시 묻는다.

"삼군을 두기로 하면 그걸 통솔할 원수가 있어야겠는데 누가 그 대임을 맡을 수 있을까?"

조쇠가 서슴지 않고 대답한다.

"대저 장수란 용기보다 지혜가 있어야 하며, 지혜보다는 배운 바가 많아야 합니다. 만일 주공께서 지혜와 용기 있는 장수를 구하신다면 별로 걱정하실 것 없습니다. 그러나 배운 바가 많은 장수를 구하신다면 신의 소견으론 오직 극곡郤穀 한 사람만이 있을 뿐입니다. 극곡은 나이 50여 세지만 학문을 좋아하여 항상 예악禮樂을 말하며 시서詩書에 능통한 사람입니다. 무릇 예악과 시서는 선왕의 법이며, 덕德과 의義의 바탕이로소이다. 대저 민생民生은 덕의로써 근본을 삼고 병사는 백성으로써 근본을 삼습니다. 오직 덕의가 있어야만 능히 백성을 도울 수 있고, 백성을 돕는 자라야만 능히 군사를 지휘할 수 있습니다."

"그대의 말이 옳고 옳소!"

진문공은 극곡을 원수로 삼으려고 불러들였다. 그러나 극곡은 입궁하여 이를 사양한다.

"신은 그런 대임을 맡을 만한 인물이 못 됩니다."

진문공이 굳이 권한다.

"과인은 경을 아노라. 경은 사양하지 마오."

극곡은 주공이 재삼 권하는 바람에 하는 수 없이 원수의 직을 맡았다. 그리고 택일하여 피려被廬 땅에서 크게 사냥을 시작했다. 마침내 상 · 중 · 하 삼군이 편성되어 극곡은 중군 원수가 되었으며, 극진郤溱은 원수를 돕고, 기만祁瞞은 대장의 기旗와 북을 맡았다. 진문공은 호언을 상군 대장으로 삼았다.

그러나 호언이 사양한다.

"신에겐 형님이 계신데 형님보다 높은 지위에 앉을 수 없습니다."

그래서 그 형인 호모狐毛를 상군 대장으로 삼고, 호언은 호모를 돕게 했다. 다음에 진문공은 조쇠를 하군 대장으로 임명했다.

그러나 조쇠가 사양한다.

"신은 인품이 난지만 못하고 꾀는 선진만 못하며 학문은 서신만 못하니 감당할 수 없습니다."

그래서 난지欒枝를 하군 대장으로 삼고, 선진으로 하여금 난지를 돕게 했다. 그리고 순림보荀林父에게 융거戎車를 몰게 하고, 위주魏犨를 차우車右로 삼았다. 그리고 조쇠를 대사마大司馬로 삼았다.

이어 극곡이 높은 단 위에 올라가서 명령을 내렸다. 북소리가 조수 밀리듯 세 번 일어났다. 진법陣法 펴는 훈련을 하는데 젊은 자는 앞에 서고 나이 많은 자는 뒤에 서서, 앉고 일어나고 나아가고 물러서는 것이 다 법규에 척척 맞았다.

잘못하는 자는 가르쳐주고 세 번 가르쳐줘도 못하는 자는 명령을 어긴 걸로 간주하여 일단 의논한 뒤에 적당한 형벌을 내렸다. 이렇게 조련을 한 지 사흘이 지났다. 삼군이 다 기정변화奇正變化를 습득하고 명령이 내려질 때마다 손발처럼 움직였다. 모든 장수는 극곡이 엄하면서도 너그러워서 예와 법에 어긋남이 없음을 보고 기꺼이 복종했다.

극곡이 금을 울려 삼군을 거두고 조련을 마치려던 참이었다. 문득 장대將臺 아래서 일진의 휘오리바람이 일어났다. 우지끈 소리가 나면서 원수元帥의 깃대가 두 동강이로 분질러져 떨어졌다. 순간 모든 장수와 군사의 얼굴빛이 일제히 변했다.

극곡이 추연히 말한다.

"원수의 깃대가 꺾였으니, 이는 원수 되는 사람이 마땅히 당할 일이다. 내 여러분과 더불어 오래 일하지 못하겠구나. 그러나 우리 주공께서는 반드시 성공하시리라."

모든 장수가 황망히 그 까닭을 물었다. 그러나 극곡은 그저 웃을 뿐 대답하지 않았다. 이때가 주양왕 19년 겨울 12월이었다. 그 이듬해 봄에 진문공은 군대를 나눠 조·위 두 나라를 치려고 극곡과 함께 상의했다.

극곡이 말한다.

"신은 이미 선진과 함께 이 일을 상의했습니다. 오늘날 조나라와 위나라를 치는 것은 그다지 어려운 일이 아닙니다. 다만 유의할 것은 아직 초나라와 대결해서는 안 된다는 것뿐입니다. 주공께서는 위나라에게 조나라를 칠 테니 우리가 통과할 수 있도록 길을 빌려달라고 하십시오. 위나라는 조나라와 서로 친분이 두터우므로 필시 우리의 청을 거절할 것입니다. 그러면 주공께서는 남하南河를 건너, 그들이 뜻하지 아니했던 지점으로 나아가서, 바로 위나라 경계를 무찌르십시오. 이것이 바로 갑자기 터지는 우레소리에 귀를 가릴 여가가 없다는 격입니다. 그러면 십중팔구 승리는 우리의 것이 됩니다. 우선 위나라를 이긴 연후에 그 승세를 몰아 조나라를 치십시오. 조군은 원래 민심을 잃은데다가 위나라를 꺾은 우리의 위엄을 대하면 놀라 어쩔 줄 모를 것입니다. 그러면 우리는 반드시 조나라도 정복할 수 있습니다."

진문공이 기뻐하며 찬탄한다.

"그대는 참으로 배운 것이 많은 장수요."

진나라 사자는 즉시 위나라에 가서 조나라를 칠 테니 잠시 길을 빌려달라고 교섭했다. 이에 위나라 대부 원훤元晅이 위성공衛成公에게 아뢴다.

"진후晉侯가 지난날 망명 당시 우리 나라를 지났을 때 우리 선군께서는 그를 괄시했습니다. 이제 진나라가 우리에게 길을 빌려달라 하니 거절 말고 이번만은 그 요구를 들어주십시오. 그렇지 않으면 진나라는 먼저 우리 나라를 치고 연후에 조나라를 칠 것입니다."

위성공은 난처했다.

"과인은 조나라와 함께 초나라를 섬기는 중이다. 만일 조나라를 치라고 길을 빌려주면 이는 진나라와 친분도 맺기 전에 먼저 초나라의 노여움을 사는 결과가 될 것이다. 진나라의 비위를 거스른다면 우리는 그나마 초나라를 믿고 살겠지만, 초나라마저 우리를 미워한다면 그땐 무엇을 믿고 이 나라를 유지하겠는가?"

위성공은 진나라 사자에게 길을 빌려줄 수 없노라고 잘라 말했다. 이에 진나라 사자는 본국으로 돌아가 진문공에게 다녀온 경과를 보고했다.

진문공이 극곡에게 말한다.
"과연 원수의 짐작이 들어맞았소."
마침내 진군은 남쪽으로 내려가 황하를 건너 바로 오록五鹿 땅 광야 지대에 이르렀다. 진문공은 오록 땅의 들을 둘러보며,
"슬프다! 지난날 이곳에서 개자추介子推가 자기 살을 베어 과인을 요기시켰도다."
하며 길이 탄식하고 눈물을 흘렸다. 모든 장수도 슬픔을 억제하지 못했다.
단지 위주만이 혼잣말로 투덜댄다.
"우린 이제 성을 함몰하고 고을을 점령해서 주공을 위해 지난날의 수치를 설분雪憤해야 할 때인데, 쓸데없이 탄식은 해서 뭘 하누!"
"그대 말이 옳다!"
선진이 웃으며 대꾸하고, 진문공을 향해 결연히 아뢰었다.
"주공께 바라건대 신은 본부本部의 군사를 거느리고 가서 혼자 이 오록 땅을 점령하겠습니다."
그제야 진문공도 눈물을 씻으며,
"경의 뜻이 장하도다."
하고 허락했다.
위주가 따라나서며 말한다.
"내 마땅히 그대를 돕겠소."
두 장수는 나는 듯이 수레에 올라타 곧장 나아갔다. 선진은 군사들에게 많은 기치旗幟를 쥐여주고 산과 숲과 언덕을 지나갈 때마다 꽂게 했다. 그래서 숲 사이마다 기치가 가득 나부꼈다.
위주가 말한다.

"내 듣건대 군사는 소리 없이 쳐들어가야 한다는데, 이렇듯 많은 기치를 꽂아두어 적에게 미리 방비하도록 하는 뜻은 참으로 알 수 없는 일이오."

선진이 대답한다.

"지난날 위나라는 제나라를 섬기다가 요즘에 와서 초나라를 섬기니 만큼, 백성들이 잘 순종하지 않는 것은 중국이 쳐들어오지 않을까 하고 두려워하기 때문이오. 우리 주공께서 제나라의 패권을 계승하려는 이 마당에 우린 결코 약한 모습을 보여선 안 되오. 먼저 그들이 우리에게 위압을 느끼도록 해야 하오."

이때 오록 땅 백성들은 뜻밖에 진나라 군대가 들이닥치자 서로 다투어 성 위로 올라가서 사세만 지켜봤다.

보라! 진나라 정기旌旗가 산림마다 가득히 나부끼고 있지 않은가.

쳐들어오는 진나라 군대가 얼마나 많은지 대중할 수 없었다. 백성들은 기가 질렸다. 성안 성밖 할 것 없이 백성들은 앞을 다투어 달아나 어디론지 숨어버렸다. 오록성 유수留守와 관리들도 달아나는 백성들을 막진 못했다.

선진은 군대를 거느리고 오록성에 당도했다. 모두 어디로 숨어버렸는지 성을 지키는 자는 한 놈도 없었다. 진나라 군대는 북소리만 한 번 울리고 오록성을 함몰했다. 선진은 즉시 사람을 보내어 진문공에게 승리를 알렸다. 승보를 받고서 진문공은 희색이 만면하여 호언을 돌아보며 말한다.

"지난날 그대가 이곳에서 과인에게 땅을 얻을 것이라고 하더니 오늘에야 그 말이 맞았소."

이에 진문공은 노장 극보양郤步揚에게 오록성을 지키도록 명하고 대군을 거느리고 염우斂盂 땅으로 나아가 영채를 세웠다. 이날 염우 땅에서 극곡은 갑자기 병이 나서 드러눕게 되었다.

진문공은 친히 장막으로 가서 극곡을 문병했다.

극곡이 일어나지도 못하고 누운 채 진문공에게 아뢴다.

"신은 이 세상에서 뜻 아니한 많은 은총을 입었습니다. 그래서 간을 뽑아 땅에 바르고 뇌를 땅바닥에 문질러서라도 주공께 보답하려 했는데, 천명에 한정이 있으니 어찌하리이까. 지난날 원수의 깃대가 꺾어져 떨어지던 징조가 이제야 맞아들어가는 것 같으니, 죽음이 조석간에 임박했습니다. 이제 세상을 떠나는 마당에서 주공께 꼭 한말씀 아뢥니다."

"경은 할말이 있거든 다 하오. 경의 말이라면 과인은 뭣이든 다 좇겠소."

극곡이 한숨을 한 번 쉬고 나서 말한다.

"주공께서 지금 조나라와 위나라를 치는 목적은 진실로 초나라를 제압하기 위한 계책이란 걸 잊지 마십시오. 초나라를 제압하려면 먼저 초나라와 우리의 전력을 비교해서 생각하셔야 합니다. 그러기 위해선 제나라와 진秦나라의 힘을 빌려야 하는데, 주공께서는 우선 제나라로 사자를 보내사 제후와 동맹을 맺으십시오. 지금 제나라는 초나라를 미워하고 있습니다. 그래서 제나라도 우리 진晉나라와 손을 잡고자 원할 것입니다. 우리가 제후와 손을 잡기만 하면 위 · 조 두 나라는 겁이 나서 우리에게 화평을 청할 것입니다. 그리고 나서 다시 진秦나라와 동맹을 맺으십시오. 이것이 바로 초나라를 제압할 수 있는 완전한 계책입니다. 주공께서는 신의 말을 잊지 마소서."

진문공은 극곡의 손을 잡으면서,

"경의 말이 옳소."

하고 대답했다.

이에 진문공은 사자를 제나라로 보냈다. 사자는 제나라에 가서 '제환공 때에도 우리 진나라와 귀국은 늘 우호가 두터웠으니 서로 동맹하고 초나라를 물리치자' 고 교섭했다. 이땐 제효공이 세상을 떠난 뒤였다.

백성들은 제효공의 동생 반潘을 군위에 세웠으니 그가 바로 제소공齊昭公이다.

제소공은 갈영葛嬴의 소생이었다. 그는 임금 자리에 오른 뒤 초나라에 양곡 땅을 빼앗겼던 터라, 그렇지 않아도 진나라와 서로 동맹을 맺고 초나라와 겨루고 싶어하던 참이었다. 그는 진문공이 위나라 염우 땅에 주둔하고 있다는 말을 듣자 즉시 어가를 타고 진문공을 만나러 갔다.

한편 위성공은 이미 오록 땅을 잃고 사세가 불리해지자 곧 영속寧速의 아들 영유寧兪를 진군晉軍에게 보내어 사죄하고 화평을 청했다.

진문공이 영유를 꾸짖는다.

"처음엔 조나라로 가는 길을 빌려주지 않더니 이제 사세가 절박해지자 화평을 청하는구나. 이는 결코 너희들의 본심이 아닐 것이다. 과인은 너희 나라 초구楚邱 땅을 짓밟고야 말리라."

영유는 돌아가서 위성공에게 진문공의 말을 전했다. 이때 초구성楚邱城에선 진군이 쳐들어온다는 헛소문이 퍼졌다. 백성들은 당황하여 물 끓듯 했다.

영유가 위성공에게 아뢴다.

"진후晉侯의 노여움은 대단하고 백성들은 공포에 떨고 있습니다. 주공께서는 잠시 성을 버리고 딴 곳으로 몸을 피하십시오. 진후도 주공께서 피신한 사실을 알면 초구로 쳐들어오지는 않을 것입니다."

위성공이 길이 탄식한다.

"지난날 선군이 공연히 망명 유랑하던 진공자晉公子를 푸대접하고, 과인 또한 한때 현명하지 못해 길을 빌려주지 않았다가 이 꼴을 당하는구나. 과인은 백성을 대할 면목마저 없다."

위성공은 대부 원훤과 동생 숙무叔武를 불러 나랏일을 섭정攝政하게 하고 양우襄牛 땅으로 떠나갔다. 동시에 위성공은 대부 손염孫炎을 초나라로 보내 구원을 청했다. 이때가 봄 2월이었다.

염옹髥翁이 시로써 이 일을 읊은 것이 있다.

> 여자를 바치고 말을 보내고 괴상한 짓 다 하더니
> 어려운 고비에 이르러서는 서로 정신을 못 차리는구나.
> 누가 알았으리오. 오록 땅을 휩쓴 자가
> 다름 아닌 지난날에 구걸하던 사람이었을 줄이야!
> 納姬贈馬怪紛紛
> 患難何須具主賓
> 誰知五鹿開疆者
> 便是當年求乞人

그달에 극곡은 군중에서 세상을 떠났다. 진문공은 슬픔을 금할 수 없었다. 극곡의 관은 본국으로 호송되었다. 이에 선진이 오록 땅을 점령한 공로로 그 뒤를 이어 원수가 되었다. 그리고 서신을 하군 보좌로 삼아 선진이 맡았던 자리를 보충했다. 일찍이 조쇠가 '서신은 아는 것이 많습니다' 하고 천거했기 때문에 그 자리를 준 것이다. 진문공은 마침내 위나라를 아주 없애버릴 작정이었다.

원수 선진이 간한다.

“이번에 우리가 위나라를 치는 목적은 초나라에 시달리고 있는 제나라와 송나라를 구출하기 위해서입니다. 지금 제와 송이 초나라의 손아귀에서 벗어나지 못하고 있는데 위나라를 아주 없애버리려는 것은, 천하 패권을 잡으려는 주공으로서 약한 자를 도와야 한다는 덕으로 미루어보아도 훌륭한 일이 못 됩니다. 비록 위나라가 무도하지만 위후는 이미 초구성을 버리고 떠났습니다. 그를 폐위하느냐 그냥 두느냐는 것도 다 우리 맘대로 할 수 있습니다. 이젠 군사를 동쪽으로 옮겨 조나라를 치십시오. 그러면 초군이 위나라를 도우려고 왔을 때엔 우리는 이미 조나라에 가 있을 것입니다.”

진문공은 머리를 끄덕이고 즉시 생각을 고쳤다.

그해 3월에 진군은 마침내 조나라를 포위했다. 이에 조나라 궁에선 조공공曹共公이 여러 신하에게 계책을 물었다.

희부기僖負羈가 나아가 아뢴다.

“진후가 우리 나라를 치는 것은 오랫동안 쌓인 원한 때문입니다. 그러니 그들과 싸워서 승부를 결정할 생각은 마십시오. 만일 주공께서 신을 진군으로 보내주시면 신은 진후에게 가서 사죄하고 화평을 청하여 이 나라 백성을 도탄에서 건져내겠습니다.”

조공공이 의심스러운 듯 묻는다.

“진후는 위나라의 청화請和도 용납하지 않았거늘 어찌 우리 나라를 쉽사리 용서하겠는가?”

대부 우랑于朗이 앞으로 나서며 아뢴다.

“신이 듣건대 희부기는 지난날 진후가 망명객으로 우리 조나라에 왔을 때 남모르게 많은 대접을 했다고 합니다. 그가 자진해서 진군에게 가겠다고 청하는 뜻이 무엇이겠습니까? 그는 우리 조나라를 적에게 팔아넘길 작정입니다. 주공께서는 희부기의 말을 듣지 마십시오. 그리고 먼저 희부기를 참하십시오. 신에게 진군을 물리칠 수 있는 계책이 있습니다."

조공공이 고개를 끄덕이며 명한다.

"그래. 희부기는 나라에 불충한 자이지만 오랫동안 국록을 먹은 신하이므로 죽이는 것은 그만두고 관직만 삭탈하여라."

희부기는 기가 막혔지만 어쩔 도리가 없었다. 그는 조공공에게 살려준 은혜를 칭송하고 궁에서 물러나갔다. 이야말로 창 앞의 밝은 달은 보지 않고서 매화꽃만 곱다는 격이었다.

조공공이 대부 우랑에게 묻는다.

"경의 계책이란 어떤 것인가?"

"진후는 위나라를 쳐서 이긴 것만 믿고서 지금쯤은 몹시 교만해졌을 것입니다. 청컨대 신은 '황혼 때에 성문을 열어드리겠으니 시각을 어기지 말고 친히 입성하라'는 내용의 밀서를 써서 진후에게 보내겠습니다. 곧, 우리는 성안 틈마다 활 가진 정병을 매복시키고 있다가 진후가 성안으로 들어오는 즉시 성문을 닫고 일제히 활로 쏴서 그를 죽이면 만사는 끝납니다."

조공공은 우랑의 계책을 좇기로 했다.

한편, 그날 진문공은 우랑이 보낸 밀서를 받았다. 진문공은 그 밀서를 믿고서 저녁때 성안으로 들어갈 준비를 하게 했다.

그때 선진이 진문공에게 아뢴다.

"조군은 아직 우리와 싸워보지도 않았습니다. 어찌 군대 한 번 부리지 않고서 이렇게 순순히 항복할 리 있겠습니까? 청컨대 이 글이 참인지 거짓인지 한번 시험해봐야겠습니다."

선진은 군사 중에서 수염이 길고 얼굴이 준수하게 생긴 자를 골랐다. 그자에게 진문공의 옷을 입히고 관冠을 씌웠다. 이리하여

가짜 진문공을 대신 보내기로 했다. 시인寺人 발제勃鞮가 가짜 진문공이 탄 수레를 몰고 가겠노라고 자청하고 나왔다.

어느덧 해는 서쪽으로 기울었다. 조성曹城 위엔 항기가 꽂히고 동시에 성문이 활짝 열렸다. 수레에 탄 가짜 진문공은 500여 명의 군사를 거느리고 기세 좋게 달리어 조나라 성문 안으로 들어갔다. 군대가 가짜 진문공을 호위하고 성안으로 반수 이상쯤 들어섰을 때였다. 성 틈 사이에서 느닷없이 활시위 소리가 일제히 일어났다. 화살이 마치 메뚜기 떼 날듯 날았다. 진병晉兵들은 가짜 진문공이 탄 수레를 급히 돌렸다. 그러나 금방 들어온 성문은 이미 굳게 닫혀 있었다. 참으로 참혹한 일이었다.

성안으로 들어간 가짜 진문공은 물론이요, 발제 이하 300여 명의 진병은 무수히 쏘아대는 화살에 맞아 꼼짝없이 쓰러져 죽고 말았다. 다행히 진문공이 들어가지 않았기에 망정이지, 그야말로 곤강崑岡(곤륜산)에 불이 나니 옥석玉石이 함께 탄다〔俱焚〕란 이런 걸 두고 하는 말일 것이다.

지난날 진문공이 한갓 망명객 중이重耳로서 조나라를 지나간 일이 있었기에, 많은 조나라 사람들은 진문공의 얼굴을 알고 있었다. 그러나 그날 밤은 창졸간의 거사여서 진짜 진문공인지 가짜 진문공인지를 분별하지 못했다.

우랑은 조공공에게 가서,

"지금 진후는 죽어 쓰러져 있습니다."

하고 의기양양했다.

그러나 아무리 좋은 일이 있을지라도 과도히 자랑해선 안 된다. 이튿날 아침이었다. 그들은 진문공의 시체를 수습하다가 그자가 가짜인 걸 알았다. 우랑은 얼굴빛이 변했다.

때마침 전날 성안으로 들어가려다가 문이 닫히는 바람에 미처 들어가질 못하고 요행히 도망친 진나라 병사들이 있었다. 그들은 돌아가서 진문공에게 이 사실을 보고했다. 이에 크게 노한 진문공은 총력을 기울여서 조성曹城을 공격했다.

한편 사세가 급한 걸 알고 우랑이 조공공에게 계획을 아뢴다.

"어제 쏴죽인 진병들을 성 위에다 매다십시오. 진군은 자기 친구들의 시체를 보면 사기가 떨어져 성을 치는 데 전력을 발휘하지 못할 것입니다. 그렇게 며칠만 끌고 나가면 틀림없이 그 안에 초나라 군대가 우리를 구원하러 올 것입니다. 이것이 바로 진군을 동요시키는 계책입니다."

조공공은 우랑이 시키는 대로 분부를 내렸다. 진나라 군사들은 조성曹城 위로 긴 막대기에 매달린 죽은 전우들을 보자 삽시간에 맥이 풀렸다. 진나라 군사들은 공격하던 손을 멈추고 성 위에 내걸린 시체만 바라봤다. 그들은 조나라를 원망하며 슬퍼했다.

진문공이 선진에게 묻는다.

"혹 군사들의 마음이 변할까 두렵소. 어찌하면 좋을꼬?"

선진이 대답한다.

"조나라의 분묘는 다 서문西門 밖에 있습니다. 청컨대 군대를 나누어 그 묘지에다 영채를 세우십시오. 그리고 그 무덤들을 파면 조성 안에선 기가 질릴 것입니다. 당황하면 반드시 혼란이 일어나는 법입니다. 그들이 혼란해질 때를 기다려 우리는 그 기회를 이용해야 합니다."

"그러는 것이 좋겠소."

진문공은 선진의 말에 따라 영을 내렸다.

"조나라 묘지를 파헤쳐라."

이에 진군이 일제히,

"조나라 무덤을 파러 가자."
하고 소리소리 외쳤다. 호모와 호언은 휘하의 군대만을 거느리고 서문 밖으로 가서 묘지에다 영채를 세웠다. 그리고 군사들에게 지시했다.

"내일 오시午時까지 해골을 가지고 오되 가장 많이 가지고 온 자에겐 상을 주리라."

그러나 진군이 무덤을 파기도 전에 조성 안에선 진군이 무덤을 판다는 소문이 퍼져 모두 일촌간장一寸肝腸이 찢어지는 듯했다. 즉시 한 관원이 조공공의 분부를 받고 허둥지둥 성 위로 올라갔다. 그 관원이 조공공을 대신해서 진군을 향해 외친다.

"무덤을 파지 마오. 이번엔 진정으로 항복하겠소."

선진이 부하를 시켜 대신 나가서 대답하게 했다.

"너희들은 우리 군사를 유인해서 죽이고 다시 그 시체를 성 위에 내걸었다. 우리는 모두가 격분해서 장차 무덤을 파헤치고 그 원한을 갚으려는 것이다. 그러나 너희들이 죽은 우리 군사를 잘 염하고 관에 넣어서 돌려준다면 우리도 즉시 군대를 거두리라."

"그럼 잠깐만 기다리오."
하고 그 관원이 성 위에서 사라졌다. 잠시 후 관원이 다시 성 위에 나타나서 대답한다.

"분부대로 하겠소. 그러나 사흘 간만 여유를 주오."

진나라 아장亞將이 다시 선진의 말을 받아 성 위의 관원을 쳐다보며 외친다.

"만일 사흘 안으로 모든 시체를 관에 넣어 돌려보내지 않으면 조나라 조종祖宗의 해골부터 파낼 터이니 알아서 하여라."

조공공은 성 위에 매단 시체를 속히 끌어내리게 했다. 조성 안에선 즉시 진병의 시체를 일일이 염하고 재목으로 널을 짜기 시작했다. 사흘 안에 시체들을 다 입관하고 하나하나 수레 위에 실었다.

한편, 선진은 이미 모든 계책을 정하고 있었다. 그는 호모 · 호언 · 난지 · 서신을 불러 병거를 정돈하게 했다. 이에 진군은 사로四路로 나뉘어 각각 매복했다. 진군은 조나라 사람들이 성문을 열고 널들을 내오는 때를 기다려서 일제히 성문으로 쳐들어갈 계획이었다. 마침내 나흘째가 되었다.

선진의 분부를 받고 아장이 성 아래로 가서 큰소리로 외친다.

"오늘은 우리 군사들의 시체를 돌려줄 테냐?"

성 위로 조나라 관원이 나타나 대답한다.

"청컨대 포위를 풀고 군사를 5리만 후퇴시키시오. 곧 시체들을 내드리겠소."

선진은 진문공에게 고하고 군사를 5리 밖으로 후퇴시켰다. 그제야 성문이 열리면서 널을 실은 수레들이 나오기 시작했다. 수레들이 계속해서 3분의 1쯤 성밖으로 나왔을 즈음, 문득 포성이 크게 일어났다. 동시에 사로四路에 매복해 있던 군사들이 일제히 내달아 성문으로 쳐들어갔다. 뜻밖의 상황에 혼비백산한 조나라 사람들은 황급히 성문을 닫으려 했으나 널을 실은 수레들이 열을 지어 나가던 참이어서 뜻대로 되지 않았다. 그 기회를 놓치지 않고 진군은 벌 떼처럼 성문 안으로 쳐들어갔다.

조공공은 성 위에서 친히 조군을 지휘하며 진군을 막았다. 군사를 거느리고 성안으로 들어간 위주는 성 위를 한번 쳐다보고는 나는 듯이 말을 달리다가 다시 말등을 밟고 껑충 뛰어 단번에 성 위로 올라갔다. 위주는 군사를 지휘하던 조공공을 휘어잡아 땅바닥에 메어꽂고는 즉시 결박했다.

사세가 급박해지자 우랑은 성을 넘어 달아나려고 했다. 이를 본 전힐顚頡은 단숨에 달려가서 막 성을 넘으려는 우랑을 끌어내려 한칼에 베어 죽였다. 진문공은 유유히 모든 장수들을 거느리고 성루 위에 올라가서 정식으로 승리의 보고를 받았다. 위주는 결박지은 조공공을 바치고 전힐은 우랑의 목을 바쳤다. 그리고 모든 장수들은 각기 사로잡은 조군 포로들을 바쳤다. 이에 진문공은 조나라 사적仕籍(관리들의 명부)을 가져오라고 해서 친히 보았다.

조나라 관리들 중엔 헌軒이란 수레를 타는 자만 해도 300명이나 있었다. 진문공은 관리 명부를 보고 조나라 관리를 모조리 잡아들였다. 관리 명부 중엔 희부기僖負羈의 이름도 들어 있었다. 진문공이 묻자 조나라 관리 한 사람이 아뢴다.

"희부기는 주공께 진나라와 청화하라고 권하다가 마침내 관리 명부에서 제적되었습니다. 지금 그는 서민으로 있습니다."

진문공이 조공공을 굽어보며 꾸짖는다.

"너의 나라에 단 하나 있는 어진 신하를 능히 쓰지 않고 보잘것없는 것들만 좌우에 두고서 어린애 같은 장난만 했으니 그러고도 망하지 않을 수 있느냐! 여봐라! 조나라 임금을 대채大寨에다 유폐幽閉하여라. 내 초나라를 친 연후에 처분하리라."

조공공은 진군의 대채에 끌려가서 갇혔다. 그리고 진군은 헌이란 수레를 타고 다니던 조나라 관원 300명을 모조리 극형에 처하고 그들의 집과 재산을 몰수했다.

진문공은 그 몰수한 집과 재산을 군사들에게 상으로 내주고 위로했다. 다시 진문공은 지난날 자기가 망명객으로 조나라를 지나갈 때 희부기가 음식을 가지고 와서 대접해준 은혜를 갚기 위해 북문에 있는 가장 큰 집을 그에게 주었다.

"저 북문 일대는 항상 조용하게 하여라. 만일 희씨僖氏를 놀라게 하거나 그곳 풀 한 포기나 나무 한 그루라도 건드리는 자가 있으면 참형斬刑에 처하리라."

이리하여 진군의 반은 조성을 지키고, 반은 진문공의 대가大駕를 따라 대채로 갔다.

호증胡曾 선생이 그 당시 일을 읊은 시가 있다.

조공공은 어진 신하를 업신여기다가 사로잡혔고
희부기는 은혜를 베푼 일이 있어 죽음을 면했도다.
사람이 제반 일에 방편을 쓸 줄 모르면
나중에 옳고 그른 것을 알았대도 무슨 소용 있으리오.
曹伯慢賢遭縶虜
負羈行惠免誅夷
眼前不肯行方便
到後方知是與非

위주와 전힐 두 사람은 자기들이 적지 않은 공훈을 세웠다고 평소부터 매우 교만하고 방자했다. 그들은 진문공이 희부기를 끔찍이 후대하는 걸 보고서 화가 났다.

위주가 분연히 말한다.

"이번에 우리가 조후를 사로잡고 적장의 목을 바쳤는데 주공께서는 한마디 위로도 않는구나. 지난날 음식 대접 좀 받은 것이 뭣이 그리 대단하다고 희부기에겐 후한 인정을 쓰는 건가. 이건 사리를 분별 못하는 수작이다."

전힐이 맞장구를 친다.

"만일 우리 진나라에서 희부기를 데려다 쓴다면 반드시 높은 벼슬을 주겠지. 그렇다면 우리는 보잘것없는 희부기 밑에서 치사스런 꼴을 당할 것이오. 차라리 그 집에다 불을 놓아 그놈을 태워 죽입시다. 그래야만 우리에게 후환이 없을 것이오. 또 주공이 나중에 알게 될지라도 우리를 죽이진 못할 것이오."

위주는 오랜만에 속시원한 소릴 들었다. 그가 연방 머리를 끄덕이면서 대답한다.

"그거 참 근사한 말이오."

두 사람은 밤늦게까지 권커니 잣거니 술을 마셨다. 밤은 깊고 사방은 고요했다. 그들은 군졸들을 거느리고 가서 희부기의 집을 포위했다. 그리고 그 집 사방에다 불을 질렀다. 순식간에 화염은 하늘을 찌르며 치솟아올랐다.

술 취한 위주는 취한 김에 자기 용기만 믿고서 몸을 솟구쳐 문루門樓 위로 뛰어올라갔다. 그는 다시 불 속을 뚫고 대들보 위로 올라가 나는 듯이 달리며 희부기를 찾아내어 자기 손으로 죽여버리려고 혈안이 되어 날뛰었다.

한데 누가 알았으랴! 대들보를 받치고 있던 큰 기둥이 시뻘겋게 타들어가고 있는 것을!

삽시간에 기둥이 불덩어리가 되어 쓰러지면서 대들보가 내려앉았다. 그와 함께 위주는 밑으로 굴러떨어져 큰대 자로 나자빠졌다. 순간 그는 하늘이 무너지고 땅이 찢어지는 듯한 소리를 들었다. 동시에 다른 불기둥이 혀를 날름거리면서 위주의 가슴 위로 떨어졌다. 위주는 소리도 지르질 못했다. 그의 입에서 대뜸 시뻘건 피가 흘러나왔다. 앞뒤에선 불덩어리가 빗발치듯 떨어졌다.

그러나 위주는 과연 무서운 장수였다. 그는 기둥을 밀어젖히고 일어나 이리저리 비틀거리면서 겨우 바깥으로 빠져나왔다. 그의 의복 그대로가 바로 불덩어리였다. 그는 겨우 생화장을 면했을 뿐이었다.

비록 용맹한 위주지만 바깥으로 나오자마자 땅바닥에 쓰러졌다. 전힐과 군사들은 즉시 달려가 위주를 떠메고 나무 밑으로 가서 옷을 벗겼다. 그리고 즉시 수레에 싣고서 그곳을 떠났다.

한편 성안에 머물고 있던 호언과 서신은 북문 쪽에서 불이 일어난 걸 보고 군변이 일어난 줄 알았다. 그들은 황급히 군대를 거느리고 불이 난 곳으로 달려갔다. 바로 희부기의 집이 타오르는 중이었다.

군사들이 불을 끄기 시작했으나 벌써 집 전체가 불덩어리였다. 군사들은 그 집안 사람들과 함께 불을 끄다가 연기에 숨이 막혀 쓰러져 있는 희부기를 끌어냈다. 희부기는 화독火毒을 마셔서 정신을 잃고 있었다. 다만 희부기의 아내만은 불이 났을 때 희씨 집안에 자손이 끊어져서는 안 된다 하고 다섯 살 먹은 희록僖祿을 안고 후원으로 달려가서 우중충한 못〔池〕 속에 몸을 피한 덕분으로 죽음을 면했다.

오경五更이 되어서야 불길이 사그라들었다. 희씨 집 시종배들만 해도 죽은 자가 10여 명이나 되었다. 그리고 근방에 있는 백성의 집도 수십 채나 타버렸다.

먼동이 터오르면서 날이 활짝 밝았다. 그제야 호언과 서신은 위주와 전힐이 방화한 걸 알고 크게 놀랐다. 사건이 사건인 만큼 묵살해버릴 순 없었다. 보발군이 급히 말을 달려 대채로 갔다. 대채는 성에서 5리 밖에 있었다.

그날 밤 성안에서 일어난 불빛이 대단하긴 했으나 그리 명백하지 않았기 때문에 이튿날에야 진문공은 이 놀라운 보고를 받았다. 진문공은 즉시 대가大駕를 타고 조성의 북문으로 가서 친히 희부기의 병상을 찾았다. 병상에 누운 희부기는 눈을 크게 뜨고 말없이 진문공을 바라보더니 이내 눈을 감았다. 그것이 마지막으로 감은 눈이었다. 진문공은 크게 탄식했다. 희부기의 아내는 다섯 살 먹은 희록을 안고 진문공 앞에 절하고는 땅바닥에 쓰러져 통곡했다.

진문공이 눈물을 닦으면서,

"어진 형수兄嫂여, 과도히 슬퍼 마오. 내 그대들을 돌봐주리다."

하고 즉시 품속에 안겨 있는 어린 희록에게 진나라 대부 벼슬을 주었다. 그리고 많은 황금과 비단을 하사했다. 희부기의 장사는 성대히 끝났다. 진문공은 그들 모자를 데리고 진나라로 돌아갔다.

그후 조공공이 다시 석방되어 조나라를 다스리게 되었을 때 희부기의 아내는 고국에 돌아가서 남편 무덤을 성묘하겠다고 청했다. 진문공은 사람을 시켜 그들 모자를 조나라로 호송했다. 그후 희록은 장성하여 조나라에서 벼슬을 살며 대부가 되었다. 그러나 이건 다 다음날의 이야기다.

그날로 진문공은 사마 조쇠를 불러 추상같이 호통을 쳤다.

"명령을 어기고 방화한 위주와 전힐은 죽어야 마땅하다!"

조쇠가 간곡히 아뢴다.

"하지만 두 사람은 지난날에 주공을 모시고 19년 동안이나 망명 생활을 하면서 갖은 고생을 다했습니다. 또 이번에도 큰 공을 세웠습니다. 그러니 한 번만 용서하십시오."

그러나 진문공의 분노는 대단했다.

"과인이 백성으로부터 신임을 받는 것은 법령이 있기 때문이다. 명령을 어기는 자는 신하가 아니며, 신하에게 명령을 실천하도록 못한 자는 임금일 수 없다. 임금이 임금의 짓을 못하고 신하가 신하의 도리를 안 한다면 어떻게 나라를 세우리오. 과인을 위해 수고한 대부로 말하면 헤아릴 수 없을 정도로 많다. 그들이 다 임금의 명령을 어기고 제 맘대로 행동한다면 과인은 이후부터 명령을 내릴 수 없지 않은가?"

조쇠가 다시 아뢴다.

"주공의 말씀은 지당하십니다. 그러나 위주는 진실로 무서운 장수입니다. 다른 장수가 많다고 해야 그를 따를 수 없습니다. 그를 죽인다는 것은 무엇보다도 아까운 일입니다. 더구나 이번에 방화하자고 먼저 말한 사람은 전힐이었다고 합니다. 하나만 죽여도 모든 사람을 경계할 수 있으리라고 믿습니다. 그러니 두 사람을 다 죽일 필요는 없지 않습니까?"

"내 듣건대 위주는 가슴을 다쳐서 일어나지도 못한다더구나! 언제 죽을지 모르는 그까짓 폐인을 무엇이 아깝다고 살려두어 법까지 굽히리오."

"그럼 신이 주공의 분부로서 그에게 가보겠습니다. 그가 살아날 가망이 없으면 주공 말씀대로 죽여버리십시오. 다시 싸움터에 나가서 싸울 수 있을 것 같으면 범 같은 그를 살려뒀다가 일단 급할 때에 쓰도록 하십시오."

진문공은 아무 말 않고 조용히 머리만 끄덕였다. 조쇠는 위주에게 문병을 갔다. 한편 순림보荀林父는 전힐을 잡으러 갔다. 장차 두 장수의 목숨은 어찌 될 것인가.

진晉과 초, 성복城濮에서 크게 싸우다

조쇠는 비밀리에 진문공晉文公의 분부를 받고 수레를 타고 위주에게 갔다. 이때 위주는 화상 입은 몸으로 침상에 누워 있었다. 시자가 들어와서 고한다.

"밖에 문병 오신 분이 있습니다."

위주가 반쯤 몸을 일으키며 묻는다.

"몇 사람이나 왔느냐?"

"사마司馬 조쇠께서 혼자 수레를 타고 오셨습니다."

위주는 모든 걸 짐작했다.

"내가 죽게 됐나 살게 됐나를 보고서 군법으로 다스리려는 것이구나. 너희는 어서 가서 비단을 필로 들여오너라. 그리고 그 비단으로 불에 탄 내 가슴을 감아라. 내 마땅히 나가서 조쇠와 만나리라."

좌우 부하들이 말린다.

"장군의 병은 이만저만 중한 것이 아닙니다. 경솔히 몸을 움직이지 마십시오."

위주가 큰소리로 꾸짖는다.

"비록 병이 위중하나 죽을 지경에 이르지는 않았다. 너희들은 잔말 말고 시키는 대로만 하여라!"

마침내 위주는 비단으로 가슴을 휘감고 나갔다.

조쇠가 묻는다.

"장군의 병이 대단하다는 말을 들었는데 이렇게 일어날 수 있는지요? 주공께서 그대의 고통이 어떠한가 보고 오라 하십디다."

"주공主公의 분부가 이처럼 간곡하신데 어찌 누워서 대할 수 있습니까. 그래서 굳이 불에 탄 가슴을 비단으로 감고 나왔소이다. 내가 이번에 저지른 죄는 만번 죽어도 마땅합니다. 그러나 만일 주공께서 한 번만 용서해주신다면 내 얼마 남지 않은 목숨을 바쳐서 죽기 전에 군부君父에 대한 은혜를 갚겠습니다."

위주는 두 발을 굴러 세 번을 높이 뛰어오르고 몸을 뒤틀며 춤추듯 세 번을 달렸다.

조쇠가 정중히 말한다.

"장군은 병을 잘 조섭하시오. 내가 주공께 가서 잘 말씀드리리다."

조쇠는 수레를 타고 진문공에게로 돌아갔다.

"위주는 비록 화상을 입었으나 능히 높이 뛰고 널리 달리기도 했습니다. 그는 신하로서 예의를 잃지 않고 주공에 대한 충성이 넘쳐흐르고 있었습니다. 이번에 주공께서 그를 용서하시면 그는 장차 주공을 위해 신명身命을 바칠 것입니다."

진문공이 부드러운 목소리로 대답한다.

"나는 모든 사람에게 법의 존엄을 알리고자 했을 뿐이오. 과인인들 어찌 그를 죽이고 싶겠소."

이때 순림보荀林父가 전힐을 결박지어 끌고 들어왔다. 진문공이 계단 아래에 꿇어앉은 전힐을 굽어보고 추상같이 호령한다.

"네 이놈, 무슨 뜻으로 희부기 집에 불을 질렀느냐?"

전힐이 머리를 꼿꼿이 쳐들고 대답한다.

"지난날 개자추介子推는 자기 살점을 베어 주공께 먹였건만 결국 불에 타죽었습니다. 한데 희부기가 주공에게 음식 한번 대접한 것이 뭣이 그리 대단합니까? 신은 희부기를 죽여 개자추의 사당에 바칠 생각이었습니다."

진문공이 분기충천하여,

"개자추는 스스로 벼슬을 마다하고 달아난 사람이다. 과인이 그를 버리지 않았으니 어쩌란 말이냐?"

하고 다시 조쇠에게 묻는다.

"이번에 방화한 주모자가 바로 이 전힐이다. 임금의 명을 어긴 자에겐 어떤 처벌을 내려야 마땅하냐?"

조쇠가 대답해 아뢴다.

"그 목을 끊어야 합니다."

"저놈을 끌어내어 목을 참하여라."

진문공의 분부를 듣고 도부수刀斧手들이 전힐을 끌고 나갔다. 이날 전힐은 원문轅門 밖에서 한칼에 목을 잃고 쓰러졌다. 진나라 장수들은 희씨 집에 가서 전힐의 목을 바치고 죽은 희부기에게 제사를 지냈다. 그리고 전힐의 목을 북문에 내걸었다. 동시에 북문엔, '이후 과인의 명령을 어긴 자는 이처럼 되리라' 하는 게시揭示가 나붙었다.

다시 진문공이 조쇠에게 묻는다.

"위주는 전힐의 권유를 말리지 않고 따라갔으니 그 죄가 무엇에 합당하냐?"

조쇠가 대답한다.

"그 직위를 내리고 앞으로 공을 세워 속죄하게 하십시오."

이리하여 위주는 차우車右의 자리에서 쫓겨났다. 그 대신 주지교舟之僑가 차우의 직위를 맡아보게 되었다. 모든 장수와 군졸들이 서로 돌아보며 말한다.

"전힐과 위주는 19년 동안이나 주공을 모시고 망명 생활을 하며 큰 공을 세운 사람들이다. 그들은 주공의 명령을 단 한 번 어겼거늘 하나는 죽음을 당하고 하나는 추방됐다. 그러니 그외의 다른 사람이야 일러 무엇하리오. 국법엔 추호도 사정私情이 없으니 서로 조심해야 하네."

이런 후로 진나라 삼군은 더욱 기강이 바로 섰다.

사관이 시로써 이 일을 읊은 것이 있다.

나라가 어지러우면 법만 무서워지나니
이럴 수도 저럴 수도 없는 딱한 경우가 많다.
한 번만 명령을 어기면 아무리 공이 있어도 소용없으니
하필이면 부귀영화를 욕심내어 무엇 하리오.
亂國全憑用法嚴
私勞公議兩難兼
祇因違命功難贖
豈爲盤飧一夕淹

한편 초성왕楚成王은 송나라로 쳐들어가 민읍緡邑 땅을 함몰했다. 그리고 바로 송나라 도읍 수양睢陽 땅에 이르렀다. 초군은 성의 사면을 포위하고 한쪽으로는 진지를 쌓아올렸다. 초군은 성안이 곤핍해질 때까지 세월 없이 포위만 하고 있다가, 때가 오면 범처럼 달려들어 하루아침에 항복을 받아낼 작정이었다. 어느 날 위나라 사신 손염孫炎이 와서 초군에게 황급히 구원을 청했다.

초성왕이 묻는다.

"그간 경과를 자세히 말하오."

손염이 자세한 사정을 아뢴다.

"진군은 물밀듯 위나라로 쳐들어와서 오록五鹿 땅을 함몰했습니다. 우리 위나라 임금께선 지금 양우襄牛 땅에 몸을 피하고 계시는 실정입니다. 만일 대왕께서 속히 구원해주지 않으시면 우리나라 초구성楚邱城은 머지않아 함몰됩니다."

듣고 보니 위나라 사세는 급했다. 초성왕이 말한다.

"위후가 지금 매우 곤경에 처해 있다 하니, 내 위나라를 돕지 않을 수 없구나."

초성왕은 신申 · 식息 두 고을의 군사를 반씩 나누어 반은 송나라에 머물게 하고, 반만 거느리고서 위나라로 가기로 했다. 그리고 원수 성득신과 투월초鬭越椒 · 투발 · 완춘宛春 등은 진陳 · 채蔡 · 정鄭 · 허許 네 나라 제후와 함께 계속 송나라를 포위했다. 이에 초성왕은 친히 위여신, 투의신鬭宜申 등과 함께 중군과 양광兩廣(초나라 군사 편제로, 좌우에 2광을 뒀는데 1광은 병거 15승으로 편성되어 있다)을 거느리고 위나라를 구원하러 갔다. 초성왕이 떠난 후 진 · 채 · 정 · 허 네 나라 제후들은 서로 짜고서,

"우리 나라에도 그간 무슨 일이 있었는지 궁금해서 이젠 장수들만 남겨두고 돌아가봐야겠소."

하고 인사하고 각기 본국으로 돌아가버렸다. 이리하여 진나라 장

수 원선轅選과 채나라 장수 공자 인印과 정나라 장수 석계石癸와 허나라 장수 백주百疇만이 남아서 초나라 장수 성득신을 도왔다.

한편 초성왕은 급히 위나라로 가다가 도중에서, 진군晉軍이 이미 위나라를 떠나 조나라로 옮겨갔다는 보고를 받았다. 그래서 초성왕은 이번엔 조나라를 구원하기 위해서 장수들과 상의했다. 그런 지 얼마 안 되어서다. 진군이 이미 조나라를 격파하고 조공공曹共公까지 사로잡았다는 보고가 들어왔다. 이 보고를 받고 초성왕은 크게 놀랐다.

"진후晉侯의 작전이 어찌 이다지도 신속한고!"

그는 탄식하고 일단 신성申城 땅에 주둔했다. 동시에 초성왕은 제나라로 사람을 보내어 양곡 땅을 지키고 있는 공자 옹雍을 소환했다. 그동안 초군에게 점거됐던 양곡 땅은 다시 제나라 것이 되었다. 초성왕은 다시 신공申公 숙후叔侯를 제나라로 보내어 강화하고 그곳에 주둔하고 있는 군대마저 철수시켰다. 다시 초성왕은 사람을 송나라로 보내어 성득신을 소환하는 동시에 다음과 같은 전갈을 보냈다.

진후는 국외에서 19년 간이나 망명 생활을 하고 나이 육십이 넘어서 진나라 군위에 오른 사람이다. 그는 이 세상에서 갖은 고생을 다 겪어서 백성들 사정에 통달하게 되었다. 그러므로 하늘이 그에게 수명을 주어 진나라를 번영시키는 것이 아니고 무엇이겠는가. 그러니 우리 초나라는 진나라를 적대시할 수 없다. 이런 의미에서 제나라 양국 땅을 점령하고 있는 우리 나라 군대도 다 철수시켰다. 그러니 그대도 곧 돌아오너라.

그러나 성득신은 초성왕의 기별을 받고 분노했다. 성득신이 자기 재주만 믿고서 장수들에게 불평한다.

"송나라 성이 머지않아 함락될 판국인데 어찌 돌아갈 수 있으리오."

장수 투월초 또한 투덜댄다.

"지금까지 송나라를 공격했는데 돌아가다니 말이 안 되오."

성득신이 사자에게 말한다.

"그대는 돌아가서 왕께, '머지않아 득신은 송나라를 격파하고 개가를 부르면서 돌아가겠습니다. 그동안에 만일 진군과 만나게 되면 일대 결전까지 할 각오입니다. 만일 득신이 적을 이기지 못하면 그때는 어떠한 군법도 달게 받겠습니다' 고 말하더라고 나의 뜻을 전하여라."

이에 사자는 돌아가서 초성왕에게 성득신의 말을 전했다. 초성왕이 자문子文을 불러 묻는다.

"내 득신을 소환했으나 득신은 돌아오지 않고 끝까지 싸우겠다고만 하니 경의 뜻은 어떠하오?"

자문이 대답한다.

"진晉나라가 송나라를 구원하는 뜻은 바로 천하 패권을 잡기 위해서입니다. 만일 진나라가 패권을 잡는다면 우리 초나라는 대단히 불리해집니다. 사실 진나라 세력과 대항할 수 있는 곳은 우리 초나라뿐입니다. 그런데 우리 초가 진을 피하면 패권은 진에게 돌아가고 맙니다. 그러고 나면 지금까지 우리 나라를 섬기던 조나라나 위나라도 다 세력을 따라 진나라에 붙을 것입니다. 당분간 군사를 철수시키지 말고 그냥 송나라를 포위하게 두십시오. 그래야만 조 · 위 두 나라도 우리 초나라에 변심하지 않고 진군에게 대항할 수 있습니다. 다만 성득신에게 사람을 보내어 경솔히 진군과 싸우지 말게 하고 시기를 보아 적당히 송나라와 강화한 후 돌아오라 하십시오. 그러면 남쪽과 북쪽에 대한 우리의 판국을 잃지 않을 것입니다."

초성왕이 자문의 계책을 좇아 사자에게 분부한다.

"너는 다시 성득신에게 가서 과인의 말을 전하되, 첫째 적과 경솔히 싸우지 말라고 하여라. 그리고 가히 강화할 만하거든 송나라와 강화하라고 일러라."

사자는 다시 송나라를 포위하고 있는 성득신에게로 갔다. 성득신은 사자로부터 초성왕의 전갈을 듣고 기뻐했다. 이에 성득신은 밤낮없이 송나라 성지城池를 공격했다.

한편 송성공宋成公은 지난날 공손고公孫固가 진晉나라에 구원을 청하러 갔다가 돌아와서,

"진후가 말하기를 '내 장차 조 · 위 두 나라를 침으로써 초군이 송나라 포위를 풀도록 할 터이니 그동안 전력을 기울여 굳게 지키라.'"

했다는 말만 믿고 있었다. 과연 그후 초성왕은 군사 반을 나누어 거느리고 위나라를 구원하러 떠났다. 그러나 웬일인지 성득신은 반밖에 남지 않은 군대로 더욱 맹렬히 송성宋城을 공격해왔다. 송성공은 앞으로 이 일이 어떻게 될 것인지 몹시 당황했다. 점점 송나라에 위기가 닥쳐왔다.

대부 문윤門尹• 반般이 송성공에게 아뢴다.

"진후는 아마 초나라 군대가 위나라를 구원하러 떠난 줄만 알고, 아직도 초군이 우리 송나라에 남아서 맹렬히 공격하고 있다는 건 모르는 모양입니다. 그러니 신은 죽음을 무릅쓰고 성을 벗어나 진후에게 가서 구원을 청하겠습니다."

송성공은 비장한 목소리로,

"두 번씩이나 구원을 청하러 가는 터에 어찌 빈손으로 갈 수 있겠는가."

하고 부고府庫 속에 있는 여러 가지 보배와 구슬과 귀중한 기물器物의 수효와 그 물목物目을 책에 적게 했다.

그리고서 송성공이 말한다.

"이 보물 목록을 가지고 가서 진후에게 바치고, '우리 나라에서 초군을 물러가게만 해주시면 그때엔 이 목록에 있는 물품을 다 바치겠습니다' 하고 부탁하여라."

문윤 반이 그 보물 목록을 품속에 넣고 말한다.

"누구고 한 사람만 더 함께 가게 해주십시오."

송성공은 머리를 끄덕이고 화수로華秀老와 동행하게 했다. 이에 문윤 반과 화수로는 송성공께 하직하고 그날 밤에 줄을 붙들고 성밖으로 내려갔다. 그들은 두더지처럼 어둠 속을 기어서 날이 밝기 전에 겨우 초군의 포위망에서 벗어나는 데 성공했다. 그들은 수일 후에야 진군이 있는 곳에 당도했다.

그들이 진문공 앞에 가서 울며 애원한다.

"우리 송나라는 초나라 군사에게 포위되어 언제 망할지 조석을 헤아릴 수 없습니다. 이제 부고에 있는 물건도 소용없는 것이 되었습니다. 원컨대 이 목록을 받으시고 송나라 처지를 불쌍히 생각해주소서."

이날 진문공이 선진에게 말한다.

"송나라가 매우 위급한 모양이오. 우리가 도와주지 않으면 송나라는 멸망할 것이나, 가서 도와주자니 반드시 초나라 군사와 싸워야 할 판이오. 지난날 극곡이 세상을 떠날 때 과인에게 유언하기를, 제나라와 진秦나라 힘을 빌리기 전에는 결코 초나라 군사와 싸우지 말라고 했소. 그런데 이번에 초나라는 점령했던 양곡 땅을 제나라에 돌려주고 서로 우호를 맺었으며, 또 진秦나라는 원래부터 초나라와 아무 원수 진 일이 없구려. 그러니 제 · 진 두 나라가 우리와 함께 손을 잡지 않겠다면, 우리는 어찌해야 좋겠소?"

선진이 대답한다.

"신에게 계책이 하나 있습니다. 우리가 시키지 않아도 제와 진秦 두 나라가 자진해서 초군과 싸우도록 하겠습니다."

진문공이 흔연히 묻는다.

"경은 무슨 묘한 계책이 있기에 제 · 진 두 나라로 하여금 자진해서 초나라 군사와 싸우게 한단 말이오?"

"이번에 송나라가 우리에게 뇌물로 바치겠다는 물품 목록을 보면 다 대단한 보물들입니다. 주공께서 그 뇌물을 받고 그들을 구원한다면 우리의 대의명분이 서지 않습니다. 그러니 주공께서는 뇌물을 사양하시고 그 대신 송나라로 하여금 우리 진晉나라에 바치려던 그 뇌물을 나누어서 직접 제 · 진秦 두 나라에 바치도록 하는 동시에 그저 송나라에서 초군이 물러가도록 주선만 해달라고 애걸하라 하십시오. 그렇게만 하면 제와 진은 송나라 뇌물을 받고서 반드시 초군에게 사자를 보내어 군사를 철수하라고 권할 것입니다. 그리고 만일 초군이 그 권고를 듣지 않으면 제 · 진 두 나라는 자연 초나라를 미워하게 됩니다."

"그건 그렇다 치고 만일 초군이 제와 진의 권고를 받아들여 송나라에서 물러가고 그것 때문에 이후부터 송나라가 초나라를 섬기게 된다면 우리로선 아무 이익도 없지 않소?"

"신에게 또 한 가지 계책이 있습니다. 다름 아닌 초군으로 하여금 제 · 진 두 나라의 권고를 거절하게 하는 방법입니다."

진문공이 몸을 앞으로 내밀며 묻는다.

"경은 또 무슨 묘한 계책이 있기에 초군으로 하여금 제 · 진 두 나라의 권고를 거절하게 할 수 있단 말이오?"

"초왕은 조 · 위 두 나라를 무던히 사랑하고 있습니다. 그래서 송나라가 지금까지 초나라를 질투해온 것입니다. 그런데 이번에 우리 진나라 군사가 위후를 몰아내고 조후를 사로잡았습니다. 이를테면 위 · 조 두 나라 땅이 다 주공의 손아귀에 들어온 것입니다. 주공께선 두말 마시고 우리 수중에 든 두 나라를 송나라에 주어버리십시오. 그러면 초나라는 이를 갈면서 송나라를 더욱 미워할 것입니다. 일이 이쯤 된 바에야 제 · 진秦 두 나라가 아무리 권한대도 초군이 물러갈 리 있겠습니까? 제 · 진 두 나라가 송나라를 동정하면 동정할수록 초와 그들 사이는 원수지간이 될 것입니다. 그렇게 되면 제 · 진 두 나라는 우리가 잠자코 있어도 우리 진晉과 손을 잡겠다고 자청해서 올 것입니다."

진문공이 소리 없이 웃으며 찬탄한다.

"경의 계책이 참으로 묘하오."

마침내 송나라 사자 문윤 반은 진문공이 시키는 대로 보물 수효와 물품을 반반씩 나눠서 목록 두 개를 만들었다. 반씩 나눈 보물목록을 각기 하나씩 가지고 문윤반은 진秦나라로 가고, 화수로는 제나라로 갔다.

제나라에 당도한 화수로가 제소공齊昭公에게 절하고 애원한다.

"진晉 · 초 두 나라는 서로를 미워하고 있으므로 군후君侯께서 이번에 힘써주지 않으시면 우리 송나라는 망합니다. 만일 군후께서 우리 송나라 위기를 구제해주시기만 하면 우리 주공께서 어찌 선조 때부터 내려오는 모든 보물과 귀중한 그릇 등속을 군후께 아끼겠습니까. 평화스러워지면 즉시 현물을 바치기로 하고 우선 보물 목록만 가지고 왔습니다. 뿐만 아니라 우리 송나라는 자손 만대에 이르기까지 제나라의 은혜를 잊지 않겠습니다."

제소공은 화수로가 바친 송나라 보물 목록을 보자 은근히 구미가 동했다.

"지금 초나라 임금은 어디에 있소?"

화수로가 대답한다.

"초왕은 군사를 거느리고 벌써 우리 송나라에서 신申 땅으로 물러갔습니다. 그런데 초나라 권력을 잡고 있는 영윤 성득신이 '송나라가 항복해야만 돌아가겠다' 면서 자기 일신 공로를 탐한 나머지 물러가지 않고 밤낮없이 송성을 공격하고 있습니다. 그래서 이렇듯 신이 군후께 와서 애원하는 것입니다."

제소공이 머리를 끄덕이면서 대답한다.

"초왕은 지난날 우리 양곡 땅을 점령했다가 요즘 그 땅을 우리 제나라에 돌려주고 우호까지 맺고서 물러갔소. 실로 초왕은 공명심이 없는 분이오. 그런데 영윤 성득신이 아직도 송나라를 포위한 채 공격하고 있다니, 과인이 송나라를 위해서 간곡히 힘써보겠소."

이어 제나라에선 최요崔夭가 제소공의 분부를 받고 사자가 되어 성득신을 설복하려고 송나라로 갔다. 제나라 사자 최요는 초나라 장수 성득신에게 송나라에서 물러갈 것을 권고했다.

한편 문윤 반은 진秦나라에 가서 보물 목록을 바치고, 화수로가 제나라에서 말한 것과 똑같은 말을 하고 애원했다. 이에 진목공秦穆公은 송나라를 위해 공자 칩縶을 초나라 장수 성득신에게 보냈다. 제와 진秦은 사전에 서로 만나 의논도 않고 각기 사자를 보냈고, 문윤 반과 화수로는 다시 진문공에게 돌아가서 그간 경과를 보고했다.

이에 진문공이 분부한다.

"과인이 이번에 조·위 두 나라를 차지했지만 이 두 나라는 다 송나라와 가까우니 우리 진晉나라 혼자만이 차지할 수 없소. 하니 호언狐偃은 송나라 문윤 반과 함께 위나라를 다스리고, 서신胥臣은 송나라 화수로와 함께 조나라를 차지하오. 그리고 그대들은 위·조 두 나라의 옛 신하들을 다 국외로 추방하고 새로운 기풍으로 정치를 하오."

한편 제나라 사자 최요와 진秦나라 사자 공자 칩은 초군 막하에 머물면서 성득신에게 송나라와 강화하라고 열심히 권유했다. 그런데 쫓겨난 조·위 두 나라 신하들이 계속 들이닥쳤다. 그들이 성득신에게 호소한다.

"송나라 대부 문윤 반과 화수로는 진晉나라 위세만 믿고 와서 신들의 두 나라를 몽땅 차지하고 우리들을 이처럼 추방했습니다."

이 말을 듣자 성득신은 화가 머리끝까지 치솟았다. 성득신은 분을 삭일 수 없어 제·진秦 두 나라 사자를 돌아보고 버럭 소리를 질렀다.

"자, 두 분도 들으셨지요? 간악한 송나라 놈들이 또 나를 속이고 어느 틈에 우리 초나라가 가장 사랑하는 조·위 두 나라까지 차지했습니다. 이젠 송나라와 강화하라느니 송나라에서 퇴군하라느니 그런 말은 일체 하지 마십시오. 난 이 이상 참을 수 없소이다."

최요와 공자 칩은 일이 이쯤 되고 보니 더 권할 수도 없었다. 그들은 더 있어봤자 별 뾰족한 수가 없을 것을 알고 성득신에게 인사만 하고 각기 본국으로 떠났다.

한편 진문공에게 기다리던 소식이 왔다.

"세작細作(첩자)의 보고에 의하면 드디어 성득신이 제 · 진秦 두 나라의 권고를 거절했다고 합니다."

진문공이 몇 번이고 머리를 끄덕이면서 분부한다.

"그럼 도중에서 기다리고 있다가 본국으로 돌아가는 제 · 진 두 나라 사자를 이곳으로 데리고 오너라."

즉시 진晉나라 장수들은 도중에서 기다리고 있다가 돌아가는 두 나라 사신을 영접해서 본영으로 데리고 왔다. 진문공은 잔치를 차려 최요와 공자 칩을 성대히 대접했다.

진문공이 그들에게 은근히 부탁한다.

"원래 초나라 장수 성득신은 교만하고 무례한 사람이오. 그들은 즉시 우리 진군晉軍과 싸우기를 원하고 있소. 그러니 바라건대 두 분은 각기 본국에 돌아가서 이번 사태를 군후께 잘 아뢰고 우리 진과 함께 초군을 쳐주셨으면 감사하겠소."

이에 최요와 공자 칩은 진문공의 부탁을 받고 각기 본국으로 돌아갔다.

한편 성득신이 모든 장수에게 말한다.

"조 · 위 두 나라를 독립시키지 못하면 차라리 죽을지언정 회군하지 않으리라."

초나라 장수 완춘宛春이 계책을 말한다.

"소장小將에게 한 가지 계책이 있습니다. 우리는 싸우지 않고도 조 · 위 두 나라를 독립시킬 수 있습니다."

"그 계책을 말하오."

"진후晉侯가 위나라 임금을 도망치게 하고, 조나라 임금을 사로잡은 것은 다 송나라를 위해서 한 짓입니다. 그러니 원수께서는 사자를 진군晉軍에게 보내어 좋은 말로 화평을 청하되, 진후가 다시 조 · 위 두 나라 임금을 복위시키고, 그 땅을 다 돌려주기만 하면 우리도 지금까지 송나라 성을 포위하고 있던 것을 풀겠다는 조건으로 교섭하십시오. 그리고 초와 진晉이 싸우지 않고 서로 화해한다면 이 얼마나 아름다운 일인가를 강조하십시오."

성득신이 한참 생각하다가 다시 묻는다.

"만일 진후가 우리의 교섭을 거절하면 어찌할꼬?"

완춘이 웃으며 대답한다.

"그렇다면 원수께서 먼저 송나라의 포위를 풀고, 송나라 사람들에게 우리가 공격하지 않는 이유를 설명해주십시오. 지금 송나라 사람들은 어떻게 해서라도 우리 초군의 손아귀에서 벗어나기만을 원하고 있습니다. 그들은 우리 초와 진이 서로 화해해서 무엇보다도 우선 자기네가 살아나야겠다는 생각뿐입니다. 그런데 우리 초군은 화해하기를 청하건만 진후가 들어주지 않는다고 하면 송나라는 진후를 얼마나 원망하겠습니까? 그렇게 되면 우리는 조 · 위 · 송 세 나라의 원한을 한데 합쳐서 진나라 하나를 당적하게 할 수 있습니다. 그러면 우리는 안심하고 진군을 격파할 수 있습니다."

성득신이 머리를 끄덕이고서 다시 묻는다.

"그럼 진군에게 보낼 사자로 누가 마땅할꼬?"

"만일 원수께서 허락만 한다면 소장이 직접 갔다 오겠습니다."

이에 초군은 오랜만에 송나라에 대한 공격을 멈추었다. 동시에 완춘은 홀로 수레를 타고 진군이 있는 곳으로 갔다.

진군에게 간 완춘이 바로 진문공을 알현하고 아뢴다.

"저는 초나라 소장입니다. 우리 원수 성득신은 군후께 재배하고 이렇게 아뢴다고 하더이다. '우리 초나라에 조 · 위 두 나라가 있는 것은 마치 진晉나라에 송나라가 있는 것과 같습니다. 군후께서 만일 조 · 위 두 나라 임금을 다시 복위만 시켜주시면, 이 득신 또한 송나라에 대한 포위를 풀고 본국으로 돌아가겠습니다. 우리 두 나라만 화해하면 모든 생명들이 도탄에 빠지지 않고 평화롭게 살지 않겠습니까……'"

완춘의 말이 미처 끝나기도 전이었다. 진문공 곁에서 호언이 무섭게 눈을 부릅뜨고 완춘을 꾸짖는다.

"참으로 성득신은 염치없는 사람이다. 너희들은 아직 점령하지도 못한 송나라를 가지고 이미 우리가 다스리고 있는 두 망국亡國과 바꾸자는 수작이구나. 어찌 그렇게 뻔뻔들 하냐……"

호언이 말을 다 끝내기도 전이었다. 곁에서 선진이 호언의 발을 슬쩍 밟았다. 그래서 호언은 완춘을 더 꾸짖으려다가 말을 중단했다. 그 대신 선진이 완춘에게 말한다.

"비록 조 · 위 두 나라의 죄가 크긴 하지만 각기 나라를 멸망시킬 만큼 큰 죄를 저지른 건 아니었소. 그러므로 우리 주공께서도 장차 두 나라 군후를 복위시킬 생각이 없지 않습니다. 우선 장군은 먼 길을 오시느라 피곤했을 터이니 잠깐 후영後營으로 가서 노독이나 푸시오. 우리도 임금과 신하가 한데 모여 이 일을 상의해야만 가부간에 대답을 드리겠소."

이에 난지欒枝가 완춘을 후영으로 데리고 갔다. 즉시 호언이 정색을 하고 선진에게 묻는다.

"그래, 그대는 완춘의 청을 들어줄 생각이오?"

선진이 대답한다.

"우리는 그 교섭 조건을 들어줄 수도 없고 그렇다고 안 들어줄 수도 없소."

"그게 무슨 말씀이오?"

"완춘은 성득신의 간특한 계책에 따라 여기에 온 것이오. 곧 모든 일을 자기 덕으로 돌리고 모든 원망을 우리 진나라에 덮어씌우려는 수작이지요. 우리가 완춘의 교섭 조건을 들어주지 않으면 조 · 위 · 송 세 나라는 우리 진을 원망할 것입니다. 그렇다고 완춘의 조건을 들어주고 보면 조 · 위 두 나라가 다시 독립하는 것도, 송나라가 위기를 모면하는 것도 다 초나라 덕분에 이루어지는 걸로 됩니다. 그러니 우리는 조 · 위 두 나라와 초나라 사이를 이간시켜야 합니다. 우선 사자로 온 완춘을 잡아가둬서 초군을 격분시켜야 합니다. 원래 성득신은 성미가 강하고 조급한 사람입니다. 그는 반드시 우리 진나라의 처사에 격분할 것이며, 격분만 하면 군대를 거느리고 와서 우리에게 싸움을 걸 것입니다. 그러고 보면 우리가 청하지 않아도 송나라에 대한 초군의 포위는 저절로 풀립니다. 이럴 때에 우리가 자칫 잘못하면 성득신이 자진해서 송나라와 화평을 맺을지도 모릅니다. 그렇게 되면 우리는 송나라를 잃고 맙니다."

진문공이 말한다.

"선진의 계책이 가장 합당하도다. 그러나 과인이 전날 망명하던 때에 초나라에서 많은 신세를 졌는데 이제 그들의 사자를 잡아가둔다는 것은 나의 도리가 아닌가 하오."

난지가 진문공에게 말한다.

"초나라는 조그만 나라들을 손아귀에 넣고 큰 나라들을 능욕하고 있습니다. 이야말로 우리 중원으로선 큰 수치입니다. 주공께서 장차 천하 패자霸者가 되고자 하지 않으신다면 모르지만 일단 패업을 도모하셨다면 이제 와서 자질구레한 지난날의 은혜 따위를 생각하실 계제가 아닙니다."

"경이 말해주지 않았다면 과인은 깨닫지 못할 뻔했소."

이에 난지는 완춘을 결박지어 오록 땅으로 압송해갔다. 오록 땅을 지키는 극보양은 초군의 사자 완춘을 연금하고 달아나지 못하도록 감시했다. 그리고 진문공은 완춘을 따라왔던 초나라 수행원들을 불러들여,

"너희들은 죽이지 않을 터이니 돌아가서 성득신에게 이렇게 전하여라. '완춘이 하도 무례하기로 이미 그를 잡아가뒀다. 장차 성득신을 사로잡는 날에 함께 목을 끊을 작정이다.' 알았느냐? 그럼 어서 돌아가서 과인의 말을 성득신에게 전하여라."

이 말을 듣자 완춘을 따라왔던 수행원들은 머리를 움켜쥐고 쥐구멍을 찾듯이 돌아갔다.

다시 진문공은 사람을 조공공에게 보내어 다음과 같이 전했다.

"과인이 지난날 망명하던 당시에 조나라로부터 괄시를 받았다해서 어찌 귀후에게 그 앙갚음을 할 생각이야 있으리오. 지금 귀후를 석방하지 않은 원인은 다만 귀후가 초나라를 섬기기 때문이라. 귀후가 만일 성득신에게 서신을 보내고 앞으로 초나라와 절교하고 우리 진晉나라를 섬기겠다면 곧 귀후를 조나라로 돌려보내겠소."

조공공은 한시 바삐 석방되고 싶은 생각뿐이었다. 진문공의 전갈을 전하는 사람 앞에서 조공공은 즉시 맹세하고 서신을 써서 초나라 원수 성득신에게 보냈다.

그 서신에 하였으되,

과인은 국가 사직이 절단나고 죽음을 면하지 못할까 두려워서 부득이 이제부터는 진나라를 섬기기로 했소. 그러니 앞으로 초나라를 섬기지 못하겠습니다. 그러나 초나라가 능히 진군을 몰아내고 과인을 복위시켜준다면 어찌 두 가지 마음을 품을 리 있겠습니까.

진문공은 다시 위성공衛成公이 피신하고 있는 양우襄牛 땅으로 사람을 보냈다. 진문공의 분부를 받은 사자는 위성공에게 가서 조공공에게 기별한 것과 똑같이 초나라와 절교하라고 권했다. 이 말을 듣자 위성공은 이제야 살았나 보다 하고 크게 기뻐했다.

곁에서 영유寧兪가 간한다.

"이건 진후가 우리 위나라와 초나라 사이를 이간질하려는 수작입니다. 주공께서는 경솔히 서두르지 마십시오."

그러나 위성공은 간하는 말을 듣지 않고 곧 서신을 써서 성득신에게 보냈다. 그 서신 내용도 조공공의 서신과 대동소이했다.

한편 초나라 원수 성득신은, 진문공이 사자로 간 완춘을 구금했다는 보고를 듣고서 노발대발했다.

"중이重耳는 극악무도한 늙은 도적이다! 그놈이 우리 초나라에 망명 왔을 때, 그때 내가 그놈을 한칼에 죽였어야만 했을 것이다. 겨우 죽음을 면하고 자기 나라로 돌아가서 임금이 되더니 이렇듯 못하는 짓이 없구나. 자고로 아무리 싸우는 중일지라도 서로 보내고 오는 사자만은 처벌하지 않는 것이 예법이거늘 중이는 어찌하여 우리 사자를 잡아가뒀단 말이냐. 내 마땅히 친히 가서 중이와 함께 사리를 따지리라."

이때 장막 밖에서 군졸이 들어와 고한다.

"조 · 위 두 나라에서 각기 원수께 서신을 보내왔습니다."

이 말을 듣고야 성득신은 화가 좀 풀렸다. 성득신은 생각했다.

'위후와 조후는 지금 한창 곤경에 빠져 있는데 내게 무슨 서신을 보냈을꼬? 필시 진晋나라에 무슨 변이라도 생겼기에 비밀히 그걸 나에게 알려주려고 서신을 보냈을 것이다. 만일 그렇다면 이는 하늘이 나의 성공을 돕는 것이 아니냐.'

그래서 그는 급히 서신을 뜯었다. 그러나 그의 표정은 점점 어두워졌다. 둘 다 초나라와 인연을 끊겠다는 내용이었다. 성득신은 속에서 울화가 삼천 장이나 치솟았다. 성득신이 서신을 들고 부들부들 떨면서 부르짖는다.

"이 서신들도 그 늙은 도적이 쓰게 한 것이로구나! 늙은 도적아, 어디 두고 보자! 내 너와 사생결단을 내리라."

그는 다시 명을 내렸다.

"대소大小 삼군에게 송성宋城에 대한 포위를 풀고 출발할 준비를 하라고 일러라. 내가 진군을 무찌르고 돌아올 때까지 겁에 질리고 혼이 빠진 송후가 달아난들 어디로 가겠느냐."

투월초가 정색을 하고 완강히 말한다.

"우리 왕께서 경솔히 싸우지 말라는 분부를 여러 번 하셨소. 부득이 싸워야 할 경우엔 왕께 가서 아뢴 연후에 행동해야 하오. 더구나 지난번에 제 · 진秦 두 나라가 송나라를 위해 포위를 풀어달라고 우리에게 간청한 일까지 있소. 그들은 원수가 그 청을 들어주지 않았기 때문에 우리를 원망하고 있소. 만일 싸움이 벌어지면 제와 진은 반드시 원병을 보내어 진군晋軍을 도울 것이오. 비록 채 · 정 · 허 세 나라가 우리 초를 돕는다 할지라도 그들은 제 · 진 두 나라의 상대가 못 되오. 그러니 반드시 왕께 가서 군대를 더 청해와야만 비로소 진군을 치러 갈 수 있소."

성득신이 부탁한다.

"그럼 수고스럽겠지만 장군이 곧 왕께 한번 갔다 와주오. 이 일은 속히 다녀와야만 보람이 있소."

투월초는 원수의 명령을 받고 떠났다.

그는 신 땅에 가서 초성왕을 뵙고서,

"부득이 진군과 싸우게 되었습니다. 군대를 더 보내주소서."
하고 청했다.

초성왕은 화가 났다.

"과인이 몇 번이나 싸우지 말라고 하지 않았더냐. 전번에도 득신이 굳이 군사를 물리지 않더니만, 그래, 싸우면 이길 자신이 있다더냐?"

"성득신이 전날 말씀드리지 않았습니까. 만일 싸워서 이기지 못하면 어떠한 군령도 달게 받겠다고 했습니다."

그러나 초성왕은 선뜻 결정을 내리지 못하다가 결국 투의신鬭宜申이 거느리는 서광西廣의 군사를 보내주기로 했다. 원래 초나라 군사 제도인 양광에는 동광東廣과 서광이 있었다. 그 가운데 동광은 언제나 왼편을 담당하고, 서광은 오른편을 담당했다. 대개 정병精兵들은 동광 소속이고, 서광엔 군사가 불과 1,000명밖에 없었다. 뿐만 아니라 서광병은 그리 용맹한 축들이 아니었다. 초성왕은 혹 성득신이 진군에게 지지나 않을까 의심이 나서 많은 군대를 보내고 싶지 않았던 것이다.

이때, 성득신의 아들 성대심成大心이 자기 종중宗中에서 거느리는 군사 약 600명을 모아 싸움을 도우러 가겠다고 진정했다. 초성왕은 아비를 돕겠다는 성대심의 진정을 가상히 여기고 허락했다. 이리하여 투의신과 투월초는 초성왕에게서 받은 군대를 거느리고 송나라로 갔다. 성득신은 새로 온 군대의 수가 얼마 안 되는 걸 보고 더욱 화가 났다.

"군대라고 이런 걸 보냈으니 왕도 나를 괴롭히려는 것인가!"

성득신은 그날로 진陳 · 채 · 정 · 허 네 나라 군사까지 합쳐 영채를 뽑고 일제히 출발했다.

이야말로 진나라 원수 선진의 무서운 지략이 바로 들어맞은 셈이었다.

염옹이 시로써 이 일을 읊은 것이 있다.

오랫동안 송나라를 포위했으나 아무 공도 못 이루고
분노를 참을 수 없어 모든 제후와 싸우는도다.
성득신에게 비록 하늘을 찌를 듯한 뜻이 있다 할지라도
어찌 선진의 무서운 계책에서 벗어날 수 있으리오.
久困睢陽功未收
勃然一怒戰群侯
得臣縱有冲天志
怎脫今朝先軫謀

성득신은 서광군의 병거와 성씨 종중의 군대로 편성된 중군을 거느리고, 투의신은 신申 땅에서 데리고 온 군대를 거느리고 정 · 허 두 나라 군대와 장수들과 함께 좌군左軍이 되고, 투발鬪勃은 식息 땅의 군대를 거느리고서 진陳 · 채 두 나라 군대와 장수들과 함께 우군右軍이 되었다.

이리하여 그들은 풍우처럼 전진했다. 그들은 진문공의 대영大

營이 있는 곳으로 육박해가서 세 곳에다 영채를 세웠다.

진문공은 초나라 군대가 주동이 되어 몰려오는 걸 보고서 모든 장수들에게 이에 대비할 계책을 물었다.

선진이 강경한 어조로 대답한다.

“본디 우리 계책은 초군을 끌어들여 단번에 이를 꺾어버리는 데 있습니다. 초군은 제나라를 치고 오랫동안 송나라를 포위했기 때문에 피로할 대로 피로해 있습니다. 이번 기회를 놓쳐선 안 됩니다.”

호언이 말한다.

“망명하던 당시, 주공께선 초나라 임금에게 다음날 우리 진과 초가 중원에서 싸우는 경우가 있으면 초나라를 위해서 삼사三舍(90리, 곧 일사가 30리에 해당한다)를 물러서겠다고 약속하셨습니다. 그런데 지금 단박에 우리가 초군과 싸운다면 이는 신의를 잃는 것이 됩니다. 지금까지 주공께선 중원 사람들에게 한번도 신의를 잃은 적이 없었는데 이제 초나라 임금에게 신용을 잃을 수야 있습니까? 주공께선 초군을 피하셔야 합니다.”

모든 장수가 분개해 언성을 높인다.

“임금에게 타국 신하를 피하라고 권하다니 세상에 이런 법이 어디 있소. 안 될 말이오. 안 될 말이오.”

호언이 변명 겸 설명한다.

“성득신이 아무리 늑대 같은 자라 할지라도 우리로선 지난날 초나라 임금에게 신세 진 은혜를 잊어선 안 되오. 우리가 지금 피한대도 그것은 초나라를 피하는 것이지 성득신을 피하는 것은 아니오.”

모든 장수가 일제히 묻는다.

"우리가 피해도 초군이 쫓아오면 어찌할 테요?"

호언이 조용한 목소리로 대답한다.

"우리가 물러서면 초군 또한 물러갈 것이오. 그리고 그들이 다시 송나라를 포위하진 않을 것이오. 그러나 만일 우리가 물러가는데도 초군이 쫓아온다면, 이는 타국의 신하 된 자가 감히 우리 임금을 추격하는 것이라. 그 잘못은 오로지 초군에게 있는 것이오. 피해줘도 피할 수 없게 되면 누구나 분노하오. 저들이 교만무례하고 우리가 크게 분노한다면 그 결과는 우리의 승리가 아니고 무엇이겠소?"

진문공이 거듭 머리를 끄덕이며 명을 내린다.

"호언의 말이 옳다! 우리 삼군은 후퇴하여라."

이리하여 진군은 일제히 후퇴하기 시작했다. 30리를 후퇴했을 때였다.

군리軍吏가 진문공께 아뢴다.

"이미 일사一舍의 거리를 후퇴했습니다."

진문공이 대답한다.

"아직 멀었다. 더 후퇴하여라."

진군은 다시 30리를 후퇴했다. 그러나 진문공은 군대가 머물려는 것을 허락하지 않았다. 이리하여 진나라 군대는 90리를 후퇴했다. 그곳은 성복城濮•이란 땅이었다. 결국 삼사의 거리를 후퇴한 것이다.

진군晉軍은 비로소 영채를 세우고 휴식했다. 이때 제소공齊昭公은 상경 국의중國懿仲의 아들 국귀보國歸父를 대장으로 삼고, 최요를 부장으로 삼아 진군을 돕도록 보냈다.

한편 진목공秦穆公도 그의 둘째아들인 소자小子 은慭을 대장으로 삼고, 백을병白乙丙을 부장으로 삼아 진군을 돕도록 보냈다. 이리하여 제 · 진秦 두 나라 군대는 진군을 도와 초군과 싸우려고 성복 땅에 당도했다. 그리고 그들은 각기 진을 꾸렸다.

또한 송나라도 오랜 포위에서 풀려났으므로 송성공은 공손고를 성복 땅으로 보냈다. 공손고는 성복 땅에 가서 진문공께 송나라를 위기에서 모면하게 해준 데 감사를 드리고 초군과 싸우기 위해서 머물렀다.

한편 초군은 진군이 후퇴하는 걸 보고서 모두 기뻐했다.

투발이 성득신에게 권한다.

"진후가 임금의 몸으로서 왕도 모시고 오지 아니한 우리의 날카로운 기세 앞에서 피해 달아났으니, 이것만으로도 우리 초나라는 천하에 영광을 차지한 셈이오. 그러니 이런 기회에 우리도 본국으로 돌아갑시다. 비록 별 공은 세우지 못했으나 그다지 책망을 듣진 않을 것이오."

성득신이 크게 노한다.

"내 왕께 청해서 새로이 군사까지 보내왔는데, 적과 한번 싸우지도 않는다면 돌아가서 무어라고 보고하리오. 진군이 후퇴하는 것은 우리를 두려워하기 때문이오. 그러니 속히 뒤쫓아갑시다."

성득신은 즉시 진군하라는 명령을 내렸다.

초군은 일제히 출발했다. 초군은 90리를 가서야 마침내 진군이 머물러 있는 것을 보았다. 성득신은 사방 지세를 살펴본 뒤에 산이 있고 못이 앞을 가로막고 있는 험준한 곳을 골라 영채를 세웠다.

한편 진나라 모든 장수는 초군이 뒤따라와서 영채를 세우는 걸 보고 선진에게 말했다.

"초군이 저렇듯 험준한 곳에다 영채를 세우면 우리가 공격하기

힘듭니다. 그러니 늦기 전에 싸워서 우리가 저 자리를 차지해야 합니다."

선진이 웃으며 대답한다.

"대저 험준한 곳에 영채를 세우는 것은 싸우기보다는 지키기 위해서 하는 짓이오. 성득신이 여기까지 우리를 쫓아온 것은 싸우기 위해서지 지키기 위해서 온 건 아닐 것이오. 그런데 저런 험준한 곳을 택하다니 내가 보기엔 딱하기만 하오."

진문공은 어쩐지 불안하기만 했다.

"우리가 초군과 싸워서 꼭 이길 수 있을까?"

호언이 대답한다.

"오늘 이렇게 서로 대진했으니 형세가 이미 싸우지 않을 수 없게 되었습니다. 이번에 싸워서 이기면 주공께서는 천하 모든 나라 제후를 부릴 수 있는 패권을 잡을 것이며, 설사 이기지 못할지라도 우리 진나라만은 아무도 침범하지 못합니다."

그래도 진문공은 선뜻 결심을 못하고 주저했다. 그날 밤에 진문공은 자다가 꿈을 꿨다. 꿈속에서 그는 지난날 망명하던 때의 옷차림을 하고 초나라에 와 있었다. 그는 초왕과 씨름을 하는 중이었다. 초왕의 힘은 대단했다. 그는 그 힘에 견디지 못하고 벌렁 나자빠졌다. 즉시 초왕은 그의 배 위에 올라타서는 쇠뭉치처럼 단단한 주먹으로 그의 머리를 내리쳤다. 초왕의 주먹 한 대에 그의 머리는 깨어지고 뇌수가 쏟아져나왔다. 동시에 그는 재채기를 했다. 그 재채기 소리에 스스로 놀라 깨고 보니 바로 남가일몽南柯一夢이었다.

진문공은 무섭기만 했다. 그는 같은 장막에서 자고 있는 호언을 불러들였다.

"과인이 지금 꿈을 꿨는데 꿈속에서 초왕과 씨름을 하다가 이기지 못하고 초왕에게 얻어맞아 머리가 터지고 뇌수가 쏟아져 나왔소. 암만 생각해도 불길한 징조 같소."

호언이 반가운 안색으로 대답한다.

"그 꿈은 길한 징조입니다. 주공께서는 이번 싸움에 반드시 이기십니다."

"무엇이 길하단 말이오?"

"주공께서 등을 땅에 붙이고 넘어지셨으니 밝은 하늘을 보신 것이며, 초왕이 배 위에 올라탔으니 이는 그가 주공께 엎드려 사과하는 것이며, 뇌수가 쏟아져 나왔다 하니 뇌는 원래 말랑말랑한 물건이라 부드러운 것이라야만 능히 강한 것을 정복하는 법입니다."

순간 진문공은 일시에 모든 의심이 사라지는 듯,

"그대 말이 옳소."

하고 머리를 끄덕였다. 날이 샐 무렵이었다.

군리가 들어와서 아뢴다.

"초군이 사람을 시켜 전서戰書를 보내왔습니다."

진문공이 그 전서를 뜯어본즉, 그 글에 하였으되,

청컨대 군후의 군사와 한번 장난을 해볼까 하오. 군후는 수레에 올라 싸움 구경이나 하시라. 성득신도 구경이나 하겠소.

호언이 말한다.

"싸움은 위험한 일인데 장난이라고 했으니 참으로 버릇없고 교만하구나. 이러고야 그가 어찌 이길 수 있으리오."

진문공은 난지에게 답서를 쓰게 했다.

과인은 지난날 초국楚國에 신세 진 걸 잊을 수 없어 공손히 삼사의 거리를 후퇴하고 대부와 싸우려고 하지 않았소. 허나 대부가 굳이 싸우겠다고 간청하니 더 피할 수 없음이라. 내일 서로 대전하도록 하오.

초군 사자는 진문공의 답서를 받아 돌아갔다.

싸우기 전에 선진은 다시 병거를 사열했다. 제 · 진秦 두 나라 군사를 제외하고도 군사가 5만에 병거가 700승이었다. 진문공은 높은 곳에 올라가 사열하는 걸 바라봤다. 모두 질서가 정연하고 나아가고 물러서는 것이 법도에 어긋나지 않았다.

진문공이 찬탄한다.

"저것은 다 극곡이 세상을 떠나면서 남겨놓은 군사들이다. 이만하면 가히 초군을 당적하리라."

이윽고 일부 군사들은 산에 있는 나무를 베어 싸움을 준비하느라 바빴다. 한편 선진은 모든 장수들에게 부서를 정해주었다.

호언과 호모는 상군을 거느리고서 진秦나라 부장 백을병과 함께 초나라 좌군 장수 투의신을 치기로 하고, 난지와 서신은 하군을 거느리고서 제나라 부장 최요와 함께 초나라 우군 장수 투발을 치기로 했다. 그리고 선진은 그들에게 각각 계책을 일러줬다. 선진 자신은 극진郤溱 · 기만祁瞞과 함께 중군을 결진結陣하고, 직접 성득신과 겨루기로 했다.

다시 순림보와 선멸先蔑은 각기 군사 5,000명씩을 거느리고 좌우익이 되어 언제든지 형편에 따라 접응하기로 했다. 또 제나라 대장 국귀보와 진秦나라 대장 소자小子 은慭은 각기 사잇길로 빠져나가서 초군 배후에 매복해 있다가 초군이 패하는 때를 기다려서 적의 대채에 쳐들어가기로 했다. 이때 위주는 화상을 입은 가슴이 다 나은 뒤였다. 위주는 자기가 선봉으로 나서겠다고 자청했다.

선진이 대답한다.

"노老장군은 다른 일을 맡아주오. 유신有莘 땅에서 남쪽으로 나가면 공상空桑이란 곳이 있습니다. 그곳은 초나라 연곡連谷 지방과 접경이오. 장군은 병사 한 무리를 거느리고 그곳에 가서 매복하고 있다가 초나라 패잔병들이 돌아가는 것을 막고 초나라 장수들을 사로잡아주오."

위주는 크게 기뻐하면서 군사 한 무리를 거느리고 떠나갔다. 조쇠趙衰·손백규孫伯糾·양설돌羊舌突·모패茅茷 등 일반 문무 관원들은 진문공을 보호하고 신산莘山 위에서 싸움을 관망하기로 했다.

선진이 주지교舟之僑를 불러 분부한다.

"그대는 남하南河에 가서 백성들의 배들을 모아놓고 마치 초군의 치중輜重을 실으려고 기다리는 것처럼 꾸미시오. 각별히 조심해서 어김없이 배들을 준비해야 하오."

이러는 동안에 해가 저물었다. 이튿날 새벽이었다. 진군은 북쪽에다 진을 벌였다. 초군은 반대편 남쪽에다 진을 벌였다. 이리하여 드디어 두 나라 군대는 각기 열을 짓고 진을 세웠다. 초나라 원수 성득신의 명령이 새벽 공기를 진동했다. 초나라 좌군과 우군이 먼저 나아가고 잇달아 중군이 앞으로 전진해 나아간다.

한편 진나라 하군을 거느린 대부 난지는 세작으로부터 초나라 우군이 진陳·채 두 나라 군대를 앞장세우고 온다는 보고를 듣고서 대단히 기뻐했다.

"원수가 내게 비밀히 말하기를 진 · 채 두 나라 군대는 겁이 많아서 동요하기 쉽다고 했다. 내 먼저 진 · 채 군대의 예기銳氣를 꺾고 초나라 우군을 저절로 무너지게 하리라."

이에 난지는 백을병으로 하여금 출전하게 했다. 한편 진陳나라 원선轅選과 채나라 공자 인印은 투발 앞에서 첫 공을 세워 보이려고 다투어 병거를 몰고 달려나갔다. 그런데 미처 싸우기도 전에 진晉나라 군사들이 후퇴하기 시작했다. 원선과 공자 인은 후퇴하는 진군을 신명나서 추격해갔다. 이때 진晉나라 진문陣門 위에 깃발이 올라갔다. 마치 그것이 신호인 양 일성포향一聲砲響이 일어났다. 동시에 진나라 하군 장수 서신이 병거 부대를 거느리고서 나는 듯이 달려나왔다. 그런데 그 병거들을 이끌고 달려오는 말들이 모두 호피虎皮를 뒤집어쓰고 있었다. 원선과 공자 인의 병거를 이끌고 진군을 뒤쫓던 말들은 그것이 진짜 범들인 줄 알고 크게 놀라 날뛰었다. 범을 본 말들이니 장수고 주인이고 보일 리 없었다. 말들은 병거를 매단 채 그대로 돌아서서 오던 길로 미친 듯이 달아났다. 원선과 공자 인이 말들을 모는 것이 아니었다. 말들이 두 장수를 이끌고 달아나는 판이었다.

놀란 말들은 두 장수를 이끌고서 때마침 정면에서 달려오는 초나라 장수 투발의 후속 부대 한복판을 뚫고 들어가서 충돌했다. 이리하여 서로 충돌한 초군 사이에 일대 혼란이 일어났다.

진장晉將 서신과 진장秦將 백을병은 초군이 혼란해진 틈을 놓치지 않고 달려가서 무찔렀다. 서신은 반쯤 부서진 병거 위에서 일어서는 공자 인을 도끼로 찍어 쓰러뜨렸다. 백을병이 달려가면서 쏜 화살은 정통으로 투발의 뺨에 가서 꽂혔다. 투발은 뺨에 화살이 꽂힌 채로 달아났다.

마침내 초나라 우군은 대패했다. 죽은 자만 해도 이루 헤아릴 수 없을 정도였다. 동시에 진晉나라 장수 난지는 군졸 수십 명을 진陳·채 두 나라 병사로 가장시켰다.

가장병假裝兵들은 버젓이 진과 채의 기旗까지 잡고서 초나라 원수 성득신에게 갔다.

"우리 우군이 크게 이겼습니다. 속히 군대를 내보내어 적을 무찔러달라는 투발 장군의 전갈을 받아왔습니다."

이 말을 듣고 성득신은 수레 위로 올라가서 전세를 바라봤다. 아득히 진군이 북쪽으로 달아나는데 그 수효가 얼마나 되는지 누런 먼지가 하늘을 뒤덮고 있었다.

"음, 과연 진나라 군대는 패하여 달아나기에 여념이 없구나. 속히 좌군을 내보내어 적을 무찌르게 하여라!"

이에 투의신은 좌군을 거느리고 쏜살같이 내달아갔다. 투의신은 달려가다가 진군晉軍의 진陣 가운데에 대기大旗가 높이 걸려 있는 걸 봤다. 그는 그 대기 아래서 우군 주장 투발이 적진을 점령하고 있는 줄로 믿었다. 그는 용기백배하여 달려갔다. 그러나 뜻밖에도 진군의 진 속에서는 호언이 기다리고나 있었다는 듯이 나타났다. 이에 그들이 서로 맞부딪쳐 수합을 싸웠을 때였다. 갑자기 진군의 후방이 요란해지면서 무너지기 시작했다. 호언은 즉시 창을 거두고 말고삐를 돌려 달아나기 시작했다. 동시에 그 대기도 후퇴했다. 투의신은 진군이 달아나는 걸 보고 정·허 두 나라 장수를 대동하고 뒤쫓아갔다. 달아나는 진군을 얼마쯤 뒤쫓아갔을 때였다. 문득 어디선지 북소리가 크게 진동했다. 동시에 오른편 언덕 너머로부터 선진과 극진이 정병 한 무리를 거느리고 나타나서 뒤쫓는 초군의 측면을 향해 달려들었다. 순식간에 선진이 거느린 군사들은 초군을 두 동강으로 끊어버렸다. 그제야 지금까지 초군에게 쫓기어 달아나던 호언, 호모 두 장수도 말고삐를 급히 돌려 다시 달려와 선진과 호응하며 토막난 초군을 양편에서 협공했다.

이에 먼저 정 · 허 두 나라 군사가 놀라 무너지기 시작했다. 지금까지 뒤쫓던 초군은 도리어 진군에게 포위당하고 말았다. 투의신은 죽을 힘을 다해 겨우 진나라 군사를 무찌르고 포위에서 벗어나 달아났다. 얼마쯤 달아났을 때였다. 이번엔 제나라 장수 최요가 앞을 막으면서 쳐들어왔다. 투의신은 병거고 말이고 무기고 간에 모두 버리고 보졸步卒들 틈에 섞여서 산으로 기어올라가 달아났다. 원래 진나라 하군은 거짓 패한 체하고 북쪽으로 달아났던 것이다. 그럼 어째서 초나라 원수 성득신이 높은 수레 위에서 굽어보고 속았을 정도로 하늘을 뒤덮듯이 누런 먼지가 일어났을까.

그것은 난지가 신산의 나무들을 베어 병거들 뒤에 달고 달렸기 때문에 땅바닥이 긁히면서 먼지가 일어난 것이다. 곧, 일부러 대군이 패하여 달아나는 것처럼 보이려고 속임수로 먼지를 일으킨 것이다. 초나라 좌군은 공명심 때문에 속는 줄도 모르고 덤벼든 것이 탈이었다.

한편 호모가 대기를 세운 것도 적을 유인하기 위한 수단이었다. 과연 초군은 대기를 보자 미끼를 본 고기 떼처럼 몰려왔고 동시에 진군은 거짓 패한 체하고 대기를 끌고서 달아나며 역시 초군을 목적한 장소로 유인해갔던 것이다. 이미 그전에 선진은 기만에게 대장기大將旗를 중군에 세우고 아무리 초군이 와서 싸움을 걸어도 지키기만 할 뿐 응하지 말라고 명령해뒀다. 그리고 선진 자신은 중군에서 살짝 빠져나가 언덕 밑에 매복하고 있다가 호모를 추격해오는 초군을 측면에서 공격하고 서로 합력해서 적을 완전히 무찔러버렸던 것이다. 이번 싸움은 선진이 미리 세웠던 작전으로 승리할 수 있었다. 선진의 계책은 완전히 목적을 달성했다.

옛사람이 시로써 이 싸움을 증명한 것이 있다.

형편 따라 응수할 뿐 싸움은 진세陣勢로 좌우되는 것이 아니니
선진의 신출귀몰한 계책을 그 누가 당적하리오.
호랑이 가죽을 말에 뒤집어씌운 것만으로도
초나라 좌우군의 정신을 다 뽑아버렸도다.
臨機何用陣堂堂
先軫奇謀不可當
只用虎皮蒙馬計
楚軍左右盡奔亡

한편 초나라 원수 성득신은 비록 용기를 믿고 진군에게 싸움을 걸긴 했지만 지난날 초성왕으로부터 두 번이나 경솔히 싸우지 말라는 말을 들은 일이 있고 해서 신중에 신중을 기했다. 그러던 차에 부하가 와서 아뢴다.

"우리 좌군과 우군이 다 출전하여 이기고 지금 진군을 추격하는 중입니다."

성득신이 눈을 번쩍이면서 명령한다.

"그럼 적진은 상하가 다 무너지고 중군만 남았구나. 북을 울려라! 이젠 우리 중군을 내보내어 적의 마지막 진인 중군을 무찔러버릴 때가 왔다."

북소리가 요란스레 일어났다. 이에 성득신의 아들 성대심이 중군을 거느리고 출전했다.

한편 진나라 중군에서 기만은 초군이 몰려오는 걸 보고도 진문

을 굳게 지키기만 했다. 그는 원수 선진이 떠날 때 자기가 없을지라도 여전히 대장기를 세워두어 있는 것처럼 꾸미고, 여하한 일이 있을지라도 진을 굳게 지키기만 하지 결코 적과 싸우지 말라던 명령을 어길 순 없었다.

초나라 중군은 꼼짝하지 않는 진나라 중군 진지로 육박해가면서 세번째 북소리를 요란스레 울렸다. 그래도 진나라 중군 진지는 진문을 열지 않았다. 원수 성득신의 아들 성대심은 진군 진지 앞에 가서 공연히 창으로 허공을 찌르며 거센 체했다. 기만은 진 밖에 와서 교만스레 까불어대는 성대심을 내다보자 좀이 쑤셔서 견딜 수가 없었다. 원수 선진이 떠날 때 지키고만 있으라는 분부만 안 하고 갔다면 당장 뛰어나가서 한바탕 싸우는데 하고 그는 두 손을 불끈 쥐었다. 기만이 부하에게 분부한다.

"저놈이 퍽 젊어 뵈니 진문에 가서 좀 자세히 살펴보아라."

얼마 뒤 부하가 돌아와서 보고한다.

"불과 열다섯 살쯤 되어 뵈는 아이놈입니다."

"흠, 그까짓 아이놈이 뭘 한단 말이냐. 내 당장 저 아이놈을 맨손으로 잡아오리라. 아무리 원수의 분부가 엄하지만 이런 기회는 놓쳐선 안 되겠다."

하고 기만이 다시 명을 내린다.

"북을 울려라!"

일제히 전고戰鼓를 울리면서 진문을 열었다. 동시에 기만은 춤추듯 칼을 휘두르며 달려나가서 즉시 성대심에게 덤벼들었다. 그러나 생각 밖으로 상대는 만만치 않았다. 서로 어우러져 20여 합을 싸웠을 때였다. 이때 문기門旗 아래 있던 초장 투월초는 성대심이 선뜻 이기지 못하는 걸 바라보고 병거를 달려가면서 활을 쏘았다. 화살은 기만이 쓰고 있는 투구를 맞혔다. 순간 기만은 크게 놀랐다.

그는 즉시 본진으로 물러가고 싶었으나 혹 부하들이 쏟아져 나와 참으로 싸움이 본격화될까 두려워서 말에 채찍질을 하며 진지 둘레를 돌기 시작했다.

초장 투월초가 큰소리로,

“그까짓 달아나는 장수를 뒤쫓을 필요 없다! 일제히 저 닫힌 진문을 부수고 쳐들어가서 일각도 지체 말고 먼저 적장 선진부터 사로잡아라!”

하고 외쳤다.

장차 진과 초의 싸움은 어찌 될 것인가.

천토踐土에 모인 제후들

초나라 대장 투월초鬪越椒와 성대심成大心은 달아나는 기만을 쫓지 않고 즉시 진晉나라 중군 진문으로 쳐들어갔다. 투월초는 화살을 뽑아 높이 나부끼는 진나라 대장기를 단 한 대에 쏘아 떨어뜨렸다. 진나라 군사들은 자기네 장수 기가 떨어지는 걸 보고 크게 놀랐다. 이때 형세에 따라 언제고 어디든지 접응하기로 한다는 사명을 띤 순림보荀林父와 선멸先蔑 양로군兩路軍은 자기네 중군이 위기에 처했음을 보고 급히 달려갔다. 순림보는 투월초와 싸우고, 선멸은 성대심을 가로막고 싸웠다.

한편 초나라 대채에서 성득신은 진나라 중군 진지 앞에 벌어진 싸움을 멀리서 바라보고 즉시 군대를 거느리고 내달아갔다. 그가 총공격을 명령하고 팔을 휘두르며 큰소리로 외친다.

"오늘 진나라 군사를 한 명이라도 살려보낸다면 나는 맹세코 본국으로 돌아가지 않으리라."

성득신이 진나라 중군 진지 앞까지 갔을 때 진나라 원수 선진과 극진도 당도했다. 이에 초군과 진군 사이에 일대 혼전이 벌어졌다. 서로 정신없이 싸우는 동안 난지 · 서신 · 호모 · 호언도 달려와서 점점 초군을 철벽처럼 에워쌌다. 진나라 장수들이 사방에서 다 모여든 셈이다. 그런데 대세를 판가름하는 이런 위급한 판국인데도 다른 초나라 장수들은 도우러 오지 않았다. 그제야 성득신은 자기네 좌군과 우군이 다 패했다는 걸 알았다. 성득신은 정신이 아찔했다. 그는 급히 금金을 울려 군사들을 후퇴시키려고 했다. 그러나 진군의 포위에서 어찌 벗어날 수 있으리오. 진군은 이미 초군을 열 무더기로 분단해서 각기 에워싸고 있었다.

이런 와중에도 소장군小將軍 성대심이 창을 종횡으로 휘두르며 싸우는 모습은 참으로 신출귀몰했다. 그가 거느린 성씨 종중의 군사 600명도 다 일당백一當百 하는 용사들이었다. 성대심은 아버지인 성득신을 보호하며 진나라 군사를 닥치는 대로 무찌르고 겨우 포위에서 벗어났다. 그러나 사방을 둘러봐도 투월초가 보이지 않았다. 성대심은 다시 말고삐를 돌려 투월초를 찾으려고 진군 속으로 달려들어갔다.

초장 투월초는 지난날 영윤이었던 자문子文의 종제從弟였다. 그는 나면서부터 호랑이 상이었고 목소리는 늑대 소리 같았다. 그는 만부부당萬夫不當의 용맹함을 갖추었고 특히 활을 잘 쏘았다. 이때 투월초는 자기대로 진군 속을 헤매며 성득신 부자를 찾고 있었다. 그가 쏘는 활은 빗나가는 법이 없었다. 그는 좌충우돌하며 성득신 부자를 찾느라고 초조했다. 그때 겨우 성대심을 만나 원수가 이미 적의 포위에서 탈출한 걸 알았다. 투월초와 성대심은 각기 힘을 분발하여 진군을 무찌르고 허다한 초군을 구출해 포위를 뚫고 나갔다.

이때 진문공은 유신산有莘山 위에서 진군이 이기는 걸 바라보다가 급히 사람을 선진에게 보내며,

"과인의 말을 전하되 다만 초군을 송 · 위 두 나라 국토 밖으로 내쫓기만 하지 적을 많이 죽이고 사로잡는 데엔 힘쓰지 말라고 하여라. 과인은 초나라와 서로 의를 상하고 싶지 않다. 과인이 지난날 초나라에 망명하던 때에 초왕으로부터 받은 은혜를 어찌 잊을 수 있으리오."

하고 분부했다.

진문공의 분부를 받고 즉시 한 장수가 선진에게 가서 그 말을 전했다.

선진이 즉시 명령을 내린다.

"달아나는 초군은 쫓지 마라!"

선진은 어떤 일이 있어도 중군 진지만 지키고 초군과 싸우지 말라고 계책을 일러줬건만 그 명령을 어기고 나가서 싸운 기만을 잡아오게 했다. 선진은 붙들려온 기만을 수레 뒤에 비끄러맨 다음 진문공에게 끌고 갔다.

선진은 장차 기만을 군법으로 다스릴 작정이었다.

호증胡曾 선생이 시로써 진문공의 의리를 찬탄한 것이 있다.

전날 은혜를 갚고자 90리를 후퇴하고
또 달아나는 초군을 쫓지 않았도다.
진문공은 서로 싸우면서도 오히려 이러했거니
평소에 의리를 저버리는 사람이야 일러 무엇 하리오.
避兵三舍爲酬恩
又止窮追免楚軍

兩敵交鋒尙如此
平居負義是何人

진군에게 혼이 난 진陳·채·정·허 네 나라 군사는 각기 본국으로 도망쳐 돌아갔다. 성득신·성대심·투월초는 겨우 포위를 뚫고 나간 즉시 대채를 향해 말을 달렸다. 그들 앞으로 전초병 한 명이 달려오면서,

"속히 말고삐를 다른 곳으로 돌리소서. 이미 우리 대채엔 제·진秦 두 나라 기가 나부끼고 있습니다."

하고 아뢴다.

원래 제나라 장수 국귀보와 진秦나라 장수 소자 은은 성득신이 싸우러 나간 뒤, 예정대로 쳐들어가서 초나라 군사들을 무찔러 내쫓고 대채를 점령했던 것이다. 이리하여 그들은 초군의 치중輜重과 양초糧草까지 모조리 장악했다. 이제 성득신은 더 싸울래야 싸울 수가 없었다. 그는 겨우 유신산 뒤로 빠져나가 수수睢水를 따라 달아났다. 그제야 투의신과 투발도 각기 패잔병들을 이끌고 뒤따라갔다.

싸움에 진 초군은 너무나 초라했다. 그들이 공상空桑 땅에 이르렀을 때였다. 홀연 전면에서 연주포連珠砲 소리가 일어났다. 동시에 난데없는 군사 한 무리가 함성을 지르며 길을 막고 내달아왔다. 그 군사들이 들고 있는 기엔 대장大將 위주魏犨라는 넉 자가 바람에 펄럭펄럭 나부끼고 있었다.

지난날 위주는 망명 중이던 진문공, 곧 중이를 따라 초나라에 가 있었을 때, 맥貘이란 무서운 짐승을 혼자 싸워서 잡은 일이 있었다. 그래서 초나라 사람이면 누구나 위주가 무서운 장수란 걸

잘 알고 있었다. 오늘날 이 험한 곳에서 그 무서운 장수와 만날 줄이야 어찌 알았으리오. 더구나 초군은 모두 화살에 상한 새나 다름없었다. 그들은 싸우기도 전에 혼비백산해서 대오가 무너졌다.

투월초가 큰소리로 부르짖는다.

"속히 소장군은 원수를 보호하라!"

그리고서 그는 있는 힘을 다 기울여 진나라 병사들과 싸웠다. 투의신과 투발도 싸움을 도왔다. 위주는 세 장수를 상대로 싸우면서도 조금도 그들에게 여유를 주지 않았다. 진나라 군사들은 점점 초군을 에워쌌다. 바로 이때 북쪽에서 한 사람이 나는 듯이 말을 달려오며 큰소리로 외친다.

"위장군은 싸움을 중지하시오. 주공의 뜻을 받들어 원수가 명령을 내렸소이다. 주공께선 초나라 장수들을 본국으로 살려보내라고 하셨습니다. 주공은 초나라에 망명해 계셨을 때 받은 그 은혜를 갚겠다고 하셨소."

위주가 싸우던 창을 거두고 분부한다.

"초나라 장수들에게 길을 비켜줘라!"

진나라 군사들은 양쪽으로 물러서서 길을 열어주었다. 위주가 눈을 딱 부릅뜨고 초나라 장수들에게 소리를 지른다.

"너희들은 속히 내 앞에서 사라져라!"

초나라 군사들은 성득신을 모시고 일제히 달아났다. 성득신은 연곡連谷 땅에 이르러서야 살아남은 군사들을 점검했다. 초나라 중군은 살아남은 자가 6할 정도였고, 신申 · 식息 땅에서 온 군사들은 약 3할밖에 남아 있지 않았다. 참으로 애달픈 일이었다.

옛사람이 시로써 이 싸움터를 조상弔喪한 것이 있다.

싸움이란 공연히 함부로 할 것이 아니니
이중에 몇몇 영웅이 전장에서 늙었느냐.
새들은 황급히 날고 짐승들은 놀라 구덩이 속으로 숨는데
살점은 떨리고 힘줄은 끊어져 칼만이 담뿍 피를 머금었도다.
밤이면 풀 끝마다 맺힌 귀신이 불을 밝히고
구슬픈 바람은 불어서 해골마다 서리가 시리게 서렸도다.
그대여 공명과 부귀를 부러워 마라
한 장수가 성공하려면 1만 목숨이 죽어야 하느니라.

勝敗兵家不可常
英雄幾個老砂場
禽奔獸駭投坑穽
肉顫筋飛飽劍鋩
鬼火熒熒魂宿草
悲風颯颯骨侵霜
勸君莫羨封侯事
一將功成萬命亡

초나라 원수 성득신은 크게 통곡했다.

"내 본디 초나라 위엄을 만리萬里에 드날리고자 했는데 뜻밖에 진나라 사람의 간특한 꾀에 속았구나! 공로를 세우려다가 싸움에 졌으니 장차 이 죄를 어찌할꼬!"

성득신은 투의신, 투발과 함께 연곡 땅에서 죄인으로 자처하고 들어앉았다. 성대심만이 패잔병을 거느리고 죽음을 청하려고 신성申城으로 갔다. 초성왕은 성대심이 패하여 돌아온 걸 보고 진노했다.

"네 아비가 전날 말하기를 만일 이기지 못하면 군법을 달게 받겠다고 했다. 그래 이번엔 또 뭐라고 말하더냐!"

성대심이 머리를 조아린다.

"신의 아비가 자기 죄를 알고 자결하려는 것을 좌우 사람들이 겨우 말렸습니다. 지금 신의 아비는 왕께서 초나라 국법에 비추어 죽여주실 때만 기다리고 있습니다."

"넌 초나라 국법을 모르느냐? 싸움에 나가서 지는 자는 죽는 것이다. 가서 전하여라. 모든 장수는 속히 자결해서 과인의 칼을 더럽히지 말라고 하여라!"

성대심은 왕이 전혀 용서해줄 뜻이 없음을 알았다. 그는 구슬피 울면서 신성을 떠나 연곡 땅으로 돌아갔다. 성대심은 연곡에 이르러 아버지에게 자초지종을 보고했다.

성득신이 길이 탄식한다.

"비록 왕께서 나를 용서해준다 해도 내 무슨 면목으로 돌아가서 이번 싸움에 자식을 잃은 신 · 식 두 고을 늙은 부모들을 대하겠느냐?"

성득신은 일어나 북쪽을 향해 두 번 절한 후 칼을 뽑았다. 그리고는 스스로 자기 목을 치고 쓰러졌다.

한편, 어린 위가蔿賈가 아버지 위여신蔿呂臣에게 묻는다.

"성득신이 싸움에 졌다는데 참말입니까?"

"그렇단다."

"그럼 왕께서는 성득신을 어떻게 하셨습니까?"

"성득신은 모든 장수들과 함께 죽음을 청했다. 왕은 그들의 청을 그대로 들어줘버렸다."

"그러기에 제가 전날 말하지 않았습니까? 성득신은 영윤이 될 자격이 없는 사람입니다. 그는 성격이 강하고 교만해서 나랏일을 혼자 맡을 위인이 못 됩니다. 그러나 지혜 있는 사람이 그 굳세고 굽힐 줄 모르는 성격을 곁에서 잘만 도와줬다면 반드시 큰 공을 세웠을 것입니다. 이번에 우리가 비록 싸움에 지긴 했으나 다음날 진나라에 원수를 갚을 수 있는 사람은 역시 성득신뿐입니다. 그러하거늘 아버지께선 왜 왕께 간하여 그를 살려주지 않았습니까?"

"왕의 노여움이 하도 대단하기에 간해도 소용없을 줄 알았다."

위가가 다시 말을 계속한다.

"아버지께서는 지난날 범范 땅에 사는 율사矞似라는 사람의 말을 잊으셨습니까?"

"그가 뭐라고 말했더라?"

"율사는 관상을 잘 보는 사람입니다. 지금 주상께서 아직 등극하지 않고 공자로 계셨을 때, 율사는 주상과 성득신과 투의신鬪宜申을 보고 자기 명대로 살지 못할 것이라고 예언했습니다. 주상께서는 그때 율사로부터 들은 말을 잊지 않고 있다가 왕위에 오르시던 날 성득신과 투의신에게 말씀하시기를, '그대들이 무슨 짓을 할지라도 나는 그대들을 죽이지 않겠다' 하시며 그들에게 각기 면사패免死牌를 줬습니다. 주상께서는 그때 율사의 말이 결코 맞지 않기를 바랐습니다. 이번에 주상께서는 몹시 화가 나서 그 일을 깜빡 잊으신 모양입니다. 아버지께서 그 면사패만 말씀하셨더라도 주상은 성득신을 죽이지 않았을 것입니다."

위여신은 어린 아들로부터 이 얘기를 듣고 즉시 말을 달려 초성왕에게 갔다.

"왕께 아룁니다. 이번에 성득신이 비록 죽을 죄를 저질렀으나, 그는 일찍이 왕께서 하사하신 면사패를 가지고 있는 사람입니다. 왕께선 그를 구하소서."

초성왕은 크게 놀랐다.

"음, 지난날 율사가 말하던 바로 그 일이구나! 지금 그대가 말하지 않았다면 깜빡 잊을 뻔했다."

초성왕은 급히 대부 반왕潘尪에게 분부를 내렸다.

"속히 연곡 땅에 가서 이번 싸움에 진 장수들은 한 사람도 죽지 말고 즉시 돌아오도록 나의 명령을 전하여라!"

대부 반왕은 연곡 땅을 향해 나는 듯이 달려갔다. 그러나 이를 어찌하리오. 대부 반왕이 왕명을 받고 연곡 땅에 당도했을 때는 만사가 끝난 후였다.

곧 성득신이 죽은 지 겨우 반나절이 지난 후였다. 좌군 장수 투의신은 이미 대들보에다 목을 매고 늘어졌으나 몸이 워낙 무거워서 비단줄이 끊겨 마룻바닥에 굴러떨어져 있었다. 이때 마침 대부 반왕이 당도해 그는 치료를 받고 몇 시간 후에 다시 깨어났다. 이때 투발은 성득신의 시체나 염해놓고 죽을 작정이었기 때문에 역시 죽음을 면했다. 죽은 사람은 다만 성득신뿐이었다. 이 어찌 비명이라 아니 할 수 있으리오.

잠연潛淵 거사居士가 시로써 성득신의 죽음을 조상한 것이 있다.

초나라에 한 대장부가 있었으니
기상은 진晉나라를 삼키고 천하를 노렸도다.
그러나 한 번 실수하고 목숨을 잃었으니
원래 굳세고 강한 것이 오래가지 못하는도다.
楚國昂藏一丈夫
氣呑全晉挾雄圖
一朝失足身軀喪

始信堅强是死徒

성대심은 부친의 시체를 빈염殯殮하고 투의신 · 투발 · 투월초와 함께 대부 반왕을 따라 신성에 돌아가서 초성왕을 알현했다. 그들은 모두 땅에 엎드려 살려준 은혜를 감사했다. 초성왕은 이미 성득신이 목숨을 끊었다는 말을 듣고 후회했지만 어쩔 도리가 없었다. 수일 후 초성왕은 장병들을 거느리고 영도郢都(초나라의 도성)로 돌아갔다.

초나라는 영윤이던 성득신이 죽었기 때문에 관원을 새로 배치했다.

이에 위여신이 영윤 벼슬에 앉고 투의신은 상商 땅으로 좌천되어 갔다. 그래서 투의신을 상공商公이라고도 한다. 투발은 변방 양성襄城 땅 수장守將으로 쫓겨나갔다. 그러나 초성왕은 성득신의 죽음을 불쌍히 생각하고 그 아들 성대심과 성가구成嘉俱에겐 대부 벼슬을 주었다.

한편 과거에 성득신을 초성왕에게 추천했던 전前 영윤 자문은 그후 집안에만 들어앉아 있다가 성득신이 싸움에 졌다는 소식을 듣고 탄식했다.

"지난날 어린 위가가 했던 말이 이제 바로 맞았구나. 내 안목이 도리어 어린 동자童子만도 못하다니……"

그는 스스로 부끄러움을 참을 수 없어 길이 탄식하다가 많은 피를 토하고 책상 위에 엎어진 채 일어나질 못했다. 식구들이 그를 침상으로 옮겨 눕혔다. 자문이 병상에서 아들 투반鬪般을 가까이 불러 말한다.

"나는 곧 죽을 몸이다. 네게 꼭 한 가지 일러둘 말이 있다. 너의 사촌인 투월초는 갓났을 때부터 호랑이 상에 늑대 소리로 울었다. 그것이 바로 집안을 망칠 상인 것이다. 내 그때 너의 할아버지에게 기르지 말고 내다 버리자고 권했으나 너의 할아버지는 내 말을 듣지 않았다. 내가 보건대 위여신도 오래 살 사람이 못 된다. 또 투발과 투의신도 이 세상을 순조롭게 마칠 관상이 아니다. 그러면 장차 이 초나라 정치는 네가 아니면 투월초가 맡아서 보게 될 것이다. 그런데 투월초는 성미가 사나워서 무엇이든 죽이기를 좋아하니 그가 이 나라 정권을 잡는 날에는 반드시 몹쓸 짓을 많이 할 것이다. 그러므로 까딱 잘못하다간 우리 투씨 집안의 대가 끊어질지도 모른다. 내가 죽은 후에 만일 너의 삼촌 투월초가 초나라 정치를 맡게 되거든 너는 반드시 다른 곳으로 달아나 다음날 함께 화를 입지 않도록 조심하여라."

투반은 두 번 절하고 아버지의 유명을 받았다. 자문은 그 이튿날 세상을 떠났다. 과연 자문이 죽은 지 얼마 되지 않아 영윤 벼슬에 있던 위여신도 갑자기 병을 얻어 세상을 떠났다. 초성왕은 죽은 자문의 공로를 생각하고 그의 아들 투반을 영윤으로 삼았다. 그리고 투월초에겐 사마司馬 벼슬을 주고, 위여신의 아들 위가에겐 공정工正• 벼슬을 줬다.

한편, 진문공은 초군과 싸워 크게 이긴 후 초나라 군대가 주둔했던 대채로 갔다. 대채 안엔 그들이 버리고 간 군량과 마초가 가득 쌓여 있었다. 그 군량을 풀어 모든 군사들을 배불리 먹였다. 진문공이 농담을 한다.

"이건 다 초나라 사람들이 나를 위해 갖다놓은 것이구나."

제 · 진秦 두 나라 장수들이 비위를 맞춘다.

"이 또한 군후께서 영용英勇하신 때문입니다."

이 말을 듣자 진문공의 얼굴에 근심하는 빛이 떠올랐다.

모든 장수가 묻는다.

"주공께선 적을 물리치고 이기셨는데 무얼 근심하십니까?"

"성득신은 결코 남에게 굽히고 지낼 사람이 아니다. 이번에 이기긴 했으나 앞날이 무섭지 않은가!"

하고 진문공은 대답했다.

제나라 국귀보와 진秦나라 소자 은이 진문공에게 하직하는 인사를 드렸다. 진문공은 이번 싸움에서 얻은 전리품 반을 그들에게 내주었다. 두 나라 군사는 개가를 부르며 각기 본국으로 돌아갔다. 송나라 공손고도 본국으로 돌아갔다. 송성공은 사자를 제·진秦 두 나라에 보내어 자기 나라를 위해 초군과 싸워준 데 대해 감사의 뜻을 전했다.

한편 선진은 기만을 끌어내어 진문공 앞에 꿇어앉혔다.

"그가 명령을 어겼기 때문에 군대가 큰 곤욕을 당했습니다. 기만의 죄를 다스리십시오."

진문공이 사마 조쇠에게 묻는다.

"기만의 죄는 무엇에 해당하오?"

"참형에 처해야 합니다."

그날로 기만은 죽음을 당하고 그 시체는 군사들에게 공개됐다.

조쇠가 군사들 앞에 선포한다.

"이후에도 원수의 명령을 어기는 자는 이와 같이 되리라."

이후로 진나라 군사들은 더욱 정신을 차리게 됐다. 진나라 대군은 유신有莘 땅에서 사흘을 머문 후에 회군했다. 진문공이 대군을 거느리고 남하에 당도했을 때였다.

초마哨馬가 와서 아뢴다.

"남하엔 전혀 배가 준비되어 있지 않습니다."

진문공은 주지교를 불러오게 했다. 한데 암만 찾아도 주지교는 간 곳이 없었다. 원래 주지교는 괵虢나라 장수로서 진나라에 항복해온 사람이었다. 그는 진나라에서 벼슬을 산 지도 오래고 해서 늘 큰 공을 세워 높은 벼슬에 오르는 게 원이었다. 그런데 이번 싸움에는 참가하지 못하고 배들을 모으기 위해서 남하로 파견됐던 것이다. 남하로 온 주지교는 자연 불평을 품었다. 때마침 그는 고국으로부터 아내의 병이 위중하다는 기별을 받았다. 주지교는 이번 싸움이 짧은 시일에 끝나지 않을 줄로 생각했다. 동시에 주공이 그렇게 속히 회군할 줄은 몰랐다. 그래서 그는 잠시 아내를 보려고 고국으로 돌아갔다. 그러나 누가 싸움이 이렇게 속히 끝날 줄 알았으리오. 곧, 여름 4월 무진일戊辰日에 진군은 성복城濮 땅에 이르러 기사일己巳日에 초군과 접전하여 크게 이기고 사흘 간 쉬고서 계유일癸酉日에 회군해왔던 것이다. 전후해서 엿새가 걸린 셈이다. 이리하여 진문공은 강을 따라 내려왔다. 한데 진군은 배가 없어서 남하를 건널 수가 없었다.

진문공은 분기충천했다.

"사방으로 군사를 보내어 백성들의 배라도 모조리 붙들어오너라!"

선진이 아뢴다.

"이곳 남하 백성들은 우리가 초나라 군사를 물리치고 크게 이겼다는 것을 알기 때문에 몹시 두려워하고 있습니다. 잡아오게 하면 그들은 배를 숨기고 달아납니다. 그러니 상을 준다 하고 배를 모집하십시오."

진문공이 머리를 끄덕인다.

"그 말이 옳소."

그리하여 군문軍門 높이 배를 현상 모집한다는 방을 써서 붙였다. 백성들은 서로 앞을 다투어 배를 타고 응모해왔다. 경각간에 배들은 개미 떼처럼 모여들어 진나라 대군을 태우고 강을 건너갔다. 강을 다 건넌 후였다.

진문공이 조쇠에게 묻는다.

"이번에 조·위 두 나라를 쳐서 분풀이는 했지만 아직 정鄭나라에 대해선 설분雪憤을 못했으니 어떻게 하면 좋을꼬?"

"주공께서는 군대를 거느리고 정나라를 거쳐서 귀국하십시오. 그러면 정나라 임금이 나와서 사죄할 것입니다."

진문공은 조쇠의 말을 좇기로 했다. 다시 수일 동안 행군했을 때였다. 저 멀리 동쪽에서 수레 한 대와 말이 한 귀인貴人을 호위하고 왔다. 맨 선두에 서서 행군하던 진나라 장수 난지가 말을 달려가서 그 귀인을 호위하고 오는 행렬에게 묻는다.

"저 귀인은 누구시오니까?"

그 귀인이 수레 위에서 친히 대답한다.

"나는 주 천자를 모시는 경사卿士로서 왕자 호虎요. 이번에 천자께서는 진나라가 초군과 싸워 크게 이겼다는 소문을 들으시고 '이제야 중국이 좀 안정되게 됐으니 짐이 친히 가서 진나라 삼군을 위로하리라' 하시고 먼저 이 호를 보내신 것이오."

난지는 즉시 왕자 호를 모시고 진문공에게로 안내했다.

진문공이 모든 신하에게 묻는다.

"천자께서 장차 과인을 위로하시겠다는 소식을 이렇듯 길에서 받게 됐으니 어떻게 해야 예법에 어긋나지 않을꼬?"

조쇠가 아뢴다.

"이곳에서 형옹衡雍(정나라에 있는 지명)이 멀지 않습니다. 거기에 천토踐土•라는 곳이 있습니다. 그곳은 토지가 넓고 지세가 매우 아름답습니다. 주공께서는 사람을 보내어 그곳에다 급히 왕궁을 지으십시오. 그런 연후에 모든 나라 제후를 거느리고서 천자를 영접하시고 조례朝禮를 드리십시오. 그래야만 왕을 모시는 신하의 도리에 어긋나지 않습니다."

진문공이 왕자 호에게 말한다.

"5월에 주상폐하主上陛下를 천토로 모시겠습니다. 그러니 경사께선 그렇게 아시고 주선해주십시오."

왕자 호는 진문공에게 하직하고 돌아갔다. 다시 진나라 대군은 형옹 땅을 향해서 나아갔다. 도중에 또 수레 한 대와 말이 진군을 향해 왔다. 그 수레를 탄 사람은 정나라 사신으로서, 성은 자인子人이요 이름은 구九인 대부였다. 정문공은 진군이 쳐들어올까 봐 겁이 나서 대부 자인구를 보내어 화평을 청하게 한 것이다.

진문공이 영접 나온 자인구를 꾸짖는다.

"정은 초나라가 싸움에 졌다는 소문을 듣고 두려워서 너를 보냈구나. 그렇다면 이 어찌 정의 본심이라 할 수 있으리오. 과인은 주왕周王을 뵈온 후에 친히 군대를 거느리고 직접 정나라 성 아래로 가겠으니 그리 알아라."

조쇠가 진문공에게 아뢴다.

"우리 대군은 고국을 떠난 후 위나라 임금을 몰아내고 조나라 임금을 사로잡고 초군을 쳐서 이겼으니 이만하면 위엄을 크게 떨쳤습니다. 이 이상 정나라에까지 손을 뻗어 군대를 동원할 필요는 없습니다. 주공께서는 정나라가 청하는 대로 화평을 허락하십시오. 앞으로 정나라가 진심으로 우리를 섬기면 전날의 허물을 용서할 수도 있으려니와 만일 그들이 두 마음을 품고 있다는 것이 알려지는 날엔 그때 다시 정나라를 쳐도 늦지 않습니다. 그동안 우리 군대는 몇 달 동안이라도 휴식을 취해야 합니다."

드디어 진문공은 정나라가 청하는 대로 화평할 것을 승낙했다. 수일 후 진군은 형옹 땅에 이르러 영채를 세웠다.

호모와 호언은 본부병을 거느리고 천토에 가서 즉시 왕궁을 짓기 시작했다.

한편 난지는 정성鄭城으로 들어가서 정문공鄭文公과 함께 맹세하고 다시는 진나라를 배반하지 않겠다는 다짐을 받았다. 정문공은 친히 형옹까지 가서 진문공에게 사죄했다. 진문공은 짐승을 잡아 정문공과 함께 입술에 피를 바르고 서로의 우호를 서약했다. 서약을 마치고 서로 이런 얘기 저런 얘기 하던 끝에 진문공은 성득신의 용맹과 영특함을 칭찬했다.

정문공이 말한다.

"군후는 아직 모르십니까? 그후 성득신은 연곡 땅에서 자결했습니다."

진문공은 이 말을 듣고서 연방 탄식했다. 정문공이 정성으로 돌아간 후 진문공은 모든 신하에게 말했다.

"과인은 정나라가 우리에게 복종한 것을 기뻐하지 않는다. 다만 초나라에 성득신이 없어진 걸 기뻐하노라. 성득신이 죽었으니 그 나머지 사람은 두려울 것이 없다. 이제야 베개를 높이 베고 잘 수 있겠구나."

염옹이 시로써 이 일을 읊은 것이 있다.

성득신이 비록 거친 사나이지만

다시 싸운다면 승부가 어찌 될지 누가 알랴.
이제 초나라가 아주 져버렸다고들 하니
연곡 땅에 누워 있는 그의 주검을 슬퍼하노라.
得臣雖是莽男兒
勝負將來未可知
盡說楚兵今再敗
可憐連谷有輿屍

한편 호모와 호언은 천토에서 왕궁을 짓느라 바빴다. 그들은 명당明堂(왕이 제후의 조하朝賀를 받는 궁전)의 제도에 따라서 왕궁을 지었다. 「명당부明堂賦」란 글을 보면 그 제도를 대략 짐작할 수 있다.

혁혁한 명당은 가장 밝은 곳에 있는데 장중한 건물은 우뚝 솟아 외국을 진압하도다. 그러므로 한 사람의 천자가 명령을 내리면 만국의 제후들이 조하하러 모여드는도다. 면실面室은 셋이 있고 총수總數는 아홉이라. 태묘太廟는 한가운데 있으며 태실太室은 토신土神을 제사지내는 곳에 있도다. 여닫는 문은 36개이며 72개의 창이 열을 지어 있도다. 왼쪽 것과 오른쪽 것은 다 종말終末과 시초始初의 유기적 관련성을 상징하고, 위는 둥글고 밑이 모가 진 것은 하늘과 땅의 기수奇數와 우수偶數를 본뜬 것이로다. 모든 관위官位 중에서 태사太師, 태부太傅, 태보太保의 자리가 가장 높으니 그들은 가운데 층계에 늘어서고 다른 모든 신하와 함께 서지 않는도다. 모든 후작侯爵은 동쪽 계하階下에 늘어서서 서쪽을 향하였다가 천자께 절하고, 모든 백작伯爵

은 서쪽 계하에 늘어서서 동쪽을 향하고 서로 마주보는도다. 모든 자작子爵은 문 동쪽을 응하여 그린 듯이 서고, 모든 남작男爵은 문 서쪽을 응하여 학처럼 목을 빼어 바라보는도다. 융戎 · 이夷 두 오랑캐는 서방과 동방의 문밖에 서고 만蠻 · 적狄 두 오랑캐는 북방과 남방의 위치에서 몸을 숙이고 섰도다. 구주九州의 지방관들은 바깥에 물러서서 오른쪽으로 열을 짓고, 사방 변경邊境의 수장守將들도 바깥에 물러서서 아득히 왼쪽으로 열을 짓는도다. 주홍빛 방패•와 의장용儀仗用 옥도끼는 이리저리 숲처럼 들어서고, 용기龍旗와 표도豹韜는 서로 휘날리면서 섞여 있도다. 엄숙하고 장중하여 산은 높고 구렁은 깊은지라. 연기 걷히면 경사卿士들이 나란히 열을 지어 서고 아침해가 솟으면 천자께서 면류관冕旒冠을 쓰고 친히 나오시는도다. 천자는 천하 제후들이 땅에 엎드려 절하는 걸 굽어보시고 붉은 바탕에 도끼를 그린 병풍을 등지고 남쪽을 향하고 앉으사 만국의 충성을 대하시는도다.

赫赫明堂, 居國之陽. 嵬峨特立, 鎭壓殊方. 所以施一人之政令, 朝萬國之侯王. 面室有三, 總數惟九. 間太廟於正位, 處太室於中霤. 啓閉乎三十六戶, 羅列乎七十二牖. 左个右个, 爲季孟之交分, 上圓下方, 法天地之奇偶. 及夫諸位散設, 三公最崇. 當中階而列位, 與群臣而不同. 諸侯東階之東, 西面而北上, 諸伯西階之西, 東面而相向. 諸子應門之東而鵠立, 諸男應門之西而鶴望. 戎夷金木之戶外, 蠻狄水火而位配. 九采外屛之右以成列, 四塞外屛之左而遙對. 朱干玉戚, 森聳以相參, 龍旗豹韜, 抑揚而相錯. 肅肅沉沉, 巒崇壑深. 烟收而卿士齊列, 日出而天顔始臨. 戴冕旒以當軒, 見八紘之稽顙, 負斧扆而南面, 知萬國之歸心.

다시 왕궁 좌우에다 관사館舍를 여러 채 지었다. 밤낮을 가리지 않고 일을 재촉하여 한 달 반 만에 모든 공사가 끝났다. 5월 초하룻날이 됐다. 모든 나라 제후가 천토로 모여들었다.

송성공宋成公과 제소공齊昭公은 원래부터 진晉나라와 친한 터였고 정문공은 새로이 우호를 맺었기 때문에 솔선해서 왔다. 노희공魯僖公은 초나라와 친한 터이고 진목공陳穆公과 채장공蔡莊公도 초나라 편이지만, 그들은 진나라 세력이 두려워서 다 천토로 모여들었다.

주邾 · 거莒는 조그만 나라들인지라 물론 참석했다. 다만 허희공은 초나라를 가장 오래도록 섬겨온 사람이었다. 또 진목공秦穆公은 비록 진나라와 친한 사이지만 한번도 중국 맹회에 참석한 일이 없었다. 그래서 허희공과 진목공은 끝내 오지 않았다. 이때 위성공은 아직도 양우에서 피신 중이었고, 조공공曹共公은 그대로 오록 땅에 연금당해 있었다.

한편 양우 땅에 피신 중인 위성공은 진문공이 모든 나라 제후를 초청했다는 소식을 듣고서 영유寧兪에게 말한다.

"진후가 우리 위나라를 초청하지 않는 것을 보면 아직도 우리 나라에 대한 분노가 가시지 않은 모양이다. 암만 생각해도 과인은 이 땅에 머물 수 없는 운명인가 보다."

"주공께서 무작정하고 다른 나라로 달아나면 그 누가 주공을 다시 복위시키려고 하겠습니까? 그러니 주공께서는 동생 되시는 숙무叔武에게 잠깐 군위를 양도하십시오. 그리고 원훤元咺으로 하여금 숙무를 모시고 천토에 가서 동맹에 들 수 있도록 애걸하라고 하십시오. 그러면 만일 주공께서 군위를 내놓는다 할지라도 하늘이 우리 위나라를 도우신다면 숙무는 맹회에 참석할 수 있고, 또 이 나라를 바로잡을 수도 있을 것입니다. 곧, 이 나라가 동생 숙무의 것이 되면 그 형님 되시는 주공의 것이나 다를 것이 없습니다. 더구나 숙무는 형제간에 우애가 대단한 분입니다. 그는 결코 형님인 주공을 제쳐놓고 자기가 끝까지 임금 자리에 앉겠다고 나설 분은 아닙니다. 숙무는 반드시 주공을 임금 자리에 복위시키려고 애쓸 것입니다. 그러니 주공께서는 당분간만 동생 숙무에게 임금 자리를 맡기십시오."

위성공은 속으론 그러기 싫었지만 이 지경이 된 바에야 어쩔 도리가 없었다. 위성공이 손염孫炎을 불러 분부한다.

"그대는 숙무에게 가서, 과인이 나라를 내어줄 테니 대신 맡아 보도록 하라고 일러라."

이에 손염은 위성공의 분부를 받고 초구楚邱 땅으로 갔다.

위성공이 다시 영유에게 묻는다.

"과인은 암만 생각해도 다른 나라로 망명해야 할 것 같다. 어느 나라로 가는 것이 좋을꼬?"

영유는 대답하기가 난처했다.

위성공이 또 묻는다.

"초나라로 가면 어떨까?"

"초나라와 우리는 비록 혼인까지 한 사이지만, 아시다시피 초나라와 진晋나라는 서로 원수간입니다. 전날 주공께서 초나라와 절교하겠다는 글까지 써서 보냈는데 지금 어떻게 가시려 하십니까? 차라리 진陳나라로 가십시오. 진나라는 진晋나라를 섬기고 있기 때문에 진후陳侯에게 가서 잘 말하면 그가 진후晋侯의 노여움을 풀 수 있도록 잘 주선해줄 것입니다."

"그렇지 않다. 내가 전날 절교하겠다는 글을 써서 보낸 것은 진정 나의 본의가 아니었다는 것을 초나라가 누구보다도 잘 알고 있을 것이다. 지금은 초나라가 졌지만 머지않은 앞날에 진晉이 초에 질지 누가 아느냐. 숙무는 진晉나라를 섬기고 과인은 초나라를 섬기면서 진 · 초 두 나라가 장차 어떻게 되는가를 관망하는 것 또한 좋지 아니하랴?"

위성공은 마침내 초나라로 갔다. 그러나 위성공은 초나라에 들어서기가 무섭게 초나라 백성들로부터 쫓겨났다. 초나라에서 의리 없는 자라고 욕만 실컷 먹고 쫓겨난 위성공은 진陳나라로 갔다. 그는 그제야 영유의 말이 옳았구나 하고 탄식했다.

한편 손염은 초구에 가서 숙무에게 위성공의 분부를 전했다. 숙무가 정중히 대답한다.

"형님이 계시는데 내가 어찌 군위에 오를 수 있으리오. 정 그러신다면 나는 섭정으로서 잠시 이 나라를 지키기만 하겠소. 어떻든 주공의 분부대로 우선 원훤과 함께 천토에 가겠소. 그대는 돌아가서 주공께 숙무는 맹회에 가서 형님이 복위되도록 적극 주선하겠다 하더라고 전하오."

곁에서 원훤이 말한다.

"주공께서는 시기심이 대단한 어른입니다. 여간해선 남의 말을 잘 믿지 않으시니 저의 아들 원각元角을 손염에게 딸려보내겠습니다."

원각은 아버지의 분부를 받고 주공께 문후問候한다는 명목으로 손염을 따라 위성공이 망명한 진陳나라로 갔다. 그러나 실은 인질로 간 것이나 다름없었다.

어느 날 공자 천견歂犬이 원훤을 찾아와서 말한다.

“주공은 결코 복위되지 않을 것이오. 그대는 이 기회에 주공이 임금 자리를 내놓았다는 사실을 백성들에게 밝히고 숙무를 군위에 앉히고서 직접 재상이 되어보구려. 그렇게만 하면 진晉나라도 기뻐할 것이며, 동시에 그대는 진나라의 위엄을 이용해서 세도를 부릴 수도 있소. 그러면 이 위나라는 그대와 숙무의 것이 되지 않겠소?”

원훤이 점잖게 대답한다.

“숙무에게도 형님이 계시거늘 나에겐들 어찌 임금이 없으리오. 이번에 우리가 천토로 가는 것은 오로지 주공을 복위시키기 위해서요.”

공자 천견은 무안해서 얼굴을 붉히고 돌아갔다. 그후 공자 천견은 만일 위성공이 임금 자리에 복위되는 날 원훤이 자기가 한 말을 고해바친다면 어쩌나 하고 근심했다. 그래서 공자 천견은 혼자 진陳나라로 갔다. 진나라에 당도한 그는 위성공에게 가서 사실을 뒤집어 말했다.

“원훤은 숙무를 아주 임금으로 세울 생각입디다. 그들은 서로 짜고 천토에 가서 진후晉侯를 졸라 자기들이 위나라를 차지할 계획입니다.”

위성공은 의심이 벌컥 나서 손염을 불러 물었다. 손염이 대답한다.

“신은 그런 일이 있었는지는 전혀 모릅니다. 지금 원각이 이곳에 와 있는데 그것이 사실이라면 그는 자기 부친과 반드시 무슨 계책이 있었을 것입니다. 주공은 원각에게 물어보십시오.”

위성공은 원각을 불렀다. 그러나 원각은 결코 그런 일이 있을 리 없다고 주장했다. 곁에서 영유도,

“만일 원훤이 주공을 배반할 생각이 있었다면 어찌 자기 자식을 주공께 보냈을 리 있겠습니까? 주공께서는 남을 의심하지 마십시오.”

하고 간했다.

공자 천견이 다시 위성공에게 비밀히 아뢴다.

"원훤이 주공을 몰아내려고 계획한 것은 어제오늘의 일이 아닙니다. 그 자식을 보낸 것은 임금에 대한 충성이 아니라 앞으로 주공의 동정을 염탐하기 위해서입니다. 그들이 천토에 가서 진후晉侯에게 참으로 주공을 복위시켜달라고 애걸할 생각이라면 결코 맹회하는 데에는 참석하지 않을 것입니다. 그들이 공공연하게 한 나라를 대표하는 임금처럼 맹회에 참석하고 더구나 모든 나라 제후와 함께 맹세까지 한다면 이는 흉측한 생각을 품고 있다는 증거입니다. 주공께서는 사람을 천토에 보내어 그들이 하는 꼴을 보고 오게 한 다음에 저의 말을 믿든지 말든지 하십시오."

이에 위성공은 은밀히 천토로 사람을 보냈다. 위성공의 심복 부하는 숙무와 원훤의 태도를 살피려고 즉시 천토로 떠나갔다.

호증 선생의 시에 다음과 같은 것이 있다.

> 동생과 신하가 다 충성이 대단한데
> 어찌 천견의 모략에 귀를 기울였는가.
> 자고로 부귀엔 시기가 따르는 법이니
> 충효는 언제나 만고의 원한을 품게 마련이다.
> 弟友臣忠無間然
> 何堪歂犬肆讒言
> 從來富貴生猜忌
> 忠孝常含萬古寃

주양왕周襄王은 그해 여름 5월 정미일丁未日에 천토 땅에 당도했다. 진문공은 모든 나라 제후들을 거느리고 20리 밖에까지 나가서 주양왕을 영접해 모시고 왕궁으로 들어갔다. 주양왕이 정전正殿에 납시자 모든 제후는 땅에 엎드려 머리를 조아린 후 일어나 조하朝賀하는 예를 드렸다. 다음에 진문공은 왕에게 초나라 포로와 전리품인 무장한 말 900승과 보졸 1,000명, 그리고 무기와 갑옷 10여 수레를 바쳤다. 주양왕이 크게 기뻐하며 친히 진문공을 위로한다.

"방백方伯 제환공이 세상을 떠난 후, 남쪽의 초楚가 다시 일어나 우리 중원에 무엄하게 굴더니 이제 숙부가 초를 무찌르고 왕실의 위신을 세웠구나. 문무백관들은 다 숙부의 의거에 힘을 입었고 앞으로도 숙부의 힘에 의지하리니 어찌 짐이 숙부를 의지하지 않을 수 있으리오."

진문공은 주양왕께 재배하고 머리를 조아리며,

"신 중이重耳가 비록 초군을 전멸시켰으나 이는 다 천자의 복이십니다. 신에게 무슨 공로가 있겠습니까?"
하고 겸사했다.

이튿날 주양왕은 크게 잔치를 베풀고 상경 윤무공尹武公과 내사 숙흥叔興에게 명하여 진문공을 방백方伯으로 추대하는 예식을 올렸다. 주양왕은 진문공에게 대로복大輅服과 창면복鷩冕服과 융로복戎輅服과 위변韋弁과 동궁彤弓(붉은 활) 하나와 동시彤矢 100개와 노궁旅弓(검은 활) 10개와 노시旅矢 1,000개와 거창秬鬯 1유一卣와 호분虎賁 병사兵士 300명을 하사하고 선유宣諭한다.

"오로지 너 진후로 하여금 정벌征伐하는 일을 맡기노니 이로써 왕실을 도우라."

진문공은 천하의 패권을 잡고 모든 나라 제후를 규탄할 수 있는 방백의 명칭을 세 번 사양한 후에 받았다. 왕은 진문공이 방백이 되었음을 왕명으로써 모든 제후에게 선포했다. 그리고 왕자 호虎는 다시 주양왕의 분부를 받들어 진문공을 이번 맹회의 맹주로 책봉했다. 이에 진문공은 모든 나라 제후를 통솔하고 맹회를 지도했다. 군사들은 왕궁 옆쪽 낮은 곳에다 맹단盟壇을 쌓았다. 모든 나라 제후는 먼저 왕궁 앞에 나아가서 주양왕에게 절하고 차례에 따라 각기 맹단 쪽으로 걸어갔다. 왕자 호는 맹회에 임석해서 그 진행을 감찰했다. 진문공은 먼저 천천히 단 위로 올라가서 희생으로 바쳐진 쇠머리의 귀를 잡았다. 그 뒤를 따라 모든 나라 제후가 단 위로 올라갔다.

원훤은 이미 진문공으로부터 숙무가 위나라 군위에 올라도 좋다는 허락을 받았기 때문에 맹서盟書의 맨 끝엔 숙무의 서명이 기입되어 있었다. 그래서 이날 숙무는 모든 나라 제후의 뒤를 따라 맨 끝 순서로 맹단에 올라갔다. 모든 나라 제후가 다 맹단에 올라서자 왕자 호가 엄숙히 서사誓詞를 읽는다.

"이번 동맹은 다 주 왕실의 주선이시니 장차 서로 해치지 않겠다는 것을 맹세하노라. 만일 이 맹세를 지키지 않는 자가 있거든 천지신명은 그자의 목숨을 뺏으시고 그 자손에게까지 재앙을 내리사 영원히 제사를 받지 못하도록 하소서."

이런 끔찍스런 서사 낭독이 끝나자 즉시 모든 나라 제후들의,

"왕명이 이렇듯 간곡하시니 어찌 공경히 받들어모시지 않겠습니까?"

하는 소리가 일제히 우렁차게 퍼져나갔다. 제후들은 서로 희생의 피를 찍어 각기 입술에 바르고 맹세했다.

잠연 선생이 시로써 이 일을 읊은 것이 있다.

진나라 임금과 신하는 정의를 밝혀

패업을 성취하고 모든 나라 제후를 거느렸도다.

깃발을 성복 땅에 드날려 초군을 무찌르고

모든 제후를 거느리고 왕궁에서 천자를 뵈었도다.

다시 한번 이제 천토의 맹회를 부러워하노니

지난날 제환공이 규구葵邱 땅에서 맹회한 걸 자랑할쏘냐.

제환공은 죽을 때 많은 한을 남겼지만

중이는 능히 그 뜻을 시종일관할 것인지?

晉國君臣建大猷

取威定伯服諸侯

揚旌城濮觀俘馘

連袂王宮覲冕旒

更羨今朝盟踐土

謾誇當日會葵邱

桓公末路留遺恨

重耳能將此志酬

맹회를 마친 후 진문공은 숙무를 데리고 주양왕에게 가서 위성공 대신 그를 위나라 군위에 앉히려고 했다.

그러나 숙무가 울면서 진문공에게 진정한다.

"옛날 영모寧毋 땅에서 맹회가 있었을 때 정나라 자화子華는 자식 된 몸으로서 그 아비를 모략했으나 제환공은 그의 소청을 들어주지 않았습니다. 이제 귀후께서 제환공의 패업을 이어받으신 이 자리에서 어찌 이 숙무로 하여금 그 형님을 몰아내게 하시렵니까? 군후께선 이 숙무를 불쌍히 생각하사 저의 형님이 다시 임금 자리에 앉도록 하여주시고, 이 몸이 형님을 모실 수 있도록 해주십시오. 그러면 그 은혜를 백골이 되어도 잊지 않겠습니다."

원훤도 진문공에게 머리를 조아리며 애걸복걸했다. 마침내 진문공은 '이들의 간청을 들어줄까' 하고 다시 생각했다. 그럼 진陳나라에 망명 중인 위성공은 언제쯤 본국으로 돌아갈 수 있게 될 것인가?

〔5권에서 계속〕

주요 제후국

진晉 중원中原의 유력 희성姬姓 제후국. 헌공獻公(B.C.676~651) · 혜공惠公(B.C.650~638) · 회공懷公(B.C.637) 3대 간의 긴 내란을 수습한 22대 군주 문공文公(B.C.636~628년 재위) 치하에서 정치 · 경제 방면의 눈부신 부흥을 이루면서 강국으로 부상했음. 북진北進을 적극 추진하던 남방 강국 초나라의 위세를 성복城濮 전투에서 크게 꺾은 후 천토踐土의 회맹을 개최하여 모든 제후들을 위복威服시킴으로써 제나라를 이은 춘추春秋 시대의 두번째 패업霸業을 이룩했음.

진秦 서방의 강력한 영성嬴姓 제후국. 개조인 비자非子로부터 14대째 군주인 목공穆公 재위(B.C.659~621) 시기에 인근 서융西戎의 다수 부락들을 점령하고 통일함으로써 서부의 유력 방백方伯이 되었음. 송宋 · 위衛 · 진陳 · 정鄭 · 채蔡 · 진晉 · 노魯 · 제齊 등 중원 제후국과 지리적으로 멀리 떨어진 다소 궁벽한 서부 변경에 위치한 관계로 중원 제후들 간의 전쟁이나 정쟁政爭, 회맹會盟 등에는 거의 동참하지 못한 채 줄곧 독자적으로 발전해왔음. 그러나 그중 지리적으로 비교적 가까운 진晉나라와는 제한적이나마 통교通交를 했고 특히 진晉나라의 헌공 · 혜공 · 회공 · 문공 4대에 걸친 군위 계승 분쟁에서는 상당한 영향력을 행사하기도 했음.

형荊 초나라의 별칭. 서주 시대부터 양자강揚子江 이남의 남방 지역을 '가시나무(荊=楚) 우거진 밀림 지대'라는 의미에서 '초'나 '형'으로 병칭했다가 그 지역에 유력 제후국이 건립되자 그대로 초나라 또는 형나라로 불렀는데, 진秦이 천하를 통일한 후 진시황秦始皇의 부친 장양왕莊襄王의 이름이 초楚인 점을 내세워 감히 상황上皇의 이름을 불경스럽게도 부를 수 없다는 이유로 형으로만 칭하도록 강제했음. 진이 망한 후에는 다시 초, 형이 병용되었음. 오늘날에도 중국에서는 형초문화荊楚文化(춘추 전국 시대 초나라의 문화)라는 말을 자주 사용함.

서융西戎 중국 변경에 거주하는 사방四方의 만이蠻夷들 중 서쪽 이적夷狄에 대한 통칭. 서강西姜(혹 西羌)이라는 말과도 통용됨. 오늘날의 섬서성陝西省 서부와 감숙성甘肅省 일부에 거주했던 다수의 이민족 부족들을 널리 칭하는 말로, 구연朐衍·의거義渠·오씨烏氏·공동씨空同氏·책翟·저苴·원獂·석지析支·염룡 등의 부족들이 서주의 통치 영역 외곽에서 왕실의 교화敎化와 예악, 선진 문물文物 등의 영향과 혜택을 받지 못한 채 원시 공동체를 이루면서 잡처雜處했음. 진秦나라가 14대 군주 목공穆公(B.C.659~621 재위) 시기에 서융의 다수 부락들을 정벌하고 포섭해 그 추장들로부터 서융의 패자覇者라는 존호를 받았음. 이는 제환공齊桓公이나 진문공晉文公이 이룩한 중원의 패업보다는 중요성이 떨어지나 그래도 상당한 업적이라 할 수 있고 이로부터 진나라는 중원 국가들이 무시 못할 강국으로 부상하게 되었음.

주周 왕실과 주요 제후국 계보도

* ─ 부자 관계, ㄴ 형제 관계.
* 네모 안 숫자(1, 2…)는 주나라 건국 이후와 각 제후국 분봉 이후의 왕위, 군위 대代 수.

동주東周 왕실 계보 : 희성姬姓

…── 18 양왕襄王 정鄭(B.C.652~619) ── 19 경왕頃王 임신壬臣(B.C.618~613) ── …

노魯나라 계보 : 희성姬姓

…── 18 희공僖公 신申(B.C.659~627) ── 19 문공文公 흥興(B.C.626~609) ── …

제齊나라 계보 : 강성姜姓

…── 15 환공桓公 소백小白(B.C.685~643) ─┐

- 무휴無虧(일명 무궤無詭, 자字 무맹武孟) : 장위희長衛嬉 소생
- 19 혜공惠公 원元(B.C.608~599) : 소위희少衛姬 소생 ─┐
- 16 효공孝公 소昭(B.C.642~633) : 정희鄭姬 소생
- 17 소공昭公 반潘(B.C.632~613) : 갈영葛嬴 소생 ── 세자 사舍
- 18 의공懿公 상인商人(B.C.612~609) : 밀희密姬 소생
- 공자 옹雍 : 송화자宋華子 소생

└── 20 경공頃公 무야無野(B.C.598~582) ── …

진晉나라 계보 : 희성姬姓

…—⑲ 헌공獻公(B.C.676~651)
- 태자 신생申生
- ㉒ 문공文公 중이重耳(B.C.636~628) — …
- ⑳ 혜공惠公 이오夷吾(B.C.650~638)
  - ㉑ 회공懷公 어圉(B.C.637)
- 해제奚齊
- 탁자卓子

초楚나라 계보 : 웅성熊姓

…—⑳ 성왕成王 웅군熊頵(일명 운惲 : B.C.671~626) — ㉑ 목왕穆王 상신商臣(B.C.625~614) — …

진秦나라 계보 : 영성嬴姓

…—⑭ 목공穆公 임호任好(B.C.659~621) — ⑮ 강공康公 앵罃(B.C.620~609) — …

정鄭나라 계보 : 희성姬姓

…—⑨ 여공厲公 돌突(B.C.679~673)
- ⑩ 문공文公 첩捷(B.C.672~628)
- ⑪ 목공穆公 란蘭(B.C.627~606) — …

송宋나라 계보 : 자성子姓

…—⑱ 환공桓公 어열御說(B.C.681~651)
- 공자 어魚
- ⑲ 양공襄公 자보茲父(B.C.650~637)
  - ⑳ 성공成公 왕신王臣(B.C.636~620) — …

진陳나라 계보 : 규성嬀姓

… — ⑯ 선공宣公 저구杵臼(B.C.692~648) — ⑰ 목공穆公 관款(B.C.647~632) —

— ⑱ 공공共公 삭朔(B.C.631~614) — …

위衛나라 계보 : 희성姬姓

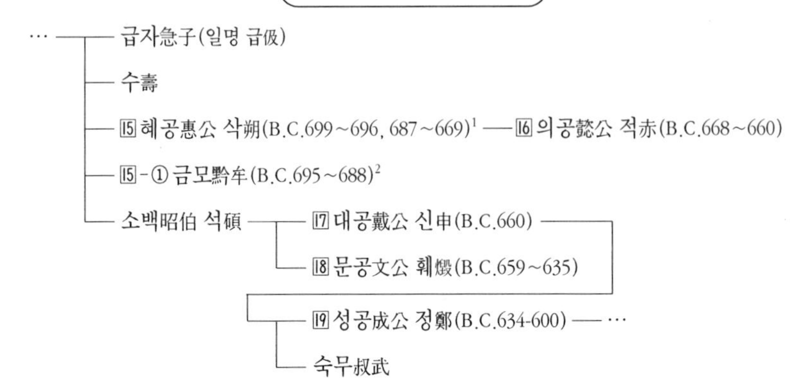

1 · 2 해당 시기에 위나라는 1국 2군주 체제였음.

채蔡나라 계보 : 희성姬姓

— ⑬ 목후穆侯 힐肹(B.C.674~646) — ⑭ 장공莊公 갑오甲午[1](B.C.645~612)— …

1 장후(장공) 이후 군주들에는 후侯와 공公이 병용됨.

주요 제후국 간의 통혼 관계

＊ = 혼인 관계, | 친자 관계, 네모 안 숫자는 각국 제후위 대代 수.

진晉 ═ **진**秦

⑭진목공秦穆公 ═ ⑲진헌공晉獻公 공녀 목희穆姬
|
진秦 공녀 회영懷嬴 ═ ㉒진문공晋文公 ═ 제나라 공녀 제강齊姜

관직

*°표시를 한 것은 그 나라에만 있는 독특한 관직을 지시하고, 표시가 없는 것은 공통 관직을 의미함.

감국監國 ①서주 왕실이 천하에 봉건 제도를 실시하여 많은 제후국諸侯國을 건설한 뒤 제후국들을 감시하고 지도하며 주 왕실과의 연락을 긴밀히 하려는 목적에서 각지 제후국들에 파견한 감독 대신大臣 및 그 부속 관청을 지칭. 서주대에는 상당한 위력을 발휘했으나 춘추 시대부터는 사실상 유명무실해졌음. 제환공 사후 제나라의 감국이었던 국의중國懿仲과 고호高虎의 두 감국 대신이 지도력을 발휘해 내분을 평정한 것은 상당히 예외적인 사실에 속함. ②관직명 외에 각국의 세자가 부군父君이 대외 전쟁에 출정할 당시 도읍에 남아 나라를 지키는 일을 감국監國이라고도 함(반면 달리 나라를 지킬 만한 사람이 있어 세자가 부군을 따라 종군하는 것은 '무군撫軍'이라 함). 본서에서는 물론 ①의 의미.

문윤門尹° 송나라 관직. 성문을 수비하는 관리. 초나라에도 있었던 직책임.

공정工正 초나라 관직. 국가의 각종 공사工事·공업工業을 감독하는 고위 직책.

기물器物

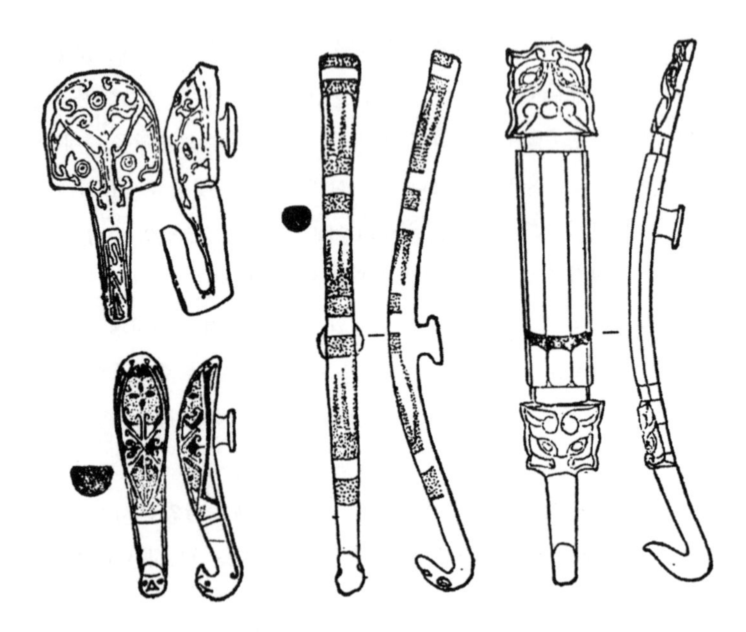

대구帶鉤 혁대 고리띠. 남자 옷에 장착하는 장식물의 일종으로 혁대 끝에 매달아 혁대를 옷에 단단히 고정시키는 기능을 했음.

순盾　방패. 전투에서 몸을 보호하던 호신용 무기(호북성湖北省 강릉현江陵縣 출토. 용龍, 봉황鳳凰, 구름 문양 등이 그려진 가죽 방패).

선扇　부채. 제후와 경대부卿大夫가 순행巡幸하거나 조회朝會, 회동會同할 때 시인寺人들이 그 주위에서 들고 다녔던 호위 겸 피서避暑용의 장식 기물(호북성 강릉현江陵縣 출토).

준樽 술병의 일종. 동물 모양을 본뜬 종류가 많았음(호남성湖南省 예릉현醴陵縣 출토 코끼리 모양 준樽).

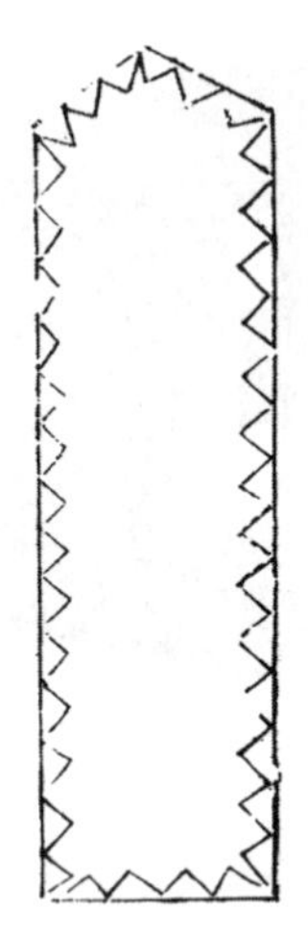

홀笏 천자天子 이하 공경公卿 · 대부大夫 · 사士들이 조복朝服을 입었을 때 허리띠에 끼던 것으로 군명君命을 받았을 때 이것에 기록해두었다고 함 · 옥 · 상아 · 대나무 등으로 만들었음(『삼재도회三才圖會』 수록).

고대의 귀족 기사騎士　하남성河南省 낙양洛陽 금촌고묘金村古墓 출토 동경銅鏡 위에 새겨진 그림. 귀족 기사가 손에 비수匕首를 쥐고 호랑이를 찌르려고 돌진하는 모습을 묘사하였음.

고대의 궁술弓術 **연습 장면** 북경北京 고궁박물원古宮博物院 소장 동호銅壺(청동 술병) 위에 그려진 궁수도弓手圖.

주요 역사

기강지복紀綱之僕　최고로 훈련되어 군율軍律과 근본이 꽉 잡힌 정예 용사를 의미. 여기서의 복僕은 종이 아니라 병사·용사 등으로 풀이됨. 진목공秦穆公이 주유천하周遊天下 끝에 진秦나라에 도달한 진晉 공자 중이重耳를 극진히 예대禮待하고 딸 회영懷嬴과 혼인시킨 후 그를 물심양면으로 도와 마침내 제후위를 획득하게 한 후 회영과 함께 귀국할 때 최고 정예 부대 3,000을 주어 호위하게 했다고 함. 여기서 유래된 기강紀綱이라는 말은 이후 집안이나 나라를 바로잡는 근본 도리를 뜻하는 말로 널리 사용되게 됨.

성복城濮**의 전투**(B.C.632)　필邲의 전투(B.C.597), 언릉鄢陵의 전투(B.C.575) 등과 함께 춘추 시대의 5대전大戰으로 꼽히는 유명한 전투. 주양왕周襄王 20년 음력 4월 무진戊辰일에 양쪽 군대가 진晉나라의 변경인 성복城濮에 진지를 구축한 후 다음날인 기사己巳일에 격돌했는데, 결과는 진晉나라 책사 선진先軫(일명 원진原軫)의 기묘한 계책에 말린 초나라의 대패大敗로 끝났음. 이 전쟁의 결과 진나라는 제나라를 계승하여 춘추의 두번째 패권 국가로 부상해 일세를 풍미하게 된 반면 초나라는 중원 진출이 좌절된 채 패업을 2~3세대 뒤인 초장왕楚莊王 시기(B.C. 613~591)로 늦출 수밖에 없게 되었음. 곧 중원의 운명과 천하 패권의 향방을 판가름한 가위 건곤일척乾坤一擲의 대전투였던 것임. 당시 이 전투에 동원된 양 진영의 군사력은 각각 4,000승乘, 곧 귀족 군사 4만 명과 노역부 12~29만 명이나 되었다고 하는데(2권 부록의 승乘 항목 참조), 그 구성을 보면 진나라 측은 진晉·진秦·제齊·송宋 등 네 나라의 연합군이었고 초나라 측은 초의 본군과 진陳·채蔡·신申·식息 등 부용국附庸國에서 징발된 군사들로 되어 있었다. 따라서 진나라뿐 아니라 남방 초나라의 군사력이나 국력이 어느 정도였는지 짐작할 수 있다. 성복전의 승패를 본 소설에서는 다분히 유학儒學적인 명분론에 입각해 예악禮樂과 강상綱常을 수호하는 중원 국가 대 그를 무시하는 무도한 만이蠻夷 나라의 격돌로 묘사함으로써 초나라의 패배를 사필귀정인 것처럼 평가했지만, 실제로는 당시 초나라의 패배는 진나라에 비해 국론이 통합되어 있지 못했던 점, 투씨鬪氏와 성씨成氏를 비롯한 대귀족들의 강성으로 왕권이 중원 국가들에 비해 상대적으로 미약했던 점, 초성왕楚成王이 성복전에 대해 지극히 미온적으로 대처했던 점(성득신에게 극히 적은 지원군만 보내주었음) 등을 주요 원인으로 꼽을 수 있다. 곧 성복전의 패배는 초나라의 입장에서는 궁극적으로는 원수 성득신의 책임이지만 초성왕에게도 책임이 아주 없었던 것은 아니라고 할 수 있다.

송양지인宋襄之仁 '송나라 양공襄公이 베푼 (그릇된) 인의仁義'라는 의미. B.C.638년에 송나라의 양공은 송 · 위 · 허 · 등滕의 네 나라 군대를 이끌고 초나라를 받드는 정나라를 공격했고 그를 구원하러 온 초나라 군대와 홍양泓陽(홍수泓水의 북쪽)에서 접전接戰을 벌이게 되었음. 이때 송양공은 수적으로 훨씬 우세한 초나라 군사가 홍수泓水를 건너기 전에 기습 공격을 해야 승산이 있다는 대사마大司馬 자어子魚의 권고를 뿌리치고 인의를 그릇되게 앞세워 초군이 홍수를 건너와 군진軍陣을 치고 대오隊伍를 모두 정비할 때까지 기다렸다가 비로소 공격해 대패했음. 패배 후 송양공은 반년 만에 전투 중간에 입은 다리 부상으로 사망했고 송나라 사람들은 두고두고 어리석은 '송양지인宋襄之仁'을 비웃었다고 함. 전轉하여 이성적인 판단 없이 경우에 어긋나게 베푸는 무용하고 어리석은 인의를 지칭하게 되었음. 실제로 송양공은 자신이 개최한 소국들 간의 회맹에 늦게 도착했다는 이유만으로 약소한 증鄫나라 군주를 처형하여 수신水神 제사의 인간 희생犧牲으로 썼을 정도로 무자비한 행동을 하기도 했음. 곧 강자에게는 한없이 너그러운 반면 약자에게는 무자비한 비굴하고도 이중 인격적인 면모를 지녔음.

천토踐土**의 회맹**會盟(B.C.632) 제환공이 소집한 규구葵丘의 회맹(B.C.651)과 더불어 춘추 시대의 대표적인 회맹으로 꼽힘. 진문공晉文公이 진晉 · 진秦 · 제 · 송의 네 나라 군대를 이끌고 진晉나라의 변경인 성복城濮에서 성득신成得臣이 이끈 초나라의 대군을 격파한 직후, '남만南蠻'(남쪽 오랑캐)의 나라인 초나라를 물리쳐 중원의 평화를 지키고 주 왕실을 보필한 혁혁한 공로에 대한 대가로 드디어 주양왕으로부터 패자의 존호를 받고 모든 제후들로부터 그를 인정받은 기념비적인 국제 회의였음. 규구의 회맹과 마찬가지로 이 회의를 통해서도 제후들은 2대 패자인 진문공을 중심으로 존왕양이와 계절존망의 정신을 준수하면서 서로 화합하여 중화中華 세계의 질서와 안녕을 힘써 수호할 것을 맹세했음.

한식절寒食節 진문공晉文公의 주유천하를 시종일관 수행했던 충신 개자추介子推는 진문공이 즉위한 뒤 시행된 논공행상을 구차스럽다고 피해 깊은 산속으로 도망갔음. 진문공이 그를 찾아내기 위해 산불을 질렀는데도 개자추는 끝내 절개를 지켜 산속에서 불타 죽었고, 그를 기리기 위해 그가 불타 죽은 음력 3월 초닷새날(청명절淸明節이기도 함)에 민간에서는 일체 화식火食을 금하고 마른 음식만을 먹는 풍습이 생겼음. 이것이 오늘날의 한식절의 유래임.

등장 인물

개자추介子推

일명 개지추介之推. 지之와 자子는 모두 허사虛辭이므로 본명은 개추介推임. 공자 중이重耳의 고난스러운 주유천하을 시종일관 지극 정성으로 보필했으며 특히 자신의 허벅지 살을 베어내 중이를 대접한 일화는 유명함. 중이가 진목공秦穆公의 원조를 받아 귀국하여 문공文公으로 즉위하는 데 누구보다도 큰 공을 세웠으나 즉위 직후 벌어진 논공행상을 구차하게 여겨 늙은 어머니를 모시고 깊은 산속으로 들어가 청빈하게 살았음. 진문공이 그를 찾아내기 위해 산에 불을 질렀으나 자신의 뜻을 굽히지 않고 끝끝내 어머니를 감싸 안고 불타 죽었음. 그의 지극한 충정을 기념하기 위해 그가 불타 죽은 음력 3월 초닷새날에는 일체 화식火食을 금하는 풍습(한식절寒食節)이 생겨 오늘날까지도 이어지고 있음.

선진先軫

진晉나라의 뛰어난 전략가이자 책사. 진문공晉文公의 주유천하를 시종 보필한 고굉지신股肱之臣들 중 하나인데다 군사 · 전술에 특히 탁월한 능력을 발휘해 유명한 성복城濮 전투(B.C.632)에서 성득신成得臣이 이끈 초나라 군사를 궤멸시키는 데 결정적인 공을 세웠음.

성득신成得臣

초나라의 현신 투곡오도鬪穀於菟(자문子文)의 종제從弟이자 초의 3대 유력 가문인 성씨成氏의 개조. 자字는 자옥子玉. 투곡오도가 영윤직을 은퇴한 뒤 B.C.637~632년 간 영윤을 역임하면서 초나라의 군사 대권까지 장악. 용맹과 지략을 겸비해 유명한 홍양泓陽의 전투에서 송나라를 격파하는 큰 공을 세웠으나 조급한 성미로 인해 진晉 · 제齊 · 진秦 등의 외교전에 말려 성복城濮의 전투에서 대패하고 초나라 군사의 대부분을 잃은 뒤 자살했음.

송양공宋襄公

송나라의 19대 군주. 송환공(B.C.681~651 재위)의 적자嫡子. 서형庶兄 자어子魚의 양보로 군위에 올라 B.C.650~637년 간 재위. 제환공의 뒤를 계승하여 중원의 패자가 되어보겠다는 분에 넘친 야심에 사로잡힌 나머지 자신이 주도한 회맹에 늦게 도착한 소국 증鄫나라의 군주를 죽여 수수睢水의 신의 제사에 희생犧牲으로 사용하는 만행을 저질렀고 초나라와 중원 제후국 간의 외교는 물론 내정에서도 실정을 거듭했음. 홍양泓陽의 전투(B.C.638)에서 성득신이 이끄는 초나라 군대에게 대패한 후 그때 입은 부상으로 반년 만에 서거했음. '송양지인宋襄之仁' 고사의 장본인으로 도덕 군주인 양 하는 어리석은 위선자의 대명사.

제강齊姜

강성姜姓인 제齊나라의 공녀公女라는 의미.

1 제환공의 딸로 진무공晉武公(B.C.715~677 재위)의 후취가 되었다가 그 아들인 진헌공晉獻公(B.C.676~651 재위) 궤제詭諸의 정부인이 된 여성. 세자 신생과 후에 진목공의 부인이 된 목희穆姬를 낳았으나 요절했음(2권에 잠깐 등장).

2 제환공의 또 다른 딸로 진문공晉文公의 두번째 부인이 된 여성. 진문공이 주유천하 도중 제나라에 들렀을 때 제환공이 극진히 후대하면서 자신의 딸을 아내로 삼게 했음. 제나라에서의 풍족하고 안락한 생활에 젖어 점차 원대한 뜻을 잃어가는 진문공을 측근 신하들이 납치하다시피 하여 제나라를 떠나고자 했을 때 부부의 정을 끊으면서 문공을 보내주는 일대 결단을 내렸음. 고모인 문강文姜·선강宣姜·애강哀姜 등과는 달리 강인한 의지와 절개, 인내심을 지닌 여성으로 오랜 인내의 결과 진문공이 즉위한 후 책翟나라의 공녀 계외季隗의 다음 자리인 두번째 부인이 되었음. 제강은 시호이기 때문에 이처럼 동명이인이 생긴 것임.

주양왕周襄王

주의 18대왕으로 B.C.651~619년 재위. 혜왕惠王(B.C.676~652 재위)의 적장자로 일찍이 태자에 봉해졌으나 후에 부왕父王이 계비繼妃로 맞은 진규陳嬀에 빠져 그 소생인 태숙太叔 대帶를 태자로 세우려고 하자 그 눈치를 채고 제환공을 비롯한 여러 제후諸侯들에게 원조를 요청. 이에 8국 제후들이 B.C.652년에 조洮 땅에서 회맹하여 태자를 신왕으로 옹립할 것을 맹서했고 그 덕분에 이듬해에 무사히 왕위를 계승했음. 그러나 재위 3년 만에 태숙 대가 적인狄人과 내통한 때문에 한 차례 위기를 겪었고, 재위 16년(B.C.636)에는 태숙이 자신의 비妃인 외후隗后와 사통한 뒤 다시 난을 일으킨 관계로 정나라로 쫓겨갔다가 진문공의 도움으로 복위되는 등 우여곡절이 많았음. 재위 기간을 통해 줄곧 제환공과 진문공의 원조를 받으면서 그들의 패자 지위를 수동적으로 인정해주는 입장이었음. 그로 인해 양왕 시기를 지나면서 주 천자는 패자인 제후들에게 종속되는 지위로 전락하게 되었음.

진문공晉文公

진나라의 22대 군주로 B.C.636~628년 재위. 진헌공晉獻公의 서자庶子로 견융犬戎 공녀의 소생이며 본명은 중이重耳. 부친의 애첩인 여희驪姬의 흉계로 나라에서 쫓겨난 뒤 호언狐偃 · 호모狐毛 · 조쇠趙衰 · 위주魏犨 · 호사고狐射姑 · 전힐顚頡 · 개자추介子推 · 선진先軫 · 호숙壺叔 등 충신들의 보좌를 받으면서 천하를 주유周遊했음. 주유 과정에서 세상사에 대한 풍부한 견문과 처세의 경험을 쌓았으며 인간사를 다루는 폭 넓은 지혜와 경륜을 체득했음. 진목공秦穆公의 원조를 받아 실정만을 거듭했던 이복 동생 혜공惠公(B.C.650~638 재위)의 아들이자 역시 암군暗君인 회공懷公(B.C.637 재위)을 몰아내고 진나라의 군위에 오른 후 공명정대한 정치로 내정을 안정시키고 군사, 경제력을 부흥시켰음. 내치 안정을 토대로 성복城濮 전투(B.C.632)에서 남방 초나라의 대군을 격파해 중원의 평화를 수호하고 천토踐土에서 중원 제후들을 소집하여 그들을 위복威服시킴으로써 춘추 시대의 두번째 패업霸業을 이룩했음.

태숙太叔 **대**戴(B.C.676~652 재위)

주의 17대 왕인 주혜왕周惠王 희랑姬閬과 진규陳嬀(규성嬀姓인 진陳나라의 공녀) 사이에서 태어난 왕자. 18대 왕인 양왕襄王 희정姬鄭(B.C.651~619 재위)의 이복 동생. 양왕이 태자 시절일 때부터 모친 혜후惠后(진규)와 함께 태자 지위를 공공연히 넘보았으나 제환공 영도하의 제후諸侯들이 양왕을 강력하게 지지함으로써 뜻을 이루지 못했음. 양왕 3년인 B.C.649년에 이伊 · 낙雒 · 양揚 · 거拒 · 천泉 · 고皐 땅의 이민족을 부추겨 왕성을 침범하게 한 사실이 발각되어 제나라로 도망했음. 후에 부진富辰의 충간으로 양왕이 그를 다시 왕성으로 불러들이는 은혜를 베풀었으나 그를 배반하고 형수인 외후隗后(책翟나라 공녀인 외씨隗氏)와 사통한 뒤 B.C.636년에 재차 난을 일으켰으나 실패하여 처형당했음.

호돌狐突

진晋나라의 노대신이자 만고의 충신. 세자를 신생申生에서 애첩 여희驪姬 소생 해제奚齊로 바꾸려는 진헌공晋獻公에게 누차 폐세자의 불가함을 충간忠諫했으나 받아들여지지 않았음. 마침내 여희의 잔악한 간계로 신생이 자결하고 공자 중이重耳와 이오夷吾가 국외로 도주했을 당시, 아들 호모狐毛 · 호언狐偃 형제에게 인품과 도량을 갖춘 중이를 따라가 섬길 것을 권고했음. 아들들이 떠나간 후에도 국내에 계속 남아 여희 일파의 파멸과 혜공 즉위, 혜공의 거듭된 실정 등 어지럽고 혼란한 시국 속에서 꿋꿋하게 절개를 지키면서 종묘사직宗廟社稷을 보존하고자 고군분투했으나 회공懷公(혜공의 아들, B.C.637 재위) 즉위 직후 억울하게 처형되었음.

호모狐毛 · **호언**狐偃

진나라의 충신 호돌狐突의 아들들. 진헌공晋獻公 사후 여희 일파의 전횡으로 벌어진 대혼란 속에서 부친의 명을 따라 현명한 공자 중이重耳를 섬길 것을 맹세한 이후 19년 간 중이의 주유천하를 한마음으로 호위했음. 진목공秦穆公의 원조하에 중이가 고국으로 무사히 돌아와 문공文公으로 즉위한 연후에는 역시 일편단심으로 문공을 보필하여 어수선한 내정을 수습하고 눈부신 외정外征 성과를 거두어 춘추의 두번째 패업霸業을 이루는 데 공헌했음. 특히 호언狐偃은 성복城濮 전투에서 초나라에 신세를 질 당시 약조했던 내용(초나라와 부득이하게 전쟁을 벌일 경우 초군楚軍 앞에서 일단은 3사舍=90리里를 후퇴하겠다는 약속)을 지키도록 하는 등 신의와 정도正道에 관련된 충간忠諫을 자주 했음.

희부기僖負羈

조曹나라의 충신이자 현신. 시정市井의 잡배, 간신배들하고나 어울리는 어리석은 주군 공공共公을 바른 길로 이끌기 위해 누차 충간했으나 받아들여지지 않았음. 진晉나라의 공자 중이가 조나라를 지날 때 공공을 비롯한 조나라 사람들 모두가 그를 푸대접하고 조롱하여 중이를 노하게 했으나 오직 희부기만이 중이의 인격과 자질을 알아보고 극진히 대접했음. 후에 진문공이 된 중이가 조나라를 정벌해 간신들을 대숙청하면서 희부기에게는 후한 상을 내렸는데 이를 시기한 위주魏犨와 전힐顚頡이 희부기의 집에 방화를 하여 불행하게도 그 속에서 불타 죽었음.

연보

『열국지』 4권에서 다루는 시기는 춘추의 1대 패자覇者인 제환공齊桓公(B.C.685~643 재위)의 서거와 계승 분쟁으로 제나라의 패업이 쇠퇴하고, 대신 진晉나라가 문공文公(B.C.636~628 재위)의 즉위와 내정 쇄신을 계기로 중원中原의 최대 강국으로 부상하여 춘추의 2대 패업을 달성하게 되는 약 10여 년 간의 시기다. 진문공의 패업 수립과 함께 춘추 시대(B.C.770~453)도 전기前期에서 중기中期로 접어들면서 열국들의 항쟁과 정쟁政爭은 더욱 복잡하고 역동적으로 된다. 문공이 영도한 진나라의 패업은 5권 전반부까지 지속되는데, 제나라의 패업에 비해서는 시기가 짧지만 제환공과 관중管仲이 확립시킨 패업의 2대 강령(존왕양이尊王攘夷와 계절존망繼絶存亡)을 잘 봉행하면서 그를 더욱 심화시키고 공고히 한 면모를 볼 수 있다. 특히 제나라의 패업이 이렇다 할 도전자나 적수가 별로 없이 비교적 순탄하게 유지된 데 비해 진나라는 열국 항쟁이 보다 첨예해진 춘추 중기에 패업을 획득했으며 제나라보다 중원의 한복판에 위치했던 관계로 서방의 강린强隣 진秦나라와 남방의 대국 초楚나라의 거센 도전을 줄곧 받게 된다. 무왕武王의 칭왕稱王(B.C.704) 이후 북진을 적극 추진해오던 초나라와 진晉의 중원 패권 경쟁은 4권 후반부의 성복 전투(B.C.632)에서 절정을 이루며 이 전투에서 대승을 거둠으로써 진나라의 패업은 완전히 확고해진다. 또한 진秦나라와의 패권 경쟁은 5권 전반부의 주요 내용을 이루는데, 이처럼 제나라 패업 이후의 진晉 · 초楚 · 진秦 3대 강국의 패권 다툼은 춘추 시대 열국 경쟁의 중추를 이루는 부분이기도 하다.

[기원전 643] **(주양왕周襄王 9년, 노희공魯僖公 17년)** 진晉나라 세자 어圉가 진秦에 인질로 옴. 제齊 (음력 12월 을해乙亥일에) 춘추 최초의 패업覇業을 이룬 일세의 웅군雄君 **제환공 서거**. 그 사후 간신 역아易牙와 내시 초貂가 전권을 잡고 장위희長衛姬 소생의 서장자庶長子 무휴無虧를 옹립. 이에 환공 생존 시 어진 인품에 의해 세자로 책봉되었던 소昭는 송宋나라로 도주했고 무휴와 나머지 세 아들들이 군위를 놓고 분쟁을 벌여 환공의 시체는 두 달이나 방치됨.

[기원전 642] 송나라 19대 군주 양공襄公(B.C.650~637 재위)이 세자 소를 지켜주기로 한 제환공과의 약속을 지키기 위해 조曹 · 주邾 · 위衛 4국 군대를 이끌고 제나라를 공격. 무휴를 죽이고 소를 제나라 16대 군주 **효공孝公(B.C.642~633 재위)**으로 옹립.

[기원전 641] 송양공이 제환공 패업霸業을 계승하려는 야심으로 주변 소국인 **등·조曹·주·증을 회맹에 소집**. 회맹에 늦은 증나라 군주를 처형해 수신水神 제사의 희생으로 삼는 만행을 저지르는 한편, 도중에 귀국해버린 조나라를 응징하게 위해 조를 공격했으나 세불리하여 곧 강화. **초·정·노·제·진陳·채의 6국이 제나라에서 회맹**.

[기원전 639] 송양공·초성왕·제효공 3국 군주가 **녹상鹿上에서 회합**. 송양공은 중원 제후들의 대회맹을 개최하고 자신이 맹주가 되겠다는 뜻을 알리고 협조를 요청. 가을에 송양공·초성왕·진陳목공·채장후蔡莊侯·정문공·허희공·조공공曹共公 등 **7국 군주가 우盂에서 회맹**, 제효공은 불참. **초나라 성왕成王(B.C.671~626 재위)**은 맹주로 추대되려는 송양공의 계책을 저지하고 매복시킨 군사를 풀어 송양공을 감금한 후 **박에서 진·채·정·허·조·노 6국을 재소집해 맹주로 추대됨**. 그후 송양공을 석방하여 실리와 인의仁義의 공명을 모두 획득.

[기원전 638] 송양공이 위·허·등滕나라를 이끌고 초성왕을 맹주로 추대하는 데 앞장선 정나라를 공격. 그를 구원하러 온 초나라 군대와 **홍양泓陽(홍수泓水의 북쪽)에서 접전接戰**. 이때 기습 공격을 하자는 주위 권고를 뿌리치고 인의를 그릇되게 앞세워 초군이 홍수를 건너와 군진軍陣을 치고 대오隊伍를 모두 정비할 때까지 기다렸다가 비로소 공격해 대패함. 송나라 사람 모두가 이 어리석은 '**송양지인宋襄之仁**'을 비웃었음.

[기원전 637] **진晉혜공 서거**. 진秦나라에 볼모로 가 있던 세자 어圉가 몰래 돌아와 21대 군주 회공懷公(B.C.637 재위)으로 즉위. 회공은 국외의 중이를 압박하기 위해 중이의 주유천하를 보필한 신하들의 친족을 위협하고 본보기로 충직한 노대신 호돌狐突을 처형하는 등 부친 혜공처럼 무도하고 신의 없는 정치를 하여 인심을 잃음. 초나라의 영윤 자문子文(B.C.664~637 재직)이 은퇴하고 성득신成得臣(B.C.637~632 재직)이 영윤이 됨.

[기원전 636] 진晉 공자 중이가 진秦 목공의 원조하에 19년 간의 주유천하를 마치고 귀국해 회공을 쫓아내고 22대 군주 **문공文公(B.C.636~628 재위)으로**

즉위. 즉위 직후 모반을 꾀한 간신 여이생呂飴甥과 극예郤芮를 처형한 외에는 과거를 일체 불문에 부친다고 선포하고 공정하게 논공행상을 실시함으로써 헌공獻公(B.C.676~651 재위) 이래 사분오열된 **진晉나라를 크게 안정시킴**. 개자추介子推는 논공행상을 구차하다고 피한 후 산속으로 들어가 끝까지 절개를 지키다 죽음. 정문공(B.C.672~628 재위)이 속국 활滑나라의 일에 간섭하려는 **주양왕의 사절을 감금**. 대노한 양왕은 책翟나라에 명해 정을 정벌한 후 책나라 공녀 숙외叔隗를 왕후로 삼음. 주양왕의 이복 동생 **태숙太叔 대帶가** 외후隗后와 사통한 사실이 밝혀지자 외후 친정인 **책나라의 원조를 얻어 양왕을 공격, 양왕은 정나라로 몽진蒙塵**.

[기원전 635] 진문공이 양왕을 왕성으로 모심. 태숙을 잡아 참한 후 양왕은 진문공에게 내란 평정의 공을 치하하면서 왕성王城 근처의 **온溫·원原·양번陽樊·찬모 4읍을 하사**. 이에 조쇠趙衰를 원대부原大夫로, 극진郤溱을 온대부溫大夫로 삼음.

[기원전 633] 초 영윤 성득신이 초·진陳·채·정·허 5나라 군사를 규합해 송나라를 정벌. 송나라는 진晉에 원조 요청. 진晉은 초의 부용 조曹·위衛를 공격한 후 초를 제압하고자 조·위 땅을 송에게 하사하고 제·진秦과 결탁함. 제효공齊孝公 서거.

[기원전 632] 진문공은 초의 부용이자 내정이 특히 어지러운 **조曹나라를 재차 정벌**한 후 간신배를 대숙청. 지난날 조나라에서 유일하게 자신을 후대한 희부기僖負羈에게는 후한 포상을 했으나 위주魏犨와 전힐顚頡이 이를 시기하여 희부기의 저택을 방화해 그를 죽게 했음. 이 와중에 그들도 화상을 입어 전힐은 죽고 위주도 중상을 입었음. 4월 기사己巳일에 **성복 전투에서 초나라가 진晉·진秦·제·송의 4국 연합군에게 대패당함**. 이때 진문공은 초나라 군대 앞에서 3사舍(90리里)를 후퇴해 방랑 당시 자신을 후대한 초성왕과 했던 약조를 지켰음. 초나라 원수元帥 성득신成得臣은 귀환 도중 연곡連穀에서 자살, 이때부터 초나라 내에서 대세족大勢族 성씨의 입지가 크게 약화됨. **진晉문공, 5월 계축**

癸丑일에 천토踐土의 회맹을 개최. 제소공 · 송성공 · 정문공 · 노희공 · 진陳목공 · 채장후莊侯 · 주 · 거 등 8국이 참석. 위衛는 진문공의 노여움을 사 초청되지 못했고 허許는 초의 부용이었기 때문에 불참. 진秦목공도 거리상 불참. 위성공(B.C.634~600 재위)은 동생 숙무叔武와 현신 원훤元咺을 보내 진문공에게 사죄하고 동맹에 들 수 있도록 요청하게 했음.

동주 열국지 4

새장정판 1쇄 발행 2015년 7월 25일
새장정판 4쇄 발행 2023년 8월 28일

지은이 풍몽룡
옮긴이 김구용
펴낸이 임양묵
펴낸곳 솔출판사

주소 서울시 마포구 와우산로29가길 80(서교동)
전화 02-332-1526
팩스 02-332-1529
이메일 solbook@solbook.co.kr
블로그 blog.naver.com/sol_book
출판 등록 1990년 9월 15일 제10-420호

ISBN 979-11-86634-13-4 04820
ISBN 979-11-86634-09-7 (세트)